国家社科基金艺术学重大项目（16ZD02）

知音论
文艺批评体系研究

杨明刚 / 著

人民出版社

目 录

绪　论

第一节　入古开新　得其环中

知音和知音之说，学界虽多有讨论，但历来考察知音之说的文章论著，或专注于对知音概念的理论内涵透视，或聚焦于具体时代知音学说基本面貌的梳理，或集中于对知音本质的探讨，或聚焦一朝一代知音之说的特征，而对知音审美的生成与发展、理论与实践始终缺少一以贯之的整体论述，就知音论的渊源发生等从观念史角度进行总体性观照的著作更不多见。知音论审美生成绝非孤立自足，它与历代涌动演进的人文思潮之间有着密不可分的互动关系。长期以来，学界的认识始终停留在以"人文思潮"为简单背景，以知音论为文学理论概念的描述这样一种水平。诚然，古代人文思潮当然是知音论审美生成的背景，但这种背景在多大程度上、以何种方式影响到知音论审美的生成，还需要作更深入的探讨。

为此，将知音论置于古代人文思潮之中，全面地考察其理论本质与创作实践，阐明古代人文思潮与知音论审美生成之间的关系，以达到深入揭示古代文学特质、更好赓续中华优秀传统文化、为当代中国建构知音论文艺批评体系提供有益借鉴的目的。换言之，本书试图回答这样一个问题：中国古代，尤其是从东汉末年到隋朝之前这段历史上称之为"六朝"的时期，在文学创作的变化、文学理论的发展、文人生活方式的转变等等一系列的人文思潮嬗变之下，知音作为一种观念，如何实现从理论生成到审美实践的展开？这种人文思潮的嬗变如何具体地影响知音的审美生成？知音论又在古代人文思潮嬗变中起到怎样的作用？基于此更进一步，中国传统文论中的"知音"论对当代中国建构文艺批评体系又起到何种示范作用？

作为中国古代文论的重要内容之一，知音论在中国古代文学理论和批评中具有重要的意义。它的审美生成，虽得益于对文学批评鉴赏事实的阐释，却又决不应仅止于此，其中有着深挚的人文蕴涵可以寻绎，既浸润了当时政治、哲学、社会、文化等领域的人文思潮的外缘影响，又包孕着理论自身萌芽、发生、发展、成熟规律的内在理路。为此，本书力图紧扣这两条明线，循着"人的觉醒""文的自觉"直至"文论自觉"这一潜在逻辑思路，从对古代政治、哲学、社会、文化等层面思潮的清理和总结中，找出对知音论审美生成产生较大影响的古代人文思潮，即文学创作的变化、文学理论的发展和文人生活方式的转变，围绕这三个方面展开论证，以厘清古代人文思潮与知音论审美生成之间的互动关系。

学术界对知音论的研究早有触及，成果丰硕，但从整体层面对其展开理论体系重构的研究却仍显薄弱，对知音论相关文献资料整理工作也相对滞后。为此，本书在框架设计上充分注意到这一问题，首章梳理知音的批评术语化，次章导出知音论，随后介绍知音论的内涵，分析古代人文思潮与知音论的审美生成之间的关系，最后落脚在当代知音论文艺批评体系建构上。全书以知音和知音论为研究的出发点和落脚点，并结合历代有关知音论的主要文献资料进行梳理，逐次考察古代人文思潮对知音论各部分主要内涵的建构过程中的重大影响，以及知音论在其审美生成过程中对古代人文思潮的梳理、选择、评价、提升等反作用，希望能对知音论的理论体系作整体性建构。

由此可见，本书的理论意义至少有五个方面：

第一，知音是中国古代传统批评理论的重要范畴，本书对知音和知音论展开系统地整理，本身就是一项填补空白的工作。

第二，本书从古代人文思潮的特定侧面和角度，探讨知音学说发生的内在理论脉络及其与社会文化环境之间的互动方式，研究角度和立意都有较大的学术意义。

　　第三，本书将古代人文思潮与知音论的审美生成结合起来，既可拓展中国古代文论的理论空间，又可深入发掘知音论的思想渊源和学术背景，同时，对于古代人文思潮研究本身也是一项贡献。

　　第四，本书在对古代人文思潮与知音论的审美生成的关系展开论证时，系统地梳理了古代人文思潮尤其是上古、中古人文思潮发展的主要脉络，同时较为完整地提取出知音论审美生成方面的重要文献，有着学术史梳理的作用，是一个范畴考论、命题专论方面的成功个案。

　　第五，本书所总结出知音论的体系，从一个侧面呈现出中国古代批评鉴赏理论的基本面貌和当代意义。

　　与此同时，本书还具有一定的现实意义：

　　第一，本书通过对中国古代文论中知音论的审美生成与古代人文思潮的关系梳理，意在总结中华民族五千年灿烂而独特的文明成果，学习、整理、继承和发扬中国古代优秀的传统文化，对于今天弘扬和延续中华文明血脉，具有十分重要的现实意义。

　　第二，中国古代文论中的知音论带有鲜明的中华民族传统文化的特点，是依据古代中国相关的人生观、哲学观和美学观，对文艺创作与评论进行阐述的文学理论，其中既有着显在的范畴、观念等形态，更富含潜在而深沉的人文内蕴，呈现出与西方不同的民族文化特征，所以，本书对古代人文思潮与知音论的审美生成的关系梳理，在推动中国传统文化走出去、提升中华文化国际影响力、扩大中华民族在世界各族中的认知度、增强中国在国际社会的话语权等方面，均具有较高的实践意义。

　　第三，包括知音论在内的中国古代文论植根于博大精深的传统文化土壤之中，其最高境界是审美与文艺的境界，是生命精神的结晶，具有丰富的精神意蕴和至上的人格境界。为此，本书的研究不仅关注知音论的理论范式开拓，更着眼于对这种形而上的人格精神与超验境界的理解与追求。这种对中国传统文学批评精神的承传与发扬的内在动力的阐发，不仅具有弘扬民族精神传统的具体意义，也为当前国家文化战略的实施与推进提供了独具民族特色的价值判断标准和路径参考。

　　第四，中国古代文论家则首先是充满着人文忧患意识的思想家，他们往往站在时代的前列与人生的尖峰来考察文学现象，回应文学与文化建设中出现的严峻问题，建构自己的文学思想和美学理论。以文论家为代表的历代士人们所表现出的这种担纲意识和忧患意识，是与整个中华民族文化精神一脉相承的，是推动传统文化精神向前发展的动力。因此，本书关于知音产生的土壤、知音的原则标准、知音的具体方法等方面的研究，本身也蕴含着对当前中华民族伟大复兴进程中独立思考、勇于且有能力担纲传承和发扬传统民族文化重任的脊梁的知音期待。

　　第五，研究这个课题还具有十分重要的当下意义。当今中国正处于文化转型的关键期，我们去观照高扬个性与主体自觉的中古时代，探讨古代人文思潮中所蕴含的传统人文精神，追寻知音论的赏评智慧，其本根命意有三：一是以史为鉴，从古代文论中审美主体意识的自觉中为当代庞杂繁芜的精神问题寻求历史启示和价值支撑；二是以古代审美自觉的主体精神，消解科技主义、物质主义所引发的人为物役之灾，充分享受当今时代所赋予我们的对个性自由的包容；三是以蕴涵于古代哲学与文学中的深沉思考，寄放浮躁的思绪，平复迷乱的心灵，重构精神的家园，实现审美生活日常化和日常生活审美化。

　　本书研究重点在知音论文艺批评体系的建构，要突破的难点在古代人文思潮与知音论的审美生成的互动与交融。加之"古代人文思潮"和"知音论的审美生成"均为动态概念，如何准确把握二者的关系尤难。具体而言，首先，在考察古代人文思潮时，必须着力寻求对知音论审美生成产生作用的那些对象加以研究；其次，在论证知音论的形成时，必须把握其作为理论的自足与自洽性，并将其成功投入古代人文思潮这一变动不居的大背景下；复次，还必须在研究过程中，充分注意时代特殊性，遵循由"人的觉醒"到"文的自觉"再到"文论自觉"这一潜在逻辑思路。同时，由于此前的研究中尚无对知音论理论体系的整体建构，本书在这方面的尝试尚属首次。凡此种种，均使笔者战战兢兢、如履薄冰。姑妄勉力为之。

第二节　学术史考辨

就笔者目力所及，学术界对"古代人文思潮""知音论""文艺批评体系"的研究成果不少，但对知音论审美生成过程中古代人文思潮的泽溉与影响的研究却相对薄弱，对二者关系加以系统梳理论述的较为鲜见，对知音论文艺批评体系作整体研究的尚未见到。值得欣慰的是，由于有近 1500 年的"龙学"的发掘与研究历史，所以在《文心雕龙》的研究框架下，研究者们在阐发《知音》篇时对知音论多有触及，这对本书的研究大有裨益。下面试对其主要研究内容及相关成果做一简要梳理，以便于在前人研究基础上做力所能及的开拓。

一、知音论研究小史

据笔者统计，学界关于《文心雕龙》中《知音》篇的研究多集中于如下几个方面：

（一）知音现象

关于知音现象的讨论部分展现了知音的内涵的逐步丰富及其文学批评化的演变过程。

首先是吴进南在《试论古代文学中的知音之叹》①一文中将中国古代文学普遍存在的"知音之叹"视为精神现象，是人的生命精神的一个重要组成部分。论及作为一种精神现象的知音之叹，在本质上属于一种悲剧精神。所谓悲剧精神是指人面对不可避免的生命苦难与毁灭时所表现出的精神状貌。文章从我国古代文学中的钟伯原型、朋友间的知音之叹、情人间的知音之叹、君臣间的知音之叹、移情的知音之叹、读者（观众）与创作者之间的知

---

① 吴进南：《试论古代文学中的知音之叹》，《韩山师范学院学报》1994 年第 2 期。

音之叹等五个方面对知音现象的类型、内涵和结构作了简略分析，以期从一个侧面了解我国古代诗人作家的精神世界。而这一精神现象的深层内涵，可以说明知音之叹因其悲剧性特质才使它成为古代文学的一种普遍精神品格、一种普遍表现主题与象征。

随后，张惠民在《论知己意识的历史文化内涵》[①]一文中将对中国古代士大夫文化心态中的知己意识进行论述，认为知己意识自孔子以来形成源远流长的文化的文学传统母题，并表现为臣下对君主的知遇之感与高山流水的知音情结，还有士大夫与歌女间的红粉知己之情。它产生于士阶层的用世思想及其立德立功立言的人生价值与现实社会对人才埋没的深刻矛盾，以及文化精英不为世俗认同理解的孤独感。将知音现象的研究引向其知己母题，并开始从文化心态、人生价值角度对知音的母题知己意识展开探讨。

曹文彪在《中国古代文学批评中的知音现象》[②]一文中开始将知音现象引入到文论领域加以研究，作者首先论述了知音概念的潜在状态，进而以曹丕、沈约、刘勰为例论述古代文学批评中的知音。文章认为第一个正式提出知音概念的大概是曹丕，他在《与吴质书》中很为"知音之难遇"而深感痛苦，接着便有沈约在他的一次文学行为中引入了知音的概念，即《梁书·沈约传》中载："约曰：'知音者稀，真赏殆绝，所以相要，政在此数句耳。'"但从文学批评的角度对知音现象进行系统而深入讨论的乃是刘勰。进而作者以为，在中国古代文学批评中，所谓知音就是批评功能、论释功能与评价功能的合称。通过进一步的考察，作者认为，文学批评上知音概念的流行从科举考试制度那里既获得一种功利性的鼓励，也得到一种非功利性的刺激。

相似的探讨还出现在李永平的《中国古典文学的"知音"情结》[③]和黎平的《由"寻觅知音"探微古代文人文化心理》[④]两文中，但角度有所不同。

---

① 张惠民：《论知己意识的历史文化内涵》，《汕头大学学报（人文科学版）》1994年第4期。

② 曹文彪：《中国古代文学批评中的知音现象》，《中共浙江省委党校学报》1998年第1期。

③ 李永平：《中国古典文学的"知音"情结》，《西安石油学院学报（社会科学版）》1999年第4期。

④ 黎平：《由"寻觅知音"探微古代文人文化心理》，《湖北社会科学》2003年第11期。

前文中，李永平重点从心理分析的角度考察了"知音"情结的形成与表现形式，从实践理性支配下对现世的深切关怀和科举仕进的局限性及"国家"与"天下"的难以弥合等三个方面，论证了中国古代知识分子因修身与治平的深层断裂而引发的存在性焦虑，并在对古代知识分子"出世"与"入世"的失衡的分析中指出，这种知音难觅的焦虑在文学中以回乡、觅友、隐遁、成仙等母题的形式表现出来。正是这种对知音的无限渴求与苦苦寻觅，传达出中国古代知识分子与生俱来的人生悲剧——依托的失落和家园难觅的无以言传的焦虑。后文中，黎平也认为，寻觅知音是古代文人的一种自我认同的文化心理。由于种种原因，他们得不到现实的认可，只能在文学的寻求中实现自我价值，同时获得精神上的慰藉和对现实的超越。这种文化心理具有积极的文化意义，为继承和发展文化作出了重大的贡献。作者首先从超前心理对知音的时代阻隔、相轻相贱对知音的人格障碍、思家忧国对知音的社会沟堑三方面论证了知音难觅的文化心理缘由，进而指出它对文化的影响：一是古人对知音的寻觅和对文学主体的超越，促进了文化境界的升华，通过主体文化心理的成熟实现文学上质的飞跃；二是古今文人文化心理的认同，使传统文化得以继承、发展和弘扬。

焦泰平在《心灵向往与精神契合——评中国古代文学中的知音现象》[①]与《知音情结与知音之叹》[②]两文中对知音现象展开了另一层面的研究，他指出中国古代文学中的知音情结具有深厚的历史内涵和文化意蕴，并从古代作家渴求精神契合和希冀作品为人所理解的角度，对这一文化现象做了考察和评论。焦泰平在文中首先将知音界定为"彼与己志趣相投，心灵相通之谓也"，视知音为人与人之间极其难得的精神上对等的交流和契合，是双方心灵上深刻的理解和富于诗意的升华；随后梳理了"知音"在历代文学中的表现；在此基础上讨论了中古代学中知音现象中的两个重要方面：即古代作家追求精神上的契合和希望作品被人理解和赏识的愿望。前者主要表现为知音

① 　焦泰平：《心灵向往与精神契合——评中国古代文学中的知音现象》，《长安大学学报（社会科学版）》2002 年第 3 期。

② 　焦泰平：《知音情结与知音之叹》，《兰州大学学报（社会科学版）》2005 年第 3 期。

难觅、知音恨少的咏叹；后者主要从创作者和鉴赏者二者互逆关系的角度，讨论了创作者渴求知音和鉴赏者如何才能成为知音的问题。虽然两篇文章论及的渴求精神契合或希冀作品被人赏识的角度不一，但其中却有共通之处，即集中于两点：一是渴求理解；二是拒绝寂寞，实现自我价值。

除此之外，《对知音故事的文化再阐释》①一文从不同的文化层面对知音故事作了解读：一为知音故事的早期面貌，二为知音故事的接受流变，三为知音故事的文化渊源，四为知音故事的普遍价值；另有《隔代觅知音——论陶渊明与苏轼的躬耕生活》②《旷世知音——陆游和陶渊明》③《论白居易与琵琶女的旷世知交》④《天涯何处有知音——我国古代关于艺术美欣赏的论述》⑤《苏洵"父子知音"说考论——兼谈苏序、苏涣对苏洵的教育和影响》⑥《庄子与灵运异代两"知音"——论庄周与谢灵运哀怨的狂人情结》⑦等，都从不同角度展开了对不同领域的知音现象的研究，在此恕不一一详述。

综合以上诸位学者对知音现象的研究，其共同之处是：知音现象的研究总体上停留在对现象的理论化梳理层面，并未能上升到理论学说的讨论层面。

（二）知音内涵

詹锳的《〈文心雕龙·知音〉篇义证》认为，《知音》篇是专门讲文学的鉴赏和批评的，一方面讲文学艺术之难以理解和鉴别，另一方面分析知

---

① 杨建波、陈鑫：《对知音故事的文化再阐释》，《武汉学刊》2007 年第 2 期。

② 叶丽媛：《隔代觅知音——论陶渊明与苏轼的躬耕生活》，《现代语文（文学研究）》2008 年第 10 期。

③ 高文：《旷世知音——陆游和陶渊明》，《肇庆学院院报》2002 年第 1 期。

④ 程琴、刘涛：《论白居易与琵琶女的旷世知交》，《湖北经济学院学报（人文社科版）》2008 年第 12 期。

⑤ 段新桂：《天涯何处有知音——我国古代关于艺术美欣赏的论述》，《文艺理论与批评》1997 年第 2 期。

⑥ 刘静：《苏洵"父子知音"说考论——兼谈苏序、苏涣对苏洵的教育和影响》，《乐山师范学院学报》2008 年第 8 期。

⑦ 石甫轩、陈碧娥：《庄子与灵运异代两"知音"——论庄周与谢灵运哀怨的狂人情结》，《成都电子机械高等专科学校学报》2002 年第 2 期。

音之难得的原因。作者引证了 60 余种古籍或今人校刊校正专著，对《知音》全篇作了深入的义证，为后来者的研究提供了详细的文献路径和理解范式。①

雷猛发的《知音新论》②对知音的内涵所做的研究亦十分有创见意义。作者主要从艺术家和艺术接受者的相互关系中谈了一些看法。首先谈及知音的双向性，认为"知音"理论首先是创作论，然后才是鉴赏论和批评论，即首要的"应是艺术家如何使自己成为艺术接受者的知音的问题，其次才是艺术接受者如何才能成为艺术家的知音的问题"。随后作者论及知音创作论，认为，"知音难觅"是一对矛盾，对创作者而言既是压力，又是动力。知音创作论的实质是，应在读者成为作者的知音前，解决作者如何成为读者知音的问题。创作者要成为读者的知音，就必须处理好态度与作品这两个问题。最后，作者论及知音鉴赏论和知音批评论，认为要成为创作者的知音，对于批评者而言，应公正、平等、不偏见并尽量多为创作者考虑；对于一般的读者而言，则应不断提升素养、丰富经验、多实践、忌偏食。

除此之外，叶知秋在《审美即"知音"》③一文中的观点也很有启发意义。文章主要研究美学问题，然而在论述过程中却将视野导向了"知音"之说，视"知音"为审美的方向。"知音"在叶文中被定义为审美意义上的心灵共鸣，笔者认为，这种心灵的交流与沟通正是"知音论"框架内的"知音"的本质内涵。

王瑾瑾在《刘勰〈文心雕龙·知音〉的文学批评鉴赏理论新解》④一文中认为，刘勰的《文心雕龙·知音》被视为文艺批评鉴赏理论中的体验论的典范，故而对"知音"一词及其理论的深入理解不仅有助于深入把握中国古文论的其他范畴，也有助于深入理解中国古代文艺批评及文化思想。其文在

---

① 詹锳：《〈文心雕龙·知音〉篇义证》，《天津社会科学》1982 年第 4 期。

② 雷猛发：《知音新论》，《学术论坛》1986 年第 6 期。

③ 叶知秋：《审美即"知音"》，《文艺研究》1993 年第 4 期。

④ 王瑾瑾：《刘勰〈文心雕龙·知音〉的文学批评鉴赏理论新解》，《北京科技大学学报（社会科学版）》1999 年第 2 期。

详细分析和论述了《知音》篇的基础上，提出对"知音"一词的新见解，认为刘勰所说的"知音"并不仅仅停留于知作品的艺术水平和文情，更重要的是知文心、知人心、知晓作家的人格精神境界。善用体悟思维，能理解一般人难懂的意境高深的作品才是大文论家的心地胸怀和才识，这样才能算是作家真正的知音。而且她提出，应当把"知音"放到刘勰的整个理论体系中进行分析；知音是个鉴赏过程，"入情"是知音阶段，"见心"是知音的结果；知音是相对的，没有完全的知音。

笔者认为，上述四位学者的研究，在对知音内涵加以阐发的文章中，对本书研究最具启发意义：一是指明了本论题在研究的过程中必须注重中国古代文学批评的言语表达范式的古典性特点及其所蕴含的多义性特点；二是指出了知音本身所包蕴的双重内涵的多角度、多层面及多维度性；三是直接将知音引入到审美的层面；四是循着美学观念中的体悟、体验之说，把知音的研讨引入到更高的心理体验范畴，切合中国古典文学理论的总体特点。

（三）《知音》篇定性

对《知音》篇性质的探讨可以说是目前学界研究分量最重、最为热门的领域。首先是关于其性质的讨论，该论题一直是争论的焦点，主要有批评论、鉴赏论、鉴赏与批评论三种观点，还有一种是"文学接受论"①，此外尚有他论，或以为是创作论，或以为是阐释论，或以为是读者论，或以为是体验论。牟世金编《龙学七十年概观》，在"批评论和鉴赏论"这一部分中，收入了单洪根、蒋祖怡、王运熙、缪俊杰、穆克宏、李淼、王达津、牟世金、蔡润田、周振甫、刘文忠、吴调公等十二人的论文。除蔡润田、周振甫二人明示《知音》篇是鉴赏论，其他均大体上将其视为批评和鉴赏的合论，称为"批评鉴赏论"。② 对此，牟世金在《文心雕龙研究》一书中指出："对《知

_____

① 邓新华：《中国传统文论的现代观照》，巴蜀书社 2004 年版，第 203 页。

② 牟世金：《龙学七十年概观》，《文心雕龙研究论文集》，人民文学出版社 1990 年版，"前言"。

音》篇的性质，可以做这样的简单回答：是知音论"，"称之为古代的文学批评论或鉴赏论都是可以的。"① 关于这一问题迄今仍无定论。

首先是批评论。主张为批评论者，如郭绍虞的《中国历代文论选》、② 周勋初的《中国文学批评小史》、③ 黄海章的《中国文学批评简史》、④ 谭勇民的《论刘勰的文学批评论》⑤ 持这一观点。作者首先分析了《文心雕龙》产生的背景，随后对《文心雕龙》各篇作一归类分析，认为刘勰作家论虽然比较分散，但把各种有关评论整体来看，却是相当全面的。该文认为，刘勰先言文学批评难，又言知音之必要，意即建立正确的文学批评的必要性；随后言难在何处，并认为如何解决"文情难鉴"的问题是刘勰文学批评的核心，而《知音》篇主要谈批评方法、原则与标准。

除了谭勇民的文章，赵永纪的《中国古典诗学的"知音"论》⑥、陈莉的《在理性分析与直观感悟之间——〈文心雕龙·知音〉篇中的文学批评模式研究》⑦、胡大雷的《论刘勰的批评观》⑧、杨柳与曹晓玲合撰的《从〈知音〉篇看刘勰的文学批评观》⑨、蔡欣的《刘勰批评论三说》⑩、刘新文的《〈文心雕龙〉的批评论及其得失》⑪ 等文，均持知音论为批评论的观点。

其次是鉴赏论。主张为鉴赏论者，如周振甫的《文心雕龙注释》、⑫ 祖保

① 牟世金：《文心雕龙研究》，人民文学出版社 1995 年版，第 450 页。

② 郭绍虞：《中国历代文论选》，上海古籍出版社 1979 年版。

③ 周勋初：《中国文学批评小史》，复旦大学出版社 2007 年版。

④ 黄海章：《中国文学批评简史》，广东人民出版社 1962 年版。

⑤ 谭勇民：《论刘勰的文学批评论》，《桂林市教育学院学报（综合版）》1997 年第 3 期。

⑥ 赵永纪：《中国古典诗学的"知音"论》，《南京师大学报（社会科学版）》2003 年第 1 期。

⑦ 陈莉：《在理性分析与直观感悟之间——〈文心雕龙·知音〉篇中的文学批评模式研究》，《咸阳师范学院学报》2007 年第 3 期。

⑧ 胡大雷：《论刘勰的批评观》，《西藏大学学报（汉文版）》2001 年第 4 期。

⑨ 杨柳、曹晓玲：《从〈知音〉篇看刘勰的文学批评观》，《中共郑州市委党校学报》2006 年第 3 期。

⑩ 蔡欣：《刘勰批评论三说》，《陕西教育（理论版）》2006 年第 12 期。

⑪ 刘新文：《〈文心雕龙〉的批评论及其得失》，《唐山师范学院学报》1999 年第 3 期。

⑫ 周振甫：《文心雕龙注释》，人民文学出版社 1981 年版。

泉的《文心雕龙选析》。① 在牟世金编的《龙学七十年概观》的"批评论和鉴赏论"这一部分中，蔡润田 ②、周振甫二人主张《知音》篇是鉴赏论。刘永济、童庆炳、刘文忠、徐季子等著名学者也都支持这种观点。③ 刘文忠亦认为刘勰用高山流水的典故，本身就是一篇优美的鉴赏史话，《知音》篇应该是偏重于鉴赏论的。④

　　除此之外，梁祖萍的《刘勰论文学鉴赏的途径和方法（上）》⑤ 与《知文之难甚于为文之难——刘勰〈文心雕龙·知音〉篇文学鉴赏论》⑥、胡红梅的《论"知音"——从〈文心雕龙·知音〉看刘勰文学鉴赏理论》⑦、赵静与黄见营合撰的《论刘勰〈知音〉的审美鉴赏论》⑧、朱志荣的《从〈知音〉看刘勰的文学鉴赏观》⑨、邹自振的《系统的文学鉴赏理论——〈文心雕龙·知音〉篇管窥》⑩、曹章庆的《从〈知音篇〉看刘勰的鉴赏理论》⑪ 等文，均持此论。

　　再次是批评鉴赏论，即批评论与鉴赏论的合体。主张为批评论和鉴赏论

---

① 祖保泉：《文心雕龙选析》，安徽教育出版社 1981 年版。

② 蔡润田：《从〈文心雕龙·知音篇〉谈文学鉴赏问题》，载于《名作欣赏》1983 年第 5 期。文章将知音理论视为鉴赏理论。

③ 刘永济：《文心雕龙校释》，中华书局 1962 年版。

④ 刘文忠：《试论刘勰的鉴赏论与鉴赏观》，参见《文心雕龙研究论文集》，人民文学出版社 1990 年版。

⑤ 梁祖萍：《刘勰论文学鉴赏的途径和方法（上）》，《宁夏大学学报（人文社会科学版）》2007 年第 6 期。

⑥ 梁祖萍：《知文之难甚于为文之难——刘勰〈文心雕龙·知音〉篇文学鉴赏论》，《宁夏大学学报（人文社会科学版）》2007 年第 3 期。

⑦ 胡红梅：《论"知音"——从〈文心雕龙·知音〉看刘勰文学鉴赏理论》，《湘潭师范学院学报（社会科学版）》2004 年第 1 期。

⑧ 赵静、黄见营：《论刘勰〈知音〉的审美鉴赏论》，《思茅师范高等专科学校学报》2008 年第 5 期。

⑨ 朱志荣：《从〈知音〉看刘勰的文学鉴赏观》，《阜阳师范学院学报（社会科学版）》2002 年第 6 期。

⑩ 邹自振：《系统的文学鉴赏理论——〈文心雕龙·知音〉篇管窥》，《福州师专学报》1998 年第 3 期。

⑪ 曹章庆：《从〈知音篇〉看刘勰的鉴赏理论》，《广西师范大学学报（哲学社会科学版）》1996 年第 11 期。

者，如蔡钟翔等《中国文学理论史》①、王运熙等《魏晋南北朝文学批评史》②、张少康等《中国文学理论批评发展史》③。前文曾言，牟世金编《龙学七十年概观》中，在"批评论和鉴赏论"这一部分中，收入了单洪根、蒋祖怡、王运熙、缪俊杰、穆克宏、李淼、王达津、牟世金、蔡润田、周振甫、刘文忠、吴调公等十二人的论文。除蔡润田、周振甫二人之外，其他人均大体上将其视为批评和鉴赏的合论，采用"批评鉴赏论"的说法。可见，持这一观点的学者当属多数。此处不多列举。

复次是接受论。1999 年至今研究《知音》篇的论文大都采用接受美学的方法。如邓新华的《〈知音〉篇是中国古代的文学接受论》④、吴结评的《中西文论对话中的接受美学——知音与读者反应批评》⑤、云国霞的《简论中国古代"接受"理论和"知音"理论》⑥、丁淑梅的《中国古代的接受理论与文学鉴赏"知音"论》⑦ 等，都参照接受美学对"知音"说进行考察，拓展了新的研究途径。

持此论者似可以邓新华为代表。邓新华在《〈知音〉篇是中国古代的"文学接受论"》一文中表示，近些年来，学术界对刘勰《文心雕龙·知音》篇理论性质的界定一直存有争议：有的研究者认为是评论，也有的研究者认为是鉴赏论，还有的研究者认为是批评论和鉴赏论。在对学术界有关"知音"篇理论性质的这三种有代表性的意见进行辨析之后，他认为这三种界定都存在一定的局限，未能完整、准确地把握《知音》篇的理论底蕴：刘勰的"知音"篇既不是西方理论话语意义上的与文学鉴赏无关的批评论，也不是与批

---

① 成复旺、黄保真、蔡钟翔：《中国文学理论史》，北京出版社 1987 年版。
② 王运熙、顾易生：《魏晋南北朝文学批评史》，上海古籍出版社 1997 年版。
③ 张少康等：《中国文学理论批评发展史》，北京出版社 1995 年版。
④ 邓新华：《〈知音〉篇是中国古代的文学接受论》，《学术月刊》1999 年第 12 期。
⑤ 吴结评：《中西文论对话中的接受美学——知音与读者反应批评》，《求索》2005 年第 6 期。
⑥ 云国霞：《简论中国古代"接受"理论和"知音"理论》，《北京化工大学学报（社会科学版）》2006 年第 1 期。
⑦ 丁淑梅：《中国古代的接受理论与文学鉴赏"知音"论》，《福建师范大学学报（哲学社会科学版）》2006 年第 5 期。

评毫无关系的单纯的鉴赏论，更不是批评论与鉴赏论的简单相加。在借助了西方现代"接受美学"的理论视角和中国古代的文艺理论家们读者的"文学接受"的视角分析之后，他对自己的观点做一个简要的概括，认为《知音》篇是以融批评与鉴赏于一炉为显著特征的中国传统文学批评作为特定的论述对象，故而《知音》篇的理论性质似应表述为"中国传统文学批评论"。可以说，刘勰的《知音》篇蕴涵着极为丰富而有价值的文学接受理论，是中国文学理论批评史上一篇系统阐述他的文学接受理论思想的专论，应该将刘勰的《知音》篇界定为文学接受论。以为只有用接受论来界定《知音》篇的理论性质才能完整、准确地概括它的理论内涵。

闫爱华在《知音：穿越时空的心灵对话》①一文中也认为，刘勰《文心雕龙·知音》篇是中国古代较为完整的批评和接受理论。值得注意的是，作者以现代西方接受美学的视角进行观照，认为知音批评也是以读者为核心建立起来的批评理论；并认为知音批评较之早期接受美学过分强调读者创造性解读的作用，更具辩证眼光。文章认为《知音》篇将文本看成是作者与读者超越时空对话的产物，在充分考虑到读者的价值和意义的同时又不忽略作者和文本。闫文指出，知音批评的意义便在于这种穿越时空的心灵对话和共鸣。"以意逆志"和"诗无达诂"使知音理论更具张力、更加辩证、更富内涵。闫爱华将知音批评视为心灵对话和审美过程，心灵共鸣是其本质与核心，搭建起读者、作品、作者三方互动的接受过程。最后，该文对知音理论的意义作了四个方面的总结：一为创作者与批评者是对话而非对立的，应互为知音；二为批评家当提升素养；三要重视和尊重文本；四为知音批评的模式意义。

反派的观点则有赖彧煌《刘勰〈知音〉的理论辨析》②一文。文章认为《文心雕龙》专文论及文学批评与鉴赏问题的只有《指瑕》和《知音》两篇，而"六观"说的定义只是在《知音》中的总成，都能从《文心雕龙》的各篇创

---

①　闫爱华：《知音：穿越时空的心灵对话》，《广西青年干部学院学报》2003年第5期。

②　赖彧煌：《刘勰〈知音〉的理论辨析》，《福建商业高等专科学校学报》2002年第1期。

作论中找到其主要的理论演进轨迹，都指向作品本身，可称为本体论批评。随后，赖文将《知音》的阐释放置进和新批评理论以及接受理论的对照辨析中分析指出，依据接受理论的说法，文章与读者之间应当存在某个恰当的切入点，最好能达到"对号入座"的效应。而刘勰的《知音》篇并未将读者放置到作品内部去考察，忽略了读者的作用，以至于"务先博观"也显得有些空泛，甚至流于印象主义了。显然他认为《知音》或煌篇不应被定性为接受理论。而且他还指出，尽管刘勰也意识到了作品和读者之间的联结，但他在阐释中没有强调将作品的有效阐释和广阔的社会历史背景结合起来。这些都具有一定的借鉴意义。

　　然后是创作论。岑亚霞在《从〈文心雕龙·知音〉篇看刘勰的文学创作论》① 一文中认为，刘勰的《文心雕龙·知音》重点讨论的是如何正确鉴赏文学作品的问题，但他对于文学鉴赏问题的论述，客观上也反映了他对文学创作的认识与要求：文学作品俨然是一个完整的生命体，创作必须蕴含创作主体的性情和心灵，作品在外部风貌上要达到"文"与"质"的统一，同时在作品内容上也要体现出"文"与"情"的统一和"文"与"心"的统一。并据此认为《知音》篇为创作论。无独有偶，前文所引雷猛发的《知音新论》一文亦持此论。作者在文中首先谈及知音的双向性；随后指出，从根本上来说，知音理论，首先和主要的，应是艺术家如何使自己成为艺术接受者的知音的问题，其次才是艺术接受者如何才能成为艺术家的知音的问题。也就是说，知音理论首先是创作论，然后才是鉴赏论和批评论。并详细论述了他心目中的刘勰知音创作论。但他在文中第三部分又论及刘勰的知音鉴赏论和知音批评论，似有骑墙之嫌。

　　从阐释学角度来界定《知音》篇是另一个有趣的角度。骆晓倩的《千载之下有知音——论中国古代诗歌阐释学中的同一性理想》② 和孙丹虹的《〈文

① 岑亚霞：《从〈文心雕龙·知音〉篇看刘勰的文学创作论》，《井冈山学院学报（哲学社会科学版）》2008 年第 3 期。
② 骆晓倩：《千载之下有知音——论中国古代诗歌阐释学中的同一性理想》，《社会科学研究》2007 年第 2 期。

心雕龙·知音〉篇与中国古典阐释学的发展历程》①二文中皆持此论。骆晓倩以为，中国古代诗歌阐释学中的同一性理想是指阐释者（读者）认为通过一定的阐释方法，能够获得作者的本意。从西方现代阐释学的观点看，阐释者之意与作者本意是不可能同一的，但在中国古代的一些意图论阐释者眼中，同一性并不是幻想，而是可以实现的理想。意图论阐释和"仁者见仁，智者见智"的阐释表面上看来是两种不同倾向的阐释方法，但实际上两者探寻的目标都是作者的本意。故而，同一性理想是中国古代诗歌阐释学中具有普遍意义的理想。作者以古代诗歌为视域，利用阐释学原理，紧扣同一性理想这一命题，结合古典文论中"以意逆志"的方法，将《知音》界定为阐释学方法。孙丹虹则借由对刘勰《文心雕龙·知音》篇文本中关于阅读阐释思想的贡献与不足的分析，致力于对中国古代关于阅读阐释思想的发展历程的梳理。

　　除上文引述者，还有一些围绕"六观"是否为批评标准及《文化雕龙知音》篇某方面内容等关于知音理论其他内涵开掘方面的重要论文。如徐中玉的《〈文心雕龙〉"见异，惟知音耳"说》、陆晓光的《〈文心雕龙〉文学批评主体条件思想探微》、吴调公的《〈文心雕龙·知音〉篇探微》、张少康的《知音论——论文学的欣赏与批评》、涂光社的《〈文心雕龙〉的鉴赏论》等文。与此同时，对知音论作整体的理论体系建构研究稍显薄弱，对知音论相关文献资料整理工作也相对滞后。总之，学界对知音论的研究还有待进一步深入。这些现状为本书研究的展开提供了空间。

二、古代人文思潮研究小史

　　一方面，新时期对古代人文思潮尤其是六朝人文思潮的整体研究相对冷清；另一方面，当笔者将文献梳理的目光转向哲学、美学和文学领域中对中古尤其是六朝这一段与知音论的审美生成密切相关的文学创作、文学批评和

---

① 孙丹虹：《〈文心雕龙·知音〉篇与中国古典阐释学的发展历程》，《福州大学学报（哲学社会科学版）》2004年第1期。

文学风尚以及文人交流与对话等方面的研究成果时，角度的转换带来颇丰的斩获。

总的来看，学术界对中古，尤其是六朝人文思潮中的如文学创作、文学批评、文人生活等具体问题的研究呈现出多层面、多角度、全方位、立体化的非常火热的情状，几乎涵盖了此期每一位重点作家及其作品，对古代尤其是六朝时期的作家、作品、文体、文学批评、文学史等等各个方面的大量传世古籍资料的整理点校全面铺开以及各项细部研究的逐步展开，成果卓著，似可弥补古代人文思潮与知音论的审美生成的关系方面整体研究的空白与缺憾。

具体而言，学界关于与知音论的形成相关的文学观念、心态、创作、批评、风尚及文人交流与对话等古代人文思潮的细部研究方面呈现出鲜明的特点：第一，研究观念变化较大，对魏晋玄学、魏晋风度，以及建安文学、正始文学、太康文学、永明文学、宫体文学等文学思想、文学流派、文学现象，都进行了重新审视，并得出与以往不同的结论。第二，研究范围宽阔，既有对作家作品深刻的文本研究，又有从发生学角度揭示古代文学、文论产生原因的文化心态研究，还有揭开文本研究与文化心态研究之间逻辑关系的美学和审美风尚及文学观念的深入研究。第三，研究成果丰富。文本研究方面，不仅一些历来为人重视的作家如三曹七子、竹林七贤、陶潜、大小谢、鲍照、庾信等成为研究热点，而且以往不被人注意但又确有成就的作家也进入研究视野，产生了一批高质量的专著与论文。

循着这一思路，笔者以为，学界对与知音论的审美生成密切相关的古代人文思潮的研究主要集中于四个方面：第一，对古代文学观念和文学思想的研究；第二，对古代文化心态的发生学考察研究；第三，对古代文学的审美研究；第四，对古代文学的本体研究。下面试简述之。

（一）观念思想研究

学界关于古代文学观念和文学思想的研究成果不少，但与本书选题相关的则主要集中在三个基本问题上，一为"文的自觉"问题；二为对古代文学的衡量标准问题；三为古代文学思想研究。

"文的自觉"问题，是学者们着力研究的重点之一，而关于"文的自觉"的时期的研讨，更是研究的焦点。主要有两种观点：一是魏晋文学自觉说；一是汉代文学自觉说。

魏晋文学自觉说在新时期的中国古代文学研究中最有影响，此论几成学界定论。在不同学者那里，此说有不同的表述。[1]"魏晋文学自觉说"的提出，首见于铃木虎雄1920年发表的《魏晋南北朝时代的文学论》，文章通过对曹丕的《典论·论文》的分析认为，曹丕开始言及作家论，提出文学能"经国""不朽"、文气观以及诗赋欲丽等观点，开启了脱离汉末以前道德论文学观向从文学自身看其存在价值的转型之路。鲁迅沿用了铃木的说法、论据及论证方法。直到20世纪80年代初，由于李泽厚对鲁迅说法的张扬与推重，"魏晋文学自觉说"迅速风靡学界、深入人心并产生了重要影响。[2] 在学术专著方面，王运熙、杨明《魏晋南北朝文学批评史》，蔡钟翔、黄保真、成复旺《中国文学理论史》，章培恒《中国文学史》，袁济喜《新编中国文学批评发展史》，袁行霈《中国文学史》都接受了魏晋文学自觉说。袁行霈对此说的概括立足于文学本身，[3] 较之李泽厚更有条理性和系统性，其影响也越来越大。学术论文方面，蔡钟翔《典论·论文与文学自觉》、张朝富《汉末魏晋文人群落与文学变迁之走向——关于中国古代"文学自觉"的历史阐释》也持此说，而孙明君《建安时代"文的自觉"说再审视》一文的梳理与

---

① 铃木虎雄谓之"魏的时代是中国文学的自觉时代"。（铃木虎雄：《中国诗论史》，许总译，广西人民出版社1989年版，第37页）鲁迅谓之"曹丕的时代"。（鲁迅：《魏晋风度及文章与药及酒之关系》，《鲁迅全集》第3卷，人民文学出版社1981年版，第504页）也有学者谓之"建安时代"，但学界最通行的则是"魏晋时代是中国文学的自觉时代"的提法。

② 李泽厚：《美的历程》，文物出版社1981年版，第85、95—96页。

③ 袁行霈说："从魏晋开始，历经南北朝，包括唐代前期，是中国文学中古期的第一个阶段。"其标志即"文学的自觉"，"文学的自觉是一个漫长的过程，它贯穿于整个魏晋南北朝，是经过大约三百年才实现的。所谓文学的自觉有三个标志：第一，文学从广义的学术中分化出来，成为独立的一个门类；第二，对文学的各种体裁有了比较细致的区分，更重要的是对各种体裁的体制和风格特点有了比较明确的认识；第三，对文学的审美特性有了自觉的追求。"（袁行霈：《中国文学史》第2卷，高等教育出版社1999年版，第3—4页）

研究则颇具代表性。① 文章指出，"文的自觉"说自 20 世纪初提出以来，其风愈烈，几为定论；"文的自觉"与"人的觉醒"并不囿于文论领域，也不囿于文学领域，它跨越了文学、史学、哲学、美学诸领域，被认为是中古文化的显著特征；"文的自觉"的时期由初次提出的"魏时"、"曹丕的一个时代"逐步扩展为"魏晋时期"、"汉末魏晋时期"；"文的自觉"说与铃木虎雄、鲁迅及李泽厚有直接联系，在国内外学界均深入人心。因此，在对百年学术的发展、歧变与转型进行深刻回顾之时，不可忽略对中古"文的自觉"与"人的觉醒"的再审视。于是，作者首先对"文的自觉"说作了简要的回溯与描述，随后据此提出自己的见解，即认同建安是文学自觉时代的观点。文章认为，建安时代"人的觉醒"主要反映在两个层面，一是政治思想的觉醒，表现为自觉认同原始儒学的人文精神；二是生活方式的觉醒，表现为纵情任性的魏晋放达之风。建安时代"文的自觉"则既反映在诗文内容上，又表现在意象更新与意境开拓上，还体现在对诗歌形式的探索上。李文初《从"人的觉醒"到"文学的自觉"》一文是近年来魏晋文学自觉说者与汉代文学自觉者论争的代表性文章。文章认为，所谓文学自觉，一是文学摆脱经学"附庸"地位独立发展，二是按文学自身艺术规律进行创作。然而在汉代，这两条均不满足。据此，文章进一步提出，文学的自觉是以个体意识的觉醒为先导的。由对个体生命的重新审视而激发起的人的觉醒，使得六朝文学创作与文学批评乃至文人交往与对话活动等人文思潮都带有强烈的主体性色彩。这是人的觉醒促使文学自觉乃至文论自觉发展的时代特征。②

汉代文学自觉说是新时期以来与"魏晋文学自觉说"争锋的又一种较有影响的说法，龚克昌、张少康、刘晟、金美良（韩）、詹福瑞、李炳海、赵敏俐等均持汉代文学自觉说。他们主要从当代学者对自鲁迅以来"文学自觉"的具体内涵理解上的歧义出发，对魏晋文学自觉说产生怀疑，并提出汉代文学自觉说。研究汉赋的龚克昌在《论汉赋》③ 和《汉赋——文学自觉时代的起

① 孙明君：《建安时代"文的自觉"说再审视》，《北京大学学报》1996 年第 6 期。
② 李文初：《从"人的觉醒"到"文学的自觉"》，《文艺理论研究》1997 年第 2 期。
③ 龚克昌：《论汉赋》，《文史哲》1981 年第 1 期。

点》①中首倡并极力主张文学自觉始于汉代。其后，张少康《论文学的独立和自觉非自魏晋始》一文系统地阐释此说，颇具代表性。②刘晟、金美良（韩）《"魏初文学自觉"说质疑》则以"诗赋欲丽"并不等同于"诗赋不必寓教训"、"诗赋欲丽"不能涵盖全部文体和文学风尚、以"为艺术而艺术"或"文学自觉"为衡量文学进步与否的标尺过于武断、以"文气说"推出曹丕诗赋风格壮大不合其本旨及其诗赋特点四个方面的理由，系统地驳斥鲁迅的观点，明确反对"魏初文学自觉"说。③詹福瑞《文士、经生的文士化与文学的自觉》中称，"两汉时期，文士的兴起和经生的文士化倾向，有力地推动了文学的自觉"，④不仅支持汉代文学自觉说，还专门撰文考察汉人论屈原，说明"在汉代，文学已渐趋独立，文学观念也渐近自觉"。⑤李炳海的《黄钟大吕之音——古代辞赋的文本阐释》也以汉赋为例，认为汉代"辞赋的出现……是文学独立和自觉的标志"。⑥余如赵敏俐等也赞成"汉代文学自觉说"。

除上述对文学自觉问题的研究与探讨，阳子《观念的突破，价值的向背——六朝文学观与先秦文学观比较综评》⑦对六朝文学观念论述较为周详，文章认为六朝文学观异于秦汉的特质有四：一为极重文学自身价值，二为与宗经征圣的载道观对峙，三为重视文学抒情性，四是极力追求文学形式。

---

① 龚克昌：《汉赋——文学自觉时代的起点》，《文史哲》1988 年第 5 期。

② 张少康认为："文学的自觉和独立有一个发展过程，这是和中国古代文学观念的演变、文学创作的繁荣与各种文学体裁的成熟、文学理论批评的发展和专业文人队伍的形成直接相联系的"，"文学的独立和自觉是从战国后期《楚辞》的创作初露端倪，经过了一个较长的逐步发展过程，到西汉中期就已经很明确了"，"以刘向校书而在《别录》中将诗赋专列一类作为标志"。（张少康：《论文学的独立和自觉非自魏晋始》，《北京大学学报》1996 年第 2 期）

③ 刘晟、[韩] 金美良：《"魏初文学自觉"说质疑》，《山东师大学报》1997 年增刊。

④ 詹福瑞：《文士、经生的文士化与文学的自觉》，《河北学刊》1998 年第 4 期。

⑤ 詹福瑞：《从汉代人对屈原的批评看汉代文学的自觉》，《文艺理论研究》2000 年第 5 期。

⑥ 李炳海：《黄钟大吕之音——古代辞赋的文本阐释》，吉林人民出版社 2001 年版，第 16 页。

⑦ 阳子：《观念的突破，价值的向背——六朝文学馆与先秦文学观比较综评》，《萍乡教育学院学报》1991 年第 1 期。

　　古代文学的衡量标准问题，也是学者们关注的焦点。章培恒、刘德强、曹道衡、罗宗强、徐公持等对此都有精到的见解。对古代文学和思潮的衡量标准，以往基本上以是否现实主义为主要标准，且多否定。比如社科院文学研究所主编的《中国文学史》就认为，魏末多数作品已不如建安作家那样富于现实性，西晋作品的风力则已削弱，多数作家仅偏重形式技巧。两晋虽产生了左思、刘琨、陶渊明等杰出诗人，但形式主义和玄言诗的逆流长期泛滥。对此，章培恒的《关于魏晋南北朝文学的评价》明确反对。章培恒认为，中古重视个人价值，人的自我意识日渐增强，时人的创作势必反映着这一趋向与脉搏；时文强调自我意识的倾向是冲破旧束缚、推动文学前进的应予肯定之举；时文因自我意识增强而开拓的文学与哲学结合、致力于美的创造、加强创作中的主观作用等文学特色，为后代文学开辟了道路。所以，单以现实主义为标准来衡量中古文学与思潮的价值是不妥的。[①] 此文立即引起学界争鸣，刘世南撰文《究竟应该怎样评价魏晋南北朝文学——与章培恒同志商榷》[②] 对章培恒的主要论点逐一驳斥，章培恒则发表《再论魏晋南北朝文学的评价问题——兼答刘世南君》[③] 重申己论，并指出刘世南的几点错误。其后，刘德强《对魏晋南北朝文学研究的几点看法》一文针对学界对中古文学研究的主要观点，将中古文学置于整个中国古代文学发展史的背景下进行考察，运用系统论的观点展开分析，提出了比较中肯的见解：包括山水田园诗、宫体诗在内的中古文学的价值正在于它所反映的是中古社会的各方面；中古对诗文创作形式的探究与实践是对形式美的追求而非形式主义，中古文学的价值也在于中古文人对形式美的执着追求有力地推进了古代诗文创作的发展；中古玄言诗虽在哲理上未必正确、深刻，却既使文学脱离了就事论事地反映论传统，提高了哲学思辨性和创作、赏评的理论水平，又打破了儒家

---

① 章培恒：《关于魏晋南北朝文学的评价》，《复旦学报》1987 年第 1 期。

② 刘世南：《究竟应该怎样评价魏晋南北朝文学——与章培恒同志商榷》，《复旦学报》1988 年第 1 期。

③ 章培恒：《再论魏晋南北朝文学的评价问题——兼答刘世南君》，《复旦学报》1988 年第 2 期。

诗教的一统局面，促进了各类思潮的发展传播。最后，刘德强指出，对中国文学的研究不可脱离历史的背景而孤立片面地评价，必须看到主流，看清其在系统整体中的地位和作用，这样才能得出公允的评价。① 关于这一问题，最具代表性也最值得重视和吸收的论述当属 1999 年《文学遗产》第 2 期所载曹道衡、罗宗强、徐公持的《分期、评价及其相关问题——魏晋南北朝文学研究三人谈》一文的观点。② 该文主要涉及中古文学研究的百年回顾、中古文学的特殊性、史料考订与观念更新及未来研究的展望等问题。徐公持在回顾中古文学研究时认为：王运熙、杨明的《魏晋南北朝文学批评史》既有学术个性，又具集大成性质；曹道衡的《中古文学史论文集》《中古文学史论文集续编》《汉魏六朝文学史论文集》《南朝文学与北朝文学研究》《兰陵萧氏与南朝文学》等著作及其相关学术论文，既注重史料发掘和清理，又注重对文学史面貌重新描述，极具开拓品格；罗宗强的《玄学与魏晋士人心态》《道家道教古文论谈片》、《魏晋南北朝文学思想史》《中国古代士人心态研究》等著作，则侧重于文学思想史的研究，不独从文论着眼，还从文人心态、社会风尚和文化背景中来考察文学思潮；葛晓音的《八代诗史》《汉唐文学的嬗变》《山水田园诗派研究》《汉魏六朝文学与宗教》等著作，则反映出她的研究是基于对中古文学发展脉络的准确细致把握和对影响文学发展诸多因素的全面深入理解而展开的；王钟陵、钱志熙二人均擅长理性思维，长于建构自己的体系，其中钱志熙更好研究"文学精神"，即包含了作家"人格模式""文化视野""艺术创造力"等因素在内的"诗性精神"，他的研究往往取径语言、音乐、文人思维方式等切入口，深挖中古文学精神特质及其嬗变原因。在论及中古文学特殊性时，罗宗强强调中古文学有别于文学史上其他阶段的特质是对政教的疏离和非功利、回归文学本身；徐公持则以为中古是思想、学术、文化多元化时期，中古文学由于受到了玄、释等种种异质文化思潮的影响，极具张力和发展空间；曹道衡则认为，截至 20 世纪末，

---

① 刘德强：《对魏晋南北朝文学研究的几点看法》，《上海师大学报》1992 年第 2 期。

② 曹道衡、罗宗强、徐公持：《分期、评价及其相关问题——魏晋南北朝文学研究三人谈》，《文学遗产》1999 年第 2 期。

中古文学研究亟待深入，尤其是中古文人任诞、放达风尚对文学、文论的影响，宫体诗出现与梁代士人享乐生活及其与中古民歌的关系，陶、谢作品与佛教的关系，等等。关于史料考订与观念更新，曹道衡指出中古文学研究因敦煌出土《世说新语》残卷、日本出现抄本《文选》、国内外藏宋本文选等新材料的出现而有所变化，但就全局来看对研究的影响和推动并不能说很大，总体而言，观念的更新较之史料的考订在中古文学研究的重大变化中所起的作用更大。

关于古代文学思想的研究，罗宗强《魏晋南北朝文学思想史》中对中古尤其是六朝各代文学思想均有详细的论述，① 其余的研究者则主要就分时段的文学思想展开研究。如姜兰宝《文温以丽，意悲而远——从古诗十九首看汉末文人的人文精神》②、吕廷华《古诗十九首思想初探》③、赵昌平《建安诗歌与古诗十九首》④ 等文是对汉末文学思想及其对建安文学思想影响的研究。胡旭《汉魏文学嬗变研究》⑤ 和黄玉田《建安文学思想之嬗变》⑥ 是专论汉魏建安文学思想的，黄玉田指出，六朝文人向外发现了一个世界，向内看到了自我，于是重感情、重个性、重欲望风气，表现在诗赋散文等创作上，即是文学摆脱经学附庸地位，由功利向非功利、由美刺向抒情的转向。金启华《太康诗系在中国诗歌史上的地位和影响》⑦、张可礼《东晋文学衍变的三个阶段》⑧、曹道衡《试论东晋文学的几个问题》⑨ 等文则是专论两晋文学思想的代表性论文，其中金启华主要论述由魏及西晋诗风嬗变趋向，以为魏之

---

① 罗宗强：《魏晋南北朝文学思想史》，中华书局 1996 年版。

② 姜兰宝：《文温以丽，意悲而远——从古诗十九首看汉末文人的人文精神》，《大庆高等专科学校学报》1995 年第 1 期。

③ 吕廷华：《古诗十九首思想初探》，《青海师大学报》1984 年第 4 期。

④ 赵昌平：《建安诗歌与古诗十九首》，《江淮论坛》1984 年第 3 期。

⑤ 胡旭《汉魏文学嬗变研究》，厦门大学出版社 2004 年版。

⑥ 黄玉田：《建安文学思想之嬗变》，《河南教育学院学报》1993 年第 2 期。

⑦ 金启华：《太康诗系在中国诗歌史上的地位和影响》，《江苏教院学报》1992 年第 3 期。

⑧ 张可礼：《东晋文学衍变的三个阶段》，《古典文学知识》1997 年第 6 期。

⑨ 曹道衡：《试论东晋文学的几个问题》，《社会科学战线》1997 年第 2 期。

正始代表割据时期诗风，晋之太康代表统一局面诗风，正始以质胜，太康以文胜；张可礼主要论述东晋诗歌嬗变趋向，将东晋文学分为前中后三期，认为前期文学与社会关系密切，中期文学崇尚玄虚而开始疏离社会，后期玄言衰退山水田园兴起，隐逸风气开始发展；曹道衡则认为东晋文学从玄言诗到山水诗的转变发展得益于南北民族文化大交流大融合的时代风貌和当时思想界的变化。徐尚定《南朝文学思想演变的逻辑起点》、[①] 曹道衡和沈玉成《南朝文学三题》[②]、陶礼天《从山水到美人的艺术变奏——略论佛学与南朝诗风的演进关系》[③] 及钟优民《庾信文学思想初探》[④] 等文则专论南北朝文学思想，其中徐尚定认为，沈约、刘勰、钟嵘等南朝文论家都十分注重诗歌抒情性，也强调诗 "止乎礼义"，情、志含义至南朝合一，创作上的代表是庾信，形式上的标志则是永明体的形成；曹道衡则不仅论述了南北朝文学思潮的渗透与合流，还着重研究了南朝社会与文学的关系，并论及文学繁荣的表征；陶礼天则从佛教般若学向涅槃学转轨的角度来分析南朝文学从山水到美人的变奏现象，对山水诗与宫体诗的承继问题做了新的解说；钟优民则收集了庾信诗文中有关文学艺术的言论，从文学功用、产生原因、创作通变及作家作品评述等方面论述了庾信的文学思想。

（二）文化心态考察

文化心态研究是近年来古代人文思潮研究的热门话题。这一研究既关涉对古代社会形态、政治状况的研究，又关涉玄释与文人关系等哲学思潮的研究；同时还关涉古代人文思想渊源的研究。学界关于这一问题的研究与本书选题相关的成果主要集中于两个方面：一是关于时代、士、风度、心态的研究，二是关于文学与哲学及士风关系的研究。

---

① 徐尚定：《南朝文学思想演变的逻辑起点》，《杭州大学学报》1988 年第 2 期。

② 曹道衡，沈玉成：《南朝文学三题》，《文学评论》1990 年第 1 期。

③ 陶礼天：《从山水到美人的艺术变奏——略论佛学与南朝诗风的演进关系》，《福建论坛》1995 年第 3 期。

④ 钟优民：《庾信文学思想初探》，《社会科学战线》1986 年第 4 期。

1. 首先是时代、士、风度、心态的研究

关于中古尤其是六朝这个时代。六朝是中国古代历史上一个特殊的时期，门阀制度是此时期社会结构的特殊现象，这两个特殊势必深刻影响到六朝文学及思潮。因此，正确评价时代对文学的影响是中古文学研究必须解决的首要问题。刘大杰的论著《魏晋思想论》中的论述最为剀切深入，该书重视对社会政治环境和人文风气的考察，从时代的宇宙学说、政治思想、人生观、文艺思潮、清谈等角度研究六朝，强调文学观念的进化和变革，以文学史家的眼界研究魏晋思想，并以西方文艺理论和观念渗透入魏晋思想的研究，尤值一提的是，书中对于魏晋思潮中的人文学说价值多方阐发，使我们对六朝文论背景有了初步评判。① 宗白华在《美学散步》中则突破以往单独强调六朝的黑暗、动乱和分裂及其对文学所带来的灾难性破坏的评价，发掘出动荡的社会对六朝文学的另一种积极作用："汉末魏晋六朝是中国政治上最混乱、社会上最痛苦的时代，然而却是精神上极自由、极解放、最富有智慧、最浓于热情的一个时代，因此也就是最富有艺术精神的时代。"② 这一观点在学界极富代表性。李泽厚、刘纲纪主编的《中国美学史》则进一步强调了这一观点，认为六朝因其高度重视审美与艺术问题且思想丰富、专著众多，的确可谓是中国美学、艺术、文学史上具有重要地位的时代。六朝思想作为汉儒思想与隋唐思想的过渡环节，极大地冲击了汉末摇摇欲坠的儒学思想，带来"人的觉醒"和"文的自觉"，并直接影响到当时的一切文学艺术的创作和鉴赏批评。③ 除此之外，容肇祖《魏晋的自然主义》④、贺昌群《魏晋清谈思想初论》⑤、牟宗三《才性与玄理》⑥、汤用彤《魏晋玄学论稿》⑦、冯

① 刘大杰：《魏晋思想论》，中华书局 1939 年版。
② 宗白华：《美学散步》，上海人民出版社 1981 年版。
③ 李泽厚，刘纲纪：《中国美学史》，中国社会科学出版社 1984 年版。
④ 容肇祖：《魏晋的自然主义》，商务印书馆 1935 年版。
⑤ 贺昌群：《魏晋清谈思想初论》，商务印书馆 1947 年版。
⑥ 牟宗三：《才性与玄理》，广西师范大学出版社 2006 年版。
⑦ 汤用彤：《魏晋玄学论稿》，人民出版社 1957 年版。

友兰《中国哲学史》① 等著作，也都对此有相关论述。

关于士。以游国恩等主编的《中国文学史》为代表的研究者，都对士族阶层持否定态度，认为士族是腐朽的阶级，他们一味追求享乐而不敢正视现实，依托门阀把持官位却又不以世务婴心，既以老庄任诞思想支持自己的纵欲享乐生活，又以清谈玄理附庸风雅、掩饰精神空虚。这一观点长期主导人们的思想，但李泽厚《美的历程》较早反对此论，认为士族奢腐堕落生活的表象其实正是六朝特定环境下对人生、生活的极力追求，是在对迷信和道德等外在权威的怀疑论哲学下对人生的执着，具有深刻的内在人格觉醒的追求意味。一切都是虚幻不可信或无价值的，只有人生充满哀伤悲痛和人必死是真的，所以务必珍视生命。而六朝优秀诗篇正是这种人生感发中蕴藏的积极向上的意蕴情感。② 这种观点逐渐为学界普遍认同。余英时《士与中国文化》也称，六朝的放诞纵欲、清谈玄理等等，都只是"希志高远而不敢随波逐流""重以内心自觉之所积"的士大夫冲决世俗罗网的表现形式而已。③

关于魏晋风度。李泽厚、余英时二人所论均涉此问题。翁家禧《玄学与魏晋风度》认为，魏晋风度是对魏晋文士的独特行为风姿的综合概括。④ 杨自强《魏晋文人放达的文化背景》则以为魏晋文人身上所体现的一种追求率真自然、潇洒脱俗的人生态度即为魏晋风度。⑤ 放达是这一风度的生活作风的表现，是魏晋文人的心态的外在表现，是魏晋时期特有的文化现象，有着深沉文化内涵。杨文从魏晋哲学思潮、社会心理、审美风尚与放达的关系出发探讨了六朝放达产生的原因和内在本质。该文章以为，放达是对自我的坦然肯定，这种"人的自觉"是与玄风震荡下的个性解放思潮相得益彰的；放达是强烈的生命意识的表现；放达是由对死的恐惧而衍生出的对生的无限珍

① 冯友兰：《中国哲学史》，商务印书馆1934年版。

② 李泽厚：《美的历程》，天津社会科学出版社2002年版。

③ 余英时：《士与中国文化》，上海人民出版社2003年版。

④ 翁家禧：《玄学与魏晋风度》，《湛江师院学报》1994年第1期。

⑤ 杨自强：《魏晋文人放达的文化背景》，《宁波大学学报》1990年第1期。

视。此后，对魏晋风度的研究日渐升温，出现了一批专著和重要论文，如陈洪《诗化人生——魏晋风度的魅力》①、范子烨《中古文人生活研究》②等专著，以及朱桂凤《论"魏晋风度"的超越本性》③、郝跃南等《魏晋风度类型论》④、陈昌宁《试论魏晋风流的"清"》⑤等学术论文。

关于中古文人心态。罗宗强关于魏晋士人心态的研究首次将六朝文人心态研究提升到一种理性高度，其专著《玄学与魏晋士人心态》在海内外学界引起了广泛关注和认同。⑥所谓文人心态，是指既外化为魏晋风度，又内化为强烈生命意识的心理状态，文人心态既影响了文学创作，又从文学创作中体现出来。在六朝文人身上主要表现为孤独感、死亡意识、生命情感等心态。关于孤独感，袁济喜《论六朝文士的孤独感》一文有深入揭示。文章认为，汉魏以来士人在扬弃汉儒思想、重新定位天人观时，产生了浓重的孤独感，主要表现为人生无常的孤哀，这种心态影响到六朝文学创作，通过人与自然物的对照与咏叹生发出来，构成文学独特的孤凄之美。⑦在《人海孤舟——汉魏六朝士的孤独意识》中，袁济喜进一步展开论述并一再强调了这种孤独心态在中古发生的原因和本质内涵。⑧刘则鸣《古诗十九首的孤独伤痛与汉末士人的生存焦虑》认为十九首诗所宣泄的主要情绪是一种沉重的孤独感，这种孤独感源自汉末士人苦难的生存状态。⑨关于死亡意识，即对死的恐惧与对生的焦虑，陈太胜《悲怆的美丽：死亡暗影里的魏晋风度——魏晋时代死亡意识论纲》一文认为，中古文人对死亡的观照和冥思是中古对人

---

① 陈洪：《诗化人生——魏晋风度的魅力》，河北大学出版社 2001 年版。

② 范子烨：《中古文人生活研究》，山东教育出版社 2001 年版。

③ 朱桂凤：《论"魏晋风度"的超越本性》，《求是学刊》1999 年第 2 期。

④ 郝跃南：《魏晋风度类型论》，《天府新论》1999 年第 4 期。

⑤ 陈昌宁：《试论魏晋风流的"清"》，《解放军外国语学院学报》1996 年第 6 期。

⑥ 罗宗强：《玄学与魏晋士人心态》，浙江人民出版社 1991 年版。

⑦ 袁济喜：《论六朝文士的孤独感》，《中国人民大学学报》1995 年第 6 期。

⑧ 袁济喜：《人海孤舟——汉魏六朝士的孤独意识》，河南人民出版社 1995 年版。

⑨ 刘则鸣：《古诗十九首的孤独伤痛与汉末士人的生存焦虑》，《内蒙古大学学报》1997 年第 2 期。

的发现的思索与探求的最深刻内容，死亡意识是中古人文精神的骨干，是中古各类人文活动的动力。① 文章详尽论述了死亡意识在中古的兴衰历史，及其对包蕴着审美意识、哲学思想、文化内涵的魏晋风度的潜在影响。关于生命情感，张建华《从浓烈到淡泊——由六朝诗歌看魏晋名士生命情感的变迁》从文本角度出发以诗证史，认为魏晋名士的风流举止中蕴涵着他们的忧生之嗟的无尽悲情，正始的忧情、竹林的掩情、中朝的遗情、江左的化情，六朝文人由忧愤至冲淡平和的感情变迁中一以贯之的是烙上六朝印记的生命情感。② 这一情感历程背后是六朝文人对国破家亡的无力、对内心苦闷而无法言喻的沉重、对人生的无奈与悲凉。钱志熙《唐前生命观和文学生命主题》③、郑训佐《论古诗十九首的生死观》④、《死神与酒神：魏晋南北朝名士生存意识剖析》⑤、刘庆华《魏晋南北朝诗人的生命意识及其成因》⑥ 和吴兆路《魏晋南北朝赋的忧思精神》⑦ 等文也是关于生命意识的探讨中值得注意的论文。

除此之外，阎秀平《从古诗十九首看东汉末年文人心态》⑧ 是对汉末文人心态的研究，高飞卫《建安作家创作心态探微》⑨ 是对建安文人心态的研究，罗宗强《论阮籍的心态》⑩ 则是对正始文人心态的研究。曹道衡《从两首折杨柳看两晋文人心态的变化》⑪、徐公持《理极滞其必宣——论两晋人士

---

① 陈太胜：《悲怆的美丽：死亡暗影里的魏晋风度——魏晋时代死亡意识论纲》，《东方丛刊》1996 年第 2 期。

② 张建华：《从浓烈到淡泊——由六朝诗歌看魏晋名士生命情感的变迁》，《人文杂志》1994年第 3 期。

③ 钱志熙：《唐前生命观和文学生命主题》，东方出版社 1997 年版。

④ 郑训佐：《论古诗十九首的生死观》，《云南教院学报》1991 年第 1 期。

⑤ 郑训佐：《死神与酒神：魏晋南北朝名士生存意识剖析》，《东岳论丛》1994 年第 3 期。

⑥ 刘庆华：《魏晋南北朝诗人的生命意识及其成因》，《广东社会科学》1999 年第 3 期。

⑦ 吴兆路：《魏晋南北朝赋的忧思精神》，《复旦学报》1992 年第 5 期。

⑧ 阎秀平：《从古诗十九首看东汉末年文人心态》，《石油大学学报》1996 年第 2 期。

⑨ 高飞卫：《建安作家创作心态探微》，《固原师专学报》1990 年第 2 期。

⑩ 罗宗强：《论阮籍的心态》，《社会科学战线》1990 年第 4 期。

⑪ 曹道衡：《从两首折杨柳看两晋文人心态的变化》，《文学遗产》1995 年第 2 期。

的嵇康情结》①、韦燕宁《略论陶渊明的仕宦心态》②、章海生《论陶渊明进入
田园诗境界的心理与艺术调整》③ 是对两晋文人心态的研究。李宗长《永明
诗人的文化心态》④、《从鲍照乐府诗看其复杂矛盾的心态》⑤、和李炳海《北
朝文人的临战心态及边塞诗的格调》⑥ 及汪龙麟《〈搜神记〉异类婚恋故事文
化心理透视》⑦ 等均为对南北朝文人心态的研究。其中，李宗长《永明诗人
的文化心态》一文论述了永明文人诗作中描写恋情、沉湎宴游酒乐、咏物自
娱的内容后所蕴含的文化心态；《从鲍照乐府诗看其复杂矛盾的心态》一文
认为鲍照遭际坎坷，其乐府诗既有不满现实的愤懑难忍情绪，又有积极入世
的心态，表现为时隐时现的忧谗畏讥、既仕既隐心态和伤逝叹生、消极行乐
思想。李炳海则从文人心态入手专论北朝边塞诗，创见颇多。汪龙麟指出
《搜神记》所蕴涵和传递的是超乎个人的集体潜意识，这些民间传说历史地
折射了中古独特的文化心态。

　　2. 文学与哲学及士风关系的研究

　　玄学兴起是古代哲学发达的标志，作为中古的思想灵魂，玄学势必对
这个时代的文学产生深刻影响，因此，文学与哲学关系就成为研究的重要
对象。从整体上研究的有，牟世金的《从文与道的关系看儒家思想在古代
文学发展中的作用》⑧ 和韩经太的《论儒家"风骨"的清虚化》⑨ 等文专论儒
学与文学的关系；钱仲联《佛教与中国古代文学关系》⑩、葛兆光《禅宗与中

①　徐公持：《理极滞其必宣——论两晋人士的嵇康情结》，《文学遗产》1998 年第 4 期。

②　韦燕宁：《略论陶渊明的仕宦心态》，《广西民族学院学报》1995 年第 3 期。

③　章海生：《论陶渊明进入田园诗境界的心理与艺术调整》，《九江师专学报》1996 年第
　　4 期。

④　李宗长：《永明诗人的文化心态》，《学海》1999 年第 1 期。

⑤　李宗长：《从鲍照乐府诗看其复杂矛盾的心态》，《江苏社会科学》1997 年第 5 期。

⑥　李炳海：《北朝文人的临战心态及边塞诗的格调》，《晋阳学刊》1996 年第 1 期。

⑦　汪龙麟：《搜神记异类婚恋故事文化心理透视》，《山西大学学报》1993 年第 2 期。

⑧　牟世金：《从文与道的关系看儒家思想在古代文学发展中的作用》，《文史哲》1978 年第 6
　　期、1979 年第 1 期。

⑨　韩经太：《论儒家"风骨"的清虚化》，《中国社会科学》1996 年第 4 期。

⑩　钱仲联：《佛教与中国古代文学关系》，《江苏师院学报》1980 年第 1 期。

国文化》①、张伯伟《禅与诗学》、② 孙昌武《佛教与中国文学》③、韩经太《释道精神与古典诗歌理想》④ 等皆为论述佛家与文学关系的专著专文；葛兆光《道家与中国文化》、赵明《道家思想与中国文学》、杨乃乔《论道家诗学对六经经典文本的颠覆与解构》《"立言"与"立意"：从经学透视儒道诗学的冲突与互补》、伍立民《道教对中国古代文学影响刍议》、张学文《玄境：道学与中国文化》等皆为道家与文学关系的研究专论。其中，对道家的研究成果尤其值得借鉴。如赵明《道家思想与魏晋文学》主要研究道家对儒学的修补及对魏晋玄学的开启，认为老庄思想中的反传统和尚自然的特质有助于破旧立新，促进思想解放，唤起人的自觉，使得中古文人对自己的生命意义有新发现、新追求，从而促成文学的自觉。赵文还论及魏晋文学因受道家泽溉而呈现与两汉不同的风貌，而陶潜田园诗及晋宋山水诗兴起也得益于道家思想的流行。⑤ 余如王毅《"自然"说与晋诗之风貌》专论自然说对太康文人及孙绰、陶潜等人的影响，⑥ 章启群《论魏晋自然观——中国艺术自觉的哲学考察》也涉及这一关系的研讨，⑦ 李生龙《魏晋南北朝文学与道教》则专论道教对中古文学的影响。⑧ 从具体细部展开研究的有，韦凤娟《魏晋以来山水诗"巧言切状"的玄学根源》、钟元凯《魏晋玄学与山水文学》、贺秀明《玄释与魏晋山水诗》、刘忠国等《玄佛静观思想与晋宋山水诗的兴起》等文论述玄学与山水诗的关系；高华平《玄言清谈与魏晋四言诗的复兴》则论述玄学与四言诗的关系；张海明《魏晋玄学与游仙诗》论述玄学与游仙诗的关系；毕万忱《论魏晋六朝赋的道家倾向》专论道家思想与赋的关系，等等。此外，胡海《王弼玄学的人文智慧》也对本书的

①　葛兆光：《禅宗与中国文化》，上海人民出版社 1986 年版。

②　张伯伟：《禅与诗学》，浙江人民出版社 1992 年版。

③　孙昌武：《佛教与中国文学》，上海人民出版社 1988 年版。

④　韩经太：《释道精神与古典诗歌理想》，《文史知识》1987 年第 2 期。

⑤　赵明：《道家思想与魏晋文学》，《吉林大学学报》1985 年第 4 期。

⑥　王毅：《"自然"说与晋诗之风貌》，《文学遗产》1984 年第 4 期。

⑦　章启群《论魏晋自然观——中国艺术自觉的哲学考察》，北京大学出版社 2000 年版。

⑧　李生龙：《魏晋南北朝文学与道教》，《中国文学研究》1991 年第 3 期。

研究极富启发意义。①

士风与文学的关系实质上隶属于哲学与文学的关系，在古代文学研究中，这一关系已形成一个专门性论题。钱志熙的博士论文《魏晋诗歌艺术原论》的论述，从文风、士风角度分别梳理了汉末至晋宋之际的士风与文学中诗风的关系，已注意到这一问题。孙明君的博士论文《汉末士风与建安诗风》则是研究汉末建安士风与诗风的专著，其《建安诗风的旧说与己见》一文则结合士风走向对建安诗歌研究作了纵向梳理，② 为士风与文学关系梳理论证提供了个案典范。刘运好《论魏晋士风及其对文风的影响》《魏晋士风与诗风的嬗变趋向》则对魏晋士风和文风的关系作了系统论述。王巍的《建安文学概论》③、陆晓光译冈村繁（日）的《汉魏六朝思想和文学》④、袁济喜的《古代文论的人文追寻》⑤《中国古代文论精神》⑥《中古美学与人生讲演录》⑦ 以及宁稼雨的《魏晋士人人格精神——〈世说新语〉的士人精神史研究》⑧ 等著作，均对中古士风均有不同程度的论述。除此之外，近年学界还出现了一批关于人文思潮变迁对中古文学诸时段诸问题的影响研究，如胡旭《汉魏文学嬗变研究》⑨ 一文等等，也为本书的研究提供了可资借鉴的方法。而袁济喜在近年的研究中更将关注的目光投向先秦、两汉、魏晋南北朝的各类思想对话现象与文学批评的关系研究，如《从先秦诸子的对话体看汉语批评》⑩《〈孟子〉中的思想对话与文学批评》⑪《建安文学：

---

① 胡海：《王弼玄学的人文智慧》，人民出版社 2007 年版。

② 孙明君：《建安诗风的旧说与己见》，《广西社会科学》1995 年第 2 期。

③ 王巍：《建安文学概论》，辽宁教育出版社 2000 年版。

④ [日] 冈村繁：《汉魏六朝思想和文学》，陆晓光译，上海古籍出版社 2002 年版。

⑤ 袁济喜：《古代文论的人文追寻》，中华书局 2002 年版。

⑥ 袁济喜：《中国古代文论精神》，山西教育出版社 2005 年版。

⑦ 袁济喜：《中古美学与人生讲演录》，广西师范大学出版社 2007 年版。

⑧ 宁稼雨：《魏晋士人人格精神——〈世说新语〉的士人精神史研究》，南开大学出版社 2005 年版。

⑨ 胡旭：《汉魏文学嬗变研究》，厦门大学出版社 2004 年版。

⑩ 袁济喜：《从先秦诸子的对话体看汉语批评》，《江汉论坛》2009 年第 8 期。

⑪ 袁济喜：《〈孟子〉中的思想对话与文学批评》，《中国人民大学学报》2009 年第 6 期。

从思想对话到文学批评》①《从〈世说新语〉看思想对话与文学批评》②《论梁代皇族萧氏兄弟的文学对话》③ 等文，而新近出版的专著《魏晋南北朝思想对话与文艺批评》④，更以其独特的视角与精辟的见解，为本书的研究指明了方向。

（三）文学审美研究

中古尤其是六朝是一个艺术自觉的时代，既是文学自觉的时代，也是美学自觉的时代。中古文学的发展，深受魏晋玄学的影响，中古文论的发展更是直接地受到中古美学的泽溉。为此，关于美学风尚与审美意识问题的研究就成为研究古代文学的一个重要视角。学界关于这一问题的研究与知音论审美生成相关的主要集中于三个方面：一是中古美学对文学的整体影响研究；二是中古审美意识对文学中内容与形式的具体影响研究；三是中古文学的总体审美特点研究。

关于整体影响研究，1989 年底北京大学出版社出版了袁济喜的《六朝美学》一书⑤，这本首次采用专题方式系统研究六朝美学的专著，贯穿了人文意识，作者通过系统梳理六朝美学与文艺，揭示了六朝美学与文艺中的人文思潮，推进了六朝哲学与美学中的人文思潮研究，标志着六朝美学与文艺探讨中的新成果与新进展，对于整个六朝美学乃至思想文化方面的研究富有创新价值与方法论启示。

关于具体影响研究，主要表现为对中古文学形象或意象的研究以及对中古分类文学的审美研究。邓乔彬《浅析古诗十九首的美学思想研究》、⑥ 郭精锐《试论古诗十九首真率自然的风格》⑦、王建华《论古诗十九首的抒

---

① 袁济喜：《建安文学：从思想对话到文学批评》，《江海学刊》2009 年第 5 期。
② 袁济喜：《从〈世说新语〉看思想对话与文学批评》，《中国文化研究》2007 年第 2 期。
③ 袁济喜：《论梁代皇族萧氏兄弟的文学对话》，《清华大学学报》2007 年第 4 期。
④ 袁济喜：《魏晋南北朝思想对话与文艺批评》，人民文学出版社 2011 年版。
⑤ 袁济喜：《六朝美学》，北京大学出版社 1989 年版。
⑥ 邓乔彬：《浅析古诗十九首的美学思想研究》，《文艺理论》1983 年第 1 期。
⑦ 郭精锐：《试论古诗十九首真率自然的风格》，《中山大学学报》1982 年第 2 期。

情艺术》① 以及刘迪才《古诗十九首的审美意象》② 等文是对汉末诗文的美学思想与审美意象研究的代表性作品。钱志熙《魏晋诗歌中的飞翔形象》③ 与和清《论魏晋南北朝时期艺术形象的发展》④ 二文则是中古文学形象或意象研究中的代表性成果。前者主要研究魏晋诗歌中的艺术形象或称意象，文章认为，魏晋诗人对飞鸟形象的描写，近乎诗骚比兴传统又异乎后世物景诗中的写鸟，其中赋予了飞鸟形象一种象征意义，表现了一种飞翔精神，是魏晋文人希冀摆脱苦闷、追求个性、自由书写、追求生命价值实现的时代精神的反映。飞鸟形象的塑造，也反映出魏晋追求飞翔、飘逸的时代审美观；飞鸟形象中飞翔精神的形成、发展和消失的过程印证了建安风骨的产生、演化和消沉。后者则通过对中古美学与艺术理论、文学和艺术实践等方面的分析，论述艺术形象的发展，指出中古是中国审美理想发生转变的时期。就形神关系而言，秦汉的形象理解是表象性的，自西晋陆机，经东晋顾恺之、南朝宋宗炳，以至南朝齐谢赫，逐步演变为由重形似到重神似、由求外貌逼真到求内在神会的审美特征。之所以能在中古完成这一转化，与当时盛行的道、释、玄理论密切相关。而中古山水诗画作为独立审美形象出现在艺术领域，则为艺术形象审美化奠定了基础。关于中古分类文学的审美研究，钟涛《骈文与六朝审美意识》⑤、莫山洪《骈文的审美形态》⑥ 等文是对中古骈文的审美研究的代表性成果，他们从骈文之美及其之所以成为美文的原因等多种角度出发，具体探析了中古审美意识对此时期文学的影响；胡大雷《略论魏晋南北朝文人诗歌的发展线索与规律》⑦、江艳华《魏晋南北朝咏史诗论略》⑧、周唯一《魏晋赠答诗的基本模式及艺术

① 王建华：《论古诗十九首的抒情艺术》，《西北大学学报》1997 年第 2 期。
② 刘迪才：《古诗十九首的审美意象》，《学术论坛》1992 年第 5 期。
③ 钱志熙：《魏晋诗歌中的飞翔形象》，《文学遗产》1989 年第 5 期。
④ 和清：《论魏晋南北朝时期艺术形象的发展》，《复旦学报》1994 年第 2 期。
⑤ 钟涛：《骈文与六朝审美意识》，《青海师大学报》1989 年第 3 期。
⑥ 莫山洪：《骈文的审美形态》，《柳州师专学报》1996 年第 3 期。
⑦ 胡大雷：《略论魏晋南北朝文人诗歌的发展线索与规律》，《广西师大学报》1988 年第 3 期。
⑧ 江艳华：《魏晋南北朝咏史诗论略》，《云南师大学报》1994 年第 4 期。

文化特征》①、胡中山《魏晋游宴诗文的演变与时代特征》②等文是对中古诗歌的审美研究论文，他们具体探析了咏史诗、赠答诗、游宴诗等中古诗歌中所体现的文人审美价值与审美心态；李晓丹《东晋玄言入诗审美观照》③、钱钢《东晋玄言诗审美三题》④、李绍华《东晋玄言诗的审美特征》⑤、邓福舜《东晋玄言诗的艺术价值》⑥等文是关于中古玄言诗的审美研究中的代表性论文；曹道衡《试论汉赋和魏晋南北朝的抒情小赋》⑦、刘树清《试论汉魏六朝抒情小赋的艺术特色》⑧等文是研究中古赋的艺术特征和审美特质的论文；高建新《南北朝乐府民歌比较分析》⑨、管芙蓉《浅谈北朝民歌的美学特色》⑩等文则是对中古乐府民歌进行美学比较分析的研究论文；贾剑秋《论魏晋六朝志怪小说的审美思想》⑪则是研究中古小说审美思想的专论。

　　关于对中古文学的总体审美特点研究，袁济喜《汉魏六朝以悲为美》⑫、李建中《从品评文人到精析文心——汉魏六朝文艺心理学概述》⑬、周悦《魏晋六朝悲情文学的成因与特色》⑭等文可谓是代表性成果。袁济喜以为，钱钟书先生在《管锥编》中曾论及汉魏六朝音乐以悲为上，这是极具启发意义的。自东汉末年以来，由于时代环境的感染，产生了以悲哀怨愤为审美表现

---

① 周唯一：《魏晋赠答诗的基本模式及艺术文化特征》，1995 年第 4 期。
② 胡中山：《魏晋游宴诗文的演变与时代特征》，《徐州师大学报》1997 年第 4 期。
③ 李晓丹：《东晋玄言入诗审美观照》，《广西师大学报》1997 年第 1 期。
④ 钱钢：《东晋玄言诗审美三题》，《上海大学学报》1997 年第 1 期。
⑤ 李绍华：《东晋玄言诗的审美特征》，《广西社会科学》2000 年第 2 期。
⑥ 邓福舜：《东晋玄言诗的艺术价值》，《北方论丛》2000 年第 4 期。
⑦ 曹道衡：《试论汉赋和魏晋南北朝的抒情小赋》，《中古文学史论文集》，中华书局 1986 年版。
⑧ 刘树清：《试论汉魏六朝抒情小赋的艺术特色》，《南宁师院学报》1983 年第 2 期。
⑨ 高建新：《南北朝乐府民歌比较分析》，《内蒙古社会科学》1999 年第 2 期。
⑩ 管芙蓉：《浅谈北朝民歌的美学特色》，《晋阳学刊》1999 年第 3 期。
⑪ 贾剑秋：《论魏晋六朝志怪小说的审美思想》，《西南民族大学学报》1992 年第 1 期。
⑫ 袁济喜：《汉魏六朝以悲为美》，《齐鲁学刊》1988 年第 3 期。
⑬ 李建中：《从品评文人到精析文心——汉魏六朝文艺心理学概述》，《社会科学研究》1991 年第 2 期。
⑭ 周悦：《魏晋六朝悲情文学的成因与特色》，《中国文学研究》1995 年第 2 期。

内容的文艺思潮，涌现了一系列新的美学规范，古典悲剧美学开始臻于成熟。因此，研究中国固有的悲剧美学，汉魏六朝以悲为美是一个重要的课题。反映到文学领域，酿成了汉魏六朝整整一个历史时期的悲剧文学。李建中则以中国古代的文学史和文论史为背景，通过整理、阐释古籍之中的文艺心理学思想资料，提纲挈领地勾画出汉魏六朝文艺心理学的发展脉络和理论轮廓，揭示出中古文学总体审美特征的心理渊源。周悦认为，中古文学标榜"吟咏风谣、流连哀思""情灵摇荡"，较之秦汉，抒情性明显增强且以悲为主，这种悲情的审美作用是由汉末以来动荡现实对忧患意识的唤起和中古时代的命运所决定的，建安文学慷慨激昂而悲凉，两晋文学念乱忧生而悲愤，南朝文学无限伤感而悲哀。悲凉、悲愤、悲哀成为中古尤其是六朝各阶段以悲为美的不同表征。沈婵媛《悲美与悲怨——汉魏六朝审美意识与创作心理分析》① 在此基础上进一步梳理，文章认为，汉魏六朝诗文中的感伤情调表现为悲美与悲怨两种审美意识，两者虽都以悲为底蕴，但前者是一种审美心理，是艺术接受中的审悲快感；后者则是一种创作心理，是主体在现实生活中的悲剧意识。

（四）文学本体研究

学界对古代文学的本体研究中关涉知音论审美生成的成果繁多，此处只作综括，恕不赘列。总体来看，相关的成果主要集中于两个方面：一是对作家、文人团体的个案与整体研究；二是对作品、文学流派的个案与整体研究。对作家、文人团体的个案与整体研究，可以分时段论之。对建安时期的三曹、孔融、王粲等人的个案研究和对建安七子的整体研究，对正始时期的阮籍、嵇康等人的个案研究和对竹林七贤的整体研究，对西晋张华、陆机、陆云、潘岳、左思等人的个案研究和对太康文人、二十四友的整体研究，对东晋孙绰、支道林、陶渊明等人的个案研究，对谢灵运、谢朓、鲍照、庾信

① 沈婵媛：《悲美与悲怨——汉魏六朝审美意识与创作心理分析》，《美与时代（下半月）》2009 年第 12 期。

等人的个案研究和对永明诗人、竟陵八友、西邸文学集团、萧统文学集团、萧纲文学集团以及家族文人集团的整体研究。对作品、文学流派的个案与整体研究，也可以时代为序分论。对建安文学的研究主要集中在对建安文学的精神风骨与文学思想、繁荣原因、成就与地位、渊源与影响等方面，其中尤以对建安诗风和精神风骨的研究成果对本书启发为大。对正始文学的研究主要集中在竹林名士诗歌创作思想蕴涵、象征技法及审美心理与经验上，论及此时期诗歌创作的意识、成就、意象、审美经验和情趣等方面。对两晋文学的研究主要集中在对文学思想嬗变、文学关系承传以及文学现象、主题、体裁的研究上，尤以从审美或艺术价值角度对玄言诗、山水诗和田园诗展开研究的成果对本课题研究的启发为最。对南北朝文学的研究主要集中在对南朝文学追求形式美的审美特质研究及对《世说新语》的研究上。无论是对作家、文人团体，还是对作品、文学流派，这些基于作家作品的文学本体研究都对本书的研究展开具有启发意义。

学界对与知音论审美生成相关的古代人文思潮的研究主要集中于上述四个方面。综上可见，尽管从总体上讲尚有些许缺憾，譬如，古代文学与哲学思潮的深层逻辑联系、古代文学的承传关系和自身的演进规律等，还有待进一步的深入研究，对知音论审美生成与古代人文思潮间关系的整体性研究亦亟待给予更多的重视，对知音论文艺批评体系建构的研究更须开荒垦拓。但学界与此相关的研究也已取得了前所未有的成就，涉及面广，深度大有拓展，研究方法也独具特色，从散见在上述各类专著和论文中，仍可见出前辈学人对古代人文思潮、知音论的审美生成乃至知音论文艺批评体系建构这一问题隐而未发的思考。

第三节　名实界定及方法路径

本书以古代人文思潮、知音论的审美生成、知音论文艺批评体系为研究对象。但是，笔者为本书所确定的研究范围却是相当有限的。它不是泛论古代人文思潮的发展历史，亦非简单梳理知音论审美生成之历史脉络；而是立足于"文艺批评体系建构"，着眼于"生成"二字，分析古代人文思潮对知音论审美生成的泽溉，厘清知音论审美生成的外缘影响，探究知音论审美生成的内在理路，并在中国传统文论深厚底蕴中建构起极具华夏民族本土特色的知音论文艺批评体系。

魏晋玄学起源于东汉，这是唐代以来文学研究者的共识。近人汤用彤又曾在《魏晋玄学论稿》一书中明确提出玄学起于人物识鉴的观点。据此，笔者将本书研究的出发点定位为汉末之人物品藻。因此，本书研究时段自汉末始。

本书所要探讨的论题中含有两个动态的命题：一是古代人文思潮，一是知音论的审美生成。为研究之便利，有必要加以界定。

一、何谓"古代人文思潮"

本书中的古代人文思潮，侧重于中古阶段六朝时期的人文思潮。六朝，《辞海》释之为："历史时期名。三国吴，东晋，南朝的宋、齐、梁、陈，都以建康（吴时名建业，江苏南京）为首都。合称六朝。"但广义的六朝，包括北朝，本书所指之六朝，实际上也兼指魏晋南北朝。在当代学人所采用的六朝文学与美学研究范畴中，实际上往往包含魏晋南北朝。人文，《辞海》释之为："旧指诗书礼乐等。《易·贲》：'文明以止，人文也。观乎天文，以察时变；观乎人文，以化成天下。'今指人类社会的各种文化现象。"思潮，《辞海》释之为："某一历史时期内反映一定阶级或阶层的利益和要求的思想倾向。"人文思潮，《辞海》中未收录此条，笔者以为，"人文思潮"的意义兼有动态与整体的特性，要确切把握它的概念比较困难。说它"动态"是指其内涵在不同历史时期都不尽相同，其体系与中国古代人文精神一样，一直在不断建构之中，而处于不断发展变化过程中的"人文思潮"具有时间性、空间性及民族性等特征，一般来说，六朝以前多重功利性，六朝以后则更重个体价值与审美性，两者均为中国古代人文精神殿堂中不可或缺的一部分；

"整体"表现在这个定义既是一种历史现象，也是一种文学现象，它涉及多个领域多个视角。可见，古代人文思潮通常被理解为包含政治、思想、文化等多个方面展开的宏大背景。尽管这些宏大叙事固然与"知音论"的审美生成有关，却往往只是间接关系而非直接相关。所以，本书所言之古代人文思潮，是特指和知音论审美生成有直接关联的人文思潮因素，为此，本书的研究将古代人文思潮界定为：文学创作的变化、文学理论的发展和文人生活方式的转变中所反映出的特定时代的共同的时代精神，即古代人文精神。通过对它们的条分缕析，紧扣古代人文思潮与知音论，探讨二者之间的关系，尤其注重知音论对古代人文思潮的梳理、选择、评价与提升方面的探析，以期为当代知音论文艺批评体系建构开出新途。

二、何谓"知音""知音论"

知音，《辞海》释之为："知己，朋友。"知音，是一个有着高尚追求的生命所系，其实质是一种心灵之间的交流与沟通，是生命过程的体验与妙悟，是一切体验的心灵至尊。它与人文有着天然的联系，是对于人的基本价值之认同，也是对于人的内心世界的关注。总体来看，知音作为一种蕴含着人文精神的精神体验现象，其旨归即在由关注人的内心进而关注人的价值，显然，这是对在中国古代自老庄、孔孟、韩非、管子开始一以贯之的"天人合一"的人文追求以及"观乎人文化成天下"的人文精神的继承与延续，由此也可以说，知音实质上是基于人道主义与人性论而生发的。

本书在研究中多次提到的"知音"，既是一种论乐的方法，也是一种论书、论画的方法，在"人的觉醒"时期，它被转化为一种论人的方法，在"文的自觉"过程中又被假借成一种论文乃至论诗的方法，并最终在"文论的自觉"过程中逐步发展成一种古代文学批评鉴赏理论——知音论。在其后出现的诗、词、曲、小说等新文体的批评鉴赏中，知音论也得到不断发展与丰富。

知音论，《辞海》中并未收录。中古知音论的主要观点集中体现于刘勰

《文心雕龙·知音》篇中，其体系架构包括却不限于刘勰《文心雕龙·知音》篇。中古知音论隶属于却不等同于古代文论视阈中的知音论。古代文论视阈中的知音论，萌芽于先秦、肇始于汉末、成形于六朝，潜行于历代文人及文论家们对古代传统哲学思想的体认中，显在于丰富的文学创作和或碎片、或体系化的古代诗文批评里，贯穿了中国古代文学批评发生、发展的全过程。① 可以说，知音论发轫于汉末魏晋时期，以古代人文思潮为基础，以对文学创作的鉴赏与批评为本体论，以沟通作者与读者之间的人文交流、激发时代的人文精神为价值论，并格外强调读者之作用的理论体系。从某种意义上讲，知音论可谓中国古代文学批评中本体论、价值论、读者论的集合。

　　无论是本体论、价值论内涵，还是读者论内涵，乃至其他内涵，知音论所涵括的各个内涵要件在其形成过程中都直接或间接受到古代人文思潮尤其是汉末人物品藻思潮的深刻影响。对此，笔者将在全书各个章节中，结合中古尤其是六朝各时代的人文思潮背景，以文人的创作、鉴赏、批评的实践活动为例，对知音论所涵括的内涵做一简单概要，并摘其要者分而论之，以期从中考见知音论内涵中各要件形成时所受古代人文思潮影响的轨迹。

三、方法路径

　　学术研究在前代和当代学者研究成果的基础上有所突破和创新，大致有两个渠道：一是新材料的发现；二是新方法、新视角的选择和运用。古今中外的学术进步和创新，概莫能外。

　　对于古代人文思潮与知音论的审美生成的研究而言，新材料的发现虽有可能，但至少目前还没有可以用来重新诠释古代人文思潮与知音论的审美生成的新材料。所以，摆在我们面前的，只有新方法、新视角的选择和运用这个渠道。

---

① 杨明刚：《中古人文精神的透析——从演绎中的六朝知音文化谈起》，《华中科技大学学报（社会科学版）》2011 年第 6 期。

本书研究古代人文思潮与知音论的审美生成,采用的是"外缘影响"和"内在理路"相结合的方法,选择的是知音论这个新视角。试图通过知音论这个新视角,研究古代人文思潮对古代文论自觉的"外缘影响",并从美学的方法论论述知音论自身萌芽、发生、发展、成熟等形成规律的"内在理路"。

知音论,作为中国古代文学批评鉴赏论,形成于中古时期六朝阶段。而六朝是一个文化交汇,思想融合的大动荡、大变革时代,是我国政治、经济史上,更是思想文化史上的重要时期。这一时期一直被学术界视为"人的觉醒"的思想解放期,也被视为"文的自觉"的重要时期。部分学者以为,六朝同样也是中国古代文学史上的"文论自觉"的重要时期。这就注定了知音论在形成中必然与当时不断涌动的人文思潮交互杂糅并相互影响。这三个自觉是本书研究的潜在的逻辑思路。

除此之外,本书在研究中还采用了多种方法。一为"横断切入"方法。同一时期文学作品往往会因为创作者们受到类同思潮的影响而具有相似风格。时过境迁,这一人文思潮所留下的时代印记是任何时代的人都无法重复的。东汉末年到隋主灭周亦是如此,这个特殊历史时期涌动的众多人文思潮折光于知音论审美生成的过程中,呈现着与众不同的风貌,浸润着知音理论。二是"纵向比较"方法。六朝人文思潮的嬗变承汉启唐而又颇为独立,所以必须将研究置于中国古代人文精神发展的大背景下,对变迁与嬗变的过程详加对比,以期确立其对知音论审美生成的具体影响。

第一章　知音的批评转化

何谓知音？这既是本书最为核心的问题，也是本章将要解决的首要问题。

第一节　知音的批评转型

首先，在进行论述之前，有必要对知音这一词语进行训诂学式的解释，只有确定了这一词语的概念，才能进行文学批评角度的阐发；第二，知音这一概念在文学批评史上并非孤立的概念，而是要结合文献记载和历史经验才能看清。是故，本节所要解决的问题，正是通过对"高山流水"这个故事在层层传诵过程中逐渐丰富的意蕴，从而对知音这一词语进行解释，对知音的批评术语化历程进行简单梳理，为下文的论述奠定基础。与此同时，深挖知音关系这一知音论的上古母题的理论本质及其反映在《世说新语》中的审美转化，并重点探讨文学创作、文学批评的状况和文人的交往方式等几个方面对知音的具体影响。

一、术语化训诂

凡谈到知音，都会谈到最早记载于《吕氏春秋·孝行览·本味》里的一段话：

> 伯牙鼓琴，钟子期听之。方鼓琴而志在泰山，钟子期曰："善哉乎鼓琴！巍巍乎若泰山。"少选之间，而志在流水，钟子期又曰："善哉乎鼓琴！汤汤乎若流水。"钟子期死，伯牙破琴绝弦，终身不复鼓琴，以为世无足复为鼓琴者。非独琴若此也，贤者亦然。虽有贤者，而无礼以接之，贤奚由尽忠？犹御之不善，骥不自千里也。①

---

① 许维遹撰，梁运华整理：《吕氏春秋集释》，中华书局 2009 年版，第 312 页。

细读这段话，我们能发现两个问题。其一，这一段话并没有明确提到知音；其二，再联系上下文，这段话的主要目的并非在感慨伯牙子期之间是如何能够互相理解、互为知音，而是意在说明弹琴需要真正懂的人才能听，而贤者也必须要能够以礼相待才能得其用。《吕氏春秋》将这个故事置于"本味"，意思是说这种对待贤者的态度是"务本"的。所以，所谓高山流水遇知音，在这个故事最初被讲述的时候，只是一个关于统治者如何得贤的隐喻，是带有一定的政治色彩的。将这层意思推开来看，则是指正当的统治者与贤者的关系，应当是知音的关系，是先秦"君臣以义和"的君臣关系的反应。

所以，知音最初的意蕴与文艺无关，反倒与政治相关，知音的双方是"任贤"和"乐于效力"的关系，显然，这种关系也是不对等的。

有趣的是，这个故事在上古乃至秦汉被反复讲述。成书于西汉的《韩诗外传》在卷九第五章也同样讲述了这个故事，与《吕氏春秋》对比可以发现，从"伯牙鼓琴，钟子期听之"到"以为世无足与鼓琴也"几乎完全相同，只是后面一句略有不同：

> 非独鼓琴如此，贤者亦有之。苟非其时，则贤者将奚由得遂其功哉？[1]

《吕氏春秋》是战国末期的文献，而《韩诗外传》是汉初的文献，两者相差较近，他们在对所谓知音的论述上都是从尊贤、进贤的角度而言，这是完全一致的。再看刘向编著的《说苑·尊贤》篇，也同样完全引用了《吕氏春秋》的故事，刘向更总结道："人君之欲平治天下而垂荣名者，必尊贤而下士。"刘向还举例说明哪些人是贤人，比如伊尹、吕尚、管夷吾、百里奚。从历史中可以知道，这几位贤人与其辅佐的王者都是相互为知己的关系，已经超越了后来意义上等级森严的君臣大义，而是一种志同道合的关系。简言之，

---

[1] （汉）韩婴撰，许维遹集释：《韩诗外传集释》，中华书局1980年版，第311页。

"高山流水"这个故事在最初出现在文献的讲述中的时候，并没有明确地提出知音的关系，而是与任贤更为密切。当然，上文也已经说明，任贤也是一种知音，是后世知音论的滥觞。但也一定要认清这个故事的本质是非文学批评的。

这就是"高山流水"这个故事在最初出现的时候的面目。但是，在随后的文献中，这个故事再次被讲述的时候，就会发生微妙的变化了。如《列子·汤问》在讲述这一故事的时候，其意蕴就与前者有着明显不同：

> 伯牙善鼓琴，钟子期善听。伯牙鼓琴，志在登高山。钟子期曰："善哉，峨峨兮若泰山！"志在流水，钟子期曰："善哉，洋洋兮若江河！"伯牙所念，钟子期必得之。伯牙游于泰山之阴，卒逢暴雨，止于岩下；心悲，乃援琴而鼓之。初为霖雨之操，更造崩山之音。曲每奏，钟子期辄穷其趣。伯牙乃舍琴而叹曰："善哉，善哉！子之听夫，志想象犹吾心也。吾于何逃声哉？"①

我们注意到，在成书较晚的《列子》中，也记录了"高山流水"的故事，但是结尾处却再也没有了任贤的尾巴，这个故事不再是君臣之间相知关系的隐喻，而是有了一个纯粹的、较为艺术化的结尾："子之听夫志，想象犹吾心也。吾于何逃声哉"，晋人张湛注曰："言心暗合与己无异"，作为六朝人张湛的这个解释虽然字数较少，但非常有意味。指出了这则故事的目的是描述伯牙和子期之间的"心暗合"，这不正是知音的意思吗？所以，"高山流水"的故事在传播过程中，第一次有了纯然的知音的叙述，从此摆脱了任贤的态

---

① 杨伯峻：《列子集释》，中华书局1979年版，第148页。《列子》虽然有记载的成书时间很早，在《汉书·艺文志》中就著录了《列子》八篇，但是现存的《列子》成书显然要晚于汉代，据马叙伦《列子伪书考》认为："列子晚出而早亡，魏晋以来好事之徒聚敛《管子》《晏子》《论语》《山海经》《墨子》《庄子》《尸佼》《韩非子》《吕氏春秋》《韩诗外传》《淮南》《说苑》《新序》《新论》之言，附益晚说，假为向序以见重。"这一说法是有道理的。所以，《列子》的记载要晚于《吕氏春秋》《韩诗外传》等早期文献。

度。而我们发现，无论是《列子》之书，还是张湛的注，都比较靠近或身处六朝。而西汉后期刘向的《说苑》仍然在以"任贤"来讲述这一故事。东汉亦未能彻底摆脱任贤模式。① 这就有理由判定，"高山流水"这个故事直到六朝才开始逐渐摆脱任贤的政治话语，逐步成功地转型成为美学化色彩浓重的知音的美学话语。

《列子》之后，"高山流水"这一词语就常常被人增加为"高山流水遇知音"了，几乎此后所有在引用这一故事的时候，都会从知音的角度来看。本文认为，"高山流水"的故事在知音论形成的过程中，起到了非常重要的作用，是知音论形成的直接原因，构成了知音论的内涵基础。如《文心雕龙》之《知音》篇就说："夫志在山水，琴表其情，况行之笔端，理将焉匿？"在这句话中，刘勰已经不必过多解释这里的"琴表其情"是否有什么典故了，因此无论是他原句的含义，还是后人的注释，都透着一种伯牙子期"高山流水遇知音"的弦外之音。

那么，知音这一词语是如何演变为文学批评术语的呢？虽然说"高山流水"的故事给了知音论以内涵，但并没有明确提出知音的概念。在本小节中，将简单梳理一下知音从先秦模糊凌乱的意识中，如何逐步形成概念性术语的过程。

知音这一词语，首先在于"知"，即要有一种互相的审美、理解和惺惺相惜，指这种审美行为是相互的；其次在于"音"，亦即沟通、连接双方的媒介，在"高山流水"的故事中，这是音乐，而在走向文学批评的过程中，这又指文学作品。显然，考察早期文学批评史的材料，可以发现，知音呈现出的只是对音乐、文学等艺术、文化作品的审美态度。这就要从儒家经典说起。

首先，最初的知音是指"知道声音""了解声音"，这可算是知音二字的本意。在《礼记·乐记》中，已经提到了对音乐的欣赏的"知"：

---

① 其实，东汉蔡邕的《琴操》中已经记载了伯牙向音乐家成连拜师学习古琴"移情"之法的故事，但这个故事只是描述古琴曲谱的说明词，并不是"高山流水"这一故事的再现，所以虽然《琴操》是东汉末年的文献，但也不能改变正文此处的结论。

> 是故不知声者不可与言音，不知音者不可与言乐，知乐则几于礼矣。①

又说：

> 凡音者，生于人心者也；乐者，通伦理者也。是故知声而不知音者，禽兽是也；知音而不知乐者，众庶是也。唯君子为能知乐。②

这里提到了知音，但显然不是一个名词，而是和"知声""知乐"相对的动宾结构词语。而且，《乐记》排列的顺序是声逊色于音，音又逊色于乐。这里只是在解释音乐与人心的关系。但是，这里却提示了知音最初的含义是与音乐相关的。那么为什么"高山流水"也是音乐，而《乐记》也是谈音乐呢？这就说明，知音这个词与对音乐的赏鉴有关，《乐记》将这种赏鉴置于"人心"和"伦理"之间，至少解释了知音也是要发乎人心，止乎伦理的。这些，都为日后知音论的形成准备了理论基础。

第二，知音作为文学批评的术语较早地被使用，是在西汉时期，如《韩诗外传》和《淮南子》中，都有将知音作为对音乐的鉴赏之用法。《韩诗外传》卷七第二十六章中提道：

> 昔者孔子鼓瑟，曾子、子贡侧门而听。曲终，曾子曰："嗟乎！夫子瑟声殆有贪狼之志、邪僻之行，何其不仁趋利之甚？"子贡以为然，不对而入。夫子望见子贡有谏过之色，应难之状，释瑟而待之。子贡以曾子之言告。子曰："嗟乎！夫参，天下贤人也，其习知音矣。乡者丘鼓瑟，有鼠出游，狸见于屋，循梁微行，造焉而避，厌目曲脊，求而不得，丘以瑟淫其音。参以丘为贪狼邪僻，不亦宜乎。《诗》曰：鼓钟于宫，

---

① （清）阮元校刻：《十三经注疏（清嘉庆刊本）》，《礼记正义》卷三十七，《乐记》第十九，第3313页。
② （清）阮元校刻：《十三经注疏（清嘉庆刊本）》，《礼记正义》卷三十七，《乐记》第十九，第3313页。

声闻于外。"①

在这里，知音已经由纯粹的动宾短语演变成为对音乐这一艺术形式的鉴赏了。在这则故事中，孔子鼓瑟，被他的学生听到后，学生们通过欣赏音乐来探求孔子的心志。因为在门外，曾子从孔子的音乐中听出了邪恶的志趣，于是进门试图劝诫孔子，这才知道孔子是因为有邪恶的动物，"以瑟淫其音"，所以才演奏出这种音乐，并非他本人心志有缺。这则故事最大的意义，在于孔子称赞曾子"其习知音"，所以，这里知音的意思一方面是对音乐的欣赏，更深刻的一方面则是这种对音乐的鉴赏可以上升到对作者心志、志趣的探究上。这就比一般的对音乐的鉴赏要深刻得多。如果从文艺理论的语境来看，孔子此处所说的知音，已经隐含了现代文艺理论中读者的部分含义了。而且，这个知音的读者还要将鉴赏的触角伸到作者的文本中去，这则故事显然是对知音相当深刻地认识了。

刘安《淮南子·修务训》与韩婴《韩诗外传》所作时间大致相同，据其对知音的记载可知，知音与音乐的鉴赏有关：

> 邯郸师有出新曲者，托之李奇，诸人皆争学之。后知其非也，而皆弃其曲。此未始知音者也。②

这段话毋宁可以看作是知音从鉴赏音乐的行为这一本义，逐渐生发出的引申义了，即"能够鉴赏音乐"。高诱注称："师，乐师瞽也。出，犹作也。新曲，非匹乐也。李奇，古之名倡也。"庄逵古按云："《太平御览》引许慎注云：李奇，赵之善乐者也。"据此，邯郸师即生活在邯郸的乐工、乐师之类，而李奇是赵国的名倡，著名音乐家和歌唱家。这里的知音就变成了能够"鉴赏音乐"的意思了。这里特指听音乐的人，要根据自身的素质来追寻音乐家

---

① （汉）韩婴撰，许维遹集释：《韩诗外传集释》，中华书局 1980 年版，第 269 页。这则记载在《孔丛子·记义篇》中同样存在，不同的是《孔丛子》写作"鼓琴"。

② （汉）刘安：《淮南子》，上海书店 1986 年影印版，第 242 页。

的本意，不能因为音乐家有名，或者别人说好而人云亦云。由此可见，知音的内涵已经又加深了一层，不仅强调要领会作者，而且还应该有自己的鉴赏标准，这就已经有了一些对读者这一角色重视的萌芽，具有了文艺理论的特质了。

在东汉，对知音这一层意思的解释，也同样有其他文献支撑。如桓谭在其《新论·琴道》中，也通过知音表达了特殊的含义。

> 成少伯工吹竽，见安昌侯张子夏鼓琴，音不通千曲以上不足为知音。①

由于《新论》原书早已经散佚了，这句话是从《太平御览》卷五百八十一中辑佚出来的。但看这句话，只能从字面意思来理解，即知音就是对音乐的欣赏，而且，要想避免"不足为知音"，还应该多通曲目，有了大量鉴赏的经验后，才能达到知音的地步。如果说这又从积累鉴赏经验的角度来补充了知音的内涵，那么，如果细细考察《琴道》这一篇，就能从这些已经散佚复又辑佚的短简残篇中找到更为深刻的含义。仅存的《琴道》中，桓谭讲了两个故事，一个是关于卫灵公的，一个是关于孟尝君的，两个故事虽然不同，但桓谭却都在故事的最后提到了相似的主题：亡国之音。可见，桓谭写《琴道》，对音乐的鉴赏并不是为了陶冶情操、改善精神生活，而是避免亡国之音。而知音的内涵也就更丰富了。

所以，有汉一代，知音这个词的内涵终于从单纯的动宾短语，逐渐演变为具有了深刻内涵的名词。综上所述，知音一词在汉代的含义有三层：首先，知音就是赏鉴音乐，这是其本意，后世所有的"知音论"，都是从欣赏音乐这层意思上延伸出来的。第二，汉代文献中的知音已经从对音乐的欣赏，过渡到对作者心志的探讨，以及对读者欣赏标准的要求。这就比单纯的鉴赏音乐更进一层。同时，对音乐的鉴赏也像对《诗经》的诵读一样，也都

---

① （汉）桓谭：《新论》，上海人民出版社1977年版，第67页。

有着"亡国之音"的意蕴，即从艺术中观照政治的变化。但是，这种对读者和作者作用的递进以及政治观照，并不是站在文艺理论的角度，也不是从文艺的立场来说的，而是源于汉代经学对文艺的政治性拔高。所以，知音的内涵固然得到了前所未有的开掘，但在深度和广度上仍然不足，尤其是未能直接对文艺产生深刻的影响。毕竟有汉一代，文学和文学理论都没有走向自觉。

第三，直到六朝时期，知音才逐渐真正成为富含文艺内蕴的文学理论术语。而这可以从曹丕著名的《与吴质书》说起：

> 昔年疾疫，亲故多离其灾。徐、陈、应、刘，一时俱逝，痛可言邪？昔日游处，行则连舆，止则接席；何曾须臾相失。……昔伯牙绝弦于锺期，仲尼覆醢于子路，痛知音之难遇，伤门人之莫逮。诸子但为未及古人，亦一时之隽也。今之存者，已不逮矣。后生可畏，来者难诬，恐吾与足下不及见也。①

《与吴质书》中所言及的知音与汉代论知音不同之处在于：首先，这里的知音已经与音乐没有了直接关系，而是直接描述文学创作和鉴赏上的知己知彼，这就从单一的音乐领域逐渐扩大到文学领域。从修辞学的意义上来看，也许这只是知音一词的扩大性使用，是引申义的扩展。但是，如果放大到文艺理论的领域，则这个细微的修辞变化带来的却是鉴赏理论从个别领域到共性领域的扩展。其次，曹丕用"痛知音之难遇"来描述知音的难得，也就给了知音一个清晰的地位：知音难遇。而这恰恰成为后来《文心雕龙·知音》篇中"知音其难哉"的先声。可以说，"知音难遇"是知音这个名词的特殊气质。从先秦"高山流水遇知音"的寓言，再到"知音其难哉"的经典论断，曹丕的《与吴质书》显然起到了一个居中的作用，而曹丕这些观点的形成显然源自当时独特的社会背景和人文思潮对当时士人观念的

---

① （晋）陈寿撰，（宋）裴松之注：《三国志·魏书》卷二十一，中华书局 1959 年版，第 608 页。

深刻影响。

正是有了从先秦到六朝对知音一词内蕴的不断开掘，才能一步步达成《文心雕龙》对知音的经典论证。魏晋南北朝是中国古代文学批评最为辉煌的年代。这一时代的文学批评，因时代的刺激，将士人生命活动与审美精神融为一体，显现出中国古代文化中人生与艺术相统一的传统。文学活动与文学观念的生成，不仅是思辨的结果，而且是生命精神和人生体验的升华。两汉时代的封建统治者将文学与政教相联系，忽略了其中的生命精神与人生体验，而魏晋南北朝文学批评则建构在人生感受与体验的基础之上，使中国古代文论赖以生成与激活的生命精神得以解放，同时将先秦两汉儒学的精粹传承与光大，直接促成了文学事业的自觉，以及文学批评的发展，这为《文心雕龙》特别是《知音》篇的成书做了充分准备。

因为本部分在后文有详述，此处仅仅简单概括一下《文心雕龙·知音》篇中知音的含义。在《知音》篇中，刘勰首先指出了知音之难包括诸多原因，有的因为贵古贱今，有的因为文人相轻，有的因为学力不足，有的因为泛滥无归。随后，刘勰分析了这些造成"知音其难"的原因，并指出如何才能正确鉴赏，成为合格的知音，这又包括了六观，意即观位体、观置辞、观通变、观奇正、观事义和观宫商。可以说，到了刘勰的知音论，就已经蔚为大观，内蕴丰富了。从知音的本体论，到鉴赏论，到作者论，乃至读者论，一应俱全，面面俱到。知音终于从一个对音乐鉴赏的普遍说法，成为了一个完整的文艺理论术语。

二、母题本质考

前文已从"高山流水"故事传播及汉末思潮的梳理对知音一词在文学及文学批评范畴所做的浅要界定。古代文人是非常看重知己的，并且把获得知己视作一种至高的生活理想，正所谓"人生得一知己足矣"。前文所引的高山流水遇知音的故事，讲述的就是伯牙、子期这两个难得的知己。然而，这个故事并不单单说的是朋友相知，更表达了一种为政治服务的观点，认为对贤者不可"无礼以接之"，而且指出其正如对千里马要御之得当。这显然是对统治者而发出的，是一种对统治者任才手段的建议。这种观点也为后人所继承。① 可见，中国古代文人的知音，确是与他们"入世"的政治思想密不可分，而且最终成为知识分子亘古不变的情怀，这是他们寻求自身价值和寻求理解的必然。知音意识可以说是中国古代文人特有的心态。

诚然，知音论作为一种文学批评范畴的理论启于汉末，然而，其对文本鉴赏批评的价值标准却深深蕴藏于先秦知音意识之中，据此，也可将先秦知音意识视为文学批评中的知音论之母题作为本书研究的参照系。为此，本小节拟在前文通过"高山流水"故事传播及汉末思潮的梳理对知音一词在文学及文学批评范畴所作的浅要界定基础上，对先秦知音意识的发生缘由、哲学基础、现实背景、本质追求进一步展开深度发掘，以期厘清知音论的价值根源，辨明知音论中的知音的本质，为后文对知音论其他层面探讨的展开奠定基调。

从现代普遍意义上讲，知音即为知己或心有灵犀的好友。换句话讲，若二人能无约定地情志相通、德性相赏，无障碍地心灵交流、思想对话，非功利地彼此理解、高度认同，则他们之间即为知音关系，二人也互为知音或知己。

知音意识产生于先秦。其原因有三个方面。首先，宗法血缘制度的解体与地方割据势力的人才需求是知音意识产生的社会原因。生产力的发展促进了春秋时期的大变革，并由此带来了两个重要影响。一方面，与因为生产力水平低而聚集大量生产人手的需要相适应的宗法血缘制度，不可避免的遭受冲击并逐渐解体；另一方面，经济的发展，商业的兴盛，提高了诸侯国的实力，同时天子权威下降，分封制度也被打破了，社会中的人的身份地位不再是那么固定不变了。于是这就带了一个后果，政治上所谓"礼崩乐坏"，一元

---

① 唐韩愈作《马说》，进一步阐释"千里马"意象，深刻揭示其与伯乐间关系："世有伯乐，然后有千里马。千里马常有，而伯乐不常有；故虽有名马，祇辱于奴隶人之手，骈死于槽枥之间，不以千里称也。马之千里者，一食或尽粟一石。食马者不知其能千里而食也；是马也，虽有千里之能，食不饱，力不足，才美不外见，且欲与常马等不可得，安求其能千里也？策之不以其道，食之不能尽其材，鸣之而不能通其意，执策而临之曰：'天下无马！'呜呼！其真无马邪？其真不知马也！"从韩愈此文看来，千里马与伯乐显然被视为知音，而韩愈也非常明确地以千里马自况，渴望几才被伯乐相中，从而实现自己的人生理想。

化的状况发生了变化，"普天之下，莫非王臣"的传统格局至此开始被打破，与此同时，士人们也被原本所在的贵族体制抛离了出来，纷纷谋求多元选择和多样路径。而诸侯国的离心正是提供了这些路径，因为他们渴望雄起，自然也需要人才。总而言之，这两方面是知音意识产生的社会原因。其次，士在贵族集团人才争夺中的抱负与谋生的错位抉择是知音意识产生的直接原因。宗法分封体系的解体，使得社会阶层不再那么稳定，进而产生了流动性。这一流动性带来的影响，首当其冲的就是士。士本来是宗法分封制度中贵族群体的最后一级，在卿、大夫之下。但社会政治状况的变化使得他们不再是贵族群体的一员了，而这种变化给士带来最直接的影响，就是他们不再受到宗法分封制度的供养了，也就是说，他们赖以生存的来源消失了。于是，如何获得生存所必需的亦即如何谋生，就成了必须要考虑的问题而摆上案头。所幸的是，虽然从分封体系中脱离出使得士失去了贵族的地位，但与此同时，他们又获得了前所未有的人格自由，不再束缚于原来身处的体系，而有了更多的自我选择权利。士没有了与贵族地位所相傍的供养来源，而当时生产力水平低下，商品经济严重不发达，为了谋生，唯一能供自由的身份使用的工具，就只有他们的学识才能。而学识才能需要变换成生存资料。士要寻找愿意提供生存资料来"买"他们的学识才能的人，于是只能去从政，去想办法寻求知音、获得知遇便顺理成章。这一点可说是知音意识产生的直接原因。这一直接原因有时候也不可避免地导致有的人为了谋生而且迎合政治的需要，便是这其中的成功者也不免发出这样的感叹。① 创作华而不实只为歌功颂德的

① 战国时期大部分士人还是因为贫穷才去迎合政治的需要，投入到君主的权力下面，求得富贵功名。这是由当时士人生活的实际情况所决定的。比如纵横家苏秦初时很贫困，"兄弟嫂妹妻妾窃皆笑之，曰：'周人之俗，治产业，力工商，逐什二以为务。今子释本而事口舌，困，不亦宜乎！'苏秦闻之而惭，自伤，乃闭室不出，出其书籍观之。曰：'夫士业已屈首受书，而不能以取尊荣，虽多亦奚以为！'于是得周书阴符，伏而读之。……苏秦之昆弟妻嫂侧目不敢仰视，俯伏侍取食。苏秦笑谓其嫂曰：'何前倨而后恭也？'嫂委蛇蒲服，以面掩地而谢曰：'见季子位高金多也。'苏秦喟然叹曰：'此一人之身，富贵则亲戚畏惧之，贫贱则轻易之，况觽人乎！且使我有雒阳负郭田二顷，吾岂能佩六国相印乎！'"（汉·司马迁《史记·苏秦列传》）

文学作品正是如此。最后，士的弘道理想与君王执政威权的离合是知音意识产生的本质原因。由于士正处于社会上层与社会下层的中间，于是其地位的变化，在相当程度上反映了当时社会阶层的流动性。① 在这种频繁的流动中，士的内涵逐渐也发生了变化。在《孟子·万章下》中，孟子对士的地位变化的看法很清晰。② 而这一变化的结果，简言之，就是士从分封体系中贵族群体的最下层变成了士、农、工、商这四民之首。不过，士一直以来被强调了一种特殊性，那就是对知识的掌握。③ 尤其是儒家，更是认为士的这个特点完全不受身份地位的局限和束缚，认为他们的意义和价值在于对道的秉承。或者说，士人是道的代表，手中握有道，而且还要宣传道。在这一点上，孔子认为，士人是具有强烈的道德感的人，同时也身负传扬道的神圣使命。④ 也就是说，士人应当把在政治中去改变礼崩乐坏的现状并且实现自身的人生价值和

① 春秋时代贵族阶层流动性加剧的情况，很多已不是自然的变化，而是外力的影响。《左传·昭公三年》说晋国国内各大势力争斗的结果：栾、郤、胥、原、孤、续、庆、伯降在皂隶。这是一部分上层贵族地位下降了。《吕氏春秋·尊师》载："子张，鲁之鄙家也；颜涿聚，梁父之大盗也；学于孔子。段干木，晋国之大驵也，学于子夏。高何、县子石，齐国之暴者也，指于乡曲，学于子墨子。索卢参，东方之拒狡也，学于禽滑黎。此六人者，刑戮死辱之人也。今非徒免于刑戮死辱也，由此为天下名士显人，以终其寿，王公大人从而礼之，此得之于学也。"这是原本地位低下的庶人通过自身的努力而地位上升了。当时社会阶层之升降流动由此可见一斑。

② 《孟子·万章下》："士之失位也，犹诸侯之失国家也。……曰：'士之仕也，犹农夫之耕也；农夫岂为出疆舍其耒耜哉！'曰：'晋国亦仕国也，未尝闻仕如此其急；仕如此其急也，君子之难仕，何也？'曰：'丈夫生而愿为之有室，女子生而愿为之有家；父母之心，人皆有之；不待父母之命，媒妁之言，钻穴隙相窥，逾墙相从，则父母国人皆贱之。古之人未尝不欲仕也，又恶不由其道；不由其道而往者，与钻穴隙之类也。'"（清·焦循：《十三经清人注疏·孟子正义》，中华书局 1987 年版）

③ 《白虎通爵篇》："通古今，辩然否，谓之士。"《汉书·仲长统传》："以才智用者谓之士。都非常强调对知识的占有。"

④ 《论语·卫灵公》："君子谋道不谋食。耕也，馁在其中矣；学也，禄在其中矣。君子忧道不忧贫。"《论语·泰伯》："曾子曰：'士不可以不弘毅，任重而道远。仁以为己任，不亦重乎？死而后已，不亦远乎？'"可见在孔子看来，士人的使命正在于继述先王之道，同时以王道来改变礼崩乐坏的现实政治和道德败坏的人心。（清·刘宝楠：《十三经清人注疏·论语正义》，中华书局 1990 年版）

理想作为自己必须为之努力和奋斗的目标，或者说使命。而士人本身没有权力，他们想要弘扬他们认为的道，就必须通过有权力的君主来进行，因而让自己的道获得君主的认可，获得君主的赏识，也就是获得知遇以得到条件来实现自己的道，就成为士人当然的选择。这正是知音意识产生的本质原因。

产生于上古的知音意识中所折射出的知音关系主要集中体现于君臣之间，或是政界的君权与思想学术界的话语权之间。知遇，就是作为知音论母题的先秦知音意识在政治领域的一种体现。它涉及的是君王与士人双方即权与理两端，亦即所谓君臣关系。由于君臣二者旨归的不同，这对关系中始终存在着一种不可调和的矛盾。因此，君臣关系实为知音论中不能正确理解和把握作者意图的读者与作者之间关系的翻版或缩影。而对君臣关系中知遇过程的矛盾的关注也必然可以帮助我们从根本上探求读者与作者无法达成心灵沟通、思想对话的知音赏会的根由，以利于理解六朝各代文人论家对知音论的发展与贡献。

东周末年，政治权力四分五裂，诸侯国王独霸政治威权。受其影响，封建秩序重新洗牌，占有知识、真理、享有话语权的士成为一个阶层独立于世。当执政权与话语权分道扬镳之时，作为历史发展的必然规律和社会发展的必然趋势，士阶层必然拿起自己掌握的话语权这一有力武器，著书立说，宣扬主张，与掌握政权的诸侯国王一争高下，谋求本阶层的地位，并期待借助掌权者之权力实现自己的政治意愿。于是，思想学术界之道也随之分裂。① 从这种意义上讲，政权的占有方诸侯国王与真理的占有方士人之间，就出现了一方面从整体

---

① 《庄子》对于道术的分裂持批判态度，但这种分裂却是必然的，也是社会的进步，是无法阻挡的。《庄子·天下》篇曾言："道术将为天下裂。"原来道是完备统一的："古之人其备乎！配神明，醇天地，育万物，和天下，泽及百姓，明于本数，系于末度，六通四辟，小大精粗，其运无乎不在。其明而在数度者，旧法世传之史尚多有之。其在于《诗》、《书》、《礼》、《乐》者，邹鲁之士缙绅先生多能明之。"现在则是："天下大乱，贤圣不明，道德不一，天下多得一察焉以自好。譬如耳目鼻口，皆有所明，不能相通。犹百家众技也，皆有所长，时有所用。虽然，不该不遍，一曲之士也。判天地之美，析万物之理，察古人之全，寡能备于天地之美，称神明之容。是故内圣外王之道，暗而不明，郁而不发，天下之人各为其所欲焉以自为方。悲夫，百家往而不反，必不合矣！后世之学者，不幸不见天地之纯，古人之大体，道术将为天下裂。"

上互相需要、互相依存的关系，另一方面从个体上相互对立、相互矛盾的关系。导致这种现象出现的实质原因在于双方对权力与真理的选择的错位，以及双方在对各自选择的坚守中势力对比的悬殊。但是，在士看来，权与理之间，当然要选择理。这一坚持在孔孟学派尤为明显，他们认为，君臣关系从权的角度看是上下级关系，但从理的角度看则应是臣为帝师的师生关系。《孟子·万章下》所载鲁缪公与子思的对话直接反映了他们这种坚持。① 如果说这一点还能在开明之君那里找到些许存在的空间，毕竟，这一点仅是形式的差异，根本上还能为君权霸道所用。那么，士对理的进一步坚持则触及君权的痛处。士将君权霸道视为不智，认为单靠君权根本无法治天下，欲治天下，根本在理、在德、在王道。若仅以残暴治世，而不施仁德，则君不为君，仅为"独夫"。② 不特如此，士还以化成天下之王道为己任，以道统与君权对抗。③ 自然，在君看来，这简直就是对君权的公开叫板了。此处，权与理的矛盾已演变成为水火不容、不可调和的。在这种状况下，士人们似乎依然未嗅出火药味，依旧以飞蛾扑火之势积极入世，企望君上弃霸道而行他们认为高于君主的王道政治。荀子更在其《臣道》一篇中明确高标"从道不从君"的原则：

> 从命而利君谓之顺，从命而不利君谓之谄；逆命而利君谓之忠，逆命而不利君谓之篡；不恤君之荣辱，不恤国之臧否，偷合苟容，以持禄养交而已耳，谓之国贼。君有过谋过事，将危国家、陨社稷之惧也，大

① 《孟子·万章下》："缪公亟见于子思，曰：'古千乘之国以友士，何如？'子思不悦，曰：'古之人有言曰，事之云乎，岂曰友之云乎？'子思之不悦也，岂不曰：'以位，则子，君也；我，臣也；何敢与君友也？以德，则子事我者也，奚可以与我友？'"（清·焦循：《十三经清人注疏·孟子正义》，中华书局 1987 年版）

② 《孟子·梁惠王下》："齐宣王问曰：'汤放桀，武王伐纣，有诸？'孟子对曰：'于传有之。'曰：'臣弑其君，可乎？'曰：'贼仁者谓之'贼'，贼义者谓之'残'。残贼之人，谓之'一夫'。闻诛一夫纣矣，未闻弑君也。'"（清·焦循：《十三经清人注疏·孟子正义》，中华书局 1987 年版）

③ 《论语·子罕》载："子畏于匡，曰：'文王既没，文不在兹乎。天之将丧斯文也，后死者不得与于斯文也；天之未丧斯文也，匡人其如予何！'"（清·刘宝楠：《十三经清人注疏·论语正义》，中华书局 1990 年版）

臣父兄有能进言于君，用则可，不用则去，谓之谏；有能进言于君，用则可，不用则死，谓之争；有能比知同力，率群臣百吏而相与强君挢君，君虽不安，不能不听，遂以解国之大患，除国之大害，成于尊君安国，谓之辅；有能抗君之命，窃君之重，反君之事，以安国之危，除君之辱，功伐足以成国之大利，谓之拂。故谏、争、辅、拂之人，社稷之臣也，国君之宝也，明君所尊厚也，而暗主惑君以为己贼也。故明君之所赏，暗君之所罚也；暗君之所赏，明君之所杀也。伊尹、箕子可谓谏矣，比干、子胥可谓争矣，平原君之于赵可谓辅矣，信陵君之于魏可谓拂矣。传曰："从道不从君。"此之谓也。①

在这种权和理交锋的对抗下，士、君双方的矛盾激化也就成为必然，其中蕴含着以道器、体用的主导权之争为核心的矛盾。因为把握话语权的一方欲以理为道、体来主导权理的结合，将君权纳入理的体系，成为实现士的抱负的器、用之工具；而把握统治权的君的一方则想以君权为道、体来主导一切，将对思想学术之理的解释的话语权纳入自己的统治体系，以便于巩固君权的绝对统治。分据权、理的君、士双方同床而异梦，矛盾当然无从妥协。更何况前面也说了，战国时期的统治者奉行的是强权、是霸道，是不可能屈服于别人的"理"的。即便统治者需要士人的智慧和谋略来为自己的统治服务，但处于弱势的士人如果想在二者关系中占上风，确实是难上加难了。由此，政治关系中的知遇从根本上来看就成为虚无缥缈的镜花水月了。于是，士人们在一次次的失败的沮丧与挫折感中，开始转向文学中对理想知遇状态的渴求与追索。是为文学批评中知音论得以出现的心理基础。

士人们的遭遇促使寻求知音成为了必须。从孔子来说，其对知音的着眼点是政治："下学而上达，知我者其天乎？"主要是为表达政治理想无人理解的苦闷。不过后代文人已不完全只涉及政治话题，六朝山水诗中"山水惊知己"的命题，以及所谓红颜知己的提法等等，无不是反映了知音的意识。

---

① （清）王先谦撰：《荀子集解》，中华书局 1988 年版，第 249—250 页。

当然，文学上对知音的歌颂，也正表达了文人对知音的重视和对知遇的渴望，反映出的当然就是"知遇难"这一现实。于是，为了实现人生价值和理想，文人们只能去追寻。找到了，一朝君臣相得，同时也要坚持自身的信念；没找到，就只能选择寄托于天命作为精神解脱，于是文人们非常看重天人之间的关系。所以，对天人合一境界的追求，俨然就成了文人实现自我价值的手段。

三、审美转化轨迹考

本节前文中，我们已对知音做了一次简单的梳理，本节拟借《世说新语》中的知己事例，加以阐释，以期考见知音母题的审美转化轨迹。

《世说新语》中有许多关于知己这一知音母题的记载。如《世说新语》中《德行》篇第9则记载：

> 荀巨伯远看友人疾，值胡贼攻郡，友人语巨伯曰："吾今死矣，子可去！"巨伯曰："远来相视，子令吾去，败义以求生，岂荀巨伯所行邪！"贼既至，谓巨伯曰："大军至，一郡尽空，汝何男子，而敢独止？"巨伯曰："友人有疾，不忍委之，宁以吾身代友人命。"贼相谓曰："吾辈无义之人，而入有义之国。"遂班军而还，一郡并获全。①

这则逸事记载的是一则为朋友两肋插刀、舍生取义的友情故事，讲述的是荀巨伯和友人之间的生死之谊。文中，知己的友情被置于"胡贼攻郡"的矛盾冲突至高场景下，以荀巨伯与友人及胡贼间的对话白描手法，穷形尽相，一个重义轻生、珍视友情的义士形象呼之欲出，一份真挚感人的知己之情的跃然纸上。

---

① （宋）刘义庆著，（梁）刘孝标注，余嘉锡笺疏：《世说新语笺疏》，中华书局1983年版，第13页。

再如《简傲》篇第 4 则记载：

> 嵇康与吕安善，每一相思，千里命驾。安后来，值康不在，喜出户延之，不入。题门上作"凤"字而去。喜不觉，犹以为欣，故作。"凤"字，凡鸟也。①

作为"竹林七贤"的代表人物，嵇康美词气却不以才性自缨，有风仪却平淡自守，不自藻饰而有龙凤之姿，其乱世自守、淡泊名利的高情幽思深为东平吕安感佩，引为知己。二人情至深、意至重，被段中首句"嵇康与吕安善，每一相思、千里命驾"抒写得简约有神，一"思"一"千"之间将个"善"字精准描画，将嵇吕二人的深情厚谊烘托得淋漓尽致，成为千古佳话。当吕安之妻被其兄诱奸、自己反被诬流放入狱时，嵇康挺身而出为吕安鸣不平以致双双遭到杀害，用个体的生命维护道德的崇高，嵇吕之交当视为壮烈的生死至交。

上述两例虽可见出知己之情在尚情、重情的魏晋的弥足珍贵，但其情尚停留在浅近的举动之中，仍在知音母题的胚胎状态，看不出审美的端倪。但此时的知音母题却已在引为知己论交的过程中体现出社会功利意义，已具备了向非功利超越的前提，亦可视为知己这一知音的母题迈出了向审美转变的羞涩艰难却亦弥足珍贵的第一步。

《世说新语》中描写和倡导的友情模式却与此有所不同。魏晋人张扬自我，故其交友方式也就极为独特，彰显出鲜明的个性色彩。这在《世说新语》的记载中也得以充分体现。如《世说新语》中《任诞》篇第 22 则记载：

> 贺司空入洛赴命，为太孙舍人，经吴阊门，在船中弹琴。张季鹰本不相识，先在金阊亭，闻弦甚清，下船就贺，因共语。便大相知说。问

---

① （宋）刘义庆著，（梁）刘孝标注，余嘉锡笺疏：《世说新语笺疏》，中华书局 1983 年版，第 903 页。

贺："卿欲何之?"贺曰："入洛赴命，正尔进路。"张曰："吾亦有事北京。"
因路寄载，便与贺同发。初不告家，家追问乃知。①

可知，"江东步兵"张季鹰也是因"琴"邂逅、结识贺循的。表面上看，张
贺二人之邂逅行为似乎滑稽可笑，其中却蕴藏着二人对"人生贵得适意尔"
的不拘常理、率性而为的生活态度的认同与共鸣。可见，此处的知音已开始
含有些许惺惺相惜的共同志趣的意味。无独有偶，《任诞》篇第49则亦载：

> 王子猷出都，尚在渚下。旧闻桓子野善吹笛，而不相识。遇桓于岸
> 上过，王在船中，客有识之者，云是桓子野。王便令人与相闻云："闻
> 君善吹笛，试为我一奏。"桓时已贵显，素闻王名，即便回下车，踞胡
> 床，为作三调。弄毕，便上车去。客主不交一言。②

故事讲述的是王子猷应诏赴京师途中偶遇久闻大名擅长吹笛的桓子野，便让
人传言"闻君善吹笛，试为我一奏"，桓虽显贵却未拒绝邀请，大方地"踞
胡床，为作三调"，演奏完毕便上车绝尘而去。客主虽"不交一言"，以琴会
友的潇洒风流尽现。乐曲取代了言谈，音符消融着字符，即可令神契无间、
妙合无垠，高人逸士间的交友之道竟能如此高妙。这里，知己之情在东晋开
始转向个性化知"音"之赏，而沟通心灵、缔结友谊的桥梁即为绝美的琴
音。遥接整个知音之赏两端的，是无所依凭的心灵交汇，是会心一悟的审美
志趣，是剥离了一切目的性的感官满足和精神愉悦。

　　须知，只有蕴藉着深挚情感的非功利审美状态的赏会才能算真正意义上
的知音雏形。至此，知己这一知音的母题就完成了向审美转变的坚定有力的
第二步，成为非功利的旨归在感官享受的赏会，知音之形稍稍显现。

---

① （宋）刘义庆著，（梁）刘孝标注，余嘉锡笺疏：《世说新语笺疏》，中华书局1983年版，
　　第870页。
② （宋）刘义庆著，（梁）刘孝标注，余嘉锡笺疏：《世说新语笺疏》，中华书局1983年版，
　　第894页。

　　知心朋友突然逝去当是人生最为伤痛的时刻。一抔黄土不仅生死两不知，也令人顿生人生如寄之感。《世说新语》专辟《伤逝》篇，集中抒发亲友逝去的痛悼之情。如《世说新语》中《伤逝》篇第 1、3、7 则分别记载：

　　　　王仲宣好驴鸣。既葬，文帝临其丧，顾语同游曰："王好驴鸣，可各作一声以送之。"赴客皆一作驴鸣。①

　　　　孙子荆以有才，少所推服，唯雅敬王武子。武子丧时，名士无不至者。子荆后来，临尸恸哭，宾客莫不垂涕。哭毕，向灵床曰："卿常好我作驴鸣，今我为卿作。"体似真声，宾客皆笑。孙举头曰："使君辈存，令此人死！"②

　　　　顾彦先平生好琴，及丧，家人常以琴置灵床上。张季鹰往哭之，不胜其恸，遂径上床，鼓琴，作数曲竟，抚琴曰："顾彦先颇复赏此不？"因又大恸，遂不执孝子手而出。③

上述前两则材料中曹丕、孙子荆不约而同地以在葬礼上"学驴鸣"的仪式为王粲、王济送行，用看似荒诞不经、滑稽可笑的举动，寄予对友人的一往情深，抒写切肤的逝友之痛。第三则材料则以类同春秋伯牙子期知音之琴声响彻亡友灵床的独特方式，表达出琴在人亡、生死相隔、睹物思人的哀思，以凄美的琴声来宣泄失去知己后的深哀剧痛，比屈从礼法的号啕更真诚动人。

　　魏晋人超世却不忘情，"情之所钟，正在我辈"是他们真诚向己、执着向情的时代宣言。尚情、钟情的魏晋人，一旦失去情之所倚，竟会殉情而亡、绝情而去。《伤逝》篇第 16 则记载：

---

① （宋）刘义庆著，（梁）刘孝标注，余嘉锡笺疏：《世说新语笺疏》，中华书局 1983 年版，第 748 页。

② （宋）刘义庆著，（梁）刘孝标注，余嘉锡笺疏：《世说新语笺疏》，中华书局 1983 年版，第 750 页。

③ （宋）刘义庆著，（梁）刘孝标注，余嘉锡笺疏：《世说新语笺疏》，中华书局 1983 年版，第 753 页。

王子猷、子敬俱病笃，而子敬先亡。子猷问左右："何以都不闻消息？此已丧矣！"语时了不悲。便索舆来奔丧，都不哭。子敬素好琴，便径入坐灵床上，取子敬琴弹，弦既不调，掷地云："子敬！子敬！人琴俱亡。"因恸绝良久，月余亦卒。①

再如《伤逝》篇第 11 则记载：

支道林丧法虔之后，精神霣丧，风味转坠。常谓人曰："昔匠石废斤于郢人，牙生辍弦于钟子，推己外求，良不虚也！冥契既逝，发言莫赏，中心蕴结，余其亡矣！"却后一年，支遂殒。②

王子猷因感于兄弟的早夭，恸绝而亡；支道林因痛于挚交的先逝，郁郁而终。正所谓"哀莫大于心死，诚哉斯言"。此处没有英雄豪侠般的壮烈，留下的只是凄婉、感伤。魏晋人在感受庄生所言"死生亦大矣"的至哀之情的同时，幻化出对个体精神世界认同的知音雏形，知己这一知音的母题也就完成了向审美转变的过程。

其后，知音从单向价值意义上的审美逐步迈向文本意义乃至文论意义上的批评理论范畴。

循着这些分析，我们可以对知音论中知音的本质有两个方面的把握。

首先，从认识论的层面可知，知音论首先是一种互动式的理论方法，知音应具有两个主体，一个是创作的主体，一个是审美赏评的主体。西方接受美学这一文学鉴赏学科中重要的鉴赏学体系的理论对今天我们来研究知音论很有意义。西方接受美学认为，文学应是一个开放的价值系统，是一个由作者、作品和读者这些环节共同构成的运动过程。作者创造了文本的价值，是

---

① （宋）刘义庆著，（梁）刘孝标注，余嘉锡笺疏：《世说新语笺疏》，中华书局 1983 年版，第 759 页。

② （宋）刘义庆著，（梁）刘孝标注，余嘉锡笺疏：《世说新语笺疏》，中华书局 1983 年版，第 755 页。

很重要的，但如果没有读者的接受活动，文学文本只不过是一堆毫无意义的印刷符号。接受活动不仅实现文本的价值，而且还具有艺术再创造的功能。它所形成的信息反馈，也对作者的创作过程产生一定的影响。所以，在作者、作品、读者这个三角关系中，读者并不是一个被动、消极的角色，而是和作者一样，具有文学主体性地位。况且，读者与作者，永远都是文学价值体系的一对范畴。这一点与笔者考虑知音论的互动性这一特点的理论基础是一致的。《尚书·虞书》有云："诗言志，歌永言，声依永，律和声。"这既是讲作诗的道理，又是讲赏诗的道理，应该算是我国最早的关于文学赏评的说法，"作"与"赏"，本身就体现了一种互动。孔子的"兴观群怨"（《论语·阳货》）说，虽本意不在赏评，但一贯为后人所利用来讨论审美心理和赏评经验，其中也蕴含着深刻的互动意味。所以说，知音应具有两个主体，一个是创作的主体，一个是审美赏评的主体。形成互动的两个主体，构成知音本质的一个方面。

其次，知音论追求的结果，当然是美好愉悦的审美感受。鉴赏得出的"假恶丑"之类的结论，肯定不属于使用知音这一方法想获得的结果，反倒是应该规避的对象。毫无疑问，知音论的成果更多的会表现在审美欣赏这个层面，而知音论要想获得符合知音这一需要的成果，就必须经过审美批评这一阶段。笔者认为，它是一个从感性上升到理性，再用理性去指导感性以获得良性的审美感受的过程。所以可以说，知音论是鉴赏批评论的极致，是一种为获得愉悦审美感受而去赏评的方法论。这种不同于一般批评理论的方法论性质，构成知音的本质的另一个方面。当然，与此同时，作为创作的一方，肯定也希望获得被肯定的愉悦，这个要求就促使其自身重视与作品接受者的沟通。说到这里，知音的目的也就昭然若揭了。那就是知音的两个主体——创作主体和审美赏评主体在互动中达到相通，最终实现心心相印、默会神契。

第二节　介入批评的主体动因

上一节，我们从知音的形成、拓展和批评术语化及其在先秦母题中的本质的探究中发现了知音论中知音关系的渊源。本节，我们将从对先秦知音关系中己知与忧患意识及知音之德的探讨中发掘知音介入文学鉴赏批评前的主体动因，即意识前提、动力根源和德行修养。下一节，我们将在此基础上结合历代文人和文论家的言论，阐释知音介入文学鉴赏批评时的涵养需求，即知音主体在才、学、识等方面的技能准备。

一、"己知"前提

"己知"是知音的前提和准备。首先是自我意识的觉醒，即知音主体的意识自觉。对知音的渴求实际就是对"自我"价值认同的寻求过程。从逻辑上讲，只有先明白什么是"自我"，然后才谈得上认识。为此，寻求知音、求得知遇之先，必然要充分理解知音主体的"自我"内涵，明白"人"之谓人的关键点，找到自己区别于他人的独特价值，此后才会上升到对自我实现与他人认同的需求。从母系社会到父系社会，财产的私有化使个体对"自我"的认识越来越明确。古代文献记载显示，最先具有自我意识的是氏族的首领和负责祭祀的巫师。① 部落的首领把沟通天地的权力垄断起来，使得从最初

---

① 《尚书·吕刑》载："乃命重、黎，绝地天通，罔有降格。"《国语·楚语下》载："楚昭王问观射父：'《周书》所谓重、黎寔使天地不通者，何也若无然，民将能登天乎？'对曰：'非此之谓也。古者民神不杂。民之精爽不携贰者，而又能齐肃衷正，其智能上下比义，其圣能光远宣朗，其明能光照之，其聪能月彻之，如是则明神降之，在男曰觋，在女曰巫。是使制神之处位次主，而为之牲器时服，而后使先圣之后之有光烈，而能知山川之号、高祖之主、宗庙之事、昭穆之世、齐敬之勤、礼节之宜、威仪之则、容貌之崇、忠信之质、梗洁之服，而敬恭明神者，以为之祝。使名姓之后，能知四时之生、牲牲之物、玉帛之类、采服之仪、葬器之量、次主之度、屏摄之位、坛场之所、上下之神、氏姓之出，而心率旧典为之宗。于是乎有天地神民类物之官，是谓五官，各司其序，不相乱也。民是以能有忠信，神是以能有明德，民神异业，敬而不渎，故神降之嘉生，民以物享，祸灾不至，求用不匮。及少皞之衰也，九黎乱德，民神杂糅，不可方物。夫人作享，家为巫史，无有要质。民遗于祀，而不知其福。烝享无度，民神同位。民渎齐盟，无有严威。神狎民则，不蠲其为。嘉生不降，无物以享。祸灾荐臻，莫尽其气。颛顼受之，乃命南正重司天以属神，命火正黎司地以属民，使复旧常，无相侵渎，是谓绝地天通。'"

的人人都能与上天沟通，到后来只有部落的首领自己能够代表上天。但部落首领的这种"自我"意识，显然是不完全的，对上天有很大依附性。商代的个体"自我"也只是初步以王权形式体现，并没有成为普遍的自觉。到了西周虽出现"宗族社会个体"，但真正的个体意识并未出现。到了春秋时期，随着宗法封建体制的打破，个人开始脱离族群需求而谋求个性化人生意义的探询。《左传·襄公二十四年》中已明确记载有叔孙豹关于人生不朽意义的言论。[①] 叔孙豹的言论，已全然脱离了族群功能而纯粹是对个体生命意义的关注。自此，个体的"自我"正式出现于古代文献中，而此种关于生命"不朽"话题的探讨不仅昭示着个体对生存层面的超越，更直奔精神层面的延续，后世立功、立言、立德三不朽言论亦源于此处并成为历代文人生生不息、前赴后继的真诚追求。这种觉醒的自我意识正是知音论中的知音主体能够触动人情、直入人心的关键之处。

其次是天命观的转变。除去个体自觉，作为宇宙自然中的人，普遍的群体性自觉主要体现在天命观的演变中。初民对自然的认识往往很盲目，随着时间的推移才渐渐地进行一些简单的经验总结，逐渐萌生出有关人与自然关系的片段思考，当这些思考以系统化、理论化形式呈现出来时，就有了天神主宰人世的天命观。到了商代，发展为鬼神主宰人世的天命观。到了周朝初期，人们认为上天的庇佑依据人德，有德者得天命，并提出"敬德保民"的口号，提升了人在天人关系中的作用。至此，天人关系中个体的"自我"意识就已然觉醒，而这种觉醒在春秋思想家那里更发展为对传统天人关系认知的大胆质疑。进而，关于天道的观念也从原始宗教图腾逐步发展为在哲学、人文上的自觉思考，子产更将理性思考用于对天道、人道的考察上，明确地

---

① 《左传·襄公二十四年》载：十四年春，穆叔如晋。范宣子逆之，问焉。曰："古人有言曰，'死而不朽'，何谓也？"穆叔未对。宣子曰："昔匄之祖，自虞以上，为陶唐氏，在夏为御龙氏，在商为系韦氏，在周为唐杜氏，晋主夏盟为范氏，其是之谓乎？"穆叔曰："以豹所闻，此之谓世禄，非不朽也。鲁有先大夫曰臧文仲，既没，其言立。其是之谓乎！豹闻之，太上有立德，其次有立功，其次有立言，虽久不废，此之谓不朽。若夫保姓受氏，以守宗祊，世不绝祀，无国无之，禄之大者，不可谓不朽。"

认为"天道远，人道迩"，这种天道观十分清晰地体现于《左传·昭公十八年》和《左传·昭公十九年》中记载的子产的两件事情上。① 可见，人们对天人关系的思考已逐渐由初民的神化、鬼化而日渐人化。到了儒家学派，则对鬼神敬而远之，直以"未知生，焉知死"来对待。② 天命观发展至此，已将人的个体自我的德性修为与个人努力视为根本，而将天视为评判高下的载体的寄托，退隐在旁。若将这种观念投射在政治层面，则是积极入世，学为世用，一旦难求知遇，便以天为知音，来消解自身的苦闷之情。于是，天命观念就渗透于知音意识之中。

　　无论是知音主体的自我觉醒，还是普遍万物的天命观的觉醒，"己知"都十分重要。

二、主体双向性

　　"己知"中蕴含着知音主体的双向性，一则是主体被他人认知，一则是主体对自己的认知与涵养。为人知这层意思较易被人认同，而有自知之明却往往难以做到，故更应受到重视。先秦儒家对此体悟深刻，正如孔子所言："不患人之不己知，患其不能也。"孟子亦在"达则兼济天下"之前先言"穷则独善其身"。他们都认为士人君子最应担心的不是不被人知，而是身无长技而被人忽略；而且，君子当求诸己，对知遇的渴望及对知音的渴求应向内求，既有自知之明，又有砥砺己修的内省力，而非一味地苛责他人不知己。因为，修身是化成天下使命的必然要求，而己知则是修身的前提，只有做到

---

① 《左传·昭公十八年》载："宋、卫、陈、郑皆火。梓慎登大庭氏之库以望之，曰：'宋、卫、陈、郑也。'数日皆来告火。裨灶曰：'不用吾言，郑又将火。'郑人请用之，子产不可。子大叔曰：'宝以保民也。若有火，国几亡。可以救亡，子何爱焉？'子产曰：'天道远，人道迩，非所及也，何以知之？灶焉知天道？是亦多言矣，岂不或信？'遂不与，亦不复火。"《左传·昭公十九年》："郑大水，龙斗于时门之外洧渊。国人请为禜焉，子产弗许，曰：'我斗，龙不我觌也。龙斗，我独何觌焉？禳之，则彼其室也。吾无求于龙，龙亦无求于我。'乃止也。"

② 《论语·先进》载："季路问事鬼神。子曰：'未能事人，焉能事鬼？'曰：'敢问死。'曰：'未知生，焉知死？'"（清·刘宝楠：《十三经清人注疏·论语正义》，中华书局1990年版）

了这一点，才具备担纲大任、改变现状的基本素养。这种观念揭示了知音主体的双向特质，既是儒家知己意识的核心内涵，也是知音论对知音主体的基本要求。

第一个层面就是发现自我。这里包含了自我意识的觉醒，也包含了对现世功业意识的看重，更饱含了对修身和从政路径的选择。孔子及先秦儒家始终将自身定位于现世人生，儒家的天命观与汉传佛教不同，主张敬鬼神而远之，认为"未能事人，焉能事鬼"。荀子则比孔子的存而不论的骑墙言论来得更彻底，直接在其《荀子·礼论》篇中以无鬼神论者的面目出现①，主张以现世的拼搏来彰显个体价值和生命意义。无论是孔子，还是孟子、荀子，都认为修身、从政是内圣、外王合于一体的最佳实现方式。其中，从政、外王均指向知音主体的他者一向，修身、内圣均指向知音主体的本体一向。无论是哪一向，都构成知音论理论内核中至为重要的内涵。关于修身，孔孟学派始终以天地为生命及道德的起源，天有道亦有德，并将天视为人性与自然性合一的天，把天回归到其本体层面，在这一学派看来，人可与天合，人虽渺小，却肩负着在人间弘扬天道的道义使命，经由正心诚意的修身之举，人可逐步企及与天地参的境界，最终实现天道与人道合一的圣人之修。而修身则是这种天人合一境界的起点，其重要性自然毋庸赘言。然而，作为一个政治思想家，孔子更将个体价值的实现融会于修身、齐家、治国、平天下的现世追求之中，这种从政即修身的体悟可谓精深。②孔圣一生以知其不可而为之的顽强毅力力推现世人生的价值实现，其孜孜追索的就是在短暂的人生里面经由修齐治平实现生命的价值。尽管他一生未遇，却从未放弃修己修身。③而善养浩然之气的亚圣孟子在这一点上也不输其先师孔子，他志向高

---

① 《荀子·礼论》："夫厚其生而薄其死，是敬其有知而慢其无知也。"（清·王先谦：《荀子集解》，中华书局 1988 年版）

② 《论语·宪问》载："子路问君子，子曰：'修己以敬。'曰：'如斯而已乎？'曰：'修己以安人。'曰：'如斯而已乎？'曰：'修己以安百姓。修己以安百姓，尧、舜其犹病诸！'"（清·刘宝楠：《十三经清人注疏·论语正义》，中华书局 1990 年版）

③ 《论语·宪问》："子路宿于石门。晨门曰：'奚自？'子路曰：'自孔氏。'曰：'是知其不可而为之者与？'"

远，无惧艰险，以一种"虽千万人，吾往矣"的一往无前的大无畏精神在谋求修齐治平理想实现的路途上奋勇直前，其积极入世、独立思想、自由精神足令千载以下的历代文人景仰。① 关于从政，上文已言，是被孔孟学派视为实现人生现世奋斗意义的重要路径，从这个意义上讲，包括孔孟在内的儒士们均为修得盖世才、售于帝王家的待价而沽者②，孔子更直言为政以德③，为政之道直接与修齐治平画上等号，推崇学为世用。既然是学成则仕，渴求知音、渴望知遇就自然成为应有之意。

第二个层面就是修己修身之道。前文已述，孔孟之学实为向内求诸己的关乎自我、注重内省、砥砺心性、涵养道德之学。在他们那里，学为己修，学究天人亦是师法天道，锤炼德性品格，企及与天地参的理想境界，达成内圣外王之抱负。正心也好，诚意也罢，从政也好，修齐治平也罢，独善其身也好，兼济天下也罢，其精神追求的出发点和落脚点均在增长才学、涵养德性，随后以己修之德才成就大同社会、造福黎民百姓，而非图谋一己之富贵荣华，亦非为独夫一人统治之代代稳固。正因为如此，他们的积极入世即成为必需，而知遇之想、知音渴念也愈发显得强烈。这种强烈的用世之望以及渴求理解、认同及重用的心态因其中蕴含的铁肩担道义与化成天下的使命感，显得尤为沉重。于是，如何为世所赏、为君所用就成为孔孟及儒士们一以贯之的研究课题。孔子清醒地意识到这个问题并多次将自己的思考传授其

---

① 《孟子·公孙丑上》："昔者曾子谓子襄曰：'子好勇乎？吾尝闻大勇于夫子矣。自反而不缩，虽褐宽博，吾不惴焉；自反而缩，虽千万人，吾往矣。'"

② 《论语·子罕》载："子贡曰：'有美玉于斯，韫椟而藏诸？求善贾而沽诸？'子曰：'沽之哉，沽之哉！我待贾者也。'"（清·刘宝楠：《十三经清人注疏·论语正义》，中华书局1990年版）

③ 《论语·为政》："子曰：'为政以德，譬如北辰，居其所而众星共之。'""子曰：'道之以政，齐之以刑，民免而无耻。道之以德，齐之以礼，有耻且格。'""哀公问曰：'何为则民服？'孔子对曰：'举直错诸枉，则民服；举枉错诸直，则民不服。'""季康子问：'使民敬忠以劝，如之何？'子曰：'临之以庄，则敬；孝慈，则忠；举善而教不能，则劝。'""或谓孔子曰：'子奚不为政？'子曰：'《书》云：孝乎惟孝，友于兄弟，施于有政。是亦为政，奚其为为政？'"孔子认为为政之道就是要好好修养自己的道德。（清·刘宝楠：《十三经清人注疏·论语正义》，中华书局1990年版）

弟子门人，① 与此同时，要求自己和弟子们无论如何都不能放弃自己的理想和目标，要去追求个体自身生命的完善。亚圣孟子亦在《孟子·尽心下》中明确提出"穷则独善其身，达则兼济天下"的著名主张，成为历代文人口耳相传的精神指南。② 于是，孔孟之学便完成了他们关于修己修身之道的逻辑推演，即由知遇渴念而至己知再至不懈修己修身。关于修己修身之道，孔圣以为有三条必由之路，一为德修，二为习礼，三为治学。修己修身的目的则是要树立新的人格，欲以修身而致"立己""达人"。《大学》更将修己修身归为"明德""亲民""臻于至善"，并明确总结出"修齐治平"的儒士修身修己而后从政的观念。③

从上述分析中我们不难看出，无论是知音主体"自我"的意识自觉，还是知音主体的双向追求，尤其是建立在对己知的深究基础上的先秦儒家修己修身观，均为作为文学批评的知音论中的知音做了必要的前提性准备。

三、忧患内驱力

在先秦诸子百家之中，儒家士子往往以文、武、周公之道为己任，充满着化成天下的使命感，胸怀着担纲修齐治平大任的用世理想，尤其是当世乱

---

① 孔子认为首先要修习自身，因此他劝弟子们：子曰："不患无位，患所以立；不患莫己知，求为可知也。"（《论语·里仁》）子曰："不患人之不己知，患不知人也。"（《论语·学而》）子曰："不患人之不己知，患其不能也。"（《论语·宪问》）子曰："君子病无能焉，不病人之不己知也。"（《论语·卫灵公》）这种己知的意识不仅要知道自己的才能，更重要的是知道自己人格之所在。（清·刘宝楠：《十三经清人注疏·论语正义》，中华书局1990年版）

② 《孟子·尽心下》："孟子谓宋勾践曰：'子好游乎？吾语子游。人知之亦嚣嚣；人不知亦嚣嚣。'曰：'何如斯可以嚣嚣矣？'曰：'尊德乐义，则可以嚣嚣矣。故士穷不失义，达不离道。穷不失义，故士得己焉；达不离道，故民不失望焉。古之人，得志，泽加于民；不得志，修身见于世。穷则独善其身，达则兼济天下。'"（清·焦循：《十三经清人注疏·孟子正义》，中华书局1987年版）。

③ 《大学》："大学之道，在明明德，在亲民，在止于至善"，"物格而后知至，知至而后意诚，意诚而后心正，心正而后身修，身修而后家齐，家齐而后国治，国治而后天下平"。

积离之时，更以普世的悲悯之心幻化出强烈的忧患意识，并以此为契机，生发出炽烈的知遇渴念与用世之响。企望为君所赏、为世所用，假君王之威权实践王道政治，造福黎民苍生，成就大同社会。此处，忧患意识成为士人积极用世、渴求知遇、渴念知音、实践理想的重要因素，可以说，忧患是知音意识的内驱力。

忧患意识伴随着人的自我意识觉醒而生，正如鲁迅先生所言："人生识字忧患始。"人与自然天地共生于宇宙洪荒之中，当初民的天命观一旦从神、鬼、宗族等层面超脱出来，就必然念及自身的由来和去处，不断关注自身内心深处的和谐，不断追求境况的改观，不断涉及精神层面的超越。当"天命靡常"的时候，人就会开始思考自己的悲剧命运。

先秦诸子乃至后世历代文人始终将从政视为体悟个体价值、追求他人认同的最佳途径，个体的忧患一直与家、国、民族、天下乃至宇宙本体之道密切相关，实现个体和群体认同的价值体认永远徘徊于入世与出世之间，绝无第三条中间道路备选。正是由于古代文人们思想深处对从政之想挥之不去的眷顾，使得知遇渴求与知音渴念一个更比一个强烈。

而相较其他学派，孔孟之学的忧患意识更独具特色。首先，孔子赋予了儒家忧患以独特的道德特质；其次，儒家忧患还因承载了大同和王道理想而具有更深的现实忧虑；再次，孔孟之学的忧患主要指向士人君子向内求诸己的修己修身，主张始终心存忧患自省意识以砥砺人格、涵养德性。孔孟之学的忧患在后世日益演化为内圣外王的使命与民族精神的外化。这种使命感的道德性与精神外化的感染力投射到知音意识中，便以对道的敏锐体认和对入世的奋斗进取两种形态，成为知音意识的强大内驱力。

四、修德为先

德，即人格品德，为知音主体修养之首。强烈的人格意识可谓中国古代文论的特质，从古至今，人格往往被视为内外一致、表里相合的个体化的道德表现，呈现为诚于中而形于外的真诚人格，这与古代文人以人为本、道合于天的人文精神历史传统密切相关。传统文论往往植根于人文语境之中，蕴藉着"和而不同""道并行而不相悖"等深厚的人文精神内涵，文之美与德之神交相辉映，统一于知音本体论中。无论是孔颜、思孟还是老庄之人格，古代人格学说都推崇内心的真诚无伪、慎独养心，其至高境界是超功利的审美范畴。其间，儒释道多元共存、互融互补，而尤以孔颜人格和老庄人格对历代文人和文论家们的影响为甚。

关于孔颜之人格学说，《论语·阳货》曾载：

> 子曰："天何言哉？四时行焉，百物生焉，天何言哉？"①

孔子以天道为至善至美之境，又以圣人法天之德而教化百姓，以无言为美，这与庄子所言"天地有大美而不言"之意相类。这种浑朴的天人合德的境界体验投射到文学活动中，便产生了以造就"诚"的理想人格为旨归的、崇尚"温柔敦厚"的审美取向。《荀子·乐论》中则进一步称：

> 君子以钟鼓道志，以琴瑟乐心，动以干戚，饰以羽毛，从以磬管。故其清明象天，其广大象地，其俯仰周旋有似于四时。②

认为人在欣赏了合于四时内在和谐的音乐后，可以从本于天地自然的美感之乐，感受到至美至善的乐感，体悟到天地之和，进而在精神人格上得到提升。这种将人格之美与审美化、人化的天地之美相通直至与天地相参的超我超功利的境界，直接诱发了文学建构中以超我超功利为道德内核与人格基础的原道精神。这正是刘勰在《文心雕龙·原道》中所谓"惟人参之，性灵所钟，是谓三才……自然之道也"，强调人是天地之心、文章之本。而这种对精神与心灵境界的向内求索与向上超拔，便构成建立在正确体认的自觉意识基础上

---

① 程树德：《论语集释》，中华书局 1990 年版，第 1227 页。

② （清）王先谦：《荀子集解》，中华书局 1988 年版，第 381—382 页。

的知音主体修养之"德"的知、好、乐三重境界，亦即孔子所谓"知之者不如好之者，好之者不如乐之者"，孟子所谓"充实之谓美"，外化于实践则呈现为以德立功、内圣外王的境界；亦如《礼记·礼运》中所言"人情者，圣王之田也。修礼以耕之，陈义以种之，讲学以耨之，本仁以聚之，播乐以安之"；《礼记·中庸》则对孔颜因乐天知命、求仁得仁的非功利内心修养所企及的道德境界大加赞赏，称其因"诚"而"尽性"，而知天，故可"与天地参"。落实到文学鉴赏批评领域，则发展为"温柔敦厚"的诗教观，主张以德行论文，对文学鉴赏批评产生了或积极或消极的深远影响。古代文论家往往强调文品出于人品，认为人品即"德"的修养极为重要。譬如，《论语·学而》称：

> 子曰：弟子入则孝，出则悌，谨而信，泛爱众而亲仁。行有余力，则以学文。①

可见，孔子认为做人是第一位的，先会做人，然后才去做文章，后世进而认为德行修养到位则文章自然就好，所谓"有德者必有言"。《荀子·劝学》也称：

> 曰：其数则始乎诵经，终乎读礼；其义则始乎为士，终乎为圣人。真积力久则入，学至乎没而后止也。②

认为有了人品则为文不难成功。韩婴《韩诗外传》曾列举了孔门子弟听瑟辨德的故事：

> 昔者孔子鼓瑟，曾子、子贡侧门而听。曲终，曾子曰："嗟乎！夫子瑟声殆有贪狼之志、邪僻之行，何其不仁趋利之甚？"子贡以为然，不对而入。夫子望见子贡有谏过之色，应难之状，释瑟而待之。子贡以

---

① 程树德：《论语集释》，中华书局1990年版，第27页。
② （清）王先谦：《荀子集解》，中华书局1988年版，第11页。

曾子之言告。子曰："嗟乎！夫参，天下贤人也，其习知音矣。乡者丘鼓瑟，有鼠出游，狸见于屋，循梁微行，造焉而避，厌目曲脊，求而不得，丘以瑟淫其音。参以丘为贪狼邪僻，不亦宜乎。《诗》曰：鼓钟于宫，声闻于外。"①

曾参以孔子瑟声中有"贪狼之志""邪僻之行"，以为"何其不仁趋利之甚"，其评判标准即为"德"，而孔丘以为参"其习知音矣"的原因，也正是以"德"为据，其后，韩婴将"声闻于外"列为知音赏评的重要方法。及至东汉，王充在《论衡·书解》中称：

德弥盛者文弥缛，德高而文积。……人无文德，不为圣贤。②

建安文人徐干也在《中论·艺纪》中称：

艺者德之枝叶也，德者人之根干也。斯二物不偏行，不独立。

王充和徐干二人都以文德修养为文学创作的根本。可见"德"之于知音主体修养的重要意义。直到魏晋南北朝时期，萧梁、萧纲在《诫当阳公大心书》中提出"为人先须谨慎，为文且须放荡"，将做人与作文分开，在历史上将"德"行论文短暂中断。降及唐宋，经过韩、柳、欧、苏等人的古文复兴运动的彰显，文德之说再次大行其道，知音主体的"德"修继续成为历代文人和文论家们的必修科目。如宋代理学大家张载直言："律吕有可求之理，德性深厚者必能知之。"③以为有"德"之人就可以一下子把握住作品的"可求之理"，也是将"德"视为知音赏评中主体的首要修养。而清代翁方纲在论及神韵一说时，称：

———————————

① （汉）韩婴：《韩诗外传》卷七，《韩诗外传集释》，中华书局 1980 年版。
② （汉）王充：《论衡》卷二八，见黄晖《论衡校释》，中华书局 1990 年版，第 1149 页。
③ （宋）张载：《张载集》，中华书局 1978 年版，第 263 页。

《诗三百篇》，圣人皆弦歌之以求合于韶、武之音。韶、武，古乐也，盛德之所同也。谓《清庙》《猗》《那》合之可也，谓《节南山》《雨无正》合之可乎？谓《关雎》《鹊巢》合之可也，谓《株林》《匪风》合之可乎？是必有标乎音之平者矣。以其义言之，则圣人一言蔽之，曰："思无邪。"以其音言之，则曰："乐不淫，哀不伤"，曰："各得其所"，曰："洋洋盈耳"，而未有一言该其所以然者。音之理通于微，而音之发非一绪，在善读者领会之而已。况乎汉、魏、六朝以后，正变愈出愈棼，而岂能撮举其所以然。①

以求合"盛德之所同"之音为制乐为文之目的，音以求"平"即和，义以求"思无邪"即合"德"。沈德潜亦曾言：

有第一等襟抱，第一等学识，斯有第一等真诗。如太空之中，不着一点，如星宿之海，万源涌出。②

强调的既是创作主体——诗人、作家的品格修养，也关涉鉴赏批评主体——文论家的品德修养。魏源在论及文学鉴赏批评活动时亦称：

《颂》声寝于康王，《二雅》变于宣王，其道德之终，而功业才智之竭乎！故不明四始、五际之义，不可以读《诗》。③

以为"道德"是"功业才智"之本、之源，强调知音赏鉴主体必先明"德"，方可言诗评文。

老庄之人格学说，则从形而上的哲学层面出发，高度审美化、理想化，

---

① （清）翁方纲：《神韵论上》，《复初斋文集》卷八，清刊本。
② （清）叶燮，薛雪，沈德潜著，霍松林，杜维沫校注：《原诗：一瓢诗话，说诗晬语》，人民文学出版社 2012 年版。
③ （清）魏源：《默觚下·治篇二》，《魏源集》上册，中华书局 1976 年版，第 41—42 页。

较之孔颜之人格学说，更关涉到"物物而不物于物"这一人类学的根本问题，法天贵真，谋求人格解放与审美自由。庄子以道释德，《庄子·刻意》称"天地之道，圣人之德也"，主张摒除外物束缚，原天地，法自然；《庄子·知北游》又称"圣人者，原天地之美而达万物之理"，以摆脱"人为物役"的悲剧；《庄子·齐物论》更直称"物物而不物于物"，一死生，齐物我，法天贵真，消泯差别，求得解放。这种人格境界直指逍遥无待的性灵美学，极大地激发了古代文学的自由向度与隐世向往的内在生命力，并在魏晋六朝时期进一步深化，直接触发了竹林七贤以"越名教而任自然"的自然人格与司马氏名教人格的对抗。在《声无哀乐论》和《琴赋》中，嵇康明确标举乐本自然、人格自由、创作独立的观点，主张乐境须顺应自然，力求个体自由之"和"的境界，成为古代艺术意境论人格底蕴的发端。到了东晋陶渊明那里，诗人以身经亲历、直入其中的田园山水体验，品味出至美至乐、清亮孤高的自然之美。刘宋颜延之、萧梁钟嵘、昭明太子萧统等人均以老庄人格对其赋予了高度评价。其后，老庄道家审美人格的内在精神真谛经晚唐司空图、北宋苏轼、南宋严羽的张扬而得以在意境理论的发展中传承光大。

　　除去古代中国文论家的重"德"言论，西方文论家也十分重视"德"的重要性，如歌德评价莱辛时曾言："莱辛之所以伟大，全凭他的人格和坚定性。"[1] 极言作家品格的重要性，而歌德之于莱辛，则为其知音无疑。可见，无论中西，人们对文学活动中的知音主体修养的要求，德即品格修养都是首当其冲的。

第三节　介入批评的主体涵养

　　由于中国古代文论中往往从总体上倡导一种整体直觉的方式，对偏重个体、感性、直觉式审美体悟的鉴赏，与偏重公众、理性、审美判断和评价的

---

① [德] 爱克曼辑录：《歌德谈话录》，朱光潜译，人民文学出版社 1972 年版，第 92 页。

批评区分得并不明显，所以鉴赏与批评的界限也不明晰。然而，无论是鉴赏也好，批评也罢，乃至包括创作在内的文学活动中的知音境界，端赖于作家主体或批评主体的才力和品格，又称知音的见识、才华和人格修养，此二者组成了知音的鉴赏力与批评力，不可分割。尽管知音的构成中，既有主体修养的成分，亦有客观方法的成分，然而，知音的主导方面则在人而不在物。具体而言，知音主体的条件当是知音构成要件中的核心，而作为这一核心要件的知音主体之修养则应包括知音的德、才、学、识这四个方面。此处的知音，既有创作论中作家主体之意，又有鉴赏批评论中鉴赏批评主体之意，本文所论偏重于后者。事实上，知音难觅是历代文人的一个共同感受，而对知音的呼唤，则是汉魏六朝以来文坛的普遍现象。降及明代，何景明在其《何子内篇》中称：

> 何子选次刘企事诗总百五十六篇，厘三卷，皆精实确乎可以昭迩矣。后弗惑矣。曰：嗟乎，诗也者，难言者也。体物而肆采，撰志而约情，慎宪而明则，是故比方属尖，变异陈矣，揆虑绪思，幽微章矣。微远以代蔽，律古以格俗，标准见矣。故单辞寡伦，无以究赜，指众不一，无以合方，利近遗法，无以纯体，是故博而聚之存乎学，审而业之存乎心，明而辨之存乎识。夫诗之难言也，独言者难耶？而知言者鲜矣。①

明确提出"独言者难耶？而知言者鲜矣"的观点，并以"学""心""识"概言对论家修养的要求。可见，鉴赏批评主体的素养须更甚于作家主体的素养，惟其如此，作家创作主体在自然与社会中所发现的美、在作品中所传达呈现出的美，才能由鉴赏批评主体在作品客体中发现美、寻绎出美之为美的道理。

知音主体修养的德才学识之论，相类而不同于叶燮《原诗》所提出的"才、胆、识、力"：

---

① （明）何景明：《何子内篇》卷三十一，赐策堂本。

> 日理、日事、日情，此三言者足以穷尽万有之变态。凡形形色色，音
> 声状貌，举不能越乎此。此举在物者而为言，而无一物之或能去此者也。
> 日才、日胆、日识、日力，此四言者所以穷尽此心之神明。凡形形色色，
> 音声状貌，无不待于此而为之发宣昭著。此举在我者而为言，而无一不如
> 此心以出之者也。以在我之四，衡在物之三，合而为作者之文章。大之经
> 纬天地，细而一动一植，咏叹讴吟，俱不能离是而为言者矣。①

此处，叶燮所言之"才、胆、识、力"，是指主体创作力的四要件。而本书
所论之才、学、识，则借鉴了这一理路，又推广了外延，既涵括了作家创作
主体的创作力的能动修养，亦推广至鉴赏批评主体的鉴赏力、批评力的修
养。其中，德为人品，关乎人伦；才为才华，关乎天赋；学为学力，关乎修
习；识为见识，关乎取向。由于德的修养隶属于知音介入文论的主体动因，
前文已述，不再赘言；而才、学、识则隶属知音介入文论的技能准备，以下
分而论之。

一、才为本

才即才华、才气，关乎天赋，"才自内发"②，是知音主体素养之本。才
禀自天，与人得先天之禀气多少有关，才与人的思维能力的关系很早就为人
所论及。东汉王充《论衡·超奇》中称：

> 阳成子长作《乐经》，扬子云作《太玄经》，造于眇思，极窅冥之深，
> 非庶几之才，不能成也。③

班固《离骚序》也以"可谓妙才者也"称许屈原，可见，才与人的思维密切

---

① （清）叶燮著，霍松林校注：《原诗·内篇上》，人民文学出版社 1979 年版，第 21 页。
② （梁）刘勰：《文心雕龙·事类》，中州古籍出版社 2008 年版，第 357 页。
③ （汉）王充：《论衡》，参见黄晖：《论衡校释》，中华书局 1990 年版，第 606 页。

相关，才情高卓方可造深思。刘劭《人物志》是汉魏之际关于辨析评论人物、识人选才的重要著作。此书一出，便在学界政界引发了一场"四本才性"论争，这场关于人生价值的讨论又被称为才性之辨。

刘劭是三国曹魏政权重臣和思想家，博闻强识，以识人见长，其思想是汉代学术向魏晋玄学过渡的中间环节。夏侯惠称其"深忠笃思，体周於数"，为"性实""清静""文学""法理""意思""文章""制度""策谋"等诸臣所服。[①]其所著《人物志》成书于曹魏明帝时期，刘劭从自然元气出发认识人的情性、形神、才能，讨论封建社会人才选拔问题，探讨人才选拔的标准原则问题，以为人"禀阳阴以立性，体五行而著形"，从人之形质，可观察其才性；认为识人不仅应听其言，而且应观其行；不仅要看其外貌，而且要看其内在气质，并对人性、才能和形质等分析甚详，反映了汉末魏初在用人制度方面的趋势，开魏晋士大夫品鉴人物的清谈风气。通观刘劭《人物志》可知，其人物品评的才性观主要原则有三：一是反对"以己观人"；二是反对"以耳败目"；三是主张人以气为主，而气"依乎五质"。

《人物志》的诞生，将对人的品评从单独推重德行过渡到"知人""知音"的层面；而才性论的确立，则为知音论在南朝最终实现审美生成提供了完备的才性论的理论基础和坚实的人物品藻与文学赏鉴的实践支撑。

随后，人的解放直接触发文的自觉，受其影响，文论家们开始以气质、才性论文，从才气禀赋角度去分析作家创作主体与作品客体的独特风格，较之以往纯以"德行"论文更进了一步。

刘劭《人物志》中建构的才性论投射到文学活动中，首先在曹丕的文论著作《典论·论文》及其《与吴质书》中反映出来。曹丕及其《典论·论文》之于中国文学批评史的地位，毋庸笔者赘言。作为我国首篇文学批评专论，《典论·论文》之于曹丕，或如《毛诗序》，或如班固《离骚序》《两都赋序》，或如王逸《楚辞章句序》等，就单书、单文、单体立论的片段不成专篇的语录体文学批评而言，对文学批评自觉的至伟丰功自不待言。在《典

---

① （晋）陈寿：《三国志·魏书·本传》，中华书局 1971 年版，第 619 页。

论·论文》及《与吴质书》中，曹丕就许多文学问题提出了新的见解，譬如：论及对作家作品的评价、提出作家才性与文学创作的关系、文体概念的提出与区分、文章价值与地位的论述、文学批评的态度等，均有不俗的见解和精当阐发，既呈现了他鲜明的文学批评理论及思想，也引发了六朝盛极一时的文论、批评风潮。曹丕对刘劭才性论的继承与吸收，主要体现在七子之评和文气说上。值得注意的是，曹丕在这一论述过程中对气的双重含义做了很好的阐释，指出气既指向作家才性，亦指向作品风格。这种阐释既暗合了知音在其先秦哲学母题中"己知"对知音主体双向性的申发，也对我们进一步明了知音的双向特质做了很好的铺垫。

《典论·论文》载：

> 王粲长于辞赋，徐干时有齐气，然粲之匹也。如粲之初征、登楼、槐赋、征思，干之玄猿、漏卮、圆扇、橘赋，虽张、蔡不过也，然于他文未能称是。琳、瑀之章表书记，今之隽也。应瑒和而不壮；刘桢壮而不密。孔融体气高妙，有过人者；然不能持论，理不胜辞；至于杂以嘲戏；及其所善，扬、班俦也。

这是曹丕对当时非常著名的七位作家的评论，后世"建安七子"之称即出于此。在与友人的通信时，曹丕又评点了孔融之外的六位作家。《与吴质书》记载：

> 观古今文人，类不护细行，鲜能以名节自立。而伟长独怀文抱质，恬淡寡欲，有箕山之志，可谓彬彬君子者矣。著《中论》二十余篇，成一家之言，辞义典雅，足传于后，此子为不朽矣。德琏常斐然有述作之意，其才学足以著书，美志不遂，良可痛惜！间者历览诸子之文，对之拭泪；既痛逝者，行自念也。孔璋章表殊健，微为繁富。公干有逸气，但未遒耳；其五言诗之善者，妙绝时人。元瑜书记翩翩，致足乐也。仲宣独自善于辞赋，惜其体弱，不足起其文；至于所善，古人无以远过。
>
> 昔伯牙绝弦于钟期，仲尼覆醢于子路，痛知音之难遇，伤门人之莫

逮。诸子但为未及古人，亦一时之隽也。今之存者，已不逮矣。后生可
畏，来者难诬，恐吾与足下不及见也。

信中以"痛知音之难遇，伤门人之莫逮"一语明确将知音一词用于作家作品
的评点，为知音论在六朝的形成播下了一粒难得的种子。可以说，上述这些
观点，均为曹丕对当代文人的切身观察，没有时空隔阂，自然较具正确性。
同时，曹丕又极力避免让自己沾染所谓"文人相轻"的习气，颂美重于指瑕，
推崇过乎贬斥之意也可见，自然较具客观性。已初显知音论的端倪，使知音
论在汉末人物品藻品人之风的熏染下更进一步，迈向了由品人而品文的道
路。曹丕不仅主动评点作家作品，将对知音的渴求视为作家、作品之期待，
并积极实践，而且将品人与品文紧密结合、合二为一，对知音论的知人论世
的评文方式有所发展。上述七子之评和六人之论中显现的人文合一的品评风
格足见曹丕对知音论除鼓噪正名之外的理论贡献。这些都影响到知音论在今
后的持续发展，而南朝齐梁间刘勰在《文心雕龙》中对曹氏之论及方法的祖
述，无疑是对知音论成型于集大成的《文心雕龙》之前的发展轨迹留下了可
资参考发掘的线索。

曹丕在《典论·论文》中明确提出"文气说"，并将其视为品评作家作
品的重要标准，这既是对刘劭《人物志》以"气"论人之才性的继承，也是
以"气"论文之风格、人之秉性的典范，可谓建安文论的一个重要贡献。稍
加分析便不难知晓，曹丕所谓的气实指两方面："清浊有体"的气是作品的
外现，"引气不齐"的气则是作者的天赋情性资质。就作者而言，气是个人
情性才质的活动现象；就作品而言，气则是情意文辞的活动现象。这也将曹
丕深深体悟的"痛知音之难遇，伤门人之莫逮"的原因引向了作为知音论媒
介的文本和作为知音论对象的创作者的探讨上来。此处既有曹丕作为有自觉
意识的批评家的天赋因素，亦与其时盛行人物品藻中关于才性的论辩风尚紧
密相关。

曹丕论文"重气"的意义，首先在于其具有个性的特点。"文以气为主"
这个主题，大大强调了文学上的个性特征。文学发展史告诉我们，成功的文

学作品之所以具有生命力而被作为赏鉴批评者的读者视为获取知音赏心之会的津梁，原因之一就在于作家能用独特的方式，去掌握和表现个别特殊的事物，进而将自己的个性才情及抱负精神蕴藉其中，传递给当代活千载以降的千千万万的知音读者。因此，文学的个性特点，就成为文学理论发展史上的一个重要问题，也成为知音本体论和知音价值论中最为关键的内容。曹丕正是在这个问题上，对包括知音论在内的中国古代文学批评作出了自己开创性的贡献。其次，在于其对传统"言志"说的突破引出了陆机、刘勰、钟嵘等人的"缘情"之说。正是这一突破，使得知音论所借以实现知音赏评、赏心之会的心灵沟通与交流逐步找到了赖以凭附的载情文本媒介，其后，知音论才得以加快发展，加速成熟的进程。再次，文气说的提出对人们探讨个性与作家作品的风格关系以及作家作品的风格，具有重要的启发作用。曹丕认为，为文的高下之别决定于才性之昏明。这种辨析作品独特风格之形成，是基于作家个性气质不同之观点。其后文论家多沿此向探究作家作品风格问题。如刘勰《文心雕龙·体性》篇称"风趣刚柔，宁或改其气""才力居中，肇自血气"等；钟嵘《诗品》称曹植"骨气奇高"、刘琨"仗气爱奇"等。最后，文气说强调个性，在创作实践上，自然就有利于鼓励作家发展自己的独创性，使作家根据个人的特点，从不同方面来反映现实生活，从而满足读者不同的审美需要。同时也有利于抵制文学创作上的模拟之风。这既是对创作层面的一种改旗易帜的振臂一呼，为后来者开拓了一条关注创作者个性才情涵养的探索空间，也为知音论文本客体的尽善尽美预设了美好的远景，对正在成形道路上摸索的知音论，无疑也是大有裨益的一个导向。

　　然而，文气说也表现出明显的局限性。曹丕以为气"不可力强而致"，"虽在父兄，不能以移弟子"，认为气的来源及形成，无法靠后天的努力来完成，显然是把气局限在天赋情性的范围内，只看到了天赋的重要，忽略了后天修习之可观。其后，葛洪、沈约等人，直到南朝齐梁间的刘勰、钟嵘、萧子显及其后的颜之推等人，均致力于努力弥补这种缺憾，从中可以窥见知音借以与创作者展开心灵交流与沟通的文本媒介的标准体系日渐完备的轨迹。这些都为知音论的形成起到积极的推进作用。

在《文心雕龙》里，刘勰首先在《明诗》中综合儒家"思无邪"诗教之说与刘劭才性、曹丕文气的情性之说，继而在《体性》中广征了贾生、长卿、子政、子云、孟坚、平子、仲宣、公干、嗣宗、叔夜、安仁、士衡等前代十二位作家，指出其才气，阐明其风格，以此证明才气对作品风格具有决定性的影响，即所谓"表里必符"，随后明确提出"才气学习"的创作成因说，认为才气为先天情性所铄，学习为后天陶染所凝，并始终将先天禀赋视为知音作家主体的先决条件，认为作家先天才性、气质决定作家才华风格，进而造成知音作品客体的风格差异。换言之，作品风格决定于才气，而才气，正是来自于作家天生不变的资质禀赋。这也正是《养气》中所谓"辞理庸隽，莫能翻其才""风趣刚柔，宁或改其气"，即认为作家的才能高下决定了作品的好坏，作家气质的刚柔决定了作品气质的刚柔。在《才略》中，刘勰更历数各个时代作家才华的得失，从文气说出发谈创作才能的形成与特点，从才性论角度品评作家才华，集中论述作家才能，并系统地总结了作家天才论。除此之外，刘勰还看到了"学"和"习"对风格的影响。他将这两者与"才""气"并列，指出作家学养的浅深决定了作品事义的浅深，作家习染的雅郑决定了作品体式的雅郑。这种先天条件和后天因素并重的观点，无疑更胜一筹。《体性》中所谓"八体屡迁，功以学成""才由天资，学慎始习""习亦凝真，功沿渐靡""童子雕琢，必先雅制""摹体以定习，因性以练才"之语，申述"才""气"虽无法改变，但作家却可以透过不断的切磋琢磨，发挥主观能动功效，弥补先天才气不足的缺憾，既凸显后天因素对风格的影响，又强调自我努力的重要。刘勰还以为，艺术思维要"才"，言辞表达也要"才"，因此在《神思》中屡屡言及"才"字，或"酌理以禀才"，或"我才之多少，将于风云而并驱矣"，又或"人之禀才"。其后，萧子显更提出"莫不禀以生灵"，突出"才"对于言辞表达、显现文意的重要作用。

上述分析可见，才为知音主体素养之本，在知音创作及赏鉴批评中意义非常。对于知音主体而言，关于才的素养的要求极高，主要有三个方面：一为知音主体内心的澄明，即虚静、养气；二为知音主体文辞感知能力；三为知音主体情感体悟能力。

二、学为养

学为学力，关乎修习，"学以外成"①。古人以为，文学是一门人文科学的学问，几乎包含了人类各类现象，物质的、精神的、文化的，无所不包。文学作品这一知音客体，也具有广博、丰富和复杂的内涵和外延。这就要求知音创作主体与知音鉴赏批评主体都应具备良好的学养，以便成为天地自然的知音和作家作品的知音。本书认为，知音主体的"学"养，当包括书本学问的累积、生活阅历的增长与创作经验的丰富三个层面。多读书才可以对知音作品客体作出恰当的判断；多积累生活阅历，才能深切领悟知音作品客体的精微之处；多积累创作经验，才能深谙知音创作主体作家为文之艰辛，体悟作家创作之神思与造境之高妙。对此，清代冯班曾言：

> 宋儒有四大病，近代犹甚：不喜读书，则君子小人渐无别；不作文字，则词气鄙俗而不自知；不事功业，则无益于世；不取近代事，则迂疏。②

尽管冯班所言是论腐儒之病，但今天看来，对知音主体修养之"学"养同样适用。凡是不读书、不作文、没有生活阅历和现代眼光的人，恐怕都做不得鉴赏批评家，更遑论成为作家作品乃至天地自然的知音。

关于书本学问积累对知音主体丰富学养的重要性，历代文人和文论家们论述颇多。明代杨慎在《升庵诗话》中称：

> 杜诗古本"野艇恰受两三人"，浅者不知"艇"字有平音，乃妄改作"航"字，以便于读，谬矣。古乐府云："沿江有百丈，一濡多一艇。上水郎担篙，何时至江陵。"艇言廷，杜诗盖用此音也。故曰："胸中无国子监，不可读杜诗。彼胸中无杜学，乃欲订改杜诗乎?"③

---

① （梁）刘勰：《文心雕龙·事类》，中州古籍出版社 2008 年版，第 357 页。
② （清）冯班：《家戒上》，《钝吟杂录》卷一，中华书局 2013 年版，第 9—10 页。
③ （明）杨慎：《升庵诗话》卷五，见丁福保：《历代诗话续编》，中华书局 1983 年版，第 743 页。

讲的是学问浅的人因不懂"艇"字的古音，而误以为杜甫诗句有误，试图强改之的文坛笑话。杨慎以此例说明读书长学问对鉴赏批评的重要性，指出欲为知音，必须有学养。周立勋在《岳起堂稿序》中称：

> 诗者，性情之作而有学问之事焉。凡伦美刺非，感微记远，皆一时托寄之言。学士大夫赋以见志。一经之士，不能独知其辞，岂固可以不学哉！①

进一步指出诗文创作既是性情之作，也蕴涵着丰富的学问，因此，绝不可只知其一未知其二，必须加强学习，丰富学养，以求理解和把握学士大夫赋中之志。清人梁章钜也充分肯定了学养对知音主体的积极意义：

> 今人读《离骚》者，但以为忧惶督乱，所以一句说向天，一句说到地。其实不然。李文贞谓"《离骚》须注得一过，看出此人学问条理，读的书既多，又一字不乱下，都含义理"云云。盖必如此，方得读《骚》之益。近龚海峰先生有《离骚注》一卷，精博而复能贯串，允足为学《骚》者之一助。②

梁章矩以《离骚》的解读为例，学问一般的人读骚往往"以为忧惶督乱"，不得要领，而懂行的专家如李文贞则提出须参照注来看，由学问专家领读方可有收获，并进而推荐骚注一本，为读者解忧，字里行间凸显着超拔的学养对知音主体商检、批评活动的重要性。

与之相类，龚自珍更将涵养学养视为知音主体展开鉴赏批评活动之先的首要任务：

---

① （明）周立勋：《岳起堂稿序》，见（明）陈子龙：《陈子龙诗集》附录三，上海古籍出版社2006年版，第752—753页。
② （清）梁章钜：《退庵随笔》，见郭绍虞撰，富寿苏校点：《清诗话续编》，上海古籍出版社1983年版，第1971页。

又译字之人，必华夷两通而后能之；读古文之人，必古今字尽识而后能之。此班固所谓晓古今语者必冠世大师，如伏生、欧阳生、夏侯生、孔安国庶几当之，余子皆不能也。此今文、古文家之大略也。①

龚自珍以古今文字类比翻译中的中西文字，以古今文家类比翻译大家，指出，若要成为古今文家，必先通晓古今文字，若要成为翻译大家，必先通晓中西文字；同理，若要成为作家作品乃至天地自然的知音，必先掌握创作、赏鉴、批评的各项基本学问，只有丰富了学养，才算具备了成为知音的技能、手段与工具。

关于生活阅历的增长对知音主体丰富学养的重要性，古人的论述亦不在少数。唐代刘禹锡曾言：

昔称韩非善著书，而《说难》《孤愤》尤为激切，故司马子长深悲之，为著于篇，显白其事。夫以非之书，可谓善言人情，使逢时遇合之士观之，固无以异于他书矣。而独深悲之者，岂非遭罹世故，益感其言之至邪！

小人受性颛蒙，涉道未至，末学见浅，少年气粗。常谓尽诚可以绝嫌猜，绚徇公可以弭谗愬。谓慎独防微为近隘，谓艰贞用晦为废忠。刍狗已陈，刻舟徒识。罟棱随是，依然无知。事去痴想，时时自笑。然后知韩非之善说，司马子长之深悲，迹符理会，千古相见，虽欲勿悲，可乎？②

这是从鉴赏批评的角度来阐发自己对司马迁"发奋著书"说的理解和认识，言辞中饱含着对司马迁及其所言及的韩非等人不幸的坎坷经历的同情，蕴藉着对他们忍辱偷生以求著书立说的完整的感慨。在刘禹锡看来，这种切肤的悲戚之感的体悟与深切的知音之感的获得，如果没有极深厚的生活阅历的积

① （清）龚自珍：《大誓答问第二十四》，《龚自珍全集》第一辑，上海古籍出版社2000年版，第75—76页。
② （唐）刘禹锡：《上杜司徒书》，见《刘禹锡集》卷10，上海人民出版社1975年版，第88页。

淀，是无论如何也无法企及的。这种体验与观点在清人施闰章那里也有呼应：

> 《赠卢谌》："何意百炼钢，化为绕指柔？"非英雄失志，身经多难之
> 人，不知此语酸鼻。①

文中所引两句出自东晋刘琨的诗《再赠卢谌》的最后两句。刘琨是晋代名臣，既是治世之臣，也当过一军统帅，然终其一生并不得志。这首诗写自其暮年，本意是激励他的朋友卢谌做一个救世名臣，最后两句则表达了自己烈士暮年、时不我予之感，纵是百炼成钢的英雄，也难逃无可奈何的时势和人生。写完这首诗不久，刘琨即被鲜卑族首领段匹磾所杀，年仅48岁。施闰章以为，倘若不是有相似的壮怀激情而又经历过不为世赏的磨难的人，恐难品出知音作者主体在知音作品客体中所蕴藉的无奈与失落的深意。宋代大文豪苏轼在《题陶渊明诗》中称：

> 陶靖节云："平畴交远风，良苗亦怀新"，非古之耦耕植杖者不能道
> 此语，非余之世农亦不能识此语之妙也。②

意指若要得陶诗之妙，则必须有农桑稼穑之生活与劳动的阅历。同朝张表臣在《珊瑚钩诗话》中讲得更为直白，称：

> 东坡称陶靖节诗云："'平畴交远风，良苗亦怀新'，非古之耦耕植
> 杖者，不能识此语之妙也。"仆居中陶，稼穑是力。秋夏之交，稍旱得
> 雨，雨余徐步，清风猎猎，禾黍竞秀，濯尘埃而泛新绿，乃悟渊明之句
> 善体物也。③

---

① （清）施闰章：《蠖斋诗话》，见丁福保辑：《清诗话》，中华书局1963年版。
② （宋）苏轼：《题陶渊明诗》，见北京大学北京师范大学中文系：《古典文学研究资料汇编·陶渊明卷上编》，中华书局1962年版，第28—29页。
③ （宋）张表臣：《珊瑚钩诗话》卷一，中华书局1985年版，第8—9页。

欲"悟渊明之句",则必须是种过地,有过田园稼穑经历的人,曾经看到过广袤的田野的人,感受过田间雨后新绿气息的人,此处所谓"善体物"之人,即可为陶渊明的知音。论及生活阅历对知音赏评的重要作用的言论还有许多,如宋朝李纲论述读杜甫诗的心得时曾言:

> 子美之诗凡千四百三十余篇,其忠义气节,羁旅艰难,悲愤无聊,一见于诗。句法理致,老而益精。平时读之,未见其二,逮亲更兵火丧乱之后,诵其诗,如出乎其时,犁然有当于人心,然后知其语之妙也。①

与之相类,清人薛雪在《一瓢诗话》中称:

> 不读万卷书,不行万里路,读不得杜诗。

清人叶矫然在《龙性堂诗话》中亦称:

> 陈仲醇云:"五十方能读杜诗。"盖谓其阅世深,闻见广,始能领略要妙也。予谓学者早年读杜,未能遽悉高深,必驰骛众家之奇者、丽者、澹者、逸者、奔者、峭者,领新标异,自号名流。及至五十,菁华刊落,笔墨销归,杜集一再读,而觉向之所谓奇者、丽者、澹者、逸者、奔者、峭者,不过有杜之一体,至其包括众妙,波澜独老,真觉人所不能为而为之者也。王临川云:"世之学者至乎甫,而后为诗不能至,要之不知诗焉尔。"诚哉是言也。②

李纲也好,薛雪也好,叶矫然也罢,此三人关于杜甫诗歌的体悟方式既可谓

---

① (宋)李纲:《重校正杜于美集叙》,见《全宋文》第 172 册卷三七四八,上海群书出版社、安徽教育出版社 2006 年版,第 21 页。

② (清)叶矫然:《龙性堂诗话》初集,见郭绍虞:《清诗话续编》,上海古籍出版社 1983 年版。

相互印证，又可谓精当。杜甫一生命途多舛，历经磨难，然而他却将满腔的感伤与悲愤、同情与忧虑，全部倾注于其诗作之中，被称为"诗史"，其诗蕴含极广。如若没有深厚的人生阅历，自然无法领略其诗作沉郁、厚重的深广内涵。以上皆为人生阅历的增长对知音主体丰富学养的重要意义的论述。

除了书本学问、人生阅历之外，关于创作经验的丰富对知音主体涵养学养的重要性，历代文人的论述也不胜枚举。如曹植曾在《与杨祖德书》中从创作经验的累积角度与好友杨修论及批评家知音赏鉴时的学养的重要性：

> 盖有南威之容，乃可以论其淑媛；有龙泉之利，乃可以议其断割。刘季绪才不能逮于作者，而好诋诃文章，掎摭利病。昔田巴毁五帝、罪三王、訾五霸于稷下，一旦而服千人；鲁连一说，使终身杜口。刘生之辩，未若田氏；今之仲连、求之不难，可无息乎？人各有好尚：兰茝荪蕙之芳，众人所好，而海畔有逐臭之夫；《咸池》《六茎》之发，众人所共乐，而墨翟有非之之论。岂可同哉？①

信中，曹植向杨修慨叹，认为只有自己成为美女之后才能与人谈论如何是美，只有自己拥有龙渊宝剑之后才能与人评论宝剑锋利与否，并以田巴、鲁连之例证刘季绪文采不及作者而强自论文的偏颇，以此喻指只有自己拥有渊博的学识和高超的创作才能，才有资格去评判他人创作的作品优劣。清人方东树续其论，称：

> 曹子建、孙过庭皆曰："盖有南威之容，乃可论于淑媛；有龙泉之利，然后议于断割。"以此意求之，如退之、子厚、习之、明允之论文，杜公之论诗，殆若孔、孟、曾、思、程、朱之讲道说经，乃可谓以般若说般若者矣。其余则不过知解宗徒，其所自造则未也，如陆士衡、刘彦

---

① （魏）曹植：《与杨祖德书》，见（梁）萧统编，（唐）李善等注，（元）方回撰：《六臣注文选》卷四十二，上海古籍出版社 1999 年版，第 991 页。

和、钟仲伟、司空表圣皆是。既非身有，则其言或出于揣摩，不免空体目矊，往往未谛。若夫宋以来诗话诸书，指陈褊隘，雅俗杂糅，任意抑扬，是非倒置，由己本未深谙精解也。①

方东树以子建之论推及后世论家，认为韩愈、柳宗元、李翱、苏洵这些文章大家评论文章，杜甫评论诗歌，就好比孔子、孟子、曾参、子思、程颐、程颢、朱熹等儒学大师讲道说经，或如诸佛之母讲智慧一样，条分缕析得入情入理，能够得其精髓；换作其他人来评论古文，则力有不逮，即便是陆机、刘勰、钟嵘、司空图来论古文，也未必能评论得精当，毕竟他们没有韩、柳、欧、苏这些人那样有丰富的古文写作的实践，自然也不如韩、柳、欧、苏评论得当。同样道理，宋以后的诗话评论也存在这个问题。其实，刘勰《文心雕龙·知音》中所称"操千曲而后晓声，观千剑而后识器"也讲的是这个道理。宋代郑樵则进一步指出：

> 夫诗之本在声，而声之本在兴。鸟兽草木乃发兴之本。汉儒之言诗者，既不论声，又不知兴，故鸟兽草木之学废矣。若曰"关关雎鸠，在河之洲"，不识雎鸠，则安知河洲之趣与关关之声乎？②

郑樵以诗为例证，极言不知诗、不懂诗的人，绝不可能理解诗文的深意，更遑论成为作家作品的知音。宋人刘克庄更直接标举"诗必诗人评之"，虽有偏颇过分之嫌，但亦从知音主体赏鉴角度提出知音必内行的观点，强调了知音主体的才学对知音赏鉴批评活动的重要意义。正如清人袁枚所言：

> 陈古渔云："今人不知诗中甘苦，而强作解事者。正如富贵之家，堂上喧闹，而墙外行人，抵死不知。何也？未入门故也。"宋人《栽竹》

---

① （清）方东树著，汪绍楹点校：《昭昧詹言》卷一，人民文学出版社1961年版，第31页。
② （宋）郑樵：《诗辨妄》，见顾颉刚辑本，朴社出版社1933年版，第76页。

诗云："应筑粉墙高百尺，不容门外俗人看。"①

作为赏鉴批评主体，知音自己的才学如何，直接关乎鉴赏与批评的质量与水平。如果没有高超的才学，没有丰富的创作实践功底，想要深入作品、切中肯綮，真是难上加难。更有甚者，恐怕连入其门径也不可得。

三、识为要

识为见识，关乎取向，是指知音主体的识见，是提升才性、学养的重要因素。无论是创作还是鉴赏批评，识都很重要，其中既含知音创作主体作家的识见，即审美判断力，又含知音鉴赏批评主体的识见，即眼光、见识和勇气。这是因为，创作是知音创作主体的主观性精神活动，在感物吟志或研习古文时，识是知音创作主体的才情的风向标与灯塔；而在鉴赏批评中，识更是知音赏评主体的赏评水准的关键，暗合情理合一的古代审美心理，所谓"作者难，识者尤难"，"作与识原是一家眷属，盖失则两失，得则两得"，②更为各家所重。因此，不独古代文人在文学创作中十分重视"识"对区分高级精神活动与一般生理冲动的作用，热衷于在理性与道德的修养中涵养自己的识见境界，历代文论家也一贯重视"识"对鉴赏批评的境界和水准的整体提升作用。徐增曾言："诗之等级不同，人到那一等地位，方看得那一等地位人诗出。学问见识如棋力酒量，不可勉强也。"③杨慎亦称："读书不多，未可轻议古人。"④可见，论者以为不仅作者不可无"识"，鉴赏、批评者也必须具备。

对于知音创作主体作家而言，"识"的重要意义自不待言。北宋范温在《潜溪诗眼》中曾论述诗歌的创作和学习，以为必须潜心方有所得，并明确提出

① （清）袁枚：《随园诗话》卷八，人民文学出版社 1982 年版。

② （清）张晋本：《达观堂诗话》卷四，广文书局 1976 年版，第 472 页。

③ （清）徐增著，樊维纲校注：《说唐诗》，中州古籍出版社 1990 年版，第 19 页。

④ 王大淳：《丹铅总录笺证》，浙江古籍出版社 2013 年版，第 1207 页。

学诗"要先以识为主"①，以为识是端正学诗途径的要义；其后，南宋严羽在《沧浪诗话》中也谈及对前人创作的学习，主张"学诗者以识为主"②，以为识见是选择与判断的关键；明代许学夷也在《诗源辩体》中提出"学诗者识贵高，见贵广""学者以识为主"，③ 认为只有先奠定识见，才能正确辨别古人的拙劣高下；发展到清人吴乔那里，则更有"先须有志，则能入正门；后须有识，则不惑于第二流之说""无志无识，永为人奴"的观点，④ 认为知音创作主体必须有志有识，保持自己的判断力，才能写出好的作品。此类论述在在皆是，既可见出"识"对知音创作主体不可或缺之意义，亦对历代文论家启发甚大，他们进而认为知音赏评主体同样要具此"识"见，既要有超拔的眼光和见识，又须有力排众议、坚持己见的独立品格，方可成为真正的知音。

我们知道，文学的鉴赏与批评活动的展开，端赖知音赏评主体的识见与修养，以及正确的立场与态度。所以，对于知音赏评主体而言，"识"的重要性也为历代论家所重视。先秦典籍《吕氏春秋》中有这么一段记载：

> 务乐有术，必由平出。平出于公，公出于道。故惟得道之人，其可与言乐乎？亡国戮民，非无乐也，其乐不乐。⑤

讲的是对音乐的鉴赏与评判。作者以为，制乐论乐有它的方法，须有虚静平和心态。而平和产生于公正，公正产生于道。所以只有得道、识道的人，方可与之论乐。作者进一步指出，亡国奴与被压迫者的音乐绝无真正的愉悦可言。可见，识见在鉴赏评论者知音论乐中的重要地位早在先秦就已被论家重视。及至六朝，南朝梁代江淹在《杂体诗序》中称：

① （北宋）范温：《潜溪诗眼》，见郭绍虞：《宋诗话辑佚》，中华书局1980年版，第137页。

② （南宋）严羽，郭绍虞校释：《沧浪诗话校释》，人民文学出版社1961年版，第1页。

③ （明）许学夷：《诗源辩体》，人民文学出版社1987年版，第249页。

④ （清）吴乔：《围炉诗话》卷四，见郭绍虞编，富寿荪校点：《清诗话续编》，上海古籍出版社1983年版，第592页。

⑤ （先秦）吕不韦，陈奇猷释：《吕氏春秋新校释》，上海古籍出版社2002年版，第259页。

夫楚谣汉风,既非一骨;魏制晋选,固亦二体。譬犹蓝朱成彩,杂错之变无穷;宫商为音,靡曼之态不极。故蛾眉讵同貌而俱动于魄,芳草宁共气而皆悦于魂,不其然欤? 至于世之诸贤,各滞所迷,莫不论甘而忌辛,好丹而非素。岂所谓通方广恕,好远兼爱者哉! 及公干、仲宣之论,家有曲直;安仁、士衡之评,人立矫抗,况复殊于此者乎。①

文中所言大意为,自楚到汉,自魏到晋,各种诗文体裁全部不同,各种文体并存。你喜欢蓝色,但蓝色却不能单独构成绚丽的色彩;你喜欢宫商,但宫商却不能代表整个音乐;你喜欢美人,但是如果每人都长一个相貌呢? 你喜欢芳草,但芳草都一个气息呢? 时下的评论往往过于狭隘,即便是古代名士都不免被人指责,更何况当代的文人。这段话是在"江郎才尽"这个典故发生前江淹的封笔之作,② 从序中可见其所写拟古杂体诗三十首,既对当时文士存在的偏颇极为不满,又透露了他对形式主义诗风的严正抗议。江淹认为,诗要有内容,或抒情或状物,除此之外,再言其它。同时,由于文学作品的体裁、风格都是不尽相同的,好比色彩搭配、器乐成音,林林总总、不胜枚举,必须通方广恕,好远兼爱,才能算得上是真正的知音,若无此识见与包容心态,则失之偏颇而无法鉴别其优劣高下。他的远见高识深深影响到他任国子监博士时的弟子钟嵘,若干年后,钟嵘为古代文论留下了第一个诗歌评论著作——《诗品》。也正是基于对"识"的重视,刘勰在《文心雕龙·知

---

① (梁)江淹:《杂体诗序》,见(明)胡之骥:《江文通集汇注》,中华书局1984年版,第136页。

② 钟嵘在《诗品》中记载:"初,淹罢宣城郡,遂宿冶亭,梦一美丈夫,自称郭璞,谓淹曰:'吾有笔在卿处多年矣,可以见还。'淹探怀中,得五色笔以授之。尔后之诗,不复成语,故世传江郎才尽。"江淹是古体诗的领军人物,永明体出现以前,只有鲍照才能和他比肩。但是到了"喧议竞起,准的无依",一切按照四声八病学说来的时候,江淹无所适从了。因其卓越的古体成就,他不愿意写古体遭人讥笑,也不愿意违心转型写永明体。终于,他最后写了杂体诗三十首,还是古体诗,并写了个序言,个人的不满全发泄在序言里了,然后就此封笔。

音》中提出了展示识见高下的六大途径即"六观"之说：

> 是以将阅文情，先标六观：一观位体，二观置辞，三观通变，四观奇正，五观事义，六观宫商。斯术既形，则优劣见矣。①

认为只要循着位体、置辞、通变、奇正、事义、宫商这六条途径去考究、识鉴，具此眼目，则文之高下立现。对此，宋人朱弁在《曲洧旧闻》亦称：

> 凡人溺于所见，而于所不见则必以为疑。孙皓问张尚曰："泛彼柏舟，柏中舟乎？"尚曰："《诗》又云，桧楫松舟，则松亦中舟矣。"皓忌其胜己，因下狱。南方佳木而下舟，不及松柏，此皓所以疑也。今西北率以松柏为舟材之最良者，有溺于所见，遽谓柏不可以为舟。断以己意，以训导学者，而弃先儒之说，可怪也。邶之风言舟宜济渡，犹仁人宜见用，柏宜为舟。《鄘风》亦然，乃独于《邶风》释之，可以概见也。况非其地之所有，风俗所宜，诗人不形于歌咏，昔人盖尝明之矣。孙皓虽忌张尚之胜已，然不敢以训人也。②

朱弁以孙皓忌陷张尚之由为例，指出溺于所见、疑所不见也是文学鉴赏、批评中识见有亏的重要原因。其后论者更以"识"为鉴赏批评者必备之眼目。如明代程敏政《篁墩文集》中所载"古之妙词翰者，不拘一律，往往随兴之所到为之，故自有佳处，非具眼者莫识也"③，或如清初王晓堂《匡山丛话》所言"吾谓学者读太白集，先以识为主，不为伪句所惑"④，梁九图更在《十二

---

① （梁）刘勰：《文心雕龙·知音》，见范文澜：《文心雕龙注》上，人民文学出版社 1960 年版，第 717 页。

② （宋）朱弁：《曲洧旧闻》卷四，中华书局 2002 年版。

③ （明）程敏政：《篁墩文集》卷三十九，文渊阁四库全书本，第 1252 册，上海古籍出版社 1987 年版，第 688 页。

④ （清）王晓堂：《匡山丛话》卷二。

石山斋诗话》中明确为知音鉴赏批评画像，认为真正有卓越见识的知音赏评者必当"竖起脊梁，撑开慧眼，举世誉之而不加劝，举世非之而不加沮"，能"识古人避就出脱处"。① 薛雪亦在《一瓢诗话》中一再强调与梁九图相同的观点，称：

> 诗文无定价，一则眼力不齐，嗜好各别；一则阿私所好，爱而忘丑。或心知，或亲串，必将其声价逢人说项，极口揄扬。美则牵合归之，疵则宛转掩之。谈诗论文，开口便以其人为标准，他人纵有杰作，必索一瘢以诋之。后生立脚不定，无不被其所惑。吾辈定须竖起脊梁，撑开慧眼；举世誉之而不加劝，举世非之而不加沮。则魔群妖党，无所施其伎俩矣。②

自此，清代文论家对知音赏评主体的眼力"识"见更加重视起来。譬如，乔亿称：

> 朱子《答巩仲至书》曰："来喻所云'漱六艺之芳润，以求真澹'，此诚至极之论。然亦须先识得古今体制，雅俗乡背，更洗涤尽肠胃间凤生荤血脂膏，然后此语方有所措；如其未然，窃恐秽浊为主，'芳润'入不得也。"雕龙曰："疏瀹五藏，澡雪精神。"岂不信夫！③

文中以朱子解"芳润"为例，极言"识"之重要，认为识见、思想有类于《文心雕龙》中所强调的"五藏"首脑、"精神"中枢之意。再如，王士禛《带经堂诗话》中以论画兼及论文，直以"识力"称"识"：

---

① （清）梁九图：《十二石山斋诗话》卷七，见《中国诗话珍本丛书本》，北京图书馆出版社2004年版，第17册。

② （清）薛雪：《一瓢诗话》，人民文学出版社1979年版，第106页。

③ （清）乔亿：《剑溪说诗》卷上，见郭绍虞编，富寿荪校点：《清诗话续编》，上海古籍出版社1983年版。

吴道子画钟馗，手捉一鬼，以右手第二指抉鬼眼，时称神妙。或以进蜀主孟昶，甚爱重之。一日，召示黄筌，谓曰："若以拇指掐鬼眼，更有力，试改之！"筌请归，数日，看之不足，以绢素别画一钟馗，如昶指，并吴本进纳。昶问之。对曰："道子所画，一身气力色貌俱在第二指，不在拇指。今筌所画，一身气力意思并在拇指，是以不敢辄改。"此虽论画，实诗文之妙诀。读《史记》、《汉书》，须具此识力，始得其精义所在。①

以孟昶、曹筌论吴道子画为例，阐述知音文学赏评中"识力"的重要，只有具此眼目，才能得其精义。田同之在《西圃诗说》中称"识"为"眼"：

诗有真伪，分别正须具眼。不然百宝帐、千丝刚，五色迷离，几何不被人瞒过。②

李调元在《雨村诗话》中称"识"为"手眼"：

读古人书，须自具手眼，又必奇而可法。如王或庵之《文章练要》，刘继庄之《解乐府》，不必尽然，而得其法，可以他用。故《古诗十九首》，或云二十首，或云数十首，或云各家杂作，或云各首一意，纷纷聚讼。不如作一章看，其意自见，此善读书法也。③

潘德舆在《养一斋李杜诗话》则称"识"为"等级"：

胡氏应麟曰："五言排律，沈、宋二氏，藻赡精工；太白、右丞，明

---

① （清）王士祯：《带经常诗话》卷三，广文书局 1971 年版，第 11—12 页。

② （清）田同之：《西圃诗说》，见郭绍虞编，富寿荪校点：《清诗话续编》，上海出版社 1983 年版。

③ （清）李调元：《雨村诗话》卷上，见郭绍虞编，富寿荪校点：《清诗话续编》，上海古籍出版社 1983 年版。

秀高爽。"按沈、宋排律，人巧而已。右丞明秀，实超沈、宋之上。若
气魄阔大，体势飞动，亦未可与太白抗行也。"湖清霜镜晓，涛白雪山
来""地形连海尽，天影落江虚"等句，右丞恐当避席。若"独坐清天
下"、"黄鹤西楼月"等高调，更不待言。故论诗者胸无等级，语即近似，
皆成隔阂，此类是也。①

刘熙载在《艺概·文概》中亦称"识"为"眼"：

> 国手置棋，观者迷离，置者明白。《离骚》之文似之。不善读者，
> 疑为于此于彼，恍惚无定。不知只由自己眼低。②

上述所列清人各例中，王士禛的"具此识力"、田同之的"具眼"、李调元的
"自具手眼"、潘德舆的"等级"、刘熙载的"眼"，均指知音赏评主体的识见。
无论哪种表述，无论哪个学派，大家都一致认为，知音赏评主体的识见高下
直接决定知音赏评水准的高低，只有具备较高识见水平的知音赏评主体，方
能达到较高的赏评境界，成为作家作品真正的知音。

———————————

① （清）潘德舆：《养一斋李杜诗话》卷一，见郭绍虞编，富寿荪校点：《清诗话续编》，上海
　古籍出版社 1983 年版。

② （清）刘熙载：《艺概·文概》，见刘熙载著，袁津琥校注：《艺概注稿》，中华书局 2009 年
　版，第 38 页。

第二章　中古知音论的批评品格

　　在本书第一章中，我们已经对知音的内涵演变及其所受古代人文思潮的浸染有了一个大致的了解，并对知音介入古代文论的主体准备作了一个描述。那么，何谓知音论？知音论作为文论又是如何导出的？中古人文思潮又是如何影响这一导出过程的呢？这些就是本章将要解决的问题。

第一节　中古人文思潮对知音批评品格的涵养

中古人文思潮可谓知音论发生的历史背景。中古是我国历史上一个极为重要的发展时期。随着东汉末年政治上走向军阀割据，思想上经学走向崩溃，文化上文学的自觉已经开始，种种变化酝酿的是一个大变局的时代。一方面，这是另一种意义上的百家争鸣，不同的文人思想者依附于不同的军事集团或小政权，不再受制于汉代大一统天下之中的一人专制，经学从两汉帝国的唯一意识形态走向南北分裂的局面，这也造成了学术的新发展，接踵而来的就是中古文人的生活方式发生了巨变，种种契机让中古人文思潮汹涌澎湃地发展起来；但是另一方面，这种人文思潮的发展主要集中在文艺、文学等领域，并非如先秦"百家争鸣"一般在原创思想上出现火山喷发的场面。这就决定了这种人文思潮更多地体现在文学的创作、文学理论的新发展上，以一种对先秦经典思想的重新阐释、重新理解的面貌出现。同时，中古毕竟是一个动荡的时代，人文思潮固然繁荣，但造成这种思潮的文人集团往往朝不保夕。这就决定了文人的生活方式发生变化。总之，文学创作、文学理论和文人生活方式、人文精神承传构成了中古人文思潮的奇特图景，而知音论在审美生成过程中从这四个方面所受的人文思潮影响甚巨。

一、由文学自觉到创作个性化

两汉时期，自从汉武帝"罢黜百家，独尊儒术"以来，儒家经学成为统治两汉的唯一意识形态。与此相配的，是汉朝皇帝的一人专制，这既包括帝王对普天之下的统治，也包括整个社会结构中维系社会基础的什伍连坐制。在这种社会治理结构中，显然文学只能是政治的附庸，换言之，文学的自觉并未出现。

直到东汉，以班固等人的抒情赋为标志，文学的自觉性开始萌发。最有代表性的无疑当属班固的《幽通赋》和张衡的《归田赋》，前者追述班固家族在两汉交替的历史变革中，如何经历乱世而仍旧枝繁叶茂的家族史，思考自己在整个家族乃至儒家文化发展中的命运；后者则堪称中国文学史上第一篇描写田园隐居之乐趣的骈体赋作。两篇作品都反映了一种个人化色彩，不同于汉大赋的政治风格。

到了东汉末年，文学自觉性更加呼之欲出，这是因为东汉末年的社会结构出现了颠覆性的动荡。其原因是，一方面，在东汉持续的宦官、外戚交替专政的政治危机打击之下，黄巾军的起义带来了皇室的统治危机，瓦解了东汉政权，从而让整个社会在政治上陷入分崩离析的局面，这就从政治统治方面解放了文人；另一方面，经学从西汉的今文经学占统治地位一变而为东汉的古文经学成为主流，而古文经学的章句注疏越发烦琐僵滞，令人学而无功。而真正有追求的儒家学者又因为社会腐败而无法正常进入统治阶层。这样，就从思想上解放了文人。这表现在东汉末年文人诗歌的创作开始兴起，五言诗越来越多，逐渐代替了四言诗成为诗歌创作的主流，甚至完整的七言诗歌也出现。这除了班固的《咏史诗》、张衡的《四愁诗》、蔡邕的《翠鸟诗》等著名的文人诗外，最富代表性的是《古诗十九首》的出现。这些成于汉代无名文人之手的作品，直到今天仍然被不少当代人热爱，是汉代文人诗的最高成就。笔者以为，这标志着东汉末年已经出现了文学自觉的萌芽。

自魏晋开始，文学的自觉性终于走向前台。但是要注意，文学的自觉是一个相当漫长的过程，可谓贯穿于整个中古时期。鲁迅先生在其《魏晋风度及文章与药及酒之关系》中说："用近代的文学眼光来看，曹丕的一个时代可以说是'文学的自觉时代'，或如近代所说是为艺术而艺术（art of art's sake）的一派。"[1]鲁迅先生这样说是有理由的，我们评价文学自觉时代的到来，主要有四个标志，简言之，其一，要将文笔分开，即文学和经学是不同的，目的也不完全是服务于政治的；其二，文学能成之为文学，是因为文学

---

① 《而已集》，鲁迅：《鲁迅全集》第三卷，人民文学出版社 1956 年版，第 382 页。

之下必须要有门类，如诗歌、抒情赋等，也就是文体意识的形成；其三，文学的价值要独立于社会正义、政治正义等，要有独特的价值，也就是审美价值；其四，有一批专门独立从事文学创作的个体乃至群体。

从这种意义上来说，中古这四个条件都具备了，而人文思潮亦随之而兴起了。

具体来说，在曹魏时期，文学创作经历了从"建安风骨"到"正始之音"的转变。建安时代，"三曹"和"七子"并世而出，成为"建安风骨"的代表诗人。我们需要注意的有两点：从文学创作的风格上说，"建安风骨"是一种既有对政治理想高扬的追求，又有对乱世人生的哀叹；既执著于强烈的个性展现，又蕴含着浓郁的悲剧色彩。这种文学创作风格在王粲的《从军行》、曹操的《短歌行》、曹丕的《燕歌行》等作品中尤其明显。显然，这种文学创作的变化是与东汉末年到曹魏初期天下大乱带来的剧烈动荡有关，但天下大乱也意味着英雄有用武之地。这就造成了建安文学这种既昂扬又充满悲剧色彩的风格。而如果从这批诗人的创作方式上来看，则会发现"三曹"作为父子集团，"七子"作为文学集团，他们是以群体的面貌出现的，这就意味着，他们之间大体上是因为有着较为一致的处世态度、创作风格才会集合在一起。尽管这种群体是松散的，但他们之所以选择成为一个群体，就意味着他们之间有知音的存在。正如《世说新语》中记载了王粲去世之后，曹丕带领其他文士到王粲的坟墓悲伤流涕，为了表达内心伤感，回头对其他文士们说："王好驴鸣，可各作一声以送之。"正是这样的写照。

曹魏后期，文学创作以阮籍的《咏怀诗》和嵇康的作品为代表。显然，司马氏政权对阮籍、嵇康这两位一向被看作曹氏的文人是提防和陷害的，而他们的风格也从建安风骨一变而为寄托遥深、迂曲隐约。以《咏怀诗》为例，这八十二首一向被人以各种方式解读的作品，其实也反映了阮籍在乱世对知音的期许和寻觅，这种知音既包括文学上的，更隐喻了政治上的看法。所以，曹魏时期从"建安风骨"到"正始之音"的变化，都与知音有着密切的联系。

两晋文学的创作又有新发展。一方面，创作开始讲究形式和描写的繁复，其中最为典型的是西晋初年的"太康诗风"，以陆机、陆云兄弟与潘岳等人为代表，他们的作品用陆机自己在《文赋》中的话说就是"炳若缛绣，凄若繁弦"；另一方面，两晋诗风还包括如左思的《咏史》、郭璞的《游仙》等作品，这些作品虽然风格不同，但都逐渐发展为东晋的玄言诗。事实上，玄言诗的风格在趋向说理的同时，也可以视作这些作家试图与哲理对话，用哲理来寻求思想的呼应，以玄学思想为知音。晋代最为著名的诗人是陶渊明，有趣的是，他虽然不属于任何一个创作集团与流派，却自成一派。他的《杂诗》《饮酒》《归园田居》等作品在诗情之中透露出的不仅是隐居的肃穆与平静，也有鲁迅先生所说的"金刚怒目"，还有生不逢时、恨无知音赏的落寞。如他的《杂诗》第二首写道："日月掷人去，有志不获骋，念此怀悲凄，终晓不能静。"这体现的正是诗歌史上不世出的陶渊明对知音的渴求。

南朝以降，文学创作的风气又有了新变。清代沈德潜曾在其《说诗晬语》中评论说："诗至于宋，性情渐隐，声色大开，诗运一转关也。"当然，沈德潜主要集中于南朝诗歌创作在声色之内容、华美之形式上的特点。但如果将视野放宽至南朝文学这一大范围呢，就能看出，一方面文学创作已经呈现出爆发式发展，最重要的例证就是梁代昭明太子萧统所编的《文选》，丰富多彩的体裁——尽管有些体裁不是文学体裁——但至少说明了到南朝之时，文学的创作已经臻于成熟；另一方面，南朝留下的文学作品不仅有宫体诗、永明体，还有山水诗勃兴。本文认为，山水诗的发展不仅是玄言诗在山水鉴赏领域的新开拓，更可以视做文人在青山绿水间寻找知音的隐喻。

总之，站在文学创作的角度看，从东汉末年到南朝，文学创作的发展呈现出：题材多样化、文学独立化、价值审美化与作者个人化的倾向。而这种文学自觉性的发展，显然是人文思潮发展的重要部分，更令知音这一理论概念在文学创作上具有了丰富的内涵。

二、由人物品评到文学赏评

中古人文思潮的发展带来了文学自觉。文学的自觉推动的是文学批评的自觉；文学创作的发展推动的是文学批评的嬗变。可以说，知音从一种一般性的描述性词语，转而具有深刻的文艺内涵，正是在中古时期奠定的。总体上来看，中古是文学批评发展的"青年期"，在这个思想大变革、社会大动荡的几百年间，儒家、道家、玄学、佛教都对文学批评的发展提供了广泛的动力，使得文学批评终于得以独立。出现这样的发展，有三个表现：首先，文学批评的发生源于读者个体审美价值的自我发现。在中古之前，中国是没有现代意义上的文学批评的，甚至连古典意义上的文学批评也不能说存在。今天被写入教科书的诸如"诗言志"，诸如"知人论世"等先秦文学概念，在先秦乃至两汉并不被看作文学批评，他们是儒家经典的论述之一，是基于经学、基于政治的。所以，个体的审美价值显然被遮蔽在这种政治性话语中。直到中古时期，随着文学创作的独立，文学审美价值的凸显，才令对文学之审美价值的赏鉴活动走出政治的遮蔽，换言之，有了个体对文学作品的审美追求，才能有独立的文学批评的出现。其次，文学批评的独立源于具有深刻内涵的文学批评概念的形成。在上古时期，并没有真正的文学批评概念，如无论是基于《诗经》的"诗论"或"乐论"，本质上都只是经学概念的延伸。《毛诗序》也是如此。但是，时至中古，随着文学自觉的出现，文学批评也逐渐独立，文人需要用各种富有稳定内涵的文学批评术语来进行鉴赏批评。虽然这些术语并没有像现代文学理论中的术语那样语义清晰、富有逻辑，但在当时的文人手中已经具有了相当稳定的内涵。比如曹丕著名的"文气说"中的"气"的概念，陆机在《文赋》中开创的"缘情说"，当时对"文"和"笔"的区分，以及刘勰《文心雕龙》、钟嵘《诗品》中提出的几十个现已成为重要的文学批评概念的术语。而知音正是其中之一，是故，知音说是到中古才与文学批评建立密切的联系。最后，中古文学批评的发展，更与文人之间品鉴的盛行有关。简单而言，这种逻辑是因为文人的文本意识形成后，他们之间会对彼此进行道德、生活、行为方式等多方面的品鉴。这样，一方面对人的品鉴会发展到对作品的鉴赏；另一方面，文学作品的好坏也是品鉴人物的重要组成部分。这就催生了文学批评。总之，中古时期这三种表现意味着文学批评走向成熟。而知音论正是在这一过程中也随之成熟的。而要充分了解知音论与中古文学批评的关系，就要简单梳理一下中古文学批评中与知音有关的概念。

具体来说，在曹魏时期，首当其冲的是曹丕著名的《典论·论文》，他提出了"审己度人"的批评标准和"文以气为主"的"文气说"。"审己度人"正蕴含着对知音的期许。曹丕在《与王朗书》中又说："生有七尺之形，死唯一棺之土。唯立德扬名，可以不朽，其次莫如著篇籍。疫疠数起，士人凋落，余独何人，能全其寿？故论撰所著《典论》、诗、赋，盖百余篇。"① 曹丕的这一观念是对文学价值的肯定，也能从"士人凋落，余独何人"中看出对"知音其难"、生命无常的感慨。

到陆机的《文赋》，则开创了在文学批评领域具有重要意义的"缘情说"，即"诗缘情而绮靡"。这一说法确立了情感因素在文艺批评领域中的独立的本体地位，一直影响到后来挚虞的"诗以情志为本"和沈约的"人本含情"，在文学批评史上的位置非常重要。更为重要的是，这一说法给知音论奠定了情感的基础，如《文心雕龙》中论知音时就说："缀文者情动而辞发，观文者披文以入情。"把文章和情感看作是不可分割的整体，从而构成知音论中的情感基础。陆机的"缘情说"成为中古人文思潮中，从主观情感角度来推动中古文学批评发展的动力。

等到刘勰的《文心雕龙》和钟嵘的《诗品》先后问世，文学批评的理论自觉发展到了更高的阶段。

魏晋南北朝时期，文学创作上由"建安风骨"的慷慨与"正始之音"的悲怆风格，逐渐走向颓废与奢靡，这种文学创作上对形式的极端重视也日益影响到文学批评的发展。在这种情况下，刘勰为了扭转奢靡的文风，倡导恢复"建安风骨"的精神，他的不朽著作《文心雕龙》就横空出世了。《文心雕龙》是中国古典文学批评最为重要的作品。在这部著作中，刘勰首先仍然根据经学的原则确立了原道、征圣、宗经的文学本质论，这种观点虽然看似与纯粹的审美精神有所逆反，但其实更在于对当时不正当的文风的扭转；另一方

---

① 《与王朗书》，载郭绍虞：《魏晋南北朝文论选》，人民文学出版社1999年版，第16页。

面，刘勰融汇儒道玄佛，自出机杼，对中国自先秦以来的文学理论作了精辟的总结，是中国自先秦以来文学批评理论的集大成者。该著分别提出了宗经执正、辨骚驭奇、奇正兼综的文学方法论；囊括了以诗赋为核心的文学文体论，质文相替、文染世情的文学史论，情以物迁、辞以情发、思理为核、神与物游的创作构思论，情性所宗、文苑波诡的文学风格论以及风骨论、体势论、鉴赏论等。其中，知音篇就属于鉴赏论。《文心雕龙》里知音篇是本文最为核心的文献，后文将有详细论述，这里仅仅简单指出一点，即刘勰全面地指出了知音论的方方面面：为何"知音其难"？"知音"在文学创作上的反映，"知音"在文人交往上的反映，以及真正的知音如何鉴赏？这些问题全面地概括了"知音论"，在后文我们将在中古人文思潮的背景下详细论述此问题。总之，刘勰的《文心雕龙》的意义不仅在于"体大思精"的理论成就，还在于反映了中古人文思潮的丰富性、全面性，以及中古文学批评的体系化色彩和一种文学批评精神，这种精神不仅在当时具有一定的影响，而且历久而弥新，在隋唐诗人陈子昂、李白、杜甫和唐宋散文作家韩愈、苏轼等人身上都表现得非常明显，换言之，《文心雕龙》是一种文学批评的传统。

比《文心雕龙》稍晚的《诗品》是此时期另一部重要的文学批评著作。在《诗品序》中，钟嵘从性情、怨情的角度来言说诗歌理论发展的情感动机。如他说"至乎吟咏情性，亦何贵于用事"，就与《毛诗序》等儒家经典的讲法不同，不限于政教国运，不讲微言大义，美刺讽谏，而是所指更广泛，既包括四时变迁等自然因素，也包括个人遭际等个人因素。钟嵘更提出了"滋味说"，在《诗品序》中，"滋味"或"味"出现过三次，分别是"五言居文辞之要，是众作之有滋味者也""使味之者无极，闻之者动心""理过其辞，淡乎寡味"，这是中古人文思潮中，第一次用"滋味"来描述诗歌所具有的绵长深厚的艺术感染力。这也构成了知音论的理论背景。

南朝在文学批评的其他方面也有建树，除了刘勰、钟嵘，以齐永明体为代表的声律论、以萧统《文选序》为代表的文选派，均能既重视传统，又不排斥新变，对文学批评的看法均较融通，也是重要的文学批评文献。总之，从东汉末年一直到六朝晚期，文学批评也同样在不断发展，尤其出现了《文心雕龙》这样跨时代的著作。这就不难理解，为什么知音论在中古的六朝时期才会臻于成熟，为什么和知音有关的文学创作兴盛多年后，只在刘勰手中才成为成熟的文学批评术语。而这些都将是下文将要回答的问题。

三、"知音其难"：交往·心态

中古人文思潮的变化，其中的主体是人文，也就是人的变化，其中又以士人的变化为核心，汉魏两晋南北朝的士人大部分都属官僚阶层，但因家族与出身不同，大体上可以分为高门与寒门两类。可以说，虽然古代中国人始终在同样的土地、同样的儒家文化的笼罩下生活，但其实每个朝代、每个时期都是不同的。甚至每几十年就要变化。西汉人的视死如归、慷慨激昂和东汉人的循规蹈矩、珍惜名节是不同的；汉朝人的重视儒家、渴望在政治上建功立业和六朝人的自由洒脱、奢侈糜烂是不同的；六朝之中，魏晋和南北朝又是不同的。而知音论又是建立于人与人，尤其是文人之间品鉴与评价之上的文学批评概念，这就更应该梳理一下从东汉末年到南北朝时期，文人的生活方式有着怎样的变动。他们之间的交往方式是怎样的？心态是怎样的？为什么刘勰在《文心雕龙·知音》篇的第一句是开宗明义的指出："知音其难哉？音实难知，知实难逢，逢其知音，千载其一乎？"

只有将文人的交往方式等在中古的变化理清，才能够令这一部分叙述成为知音论的背景。汤用彤《魏晋玄学论稿·言意之辨》说："大凡欲了解中国一派之学说，必先知其立身行己之旨趣。汉晋中学术之大变迁亦当于士大夫之行事求之。"又说："世风虽有迁移，而魏晋之学固出于汉末，而在在与人生行事有密切之关系也。"[①] 正是因为这个原因。

文人的交往当然可以溯源到上古，但这里所谈的文人交往则要从西汉说起。在西汉汉武帝之后，儒家经学思想逐渐成为国家政制中唯一合法的意识形态。儒家对知识人个体修养的教化是相当成功的，两汉的知识人在个体修

---

① 汤用彤：《魏晋玄学论稿》，人民出版社 1957 年版，第 32 页。

身、砥砺名节等方面堪称古代中国人的楷模。而儒家对人的塑造和教化在东汉愈演愈烈，东汉比西汉更受制于儒家经学思想的影响，如东汉所立的十四博士奠定了儒家经学的国家化，再如东汉的察举制度专门以乡里乡野对个人的评价评议为标准，所以《后汉书》为"循吏"和"孝子"专门辟出篇幅，记载了大批爱惜名节的忠臣孝子。这与西汉那种意气风发的社会风气是完全不同的。演变至东汉末年，由于皇朝专制，宦官和外戚交替专权，更直接的原因是东汉桓、灵二帝的"党锢之祸"对儒家知识分子的残酷杀戮，导致了儒家士子对人品、道德的狂热维护和追求，他们以此来"品核公卿，裁量执政"[①]。其中，许劭与郭林宗作为东汉时期品题人物的名家，在品评、识鉴人物方面，对当代及后世都发生了深远的影响。"天下言拔士者，咸称许、郭。"[②]人们甚至把相术与人物品评结合起来，如王充《论衡》有一篇是《骨相》篇，专门论述骨相与性命的关系。王符《潜夫论》也有一篇补充王充之说的《相列》篇。就是到了三国，曹植与王朗也分别写了《相论》，谈论对相人之术的看法。这就是东汉末年大为兴起的人物品鉴的潮流。

曹魏时期三国混战，反而人才辈出。除了"时势造英雄"的因素外，更是因为军阀集团之间的竞争导致彼此都重视笼络人才，这就促使人物品鉴的风气更加盛行。在吴国，长于人伦识鉴的名士有顾劭、孙和、李肃、谢渊等人；在蜀国，司马徽和许靖也都比较善于品论人物；而曹魏长于品评人物者更多，上有曹植，下有广陵太守陈登、占卜学家管辂，此外还有崔琰、傅巽、李丰和杨俊等都是识鉴人才的高手。在这样的时代氛围中，中国人才品鉴的书《人物志》就诞生了，为知音论审美在中古的最终生成提供了完备的"才性论"的理论基础和坚实的人物品藻与文学赏鉴的实践支撑。

魏晋之后，九品中正制逐渐开始施行。这一制度创始于曹魏，发展成熟于两晋，衰落于南北朝时期。评议人物的职权主要由中正行使，家世、道德、才能为其标准；中正据此对人物作出高下的品定，称为"品"，品分九

---

① （宋）范晔《后汉书》卷六七《党锢列传》，中华书局1965年版，第2185页。
② （宋）范晔《后汉书》卷六八《郭符许劭列传》，中华书局1965年版，第2234页。

等。在这一制度的影响下，鉴识人物的能力变成了品评识鉴者乃至当时名流的一项标准。而与此相关，则是人物的评鉴构成知音的内涵之一。换言之，知音就意味着有些人不入一些人的法眼，而另一些人则与其惺惺相惜。这是知音在人物品鉴上最为形象的表达。

但是，九品中正制逐渐走向僵化，由对道德的评价转向对家世、血统的评价，形成了此后的三百年间的"上品无寒门，下品无士族"的门阀士族垄断政权的局面。在这种局面下，上品看不起下品，下品攀不上上品，他们都只能在相似的家族之间或家族内部寻找知音。而士子的心态也会发生变化，原本用来寻找知音都是靠道德、文学，现在却只以家世郡望为标准。如果有些士子试图突破这些桎梏，必然会遭到舆论的非议，这就出现了"知音其难"的局面。当然，这里的"知音其难"只是对人物品鉴的描述，与文学批评还是两回事。但显然，人物评鉴上的"知音其难"也会在文学创作和文学批评上投射自己的影子。

最典型的毋庸置疑就是《世说新语》了。《世说新语》第七门为"识鉴"。杨勇先生解释说："识鉴，谓审察事理，鉴别是非也。"[1] 从中可以看出，当时士子的交往，虽然在方式和心态上都是人物评鉴，但其用语往往精妙绝伦、对对方的赞叹也仍然集中在道德和文学等领域，这就说明人物品鉴之风，已经进入到文学批评的领域了。

四、中古人文精神嬗变

中古人文思潮中的人文精神传承与形态流变可循四径：一是文人政治理想与现实间的冲突与消解；二是文人治平与修齐意识的消长，此二者均取决于文人与政权关系的变动；三是文人对本阶层的反省与批判；四是社会政治环境的重大变动，如门阀制度的建立及演变，对文学和文论发展的影响。前三条线索并非单独行进，而是相互牵扯、彼此缠绕，这三条线索都是从人文

---

① 杨勇：《世说新语校笺》，中华书局 200 年版，第 292 页。

精神的主体——知识阶层的角度来阐释人文精神承继及其形态变化。第四条线索则是从外部即社会环境的变动来说明人文精神承继及其形态变化。虽然这四条线索贯穿于中古始终，但在不同时期，其轨迹之隐显，人文精神内核及其形态对文学和文论影响之强弱，是不同的。在东汉至魏晋的人文精神承继及其形态演变中，这四条线索都很显著；在南朝人文精神承继及其形态的演变历程中，第一条、第二条和第四条线索最为明显。东汉魏晋南北朝人文精神的承继及其形态的变化也不总是发生在同一层面、同一方面。东汉至魏晋的变化是人文精神形态的变化，变化是全层面、全方位的，即整体性的变化。南朝的人文精神形态是对魏晋的继承，变化主要是知识阶层政治角色自我界定的变化，期间还有社会政治理想的修正（永明儒风的兴起）和行为层面的变化（中下层士人的崛起给人文精神增添了他们的行为风格）。北朝后期人文精神形态的变化则是思想与行为层面的分离和思想层面上对知识阶层个体人格看法的改变。

　　通观中古人文精神内核承继及其形态演变的历史走向，其发展理路是明晰的：从东汉到魏晋而大变，再从魏晋延续到南朝。玄风是中古人文精神显在形态的标志，东汉到魏晋是其形成与鼎盛期，南朝是其衰弱与消歇期。从玄风最后的走向来看，南朝的玄学政治观由实践领域退缩到意识形态领域，进而再在意识形态领域将主导权让给配合皇权政治的儒家思想，玄学的影响也逐步退缩到个体思想与生活领域，从而将魏晋南北朝的人文精神内核承继及其显在形态的影响限定在个人思想和生活领域。尽管玄学在政治上的实践不太成功，西晋和梁朝的灭亡都与它有关系，至少儒学中人是这样看，其政治构想也在隋唐以后被排除出主流意识形态；但它在个人精神领域是成功的，尊重个体性情、开拓内在精神空间，挑战儒家的教化人生观，培养了独立人格。这便是中古人文思潮留给后世最有价值的遗产。这种重个体性情、重精神自由、重独立人格的品格，就是所谓的"人的自觉"。正是在这种人文精神的陶冶下，知音赏评主体读者的品格得以塑成。也正是在对传统人文精神内核的承继中，知音论不断开掘，最终实现审美生成。

　　总之，本节从文学创作、文学批评和文人交往及人文精神等四个方面来简单梳理了一下知音论审美生成的背景。本书尤其重视的是知音论审美生成的直接背景，而对更为间接的原因则不置一词，只有如此才能明确地勾勒出知音论审美生成的土壤，而免于泛泛之论。由上文可知，知音论作为一种文学批评概念的诞生与成熟，是由一群交往方式和心态都已经发生变化的文人，用源于人物品鉴的品评方式对已经走向自觉化的文学创作，进行的独立的文学批评。这就是知音论的背景。

第二节　汉魏人文思潮与知音批评

　　本书的语境是古代人文思潮。要想了解古代人文思潮和知音论审美生成的关系，就不得不先了解汉末人文思潮的嬗变。可以说，汉末人文思潮是连接两汉及更久远的时代和六朝之间承上启下的重要阶段，也正是在这一阶段，知音论才呼之欲出的。所以，对于中古人文思潮的大背景可以略谈，但对汉末这几十年的人文思潮变化不能付之阙如。这里说的汉末，就是从汉桓帝、汉灵帝直到三国时期的近百年时间。下面将分别从经学的崩溃、政治的分裂和社会思想的变化等几个方面谈一下汉末人文思潮对中古人文思潮的开启，并在此基础上，以王充及《论衡》、刘劭及《人物志》、王符及《潜夫论》、仲长统及《昌言》等为例证，来看汉末的学者作家，如何由作品出发将知音论从一种理论推导至人文价值观，进而顺利导出知音论的。并在此基础上，简要论述被导出的知音论的基本内涵。

　　魏晋之际，是我国古代思想史和文学史上最重要的时代，先后涵括建安时代和正始时代。其中，建安时代是汉朝向魏晋转变的重要年代，这一时代往往被称为文学自觉的时代，而建安文学是在汉末动乱中形成的文学思潮，是魏晋风度的开端，新兴文学集团与派别纷纷出现，文学创作繁荣，文学批评昌盛；正始时代则是魏晋易代的转折年代，既是王弼、何晏玄学产生的年代，也是竹林七贤创作的高峰时代。魏晋人文思潮的发展，在建安时代以三曹和建安七子的文学创作和批评为标志，通常以"建安风骨"称之；在正始时代则以王弼、何晏等人的玄学思辨和竹林七贤的文学创作批评为标志，通常以"正始之音"称之。魏晋之际的人文思潮，为南朝知音论的形成做了很好的铺垫，在《文心雕龙》中集大成的知音论正是缘此而生。如果没有建安、正始时代文学创作、玄学思想和文学批评等人文思潮的奠基，就不可能产生知音论。笔者将沿着对汉末影响知音论的形成的人文思潮的梳理脉络，从建安与正始两个时代人文思潮的分析入手，探析魏晋人文思潮对知音论审美生成的影响轨迹。

一、汉末人文思潮对中古人文思潮的开启

中古人文思潮是如何衍生的？这一问题，本章第一节中曾经提及。总的来说，中古人文思潮正是从汉末发展而来。但是，这种发展是时代的发展，涉及时代变化的方方面面，倘若面面俱到，则这种影响势必沦为泛泛而谈。问题在于，究竟最重要的影响因素是哪些？最直接的影响又是哪些？为什么这些因素能够直接演变为中古人文思潮？又是如何影响的？

在本章第一节，我们概括了中古人文思潮的几个要点，即和知音有关的文学创作、文学批评的变化、文人交往与品评方式以及人文精神的变化。那么，我们据此上溯，才能具体考察影响这些因素的汉末的人文思潮有哪一些。具体来说，笔者认为最重要的也是三个因素：经学思想的崩溃，才能导致文学创作和文学批评的走向自由；政治势力的分裂和斗争，才能导致大一统帝国的分裂和一人专制的虚弱，文学创作的丰富和文人交往的频繁；而汉末人物评议风气的热烈，才能导致此后文人交往方式的变化。而其中最为核心的是经学思想的崩溃。

经学，主要是今文经学在西汉的大盛，对当时的君主专制、一人政府的修正起到了极大的促进作用。演至西汉元帝、成帝时期乃至东汉时期，经学的发展达到顶峰。但是，经学达到顶峰的后果，除了一定程度上对专制政府的制约外，还有着对文学思想的钳制作用，也宣告经学思想没落的开始：一

方面，经学因独尊而丧失再生力。钱穆曾认为，经学僵化体现在章句上，而章句是今文经学的专利。[①] 章句和师法的繁复、家法的复杂，烦琐僵滞、学而无功，加快了学术的僵化，经学的没落在所难免。另一方面，汉代学者把经学当作敲门砖，虽然也极大程度上实现了人生的价值，但又不能不受到功名利禄的驱使。蒙文通先生在《孔子与今文学》中说，"跟着皇帝的就是今文学"，诚哉此言！于是演至东汉，如桓谭等人有意识地开始修正经学。很快太学弟子也纷纷不修师法、家法和章句之学。到东汉安帝和顺帝之后，经学学风已经衰败到不可救药的地步，在帝国意识形态中的主体地位日渐丧失，各种非权威思想则趁机兴起。

此外，考察西汉经学，会发现以齐学（包括春秋公羊学、诗学的齐学等）最为盛行，但是，随着王莽利用齐学篡位失败，东汉建立之后，齐学的地位一落千丈，天人感应学说这套系统的信仰理论坍塌。于是，信仰的危机导致了价值的更新，经学的崩溃带来了玄学以及其他思想的崛起。思想的钳制一经取消，文人的自由思想即被释放，于是各种文体、各种思想的文章、各种风格的文学作品都层出不穷的出现。而这，也就导致了文学自觉性的出现。经学的崩溃，让宣扬"政教"的文艺批评观念也随之式微，于是，纯文学、纯文艺的文学批评走上了历史舞台。

同理，东汉末年，皇权旁落，诸侯并起，文人士大夫都不必再听命于单一的皇帝，这也客观上催生了文学创作尤其是文学批评的发展。其实，这一点早在东汉中期就有萌芽了。东汉统治者们的年寿都比较短，一代不如一代，就造成每次大位的交替都是由幼年的皇子担任，而他们显然不能胜任皇帝的位置，少年继位的帝王居多，大权必然旁落，最后又势必只能依靠宦官夺回，内乱自然不可避免。此外，汉明帝之后帝王都不是嫡出，大都是从各地王国选来的，这也造成幼帝和把持朝政的太后之间无法融洽，帝王一旦亲政，往往会激化与外戚或者宦官的矛盾。而东汉王朝也就在这一次次的

---

① 参见钱穆：《两汉经学今古文评议》，商务印书馆 1996 年重印版本。蒙文通先生在《经学抉原》中认为章句是古文经学家的专利，可参考。但不论哪一种，东汉经学的章句化，是促使经学没落的重要原因。（参见蒙文通：《经学抉原》，上海世纪出版集团 2006 年版）

政治斗争中由盛转衰了。单纯就外戚来看，自从时年仅有 10 岁的汉和帝继位，且汉章帝也不得不留下遗诏命窦皇后临朝听政，东汉外戚专权从此登上历史舞台。与此相对比，和帝成年之后，依靠郑众为代表的宦官消灭了外戚窦氏，于是宦官的势力又开始抬头，东汉的宦官参与朝政，正是从郑众开始的。和帝去世后，邓太后临朝听政，外戚邓氏一门又掌握了朝廷大权，再次形成外戚专政的局面。安帝长大后，又利用宦官李闰和乳母王圣的力量，诛灭了邓氏。从此以后，外戚和宦官的干政此起彼伏，越演越烈，直到汉代灭亡。总之，东汉末年君权的危机和君主地位的不确定性、不稳定性，加上宦官和外戚的交替干政，东汉政局终于在党锢之祸和黄巾起义后一发不可收拾。此外，在君主、宦官和外戚之外，还有一股士大夫的势力，但是，君主宁可在外戚与宦官之间寻找依靠，也不愿相信士大夫。东汉一朝的政局中，外戚与宦官交替执政，只有士大夫始终处在政治上的在野状态，游离于政权之外。而这在两次党锢之祸兴起后越发明显了。待到三国时期，君主、宦官、外戚、士大夫这四种力量为了各自集团的利益，始终在争斗，而处在国家阶层中下的士大夫则在政局混乱之际，反而得以各为其主，而没有了论调一致的国家力量，文人士大夫也反而得到了个性张扬的机会。尤其是魏晋之时，九品中正制的发展，更令士族士大夫得以有充裕的时间来创作、鉴赏文学艺术，而这当然会影响到中古人文思潮的形成。

经学这一帝国根本意识形态的衰落和皇权政治的巨大变化，自然会影响到东汉末期社会风气、文化风尚、社会思想的变化。如果说本节前两项的变化是中古人文思潮嬗变的动力，那么社会风气和文化风尚等的变化，则直接构成了东汉末年人文思潮的主潮，成为中古人文思潮的先声。从东汉到六朝，社会风气和文化风尚有两大变化：一是社会政治理想的变化与士族的兴起，这表现在人物评议的盛行上；二是道家思想的发展与玄学的上位，这表现在儒家的玄学化与道家文化风尚的盛行上。

就前者而言，东汉士人逐渐转变为魏晋士族，士大夫拥有了相当的政治权力空间与相对独立于皇权权威之外的社会地位，虽然士大夫付出的代价是不停的宫廷斗争带来的士大夫命运的朝不保夕、悲欢离合。但是，这种远比汉代士大夫受着经学和皇权双重压迫更为自由的生活方式，激发了汉末直到六朝时期士大夫的个性和艺术创造力，从而令文学走向自觉，令士大夫之间有着越来越多的结社吟诗、饮酒场合、团结在某些王公贵族周围等等的行为，加之相互之间的品评，令知音论得以有了生存和繁衍的土壤。就后者而言，经学的崩溃当然会在汉末给道家玄学的兴盛留出了位置，但其实，早在西汉时期，艺术领域就已经受到兴起的新思潮的许多影响了。儒家的谶纬化也说明了这一点。"道"激活了民间的生命意识，拓宽了其视野，并生发出无限的感慨和联想；受其影响，汉末士人开始走向个体自觉，艺术精神也随之觉醒。这种思想变化通过民间的或者文艺的方式，在当时一切艺术创作与文学创作中呈现出来，催生了中古人文思潮。一方面，汉末"道"家哲学思潮启发和培育了其时文艺创作的想象力，激发出了大量大放异彩的意象。刘勰在《文心雕龙·正纬》中也曾指出谶纬方术与文学之间存在的紧密联系。[1]另一方面，对普通的民间思想而言，人们对人生的自觉也被道家玄学的时代思潮所激发，这尤其体现在东汉后期以来碑刻、壁画、画像石的兴盛。劳伦斯·比尼恩在其著作《亚洲艺术中人的精神》里也曾揭示过迷信观念中所蕴含的诗意的种子。[2]可见，与经学相较，道家和玄学的思潮奠定了更为有利于艺术创作和艺术家诞生的社会基础。从民间工匠艺术家到朝野的士大夫阶层；从东汉中期就发展到极盛的汉代画像石艺术到东汉末年士大夫文学创作

[1]　刘勰在《文心雕龙·正纬》中曾言："若乃羲农轩皞之源，山渎钟律之要，白鱼赤乌之符，黄金紫玉之瑞，事丰奇伟，辞富膏腴，无益经典，而有助文章。"指出了谶纬尽管并无太大进步的政治意义，但对文学艺术中浪漫精神的培育和想象力的发展起到了积极的作用。（参见范文澜：《文心雕龙注》，人民文学出版社 1978 年版，第 31 页）

[2]　劳伦斯·比尼思在《亚洲艺术中人的精神》中曾言："在我们看来，这些迷信的观念是幼稚的，但是在那种思想倾向里却含有真正的诗，它如果不向那些在假想中居于地下、空中、流水、树木和云彩里的神灵乞求，它也就不会去歌颂任何人生事件——出生、婚娶、死亡、建房、播种。恳求一切自然力施惠于刚刚降生的孩子，保佑将死去的人，……在诗人、艺术家和哲学家的头脑里，这种轻信而又流行的因素变成了特别完满的一种幻象，成为对于人类在宇宙中的地位以及人类生活与外部生命界之间关系的一种更为正确的——比起西方曾流行过的那种观念——感知。"（[英] 劳伦斯·比尼思：《亚洲艺术中人的精神》中译本，辽宁人民出版社 1988 年版，第 11 页）

的兴盛；从老百姓对旧时代的逐渐抛弃到士大夫相互品评的逐渐展开，尤其是草书书法的狂热和音乐、宗教欣赏的盛行都促使着中古人文思潮的呼之欲出。

总之，中古人文思潮的兴起是由汉末人文思潮所引发的。

二、汉末人物评鉴对知音批评的导引

上一小节谈到了汉末的人文思潮，也分析了汉末人文思潮如何催生了中古人文思潮。本节回到本书的中心问题——知音论上面来，从例证的角度来探讨东汉末年人文思潮是如何体现、影响知音这一术语的品格的。在本书第一章对知音进行释义的时候，已经涉及了汉代文献中直接引用知音这一名词的部分。其实，除了这些直接引用外，对知音的间接探讨始终就没有中断过，而且到东汉末年有愈演愈烈之势。那么，汉末人文思潮中哪一种思潮与知音论关系最为密切呢？就是汉末大兴的人物评鉴的人文风尚。东汉末年，随着吏治的崩坏，皇权对士大夫的压迫，导致了一定程度上士人人格的败坏和任达、狂狷之风的流行。有败坏，自然就有反驳，有对人际交往中德性的重视。从汉末到建安时期的许多学者文人在著作中辟有专门讨论人际交往的篇文。

王充及其《论衡》就是其中之一。王充是东汉杰出的哲学家、思想家，他继承和发展了从东汉初以来，由郑兴、尹敏、扬雄、桓谭所渐兴的批判天人感应的神学、经学及谶纬迷信的思想传统，以"超前觉醒""执著求真"的科学思维之态度，勇猛举起"疾虚妄"之学术批判大旗，全面系统地检批了自董仲舒以来的以天人感应为核心的神学、经学，成为两汉时代最大的无神论者和唯物主义哲学家，其《论衡》写于章帝年间，集中反映了他的观点。王充认为，天地万物都是由"元气"构成的，"元气"是本原的物质，故能构成世界上千差万别的事物。"万物之生，皆禀元气""元气，天地之精微也"，王充强调"天道自然"，认为"夫天道，自然也，无为""谓天自然无为者何？气也。恬澹无欲，无为无事也。"叶朗先生也在《中国美学史大纲》中评价说：

"王充的元气自然论是同汉代官方的宗教神学体系相对立的。他反对把道德属性加到天地万物身上，反对神秘主义的天人感应说，强调'天道自然'。"在王充看来，既然"天道自然"，天是不以人的意志为转移的自然现象，有其本身的运行机制，与人事无关，所以，"天人感应"的说法自然是毫无根据的虚妄之谈。这样不仅批判了谶纬学说的虚假性，对民间道教所宣扬的迷信观念也是一个致命的打击。在《论衡·讲瑞》篇中，王充称：

> 歌曲弥妙，和者弥寡。行操益清，交者益鲜。鸟兽亦然，必以附从效凤皇，是用和多为妙曲也。①

这一段的字面意思是说歌曲的相和，与君子之间的交往具有一致性。显然，这也直接用音乐的知音来比拟人与人交往的知音。从中可以看出，王充所处的东汉中后期，人与人之间的交往已经开始重视是否知音了。王充甚至认为连鸟兽尚且如此，何况人？而对人的品格、德性的重视，是人物评鉴得以兴起的先决条件，而通过王充的记录可以发现，这一先决条件从一开始就与知音有关。

不仅是王充。另一位学者王符也在与之相同但稍后的时期写了关于人际关系的著作。王符是秦汉以来元气一元论的唯物论之集大成者。在宇宙起源问题上，王符《潜夫论·本训》篇称"上古之世，太素之时，元气窈冥，未有形兆，万精合并，混而为一，莫制莫御，若斯久之，幡然自化，清浊分别，变成阴阳，阴阳有体，实生两仪，天地壹郁，万物化淳，和气生人，一统理之"，②认为元气是天地万物的本原。他的《潜夫论·交际》篇对其时社会人与人之间的关系进行了探讨，反映了东汉中期势利的世风，深刻地揭露了人情冷暖、世态炎凉的恶浊现实。如《潜夫论·交际》篇一上来就说：

---

① （汉）王充《论衡·讲瑞》，黄晖撰：《论衡校释》，中华书局1990年版，第728页。
② （汉）王符撰，（清）汪继培笺，彭铎校正：《潜夫论笺校正》，中华书局1985年版，第365页。

> 语曰:"人惟旧,器惟新。昆弟世疏,朋友世亲。"此交际之理,人之情也。今则不然,多思远而忘近,背故而向新;或历载而益疏,或中路而相捐,悟先圣之典戒,负久要之誓言。斯何故哉?退而省之,亦可知也。势有常趣,理有固然。富贵则人争附之,此势之常趣也;贫贱则人争去之,此理之固然也。①

可想而知,在相对后来而言已经是非常质朴的汉代,都已经出现了这种人际交往上的势利,可想而知当时的士大夫该是怎样的心情。王符写这一篇,目的是强调士大夫之间要重视彼此的道德、建立知己般的关系,才是君子立身之本。而这种对人际关系和对士人道德品行的关照,则成为人才品鉴的动力。

东汉越往后,世风越衰败,类似的文字就越多。在王符之后,如一生主要生活在汉和帝末年到汉桓帝末年的朱穆,曾经著有《崇厚论》,亦是力图恢复淳朴敦厚的君子古风。再比如他的《与刘伯宗绝交书》和《绝交论》也是被当时的污浊世风而感到痛心,从而试图加以贬斥抨击而作。到了东汉进入灭亡前夕的时候,蔡邕又写了著名的《正交论》,专门以人际交往为主题,针砭东汉江河日下的世风,对什么才是君子这样的问题作出了回答。据史料记载,当时还有刘梁的《破群论》(今已散佚)和仲长统的《昌言》,也是各自从不同的视角,关注相同的问题:君子应当如何与人交往。而徐干的《中论》,从其篇章如《谴交》《考伪》《审大臣》等,都在批判汉末的末世炎凉时,体现出不同程度的对士风的关注。

从东汉后期到末期,对人物德性和士人交际的关注,最重要的文本当属刘劭的《人物志》。汉末魏初,对人物的品评逐渐从对道德操行的重视,发展为对个性、格调、精神、气质等的激赏。而刘劭的《人物志》就显示了这种才性观评价的变化。前文在论及知音之才时曾提及,刘劭的《人物志》是

---

① (汉)王符撰,(清)汪继培笺,彭铎校正:《潜夫论笺校正》,中华书局1985年版,第333页。

汉魏之际关于辨析评论人物、识人选才的重要著作，通观《人物志》不难发现，刘劭用基于五行说的"气"的概念，来分析人的个性与格调。这就将人物品评从单纯的对道德推重，过渡到"知人""知音"的意思上了。《人物志》辨析情性，分别流品，鉴识才理，甄明利害，谈论英雄，探究知人之方，此书一出，便在学界政界引发了一场"四本才性"论争（这场关于人生价值的讨论又被称为才性之辨），对六朝清谈中的人物品鉴产生了很大影响。它不仅在汉魏六朝人物品鉴中具有承上启下的意义，而且对此期人文思潮、人物品藻的变迁及作为文学批评鉴赏理论——知音论的审美生成，也产生了特别重要的影响。总之，刘劭将"知人"的社会风气推向了一个高潮，如《人物志·自序》曰：

> 夫圣贤之所美，莫美乎聪明。聪明之所贵，莫贵乎知人。知人诚智，则众材得其序，而庶绩之业兴矣。是以圣人著爻象，则立君子小人之辞；叙诗志，则别风俗雅正之业；制礼乐，则考六艺祗庸之德；躬南面，则援俊逸辅相之材，皆所以达众善，而成天功也。

这里，刘劭把"知人"提高到一个无比重要的层次。单从这句话来看，和儒家经学中"尚贤"的说法是一致的。但如果考虑到汉末魏初的时代背景，考虑到刘劭前面诸多学者在对士大夫的交际关系上的主张来看，刘劭的话并非经学的陈词滥调，而是格外强调了"知人"的重要性，这是与他所处的时代评鉴人物的精神、格调等相一致的。这里的"知人"除了一般的"尚贤"的意图之外，更有着矫正时弊、重视人物评鉴的作用，而汉末的人文思潮之一，正是人物品鉴的时代风尚。《人物志》正是中国历史上第一部研究人才质性的理论专著，它产生于人物品鉴的时代风气之中，又超越了一般品鉴家只是针对具体人物性格的琐碎言论，而是有了极大的升华。同时，由于魏晋六朝哲学以抽象的思辨性取代了汉前哲学具体的经验性，因此，刘劭《人物志》带有浓厚的时代思辨色彩，充满了辩证思维的智慧，其观点已经不是一般的人物品评的手册，而是当时整个时代的风气的浓缩。所以，作为汉末人文思潮之表现,《人物志》的人物品藻的方式对文学批评鉴赏理论——知音论的形成,也发生过特别重要的影响。当时流行的关于人物品鉴的书不少,但流传至今且保存完整者,也只有刘劭的《人物志》了。纪昀《四库全书总目提要》评《人物志》曰:"全书主于论辩人才,以外见之符,验内藏之器。分别流品,研析疑似。故《隋志》以下,皆著录于名家,然所言究悉情,而精核近理,视尹文之说兼陈黄老申韩,公孙龙之说惟析坚白同异者,迥然不同。盖其学虽近乎名家,其理则弗乖于儒者也。"①

但是,不论是王充,还是刘劭,他们的著作并没有直接对文学创作进行评价,自然也谈不上是文艺理论了。但是,这些汉末人物评鉴风气的形成,却是汉末人文思潮的重要表现。汉末的人文思潮既催生了中古人文思潮,也对文学批评产生了细致入微的影响。《人物志》对文艺理论的影响主要有两点,一方面,其中表达了一定的审美意识,比如《九征》篇讲到"中和之质,必平淡无味。故能调成五材,变化应节",说明至味生于平淡,与魏初玄学思想有某种一致;另一方面,书中有关人物品鉴的理论及术语,对此后文艺理论产生一定影响,比如《八观》这一篇,从八个方面论说品鉴人物的要素,其实对《文心雕龙》论述鉴别文体的"六观"之说有某种启示作用。

总之,汉末的人文思潮与知音论最有直接关系的思潮,就是人物评鉴这种社会风气的形成,而其形成正是从东汉的后期就已经开始发展,直到汉末蔚为大观的。

三、建安风骨对知音批评品格的润泽

建安文学批评是建安文学的亮点。诚如袁济喜在《新编中国文学批评发展史》中所言,文学活动与文学观念的生成是思辨的结果和生命体验、生命精神的升华,魏晋南北朝之所以成为中国古代文学批评最为辉煌的年代,正是因为中古文学批评受了时代感发,将士人生命活动与审美精神融为一体,

---

① (清)纪昀总纂:《四库全书总目提要》,河北人民出版社 2000 年版,第 3037 页。

显现出中国古代文化中人生与艺术相统一的传统。对此，笔者深以为然。曹丕的《典论·论文》《与吴质书》以及曹植与杨德祖、吴质的书信均为建安时代文学批评的代表性文章。曹氏兄弟在文论方面的成就正在于他们用建安时代所蕴藉的生命精神激活了中国古代文学与文学批评的自觉意识，对知音论的审美生成具有十分重要的意义。

如前文所析，汉末刘劭《人物志》所阐发的才性观及其所开拓的辩证思维方式，极大地启发并直接影响到了知音论的原则方法建构。在此基础上，文学批评领域便出现了我国第一部文学理论专论曹丕的《典论·论文》，这在文学和文艺理论的发展史上，无异于开山的巨响，标志着我国的文学和文学理论自觉时代的到来：作为高自立标和集大成者，既不难看出世代先贤和诸子百家对它的濡沫和滋润，亦可发现其对当时或后世包括知音论在内的文学批评理论的重大影响。伴随着中国古代文学批评史上这一重大事件，知音论在此间获得了充分的开蒙，并从这里迈出了逐步走向成熟的理论步伐。

曹丕对知音论审美生成的贡献，集中表现在四个方面：

一是充分肯定文学地位，明确提出"文学不朽说"，这既是对传统文学价值观的重大突破，也是对文学自觉的倡导，更是为知音论知音赏评活动价值的正名。关于"文学不朽说"，儒家经典中就有立功、立德、立言的"三不朽"之说。《左传·襄公二十四年》称："太上有立德，其次有立功，其次有立言，虽久不衰，此之谓不朽。"史迁《报任安书》亦称欲将《史记》"藏之名山，传之其人"。曹丕则继承了这种思想，认为"文章，经国之大业，不朽之盛事"，又超越了这种思想，一方面将著文立言与立德、立功等量齐观，均为延续生命意识的路径；另一方面将前人传圣人之道、立圣人之言转变为将自己的独立人格熔铸在诗文创作之中的立言，既是文学走向自觉的一种表现，也为知音赏评活动找到了寻绎作品中蕴藉的作家生命精神的依托。

二是深入探讨文学本体问题，明确提出"文气说"，这既是对汉末才性观的批判继承，也是对作家气质的渊源探讨，更是对知音论知音赏评路径的建构。"文气"是指表现在文学作品中的作家的自然禀赋、个性气质，属于生理和心理范畴，没有伦理色彩。"文以气为主"尤其强调了作品应当体现作家的特殊个性，这种个性只能为作家个人所独有，"虽在父兄，不能以移子弟"，建安七子各显其才的原因正在于其"性"的差异。这种观点也合符于魏晋人崇尚自然的风气。由于曹丕非常强调创作个性的这种独特性和不可改变性，一方面突出了作家独特个性对于作品风格的决定意义，体现了魏晋时期"人的自觉"和"文的自觉"的时代精神；另一方面，则是否定了现实习染同样可以改变创作风格的可能性。曹丕对作家修养的才性评论的强调，可谓对知音赏评路径的开拓。

三是首次对汉魏六朝文体论做了新的阐释，明确提出"诗赋欲丽说"，这既是对两汉文学观念的纠正和解放，也是对文学作品文体风格的有益探讨，更是对知音论知音赏评客体对象理论的发明。曹丕《典论·论文》在分析作家才能个性各有所偏时，第一次正式提出四科八体说的文体分类及其各自特点的文体论。"本"指文章的本质特征，即用语言文字来表现一定的思想感情；"末"指文章的具体表现形态，即文体特征或文章在内容和形式方面的特点。无论哪一种文体，都是用语言文字来表达思想情感，其"本"是相同的，不同的是文体在表现形态、语言形式、体貌风格等方面。接着曹丕提出文体共有"四科"，并且认为文体各有不同，风格也随之各异。四科共计八种，其中奏议与书论属于无韵之笔，铭诔诗赋属于有韵之文。其本质相同，都是用语言文字来表现一定的情感。但其"末异"，也就是说，在其文体特征上，奏议要文雅，书论重说明，铭诔尚事实，诗赋则应该华美。雅、理、实、美，就是"末异"，它们都是关于文体的不同风格体貌。所以，曹丕的"文本同而末异"，说的就是文体和风格的关系，不同的文体应该有不同的风格特征。"文本同而末异"当是最早提出的比较细致的文体论，也是最早的文体不同而风格亦异的文体风格论。特别值得强调的是，曹丕在此提出的"诗赋欲丽"即诗赋应该华美的观点，指出诗赋应该讲究文辞华丽的形式美，说明曹丕看到了文学作为艺术区别于其他体裁文章的美学特征（即"丽"），认识到文学应该摆脱经学附庸的地位，这对于抒情文学的发展，有着特别深远的影响。这也是魏晋时代文学已经逐步走向自觉的突出表现。

四是首次倡导以作家才性论作品，明确提出审己以度人，这既是对儒学批评观的修正，也是对建安时代知人善任的人物品评精神的体现，更是对知音论知音赏评主体客观公正原则的奠基。下面，我们就结合《典论·论文》的文本分析，看看曹丕七子之评的文论实践，对刘劭《人物志》才性观的承继，及其对知音论赏评"公心"原则，即文学批评客观性原则的开拓。

曹丕在《典论·论文》开篇即以感叹并强调文学批评客观性的原因。曹丕感慨"知音之难遇"，认为"文人相轻"是古今皆然的不良风气。他看到古有班固瞧不起傅毅下笔时的冗长散漫，今有建安七子彼此互不相服。这些作家"各以所长，相轻所短"的品评态度，必然导致"偏差"。为剔除这种存在于批评之中的陋习，曹丕鲜明地提出"审己以度人"，主张要持平客观地论断作品。而他自己也正是以这样的原则展开自己的"七子之评"的。曹丕强调文学批评要客观，具体来讲：

其一，强调端正的态度。为了端正态度，曹丕在《典论·论文》开篇即严厉批评了"文人相轻"。先秦两汉时期，确实存在着"文人相轻"的陋习，曹丕指出这一点，完全符合实际。不过，曹丕之所以提出这个问题，主要目的不是为了论古，而是要借古说今。从建安文坛的情况来看，像班固攻讦傅毅这类的现象还是时有发生，或如"刘季绪才不逮于作者，而好诋诃文章"，又如曹植曾挖苦陈琳与司马相如媲美辞赋，"譬画虎不成反为狗者也"，其他如建安七子虽然不见他们有公开地相互轻慢，但亦如曹丕所言，由于他们在文学创作上都各有所长，因而"以此相服，良亦难矣"。随后又分析产生这种现象的原因。曹丕认为"夫人善于自见""又患闇于自见，谓己为贤"乃是其根源，即文人之间因为对自己、对别人都缺乏全面的认识，于是"各以所长，相轻所短"。为了改变"文人相轻"的陋习，树立正确的批评态度，曹丕认为"夫事不可自谓己长"，强调批评者须"审己以度人"，对自己及别人都应同等对待，既要看到其长处，也要注意其短处，不能以自己的长处去攻讦人家的短处，这样才会有比较公允的态度。此外，曹丕还结合文体论，认为"文非一体，鲜能备善"，"此四科不同，故能之者偏也"，故不应求全责备，更不应相轻。随后又对"常人贵远贱近，向声背实"的错误观念提出批评。贵远贱近、崇古卑今的观念其实由来已久，特别是在两汉时期，由于儒家经学居于统治地位，所以"征经""宗经"的厚古薄今的观念时常束缚着文人的思想。对此，桓谭、王充曾先后进行了抗辩但收效不大。^①建安时期，曹丕适应社会条件的急遽变化，继桓谭和王充之后，再次批评崇古贱今的错误态度，虽然他的批评在理论上谈不到有什么新建树，但在实践上，却有积极的意义。建安文人虽不像汉儒那么长古而短今，不过，从现存的资料来看，其影响还是存在的。^②因此，曹丕对于"贵远贱近""向声背实"的批评，同样有助于端正文学批评的态度。

其二，注意作家的个性特点。前面曾经提到，曹丕论气时，特别强调作家独特的个性，这观点同样也体现在他的文学批评上。曹丕在《典论·论文》中指出，"王粲长于辞赋，徐干时有齐气"，应玚诗文"和而不壮"，刘桢作品"壮而不密"，孔融"体气高妙"，陈琳、阮瑀主攻章表书记；在《与吴质书》中认为，徐干"独怀文抱质，恬淡寡欲，有箕山之志，可为彬彬君子者矣。著《中论》二十篇，成一家之言，词义典雅，足传于后"，刘桢"有逸气，但未遒耳。其五言诗之善者，妙绝时人"。上述例证可见：曹丕用气论作家时，十分注意区分不同的作家所体现出不同的气（如"齐气""逸气""体气高妙"等）和作品与气相结合的各种不同风格；同时也十分注意从文章体裁的角度分析作家各自的特点，如：特别肯定刘桢的五言诗"妙绝时人"。这些都说明曹丕在批评作家时，一般不做泛泛的评论，而是注意从作品的实际出发，分析其个性特点与突出的贡献。

其三，不虚美、不饰非。《典论·论文》中的"七子之评"，一方面恰如

---

① 桓谭在《新论·闵友》中称赞扬雄的《太玄经》说："世咸尊古卑今，贵所闻贱所见也，故轻易之。"王充在《论衡》中则有不少篇章批驳了高古下今、贵闻贱见的错误态度，如《案书篇》说："夫俗好珍古不贵今，谓今之文不如古书。夫古今一也，才有高下，言有是非，不论善恶而徒贵古，是为古人贤今人也。……盖才有深浅，无有古今。文有伪真，无有故新。"

② 拿建安七子来说，我们并未见到他们对当时作家作品的推许，相反的，他们对古人的尊崇倒是不乏其例。如：陈琳谈及辞赋时，就非常推崇西汉的司马相如，但对当时长于辞赋的作家却从未言及。这显示除了"文人相轻"的问题外，"贵古贱今"的积习仍持续影响着人们。

其分的肯定了他们的长处，或言王、徐长于辞赋，或言应、刘之作或"和"或"壮"，或言孔融"体气高妙，有过人者"，等等；另一方面，也批评了他们的缺点，或言王徐在辞赋之外的他体"未能称是"，或言应、刘之作或"不壮"或"不密"，或言孔融之作"不能持论，理不胜辞，以致乎杂以嘲戏"。曹丕的"七子之评"既热情称道其佳处，亦鲜明直刺其短缺，基本做到了不虚美、不饰非，比较客观、公正的批评态度。

曹丕"七子之评"的文论实践，已经涉及知音论中的赏评原则以及对作家的评鉴，可以说，《典论·论文》是知音论审美生成过程中起承转合的重要一环。他的观点和实践都极大地丰富了成长中的知音论的理论内涵，为知音审美赏评活动展开提供了初步的原则准备。其后，这些观点在南朝均被刘勰继承吸收到《知音》篇中，发展为知音赏评的"公心"原则，奠定了知音论中重要的原则基础。

刘勰在《文心雕龙·序志》中列举了魏晋以来各家文论著述，指出其论往往不能贯通文学的本体及历史，故其论著不免支离破碎，即所谓"各照隅隙，鲜观衢路"，"未能振叶以寻根，观澜而索源"。可见，刘勰认为，对文学的批评，即是针对作品的优劣作评鉴，一方面要求批评者当有客观的态度；另一方面亦要求批评者当对文学原理及史实有精深的研究，如此，才能批评作品，建立知音鉴赏批评论。所以刘勰说："知音其难哉，音实难知，知实难逢，逢其知音，千载其一乎！"并在《文心雕龙》中特著《知音》篇以论述有关文学批评的问题。而《知音》篇中的许多观点皆由魏文引发。

首先，他提出批评的态度，认为知音之难，实由于批评家过于主观，第一即是贵古贱今的观念，此论与魏文在《典论·论文》中所言之"常人贵远贱近，向声背实"实质相同。第二是崇己抑人，曹丕谈及文人相轻，一则自古有之，一则闇于自见，若要求要客观之批评，必当"审己以度人"；曹植在《与杨德祖书》中则以为文之佳恶，他人不可得而言，一则必须有作者之能方可以论作品之美恶，一则由于好恶不同，故难以己知彼；刘勰引述之，以曹植站在作家立场崇己抑人之观念为非，以曹丕要求"审己度人"之客观态度为是。第三是学浅妄论，刘勰以为"文情难鉴"，浅薄之徒，信口雌黄，良莠不分，算不上是真正的批评。除上述三点主观批评态度之外，刘勰认为，兴趣的偏好，也是知音难得的原因。

可见，由魏晋至齐梁，批评的风气日渐兴盛，然批评的态度多溺于主观，一则由于一般批评之士学养见识不够渊博，一则由于没有批评的客观准则。因此，刘勰以为要能达到真正批评的目的，首先必须博学以充实识见，培养客观的态度。然后依据客观的批评准则，来品鉴作品。可见，批评家的修养与作家应是一样的，除了博学以成通才外，浅陋寡识不仅无法成为好的作家，也难成为好的批评家。

"文人相轻"到了刘勰手中，又有更深入的发挥。刘勰在《文心雕龙·知音》首段就承袭曹丕"文人相轻"的说法，并吐故纳新，建立一套完整的知音鉴赏批评理论。他跟曹丕一样，大叹知音难寻，却更有系统地归纳出"贵古贱今""崇己抑人""信伪迷真"三个因素，并分举秦皇、汉武、班固、曹植、楼护为证。无论在理论上或事例上，都更完美。其中，在"崇己抑人"方面，曹丕说得详，刘勰大致是归纳他的说法；在"贵古贱今""信伪迷真"方面，曹丕说得略，刘勰则从他的"贵远贱近，相声背实"两点加以申述。以上三项是就"知实难逢"之难而论，还有另一个难即"音实难知"，也就是从读者对作品鉴赏的蔽障而言，提出了"文情难鉴，谁曰易分"及"知多偏好，人莫圆该"两项原因。整个理论架构，由剖析知音之蔽障，从人、从文，畅论知音之法，有养、有术，其周密严整，不是曹丕所能望其项背的。不过，如果没有曹丕的引来其端，刘勰的《知音》又如何能踵事增华，而后出转精呢？此亦足见曹丕对知音论之功。

总之，魏文"七子之评"之所以能对知音论有如此重要的贡献，既有其身为有自觉意识的批评家的天赋因素，亦与其时盛行人物品藻中关于才性的论辩风尚紧密相关，应当说，主要得益于刘劭《人物志》所阐发的才性观及其所开拓的辩证思维方式。其后，随着文学的兴盛及成熟，文论开始兴盛。而文学观念的成熟及理论的推展，则催生了批评论。我们知道，批评论所讨论的是对于文学的鉴赏态度与品评原则；批评态度往往取决于对文学的观念，批评原则则是源于创作论。如果说刘劭《人物志》还只是停留在才性之辨的哲学层面和社会学意义上的知人领域，那么，曹丕《典论·论文》则已将才性之辨的成果由社会学意义的知人引入文学领域的知文，进入了到文论赏评的深处。尽管其"文人相轻"之说只注意到品鉴态度及观念的问题，但中古文论循着这一理路在继承中逐渐发展，到了南朝，刘勰在《文心雕龙·知音》篇中提出"六观法"，就在批评方法上树立了具体的原则，使批评家可以据此而作客观公正的品评。至此，文学的鉴赏论与批评论合二为一，构成知音论的基本框架，知音论的客观公正的"公心"原则也得以明确。

曹植尽管主要以其诗文创作成就名世，但在长期的诗文创作实践中，他也积极地进行着文学批评，形成了自己的文学思想，提出了相关的论文主张，其文学主张和文学观点集中表现在他写给杨德祖、吴质等人的书信及其文学创作实践中，对知音论的赏评理论形成也产生了很大的影响。曹植文学思想观念对知音论审美生成的贡献主要集中于三个方面：

一是关于文学价值的讨论，奠定了知音论赏评理论中以人文精神为鹄的核心价值。曹植《与杨德祖书》文末对辞赋创作贬抑甚低，以文章为小道。这与当时曹丕"文章经国之大业，不朽之盛事"的新文学观背离甚远，其中的原因很多，最主要的原因是两个人的地位不同，看问题的角度就不相同。曹丕先为太子，后为魏国开国皇帝，"立功"于他而言，已是水到渠成之事，其政治抱负的实现已至顶峰，不必如一般的文人终生为实现政治抱负而求索；"立言"于他，成了他体现个人才华价值的装饰品，自然可以居高临下放开手来搞文学，以达到文治武功并举的高度。而在争夺太子地位中败北的曹植，却不甘心仅仅以文辞著称于世，而是时刻渴望"勠力上国，流惠下民，建永世之业，流金石之功"，他身为臣子，一心追求的便是功名建树，而辞赋翰墨之事与此相比就显得无足轻重了。这就无怪乎会视文章为"小道"了。其间充满的是情非得已的苦衷以及郁郁不得志的苦闷。另一种原因，鲁迅先生在《魏晋风度及文章与药及酒之关系》一文中曾做过推测。他认为曹植说文章是"小道"大概是违心之论。因为人总是不满自己所作而羡慕他人所为的。他自己的文章已经做得很好，便敢说文章是小道；他的活动目标又在政治，政治不甚得志，遂说文章无用。这显然也不失为一种中肯的分析。

二是对文学创作中的愉悦之感和娱乐机制的揭示，启发了知音论赏评活动中情之于客体对象作品（文本媒介）的意义。曹植虽称文章为小道，但并不等于他不重视文学的社会功用和价值。他在《与丁敬礼书》中称："故乘兴为书，含欣而秉笔，大笑而吐辞，亦欢欣之极也。"这一点与曹丕从文学创作活动中体验到的欢悦之感有相同之处。曹丕在《与吴质书》中提到和文士们"昔日游处，行则连舆，止则接席；何曾须臾相失。每至觞酌流行，丝竹并奏，酒酣耳热，仰而赋诗。当此之时，忽然不自知乐也"。与其兄不同的是，曹植认为在欢欣愉快的心境下创作的文学才更令人"欢欣之极"，更给人带来欢乐愉悦之感。

三是对文学赏评原则态度的探讨，直接建构了知音论的方法论体系。曹植《与杨德祖书》叙述了邺下文人集团的形成，讨论了文学批评的弊病，其中蕴涵了不少可贵的知音赏评原则态度。其一，反对文人相轻。这是针对建安文坛"人人自谓握灵蛇之珠，家家自谓抱荆山之玉"的现状而有的放矢的议论。不仅如此，他还进一步提出了这样一个基本观点：著述不能无病，作家当精益求精，不惮修改。其二，以批评陈琳为例，主张文人之间能客观地开展相互批评，而不是一味互相吹捧。其三，强调文学批评应以创作才能为基础——唯有自身具备创作的才华和能力，方有资格对他人文章一论长短高下。此论虽有"辩而无当"之嫌（《文心雕龙·自序》），但对于当时刘季绪之流才庸行妄、却随意抵訾他人的文坛时弊，也不失为一种矫枉纠偏的助益。其四，提出了在文学口味上"人各有好尚"，不能强求统一的观点。所谓"海畔有逐臭之夫，墨翟有非乐之论"。因此批评者在评论文章时，不可以一己之偏好，强求他人认同迁就。

总之，以曹氏兄弟为代表的建安文论开启了注重文学生命体验的风气，不仅彰显了建安时代"人的觉醒""文学自觉"以及"文论自觉"的现实，更为知音论的审美生成作出了开创性的突出贡献，其理论主张经过正始、两晋及齐梁文人和文论家的承继、发展，构成了知音论的有机组成部分。

四、正始之音对知音批评品格的境界开拓

正始时期的文学批评在很大程度上表现为关于文艺问题的论辩，除去前述王弼等玄学家的论辩之外，嵇康关于音乐与人生的论辩中所呈现出的融合儒道的美学观、人格境界与艺术境界的天合、乐境与理想的升华，乃至其在人格建设与审美教育方面的理论建树和个人实践等等，都极大地拓展和提升了知音论的审美境界，使得知音论在审美生成过程中即能具备超凡脱尘的人生底蕴与精神境界。

笔者以为，作为魏晋著名思想家、文学家、音乐家和魏晋风度的主要代表人物，嵇康对知音论审美生成的贡献主要集中于五个方面：

一是嵇康"高情远趣，率然玄远"的人生理想，使其在正始时代人心浮荡、道德崩塌、社会风气虚糜、人人作假的环境中，立足于历史传统与现实人生，从人性论角度建构文艺思想，阐发文艺批评。嵇康吸收了老子哲学的内敛和庄子哲学的放达，面对当时的社会，无力改造，只能向内寻求人格建设，力求神闲气定，心境平和，希冀摆脱外界欲望束缚，超离外界是非评判，追求人格的独立，即所谓"外物以累心不存，神气以醇白独著"。在《释私论》中，他依据老庄道家自然人性论，提出君子当以自然人格来统率社会人格，主张以人格的自然伸张为美，倡导文人洁身自好、抗拒浊流。随后，嵇康在《与山巨源绝交书》中明示人生志向："浊酒一杯，弹琴一曲，志愿毕矣。"这种人格独立、洁身自好的人生观与淡泊宁静、不顺遂世俗的审美观，发挥了老庄见素抱朴、少私寡欲的人生哲学，也为形成中的知音论指明了知音赏评活动中的人格与审美准的。正是在这一人生观与美学观的指引下，嵇康写下了大量"琴诗自乐，远游可珍"的诗，前引《赠秀才入军》中"目送归鸿，手挥五弦。俯仰自得，游心太玄"几句诗，极言弹琴观景中人物合一的情态，自然天成地抒写出诗人在审美自由境界中获取人生解脱与人性解放的舒畅，可视为其人格境界与艺术境界完美天合，为知音论树立了知音赏

评的经典案例和完美境界。

二是嵇康与向秀关于养生的论辩，是中古关于人生观的著名论题和玄学的重要内容，与美学和文学价值观念乃至知音论的建构有着直接的联系。正始时代的思想文化极富人文色彩，直接从人生解读哲学与文学问题。面临魏晋易代及多舛命运，当时文士迷恋神仙之说，以期通过求仙解脱社会与人生的不如意，超越凡尘，于是人生论就成为中心话题，其深层问题即人生的价值观、人生何为、人性何在。相较阮籍逍遥论、王弼何晏无为论、《列子》纵欲论等，嵇康的"美词气，有仪容，而土木形骸，不自藻饰"显然是其内心精神世界的外化，而其洁身自好、不与司马氏同流合污的举止背后深蕴的思想在当时名士中无疑更具前瞻性。在《养生论》中，他以神仙话题直指人性本体，提出心灵的空明澄澈、精神的虚静无欲才是养生的根本，这就关涉传统思想文化中最深奥的地方而使其人生观富含很深的人文意蕴了。而这一点也正是嵇康养生论对知音论审美生成的重要贡献，成为在知音赏评活动中务必坚守人文精神的赏评观的有力支撑。在《答向子期难养生论》中，嵇康再次明确强调"越名教而任自然"的人生观，在山水和音乐中追求自由无待的人生境界，并进一步以为只有在山水与音乐中才可以实现这种人格自由、精神无待的境界。这既为知音论描画出知音赏评的至高境界的情形，也为知音论的知音赏评活动指明了达成默会神契、心灵契合的知音境界的路径。

三是嵇康《声无哀乐论》中关于音乐的考辨，为知音论的理论建构提供了范例。首先，嵇康融合道家无声之乐的音乐美学观与两汉元气一元论的宇宙观，考辨了音乐的本体，以为天籁而非人籁组成了音乐的本体和最高的乐境，据此可知，知音赏评活动也当以作者感知的自然与社会的真谛为媒介，以这种感知过程中作者所领悟到的人性的本质为本体和至高境界。其次，嵇康赋予音乐以"无"的哲学本体意义，强调人的主体性，突出了审美主体的能动作用，据此可知，知音赏评活动中读者作为赏评主体也应当具有超凡的能动性。再次，嵇康主张以和为美，"和"在他这里是一种最高的人格与艺术融合的境界，即个体自由的境界，这就直接开启了知音论道和、气和、心和的以"和"为美的审美建构。

四是嵇康《琴赋》对音乐功能的探究，深化了知音论关于赏评媒介文本和赏评主体读者的价值的理论建构。嵇康批评两汉王褒的《洞箫赋》与马融的《长笛赋》，以为音乐不是教化的工具，而是抒写人内心的忧情单绪，并以自己的音乐实践和研究，指出音乐对人的美感的作用甚巨，琴音意境深邃悠长，欣赏者则各以其情自得，所得反应自不相同，这就突破了《乐记》所言音乐美感心理趋同的理论，明确指出审美过程的差异性及这种差异性中寄予的人类共同的伦理价值。这一方面启发了知音论的理论建构中赏评媒介文本的价值，指明作品文本不是教化的工具，而是作者对自然、社会乃至人性本体的认知和体悟；另一方面启发了知音论的理论建构中赏评主体读者的价值，指明赏评主体读者对作品文本的理解和体认是具有主观能动性的再创造活动，具有很大的差异性，因此，赏评知音境界的获取十分难得又特别值得期许与追求。

五是嵇康以文艺自我启悟的方式实践和体认着自己独立高标的人生观和审美观，其对人格与美育的人生实践与体认，光大了老庄人格论与美学观，不仅以自己不畏强权的慷慨就义成为"行不言之教"的典范，而且以坚守素志的人格魅力为知音论留下了丰富的精神遗产。

总之，经过魏晋人文思潮的浸润与刺激，中古文士将生命活动与审美精神融为一体，在各种思辨与精神升华中衍生出繁盛的文学活动，生成了慷慨激昂的建安风骨与遥寄深远的正始之音，形成蕴藉着"人的觉醒"、"文的自觉"和"文论自觉"的开一代风气之先的魏晋风度。可以说，魏晋人文思潮的发展为知音论的审美生成作了浓墨重彩的铺垫。

第三节　两晋人文思潮与知音批评

一、西晋文论家对知音批评的理论贡献

西晋时期，文人的精神世界深受继续流行的王弼"贵无论"玄学的影响，

并以郭象《庄子注》为代表，进一步世俗化，成为门阀士族的思想意识表现，发展为主张"任自然而不废名教"、强调从根本上调和儒道矛盾的学说。西晋士族情欲放达，文风绮丽而风力不振，在此背景下，以太康文学为标志的西晋文学人文意蕴也走向全面世俗化。由于文士辈出、交游繁盛，西晋文学创作呈现出繁荣的局面，据袁济喜在《魏晋南北朝思想对话与文艺批评》一书中的统计，萧统的《文选》所录西晋 52 年间被收入 34 位作家 160 篇作品。① 西晋文学事业的繁荣在一定程度上促成了文学思想活跃，大量的文学创作所暴露出的矛盾和问题也为文论家们总结利弊得失提供了契机，进而促成了西晋文学批评的繁盛，涌现出陆机、挚虞、应贞、陆云等重要文学批评家和张华、潘岳、左思等对文学思想和文学观念进行多样阐发的文人，并孕育出《文赋》等重量级的文学理论专著。上述这些均为西晋人文思潮的重要表征，既反映了当时的社会思潮与哲学思潮，又饱含着西晋文人充满个性的审美意识，都对知音论的审美生成产生了深刻的影响。

郭绍虞《中国文学批评史》曾载：

晋初文学首推二陆，即就文学批评而言，二陆亦较为重要。②

可见，陆机、陆云是西晋年间最重要的文学家和文论家。陆机的《文赋》和陆云的《与兄平原书》③ 是西晋最重要的文论作品。以二陆的这两部文论作品为代表的西晋文论，对知音论的审美生成产生了重要影响。

陆机《文赋》对知音论审美生成的理论贡献主要表现在四个方面：

一是魏晋时期，"人的觉醒"促进了"文的觉醒"，但陆机《文赋》才真正完成了文学批评的自觉与成熟，促成知音论在自觉状态下的建构。自春秋始，我国就出现了较正式的片段式文学评论。迄至汉代，则有《礼记·乐记》和《毛诗序》等相对集中的文艺评论，但都不是正式的文论著作。时至"文

① 袁济喜：《魏晋南北朝思想对话与文艺批评》，中国人民大学出版社 2011 年版，第 241 页。

② 郭绍虞：《中国文学批评史》，百花文艺出版社 1999 年版，第 77 页。

③ （晋）陆云：《与兄平原书》，黄葵点校：《陆云集》，中华书局 1988 年版，第 134—147 页。

学的自觉时代"魏晋，曹丕在《典论·论文》中论述了作品价值论和作家论，发现并肯定了文学自身价值，但文学批评在建安时期并未完全独立，文学批评自觉意识也未真正觉醒。陆机《文赋》才真正完成了文学批评的自觉与成熟。首先，《文赋》有意赋予文学批评以自觉意识；其次，《文赋》改变了自古以来以政教论文的重心，将文论转向以创作为主的文学本体；再次，《文赋》中对构思活动、灵感现象以及创作心理活动的感知和把握，说明作者对文学创作有深刻的了解，具有成熟的文学观。可见，《文赋》令中国古代文论独立于经、史、哲之外，是中国古代文论的转型和发展的里程碑式的标志。在这一背景与前提下，知音论才逐步完成了自己的理论建构。

二是陆机汲取了玄学发展的成果，以哲学方法论为准则，在《文赋》中探讨"意不称物，文不逮意"的问题，指出了文学创作中的"得意忘言"现象，认为只有"为至文者"方能理解创作中难以言传的种种微妙景象，真正得到"言外之意""弦外之音"，以此启发创作者不可拘泥于有限的语言，而应以有限寓无限来传达诗文的言外之意。这对知音论赏评活动的主体——读者，通过作品媒介寻求对作家本意的了解有着直接启发意义。

三是陆机十分重视自然景物对人情感的强大感发作用，强调创作主体在作品文本中的情感投射，在《文赋》中明确提出"缘情"和"悲美"要求，崇尚作品既"应、和、悲、雅"又绮"艳"华饰的美"味"，[①] 不仅强调诗文以情动人的审美风貌，还更突出了创作主体和客体之间的情感互动，全面发展了情文观。这既是对三国魏晋以来文人对个体性情、仪容风度的追求的才性论的发展，也突出了情、物的交互作用，反映出西晋审美意识的渐变对以自然为审美对象的感物意识成熟的影响，还体现出西晋抒情文学的审美趋向。这些都为知音赏评活动揭示了文学作品重情感的真挚表达的传统基调。

四是陆机主张诗文创作须绮美，亦须立警策，强调文章标新立异，规避因袭之嫌，突出文辞出新、技巧出新、内容出新，正是在这些出新之处促使

---

① 陶礼天:《艺味说》，百花洲文艺出版社 2005 年版，第 114 页。

知音论在西晋往前大步推进：文辞出新以人的自觉为背景，技巧出新以文学自觉为根基，内容出新以人文精神的赓续为支撑，在这些背景、根基与支撑的泽溉与滋养下，知音赏评活动才得以逐步升华为审美过程，凝结为一种理论。

陆云《与兄平原书》是他与陆机对文学思考和探讨的信札，清代严可均《全晋文》辑录三十五札，其中三十一札为论述文学见解的书信。其对知音论审美生成的理论贡献主要表现在三个方面：

一是陆云十分重视作家才性的差异对文学作品文体风格的影响，坚持主"清"的审美理想。明代张溥《汉魏六朝百三家集题辞注·陆清河集》曾言："士龙与兄书，称论文章，颇贵'清省'。"[①] 这种对才性论文的继承与发扬与其兄陆机相似，然而在审美理想的追求上则与陆机追求繁缛相反。这种"和而不同"的文学观既丰富了知音赏评活动的范例，也深化了知音赏评的审美价值取向的内涵。

二是陆云在《与兄平原书》中反对"先辞后情"，在评《九愍》时明确提出了"情文"的观念，主张以情驱辞，文因情成，认为诗文当追求以情动人的审美风貌，要求作者在创作中要以传情为准则，组织文辞时也应遵循抒情的需要。这些观点都是对中国古代文学缘情传统的继承和发扬，既是对老庄哲学本与自然之道的审美理想的传统哲学的汲取，也是对《诗经》、《楚辞》所开创的文学抒情风貌的传统格调的发扬，并对知音论的审美生成产生影响。

三是陆云在《与兄平原书》中评论诗赋时十分注意对声韵的强调，以及对文辞清新凝练、语言精到准确的强调，这种文学观念所反映的当时文学批评的审美化趋向，直接影响到正在形成中的知音论的审美建构。关于对声韵的强调，文学艺术发展到魏晋，随着人们审美意识的日渐成熟和佛典的翻译传诵，对诗文作品声韵美的追求日渐明显。曹魏时期的文人创作已注意到诗文声韵的审美化，西晋诗文创作由于受到当时音乐理论发展的影响，这种艺

---

① （明）张溥著，殷孟伦注：《汉魏六朝百三家集题辞注》，中华书局 2007 年版，第 175 页。

术化倾向更炽，傅玄作《琴赋》《琵琶赋》《筝赋》《筑赋》《节赋》，成公绥作《啸赋》《琴赋》《琵琶赋》。其中，成公绥《啸赋》堪称魏晋音乐之作的典范，突出表现了人啸合一的艺术至境，传达出艺术上无以言说之美。音乐上的这种理论发展，反映到抒情文学上，就更加强了西晋文人对诗文声韵之美的强调。此期的文人已经认识到声韵和谐是诗文创作的重要条件，《与兄平原书》中还对陆机诗歌不合声韵的原因作了探究，以为"兄文故自楚"，认为是陆机语音不标准所致。关于对文辞清新凝练、语言精到准确的强调，古人观物取象的直觉思维模式奠定了古代艺术的感性审美基础，自汉及至魏晋，对诗赋的视觉审美有着传统的渊源，汉代司马相如以文质论赋之说，魏文帝曹丕《典论·论文》"诗赋欲丽"之说，魏晋画论著作如曹植《画赞》、傅玄《古今画赞》、夏侯湛《东方朔画赞》等，都是关于图文视觉直观审美的理论论述，到了西晋，这种重视诗文华彩之美的艺术审美观更为深入人心，对文辞清新凝练、语言精到准确的强调也就显得自然而然了。无论是对声韵的强调，还是对华采的重视，陆云的文学批评都体现出明显的美化形式，这既是魏晋六朝士人生活的各个领域的审美化的批评风气的表现，也是批评家对作品文本的美化的期待与追求。这一点极大地激励着六朝文人和文论家在知音赏评活动中，无论是担当主体读者角色，还是担当客体文本的作者角色，都全力追求文章之美，极大地丰富了知音论审美生成的文学创作实践和文学赏评实践。

除二陆之外，挚虞也是西晋著名的文论家，他主编《文章流别集》，撰写《文章流别论》，阐发自己的文论思想。挚虞之论对知音论审美生成的功绩较之二陆甚微，但其对文体流变的探讨及其对兴的解释较有新意和见地。他强调"兴"是有感而发的，这显然与汉魏以来感兴与应感之会文学思想密不可分，此命题的提出，对中国古代文论的论兴产生了直接影响，也为知音论的文本媒介理论提供了可"知"的理论依据。

总之，以陆机《文赋》和陆云《与兄平原书》等为代表的西晋文论作品，将知音论拉回到文学文本本身的本体论轨道，为知音论本体论生成建构了完整的体系，并赋予知音论深沉的情感基础。

二、东晋品藻清谈对知音批评心态的建构

东晋文学思潮对知音论审美生成的贡献主要集中在东晋山水审美意识对知音心态的建构上，而这种建构又集中表现于东晋品藻清谈中。《世说新语》是南朝刘宋时期临川王刘义庆编著的一部笔记小说，主要记载东汉末年至魏晋时代的名士逸事，东晋玄谈是其中尤为精彩的部分。[1] 下面，我们来具体分析一下其中的山水审美意识及其对知音论审美生成的影响。

《世说新语》中《赏誉》第 107 则记载：

> 孙兴公为庾公参军，共游白石山。卫君长在坐，孙曰："此子神情都不关山水，而能作文。"庾公曰："卫风韵虽不及卿诸人，倾倒处亦不近。"孙遂沐浴此言。[2]

孙兴公即孙绰，在东晋文坛地位很高，"于时文士，绰为其冠。"[3] 孙绰所言"山水"即庾亮所言"倾倒处"，并非实指山水，而是代指一种摆脱世俗、淡泊宁静的心态。可见东晋文人已认识到澄静淡泊的山水心态是创作必不可少的条件。[4] 换句话说便是，人只有于自然山水中浸润高洁、淡泊等情感后方可作文。同样，庾亮也认同孙绰的观点，十分重视淡泊超脱的

---

[1] 袁济喜：《魏晋南北朝思想对话与文艺批评》，中国人民大学出版社 2011 年版，第 271 页。

[2] 余嘉锡：《世说新语笺疏》，中华书局 1983 年版，第 567 页。

[3] （唐）房玄龄等：《晋书·孙绰传》，中华书局 1974 年版，第 1547 页。

[4] 据商务印书馆 1999 年版（清）严可均辑《全晋文》载，孙绰在《三月三日兰亭诗序》中言："情因所习而迁移，物触所遇而兴感。故振髻于朝市，则充屈之心生；闲步于林野，则寥落之志兴。"认为人闲步于自然山水中，可以使情感变得高洁、闲静、淡泊，所谓"屡借山水，以化其郁结"。据岳麓书社 1995 年版（梁）萧统编（唐）李善注《文选》载，《游天台山赋》序中明确地说明了"山水之志"对于创作的触发："余所以驰神运思，昼咏宵兴，俯仰之间，若己再升者也。方解缨络，永托兹岭。不任吟想之至，聊奋藻以散怀。"《游天台山赋》又言："于是游览既周，体静心闲。害马已去，世事都捐。投刃皆虚，目牛无全。凝思幽岩，朗咏长川。"认为游览山川可摆脱世事、体静心闲，以此心态驰神运思、朗咏长川。

胸怀情趣，并以"倾倒处亦不近"即胸怀也淡泊超脱所以能文为卫玠辩解。
除了此例，《世说新语》中还记载了有关庾亮的另一个这样的例子。《容止》
篇第 24 则记载：

> 庾太尉在武昌，秋夜气佳景清，使吏殷浩、王胡之之徒登南楼理
> 咏。音调始道，闻函道中有屐声甚厉，定是庾公。俄而率左右十许人步
> 来，诸贤欲起避之。公徐云："诸君少住，老子于此处兴复不浅！"因便
> 据胡床，与诸人咏谑，竟坐甚得任乐。后王逸少下，与丞相言及此事。
> 丞相曰："元规尔时风范，不得不小颓。"右军答曰："唯丘壑独存。"①

这里王羲之所言"丘壑"类同前一引文中的"山水""倾倒处"，喻指庾亮虽
位居高官，却胸怀闲逸、超脱的情趣，所以能"兴复不浅"，"甚得任乐"。②
其间山水心态可见一斑。

从上述例证可以知晓，东晋的文学创作和山水紧密相连。东晋文学自此
出现了新的气象——玄言、兰亭、田园诗风大盛，这一新气象所生发出的山
水观和其中蕴结的审美观和山水心态更是为知音赏评提供了虚静的心态准
备，对知音论的审美生成产生了重要影响。

山水等自然因素早在先秦诸子的思想言论中就已出现。《说苑·杂言》
篇中记载了孔子以水比德的一段话：

> 子贡问曰："君子见大水必观焉，何也?"孔子曰："夫水者，君子比
> 德焉，遍予而无私，似德；所及者生，似仁；其流卑下句倨皆循其理，似
> 义；浅者流行，深者不测，似智；其赴百仞之谷不疑，似勇；绵弱而微达，
> 似察；受恶不让，似包蒙；不清而入，鲜洁而出，似善化；至量不平，似

---

① 余嘉锡：《世说新语笺疏》，中华书局 1983 年版，第 725 页。

② 本条刘孝标注引孙绰《庾亮碑文》曰："公雅好所托，常在尘垢之外。虽柔心应世，蟆屈
　其迹，而方寸湛然，固以玄对山水。""玄"指玄心，就是孙绰所说的常在尘垢之外的湛
　然之心，亦即我们前面所提到的淡泊超脱的山水之心。

正；盈不求概，似度；其万折必东，似意，是以君子见大水，必观焉尔。"

例子中，孔子在与子贡的对话中，将大水与君子"德""仁""义""智""勇""察"等美好品质连接在一起。荀子亦曾论及山林川谷、兰槐、金锡等自然之物，却以致用为旨归。无论是孔子"比德"，还是荀子"致用"，都将山水自然视为附庸。时至东晋，伴随着人们审美观念的发展，在《世说新语》所呈现的东晋文学风貌中出现了截然不同于前代的关于山水自然的论述，这是孙绰、庾亮、王羲之等辈"以玄对山水"的山水心态，从审美视角为我们展现的一派灵动秀美、风雅绝代的江南胜景。如《世说新语》在《言语》篇第 74、81、88、91 则中分别记载：

> 荀中郎在京口，登北固望海云："虽未睹三山，便自使人有凌云意。若秦、汉之君，必当褰裳濡足。"①
> 王司州至吴兴印渚中看。叹曰："非惟使人情开涤，亦觉日月清朗。"②
> 顾长康从会稽还，人问山川之美，顾云："千岩竞秀，万壑争流，草木蒙笼其上，若云兴霞蔚。"③
> 王子敬曰："从山阴道上行，山川自相映发，使人应接不暇。若秋冬之际，尤难为怀。"④

再如《世说新语》在《文学》篇第 76 则中记载：

> 郭景纯诗云："林无静树，川无停流。"阮孚云："泓峥萧瑟，实不可言。每读此文，辄觉神超形越。"⑤

---

① 余嘉锡：《世说新语笺疏》，中华书局 1983 年版，第 160 页。
② 余嘉锡：《世说新语笺疏》，中华书局 1983 年版，第 164 页。
③ 余嘉锡：《世说新语笺疏》，中华书局 1983 年版，第 170 页。
④ 余嘉锡：《世说新语笺疏》，中华书局 1983 年版，第 172 页。
⑤ 余嘉锡：《世说新语笺疏》，中华书局 1983 年版，第 303—304 页。

如此形象而大量地呈现山川自然之美是东晋一代前无古人的时代风貌。"山阴道上行"更成为后世文人骚客忘情山水、流连自然的千古名句，甚至直接被文论家借去赏鉴文学作品。① 此处的山川已异于孔子"比德"与荀子"致用"，是基于山水自然本身，着眼胸怀境界，且寄予理想精神的。可以说，此处的自然山水已经超越现实景物，"仿佛是当下的尘俗世界以外的另一个世界，自然山水代表了无污垢、不俗气、纯然明净的世界。换言之，自然山水乃是超越境界的象征。"② 在"老庄告退，而山水方滋"③ 的东晋时代，文人集体的山水心态与山水情节，实质是对超尘脱俗、淡泊澄静的超然境界的追寻与渴求，是在现实中难以寻得心灵契合的交流至乐之后转而投向自然山水而复得的知音之感的快意抒写。

值得注意的是，前文所引《世说新语》中《赏誉》第 107 则例中所涉的山水、倾倒处、丘壑即山水心态，首先不同于陆机《文赋》所言构思中的一时"玄览"，不仅是一种创作心态、一种心境，还与陶渊明"闲静少言，不慕荣利"的人格精神和晋宋之交宗炳"澄怀味象"一致，是一种人格、一种胸怀、一种修养，被视为作者本人闲静淡泊的整体人格和心闲出尘的胸怀情趣。其次，山水、丘壑之类的自然景物在此转化成东晋文人们的审美对象，他们在自然中以超脱尘垢世俗之心对山水即"以玄对山水"，体验超凡脱俗的美感。于是，创作中的山水心态一变而成为审美心态，"万物就超越了相对现实的时空，获得了艺术性的永恒。所以不是移情，不是凝神观照后，情感的单向外射，而是一种道心玄智的直觉，一种通过'致虚守静'的修养而展现的'真我'与自然的冥合。这是一种灵心慧眼的默观玄览，是心（而不是目）与神（而不是形）的合一。"④ 换句话说，对于山水、丘壑之类的倾倒处，东晋文人主张"关乎"而非"收视反听"，是要去关注、去体认、去感悟投射于山水、丘壑之中的雅人深致，获得审美感受。从而使山水成为创作

---

① 清代但明伦评《聊斋志异》曾多次用"山阴道上行"来欣赏蒲松龄创造的美的艺术境界。

② 黄应全：《魏晋玄学与六朝文论》，首都师范大学出版社 2004 年版，第 270 页。

③ 范文澜：《文心雕龙注》，人民文学出版社 1978 年版，第 67 页。

④ 胡钟寰：《"虚静"的审美机制与中国审美精神》，《安庆师范学院学报》2001 年第 2 期。

者寄予情志的最佳媒介，并升格成一种带有知音赏会性质的审美举动，也为时人乃至后世赏鉴者留下成为其作其人知音遇赏批评的法门。

如前所析，在以兰亭雅集为代表的东晋玄言诗中，对玄理的体悟往往蕴藏于对山水、自然的吟咏之中。诗中，玄学所引入的"自然"，其始是代表宇宙间万事万物规律的一种存在，后来向具体存在之自然发展，在这个过程中，认识由"自然"代表"大道"向"大道"存乎具体"自然"之中发展，如是则人们可直接具体地睹物观道，而不必大费周章地对抽象的"道"进行争执，既然"山水以形媚道"，那么人们通过对具体山水的感受与体认就可以来把握、认识大道了，如此，于山水间"观道"又与东晋士人贪图山水间的安逸享受统一起来，享受与"名士"之誉两不耽搁，所以山水意识、山水心态大行其道也就是很自然的了。

上述分析可见，强烈的山水、丘壑意识，蕴藉着东晋士人对淡泊闲静人格的追求，其中体现出从对物欲满足追求转向重和平宁静心境追求的偏安江南一隅的东晋士人群体的偏安心态。"偏安心态在江左的发展，可以说几乎深入到士人生活的一切方面，影响他们的人生理想、生活情趣、生活方式，影响到他们的审美趣味，甚至影响到一代文艺思潮的形成。""偏安心态之一的重要表现，便是东晋士人追求一种宁静的精神天地"，尤其是东晋中期以后，士人的人生理想转向追求宁静、闲逸，追求一种潇洒脱俗的风神。[1] 而其最高精神境界则是体现于其文学创作领域中的潇洒高逸与任情山水，对这种最高境界的追慕则成为东晋山水审美观大盛和陶渊明田园诗得以开创的根本原因。

《世说新语》对这种至高境界追慕的记载遍及各门，或如前文高居庙堂的庾亮，或如大隐于朝的谢安，或如小隐于野的戴安道，对高逸超脱的渴慕都异常强烈。例如《世说新语》中《雅量》篇第28则记载：

> 谢太傅盘桓东山时，与孙兴公诸人泛海戏。风起浪涌，孙、王诸人色并遽，便唱使还。太傅神情方王，吟啸不言。舟人以公貌闲意说，

---

[1]　罗宗强：《玄学与魏晋士人心态》，浙江人民出版社1991年版，第294、295页。

犹去不止。既风转急，浪猛，诸人皆喧动不坐。公徐云："如此，将无归！"众人即承响而回。于是审其量，足以镇安朝野。①

我们知道，谢安早年曾在东山隐居，与东晋中期名士支道林、王羲之、许询、孙绰等一起"出则游弋山水，入则谈说属文，未尝有处世意也"②，其高逸超脱之境在隐逸之举中尽显。而与之交游的人中，以坦腹东床闻名的王右军对纵情山水的隐逸境界的追慕更甚，愿意以死乐游山水，《晋书·王羲之传》载有"羲之既去官，与东土人士尽山水之游，弋钓为娱。又与道士许迈共修服食，采药石不远千里遍游东中诸郡，穷诸名山，泛沧海，叹曰：'我卒当以乐死！'"③之语。

再如《世说新语》中《品藻》第 17 则记载：

> 明帝问谢鲲："君自谓何如庾亮？"答曰："端委庙堂，使百僚准则，臣不如亮。一丘一壑，自谓过之。"④

其中，"一丘一壑"源自王羲之评价庾亮语"唯丘壑独存"之中的"丘壑"，代指追慕超逸的脱俗境界，从材料中可见，谢鲲认为自己的"纵意丘壑"比之庾亮"端委庙堂，使百僚准则"的官爵毫不逊色，足见胜情远志在时人心中地位之重。

《世说新语》中《栖逸》第 5 则记载：

> 何骠骑弟以高情避世，而骠骑劝之令仕。答曰："予第五之名，何必减骠骑？"⑤

---

① 余嘉锡：《世说新语笺疏》，中华书局 1983 年版，第 437 页。
② 余嘉锡：《世说新语笺疏》，中华书局 1983 年版，第 369 页。
③ （唐）房玄龄等：《晋书》，中华书局 1974 年版，第 2101 页。
④ 余嘉锡：《世说新语笺疏》，中华书局 1983 年版，第 608 页。
⑤ 余嘉锡：《世说新语笺疏》，中华书局 1983 年版，第 768 页。

此例与《世说新语》中《品藻》第 17 则完全类同,《中兴书》载:"充位居宰相,权倾人主,而准散带衡门,不及世事。于时名德皆称之。"何准隐居不仕,时人对其超脱情怀评价甚高,而他自己也如谢鲲一样认为自己澄静的胸怀远比高官厚爵更值得追慕。

《世说新语》中《言语》第 30 则记载:

> 庾公造周伯仁,伯仁曰:"君何所欣说而忽肥?"庾曰:"君复何所忧惨而忽瘦?"伯仁曰:"吾无所忧,直是清虚日来,滓秽日去耳。"①

《世说新语》中《品藻》第 22 则记载:

> 明帝问周伯仁:"卿自谓何如庾元规?"对曰:"萧条方外,亮不如臣;从容廊庙,臣不如亮。"②

这两则材料也是同一类例证,前一则"清虚日来,滓秽日去"讲周伯仁以淡泊情怀解释自己减瘦原因,后一则则讲他自认超脱于世外之情怀比庾亮更甚。

上述五则例子均为东晋士人崇尚超脱而"不与世务经怀"情怀的力证。《世说新语》中《品藻》篇第 36 则更借孙兴公之口道出了东晋士人闲逸超脱、不受世俗萦绕的情结和对淡泊宁静胸怀的追求:

> 抚军问孙兴公:"刘真长何如?"曰:"清蔚简令。""王仲祖何如?"曰:"温润恬和。""桓温何如?"曰:"高爽迈出。""谢仁祖何如?"曰:"清易令达。""阮思旷何如?"曰:"弘润通长。""袁羊何如?"曰:"洮洮清便。""殷洪远何如?"曰:"远有致思。""卿自谓何如?"曰:"下官才能所经,悉不如诸贤;

---

① 余嘉锡:《世说新语笺疏》,中华书局 1983 年版,第 109 页。
② 余嘉锡:《世说新语笺疏》,中华书局 1983 年版,第 612 页。

至于斟酌时宜，笼罩当世，亦多所不及。然以不才，时复托怀玄胜，远咏
《老》《庄》，萧条高寄，不与时务经怀，自谓此心无所与让也。"①

材料中，孙兴公在评价完刘真长、王仲祖、桓温、谢仁祖、阮思旷、袁羊、
殷洪远等名士并大加褒扬之后，仍以溢于言表的自信之态，自诩虽才不及诸
贤却比他们更得超脱情怀之精髓。② 足见当时"不与世务经怀"风气之盛。

　　然而，"不与世务经怀"风气的形成不独与其时的偏安政局、玄学盛
行有关，东晋时兴盛的佛教思想借由士僧清谈交往渗入文学领域是其又一
原因。

　　据统计，《世说新语》所涉及的名僧有竺法深、高座道人、康法畅、道
一道人、支遁、康僧渊、支愍度、于法开、竺法汰、僧意、慧远、僧伽提
婆、道安、佛图澄、僧肇、法纲、法虔、慧力等 18 位。与他们相互交往、
交相谈玄的名士有王导、庾冰、桓彝、王蒙、何充、刘恢、王修、王洽、庾
亮、谢安、谢朗、殷浩、简文帝、王羲之、许询、孙绰等人。士僧密切往
来、同游山水、谈说著文，佛教所倡导的虚心静照、超脱世俗思想便极大地
促进了士人追求宁静淡泊心态的进程。③ 士僧交游这种盛况为佛理在文学领
域蔓延创造了有利的条件。

　　于是，佛教思想渗入清谈，开始成为玄谈的重要对象。如《世说新语》
中《文学》篇第 30、40 则分别记载：

　　　　有北来道人好才理，与林公相遇于瓦官寺，讲《小品》。于时竺法深、
　　孙兴公悉共听。此道人语，屡设疑难，林公辩答清析，辞气俱爽。此道

---

① 余嘉锡：《世说新语笺疏》，中华书局 1983 年版，第 617—618 页。

② 余嘉锡在中华书局 1983 年出版的《世说新语笺疏》中曾言："绰所以自许，正是晋人通病。
'不与世务经怀'，干宝所谓'当官者以望空为高，而笑勤恪。其倚仗虚旷，依阿无心者，
皆名重海内'者也。"此处不讨论此种追求是不是"病"，只引以借证东晋人对淡泊宁静
胸怀与超逸脱俗境界的追求与渴慕。

③ （梁）释慧皎撰，汤用彤校注：《高僧传》，中华书局 1992 年版。

人每辄摧屈。孙问深公："上人当是逆风家，向来何以都不言？"深公笑而不答。林公曰："白旃檀非不馥，焉能逆风？"深公得此义，夷然不屑。①

支道林、许掾诸人共在会稽王斋头。支为法师，许为都讲。支通一义，四坐莫不厌心。许送一难，众人莫不抃舞。但共嗟咏二家之美，不辩其理之所在。②

前一则中所言《小品》据张万起《世说新语译注》考证即为"佛经的简本"，后一则中支道林作为法师所讲的即是维摩诘经。③可见佛学成为人们谈玄的重要内容。

僧人还在士僧共研玄佛、玄言清谈时，自觉运用佛理突破禁锢，促进玄学发展。如《世说新语》中《文学》篇第 32 则：

庄子《逍遥篇》，旧是难处，诸名贤所可钻味，而不能拔理于郭、向之外。支道林在白马寺中，因及逍遥。支卓然标新理于二家之表，立异义于众贤之外，皆是诸名贤寻味之所不得。后遂用支理。④

描述支道林谈玄时，以佛理注解《逍遥游》，成效卓著，孙兴公誉之为"拔新领异"。⑤

正是在这些一而再再而三的境界追慕与山水认同中，文人超然物外、怡情山水的高情逸致从时人的言谈激赏与后世赏鉴批评中觅得了知音，而这种寄予潇洒高逸与任情山水至高境界的山水心态的言语文字也是知音之赏的最佳津梁。

至此，《世说新语》中的山水品藻所呈现的山水心态已化成知音论的

---

① 余嘉锡：《世说新语笺疏》，中华书局 1983 年版，第 258 页。
② 余嘉锡：《世说新语笺疏》，中华书局 1983 年版，第 268—269 页。
③ 张万起：《世说新语译注》，中华书局 1995 年版，第 190、227 页。
④ 余嘉锡：《世说新语笺疏》，中华书局 1983 年版，第 260 页。
⑤ 余嘉锡：《世说新语笺疏》，中华书局 1983 年版，第 223 页。

重要组成部分——赏评主体及创作主体的心态：借由言语文字在文本中所表现的形象，关联着创作者与赏评者的心灵沟通与思想对话，贯穿于知音赏评的全过程。仔细分析，山水心态的意义绝不仅仅在于让我们"看山是山，看水是水"，从知音论的主客体心态角度看，还有三点应当引起我们注意：

其一，在知音赏会对象文本形成之前的构思过程中，创作者不仅要以一颗审美之心来观照自然，更要在优游自然中与其合而为一，获得完全的审美体验。对山水自然的品藻应如徐复观先生所言，"要用一番美的意识的反省，以求在第一自然中发现第二自然。当时人所把握到的都是这种第二自然。"①即体验的自然、审美的自然、艺术的自然，而绝非认知论层面的自然。山水心态对于这种审美体验的获得无疑是至关重要的。如《世说新语》在《言语》篇第 74 则中，荀羡登京口北固望海，顿生飘然世外的"凌云意"，进而生发出如秦汉之君一般对于三山的向往；在《言语》篇第 81 则中，吴兴印渚"清朗"之美是王司州"人情"受"开涤"之后的"自觉"，也是他于山水心态下对自然之美的观照和评价，是一种更深层次的新的审美体验。这正如徐复观所说："以玄对山水，即是以超越于世俗之上的虚静之心对山水；此时的山水，乃能以其纯净之姿，进入虚静之心的里面，而与人的生命融为一体，因而人与自然，由相化而相忘；这便在第一自然中呈现出第二自然，而成为美的对象。"②东晋士人在怡情山水的心态中体悟和呈现的正是这种能成为赏评主体心态的"第二自然"。

其二，山水心态有助于创作者体验创作对象，也有助于赏评者体验赏评对象，发掘其能引发赏评者审美共鸣的深层内蕴。这是因为山水心态是一种虚静恬淡的审美心态，当赏评者凭借这种与创作者相同的心态去体味自然万物的内在旨趣时，定能拨云见日，由表及里，洞见其精神真髓。除了前文所引《世说新语》中《言语》篇第 81 则王司州一例之外，《言语》

① 徐复观：《中国艺术精神》，广西师范大学出版社 2007 年版，第 173 页。

② 徐复观：《中国艺术精神》，广西师范大学出版社 2007 年版，第 173 页。

篇第 61 则所载材料即是又一力证。当然，通观《世说新语》36 门各篇，其中并未能发现直接论述山水心态重要作用的材料，却以诸多生动案例向我们展示了时人对这一问题已有所认识，尽管这种认识还没有上升到理论的高度。

其三，东晋士人以山水心态游弋山水，弃玄佛之理而以直感观照体味自然之精微神韵，更易呈现自然山水之意境。如前文所引《世说新语》的《文学》篇第 76 则中所载郭景纯的"林无静树，川无停流"，通过对自然运动的生动摹绘与生命意识的体验感悟，寄予着郭景纯对自然人生的哲学把握，对宇宙人生的无限感怀，呈现出由自然山水而玄远哲思的升华，营造出玄远幽深的意境，发人深省。此亦山水心态借玄宗体味而荡涤俗念、净化心灵而后将自然的感受升华为审美把握的力证。可见，这种玄远幽深的意境和当时人对于山水心态的追求是分不开的。宗白华先生的论述一语中的："晋宋人欣赏山水，由实入虚，超入玄境。当时画家宗炳云：'山水质而有灵趣。'诗人陶渊明的'采菊东篱下，悠然见南山'，'此中有真意，欲辨已忘言'；谢灵运的'溟涨无端倪，虚舟有超越'；以及袁彦伯的'江山辽落，居然有万里之势'。王右军与谢太傅共登冶城，谢悠然远想，有高世之志。荀中郎登北固望海云：'虽未睹三山，便自然使人有凌云意'。晋宋人欣赏自然，有'目送归鸿，手挥五弦'，超然玄远的意境。这使中国山水画自始即是一种'意境'中的山水。宗炳画所游山水悬于室中，对之云：'抚琴动操，欲令众山皆响！'郭景纯有诗句曰：'林无静树，川无停流'，阮孚评之云：'乱峰萧瑟，实不可言。每读此文，辄觉神超形越。'这玄远幽深的哲学意味渗透在当时人的美感和自然欣赏中。"① 从前文所引的例子亦可看出：只有以这种旷达的胸襟和虚静淡泊的山水心态，才能体验自然的灵韵，创造出美的意境。同样，也只有以这种心态去反观、体验创作者的语言文字之美及蕴藉其中的审美精神境界，方能有望成为他们的知音。

---

① 宗白华：《论〈世说新语〉和晋人的美》，《中国美学史论集》，安徽教育出版社 2000 年版，第 125 页。

　　总之，东晋玄言清谈中所体现的山水审美意识对传统文学和知音理论内涵的丰富影响甚巨。东晋盛行的山水审美意识对传统文学的影响主要体现在三个方面：其一，文学涉"玄"，首先发生的是玄言诗，不过玄言诗通常是通过直言玄理玄意以成诗，故"平典似《道德论》"，也就"淡乎寡味"了，兰亭诗、田园诗则不同，它主要通过具体的物象来体会玄境玄意，其中有象，其中有味，则颇能代表中国传统文学艺术特征的"意境"要素，在其后的山水诗和陶渊明的田园诗中已初具面目了；其二，借助山水、田园以澄怀观道，为个体心灵所寄在文学当中找到了一个现实的实践方式，自此借山水来摆脱世俗之羁绊拖累、体认作者精神之自足适意、表达与自然之圆融亲和、观照自我之澄静情怀、显示与大道冥合之幽远境界，就成为文学努力追求和表现的一个最基本方面；其三，更为重要的是，东晋兰亭诗、田园诗中所呈现的这种山水审美意识直接导致了南朝山水诗的兴盛，山水诗画在中国艺术的长河中蔚为大观、经久不衰不是偶然，尤其是山水诗，它在传统文学中最基本的言志教化的表现方式之外，另开辟了一个全异的表现途径，如果文学表现只是一味地笔涉民生、积极与世，文人的精神世界也就过于单调，文人们的神经也就悬绷得太紧，玄言山水田园诗歌为文人的精神世界开辟了一个心灵的归栖地、一个柔性的观照所，这样一动一静、一积极一澄静，可进可守，两种表现途径恰构成了传统文学表达情志最基本的两种方式，山水诗是后者最适宜的一种方式，故在传统文学中生生不息，衍为久制。东晋盛行的山水审美意识对知音论内涵扩充的影响则尤为重要。中国古代士大夫文化心态中始终深蕴着一份不无悲凉的知音意识，从孔子的"知我其天乎"以降，以士不遇为文学母题的创作从未间断，知音意识在文学中的发展与表现始终为中国古代文论重点关注。当知音意识从心灵层面的契合升华为精神对等的交流与相识相赏的共鸣时，文人之间借由文学作品而实现的理解与信任就使他们成为知音。一方面，如前所述，两晋文人在现实生活中无从得遇建功立业的机会，痛感生不逢时、时不我与、满腹经纶、胸怀大志却苦于报国无门、知音难寻，怎么办？那就索性远离世务，醉心于玄言玄思，忘情于山水田园，翱翔于自由无待的精神家园，营建个体精神的自由王国，将自己摆脱世俗之羁绊拖累、体认精神之自足适意、表达与自然之圆融亲和、观照自我之澄静情怀、显示与大道冥合之幽远境界的至高理想追求付诸诗文，以求闻达于知音。这里，知音其实已经演化为一个有着高尚追求的生命所系。另一方面，知音在根本上实为心灵的沟通与共鸣，具有知己与知彼的双向性。佛家所谓"心领神会"，说的也是这层意思。但差异的绝对性，使得精神同一难能可贵，这种困难总使渴求激赏与认同的文人高士们深感高处不胜寒，而寄寓着弦歌雅意的诗赋文章如果没有知音的遇赏，也就使得他们无法实现自己的价值。可见，知音实质即为渴求被理解、知赏的知音意识在文学批评领域的显现。据此，我们也可以说，著诗赋文寻求知音，是一种心灵的对话与交流的过程。而这一过程也恰恰是落寞文人寻求知音赏遇的至高境界和最佳方式。幸运的是，山水审美意识所引发的兰亭诗、田园诗这些新的文学方式为东晋文人久经磨难的心灵找到了一种合适的文学寄托，使得阳春白雪、曲高和寡的名士精神得以在文学殿堂中永存，供当时及后世知音赏遇，在这种超越时空的品评鉴赏中实现自身的价值。

此外，东晋文论家葛洪在其《抱朴子》外篇的《钧世》《尚博》《辞义》《文行》等篇中所呈现的文学批评思想也对知音论的审美生成作出了贡献。这种贡献集中表现在两个方面：一是他从重视人的主体价值角度重估了文学价值，修正了传统文学观，在《尚博》篇中，他把文学视为人类精神活动，基于对文学独特规律的认识，从尊重文学独立精神价值的角度出发，高扬文章的作用，是对汉魏以来文学自觉思潮的承继与延续；二是他立足于文章表达情志的观念倡言文学进化之说。他崇尚人的价值，重视文学价值，在《钧世》篇中集中论述文章古今尺度问题，从历史发展眼光看待文学的华丽与质朴问题，认为由简入繁、由醇素走向华丽是历史进化的必然。这种文学评判尺度标准显然过于简单化，且有失偏颇，毕竟文学作品价值高低的评判主要在内在审美精神与多方面综合作用，而不在华丽质朴与否，但他强调文学形式之美是以表达人日渐丰富的思想情感为基础的，是进化的结果，则颇有见地。这些观点都极大地启发了知音论的审美生成与理论建构。

三、东晋文人交往中的知音对话与交流

《世说新语》大量保存了中古的名士清谈，细加研读，即可从中考见汉末魏晋以降的名士交往方式的转变，而他们借由坐而论道所展示的文人交游新变及其中以思想对话调和儒道、解放思想之举，无疑极大地丰富了此期文学批评的现实品格，促进了文学批评的发展。知音论正是在这种机锋活跃的清谈悟道思想对话中得以打破两汉思想与文学批评定于一尊的禁锢逐渐成熟起来的。这当算是《世说新语》时代人文思潮变迁对知音论形成的一大贡献。

《世说新语》中《文学》篇第 1 则所记的是东汉郑玄因师从大儒马融却胜之而见妒以致险遭加害的党同门而妒道真的经学故事。① 这里引用此例无意贬薄后汉经师的心胸人格，只想借此说明孔子在《论语·子路》中所言"君子和而不同，小人同而不和"的论交之道在思想领域推行之难。可见，在两汉罢黜百家、独尊儒术的封建专制统治漫长的压抑环境下，思想创新与交流对皇权至尊、士人受压的专制统治而言，既无必要，也绝无可能，一旦露出交游风尚便立即惊恐地加以戕害，党锢之祸即为明证。于是，士人欲求切磋交流与心灵沟通而不得，对自身命运飘零、思想自由沦丧的反思便大多只能以独语的方式呈现。

所幸，时至魏晋，学术思想领域的这一惨痛状况得以稍稍改观，《世说新语》中出现了对思想对话行为风尚的记载，"和而不同"的风范气度也局部呈现。如《世说新语》中《文学》篇第 6、7、10 这三则材料记载的均为关于王弼与何晏的故事。第一则有见善思齐之意，根据刘孝标注引《文章叙录》的描述可知，何晏有权有势且有玄才，不仅名望远高于王弼，其玄学才思亦不亚于王弼。但少年王弼"一坐所不及"的"数番""自为客主"

---

① 郑玄在马融门下，三年不得相见，高足弟子传授而已。尝算浑天不合，诸弟子莫能解。或言玄能者，融召令算，一转便决，众咸骇服。及玄业成辞归，既而融有"礼乐皆东"之叹。恐玄擅名而心忌焉。玄亦疑有追，乃坐桥下，在水上据屐。融果转式逐之，告左右曰："玄在土下水上而据木，此必死矣。"遂罢追，玄竟以得免。（《世说新语·文学》，余嘉锡：《世说新语笺疏》，中华书局 1983 年版，第 223 页）

的玄谈，却令何晏倾心感佩、不得不服。后两则有和而不同之风，王弼以玄学贵无论的全新思路注易老，重启了天人之学讨论，开启了思想与学术对话之门，何晏基于其重构天人之学的玄谈兴趣，以"可与言天人之际"叹服王弼对《老子》之注胜过己注，真诚感佩王弼对天人之学创见中的新思想。① 可以说，这种新创见、新思想的形成得益于以会通孔老易学为旨趣、以融合人文与智慧为动力的对话与讨论，简言之即得益于清谈悟道。于是，思想领域的对话与交流在魏晋就成为常态，不特如此，以清谈对话促思想成长更成为时尚。

士僧对话与玄佛交流是思想对话在此期繁盛的又一独有表征。此类事例也在《世说新语》中多有保存，尤以对支道林的记载为多。譬如，《世说新语》中《赏誉》第 98 则以王弼的玄谈水准喻支道林的"寻微之功"足见其玄思清谈功力之深湛。② 另如，《世说新语》中《文学》篇第 36 则则以支道林因对话中显露清谈辩才而为王羲之激赏的故事，③ 显示了士僧交游之处以清谈对话显露才情作为互相认识了解的方式，身在山野的佛教中人尚且能因玄谈对话为王谢名流所留意，自认怀荆山之玉的士林中人更以此为进身之阶而乐此不疲，受此影响，清谈对话的玄理玄思及清谈对话者所显现的风采仪

---

① 何晏为吏部尚书，有位望，时谈客盈坐，王弼未弱冠，往见之。晏闻弼名，因条向者胜理语弼曰："此理仆以为极，可得复难不？"弼便作难，一坐人便以为屈，于是弼自为客主数番，皆一坐所不及。（《世说新语·文学》）何平叔注《老子》，始成，诣王辅嗣，见王《注》精奇，乃神伏曰："若斯人，可与论天人之际矣！"因以所注为《道德二论》。（参见余嘉锡：《世说新语笺疏》，中华书局 1983 年版，第 231 页）何晏注《老子》未毕，见王弼自说注《老子》旨，何意多所短，不复得作声，但应诺诺，遂不复注，因作《道德论》。（余嘉锡：《世说新语笺疏》，中华书局 1983 年版，第 234 页）

② 王长史叹林公："寻微之功，不减辅嗣。"（余嘉锡：《世说新语笺疏》，中华书局 1983 年版，第 563 页）

③ 王逸少作会稽，初至，支道林在焉。孙兴公谓王曰："支道林拔新领异，胸怀所及乃自佳，卿欲见不？"王本自有一往隽气，殊自轻之。后孙与支共载往王许，王都领域，不与交言。须臾支退。后正值王当行，车已在门，支语王曰："君未可去，贫道与君小语。"因论《庄子·逍遥游》。支作数千言，才藻新奇，花烂映发。王遂披襟解带，留连不能已。（余嘉锡：《世说新语笺疏》，中华书局 1983 年版，第 264 页）

表均成为品鉴高下的标准。又如《世说新语》中《文学》篇第 42 则记载了
王长史身为士族却因玄谈玄思无精进而受他人奚落，自己也深以为耻，足见
东晋时期玄言清谈的思想对话风尚之深入人心。① 再如《世说新语》中《文
学》篇第 40 则亦记载了支道林、许掾二人论辩中的风采为众叹服的故事。②
对话清谈时的仪容风采竟胜过玄谈玄思之理，一方面显出当时思想对话风尚
之炽，而借由思想对话呈现的风度之美本身就是对汉经余风的括除；另一方
面也可知道，清谈中的思想对话其实是智慧竞赛的活动，是以文会友、以友
辅仁的心灵沟通与知音交流，在东晋思想对话已由清谈析理上升到审美境
界，成为非功利非认识论意义上的审美趣味，成为审美赏鉴乃至知音赏会的
内驱力。

　　从上述例证可见，思想对话这一批评形态形成并成为风尚进而泽被包括
知音论在内的中古文论是由汉至晋思想领域的一大突破性变迁。思想对话对
文论的发掘之功则主要体现三个方面：一是以玄学与清谈的思想对话方式调
和了儒道，形成名教自然合一的思路；二是使中国古代人文精神通过思想对
话中对真理的执着追寻在汉末魏晋的乱世中得以延续；三是使古老的哲学命
题因思想对话的阐释与发明而迸发出新的思想闪光。而思想对话对于知音论
审美生成的发掘之功主要有二：一在思想方式，二在精神价值。中国古代将
文艺欣赏视为知音，《世说新语》中的思想对话不仅为我们提供了一种知音
赏会的交流平台，更为我们展示了许多经典的知音赏鉴批评的体验范例，也
为我们找到了沿波讨源、析理明宗的赏鉴批评之法。借此我们得以更加明
晰地知晓知音范畴的内涵与外延：知音是"心领神会"，是心灵对话与体验，
是心灵的交流与沟通，知音更是一个有着高尚追求的生命所系，旨在对中国

---

① 支道林初从东出，住东安寺中。王长史宿构精理，并撰其才藻，往与支语，不大当对。
　王叙致数百语，自谓是名理奇藻。支徐徐谓曰："身与君别多年，君义言己不长进。"王
　大惭而退。（《世说新语·文学》，余嘉锡：《世说新语笺疏》，中华书局 1983 年版，第
　270 页）
② 支道林、许掾诸人共在会稽王斋头。支为法师，许为都讲。支通一义，四坐莫不厌心。
　许送一难，众人莫不抃舞。但共嗟咏二家之美，不辩其理之所在。（《世说新语·文学》，
　余嘉锡：《世说新语笺疏》，中华书局 1983 年版，第 268—269 页）

古代人文精神的赓续与发扬；赋诗作文寻求知音，本身是一种心灵的对话与交流的过程，而玩味、赏会的文本之象，理解、体验、体悟创作者的本初之意，就成为一种批评观。知音论正是在这种思想对话的润泽下从众多范畴中逐步出脱独拔为一种成熟的文学理论的。

第四节　南朝人文思潮与知音批评

南朝是中国历史上的特殊时期，长时间南北政权对峙以及地方政权频繁更替所带来的动荡，却并没有影响南朝文学、哲学、艺术的发展，反而出现空前的繁荣，使之成为中国文学史上的重要时段。此期文学创作、文学批评的发展表征着百余年间人文思潮的走向，是形成于此期的知音论审美建构背景中最具影响力的思潮和直接动因。知音论这一文学赏评理论就是在这样的思潮背景下，在成就斐然的南朝文论的基础上，完成自身理论体系建构的。

南朝是文学观念日益明晰、文学形式日益美化的时代，论文的专家及其评价作家作品、辨别文体与讨论创作方法的专书都应运而生。较之魏晋，南朝文论和批评有了进一步的发展：南朝文论家无论对当世文风赞成与否，都从当代文学潮流中汲取了营养，从而促进了南朝文论和批评的进步；对文学的种种异见的论争，提高了对文学本质特性的认识，探讨了文学方面的重要理论，推进了文学批评的发展。在范晔、沈约、萧统、萧绎、刘孝绰、裴子野、颜延之、颜之推、庾信诸人的文章里，都对文学发表了不同的意见，但独成系统而成就很大的则是刘勰和钟嵘，以及他们的体大虑周的《文心雕龙》和溯源流别的《诗品》。章学诚以为："诗品之于论诗，视文心雕龙之于论文，皆专门名家勒为成书之初祖也。文心体大而虑周，诗品思深而意远。盖文心笼罩群言，而诗品深从六艺溯流别也。论诗论文而知溯流别，则可以探源经籍，而进窥天地之纯，古人之大体矣，此意非后世诗话家流所能喻也。"他说文心体大虑周，诗品溯源流别，成为批评专书的初祖，而远胜于后日的诗话一类，都是很正确的意见。

南朝文论对知音论审美生成的功绩主要集中于四个方面：一是南朝文学批评总体上呈现出进步的趋势，但既有三萧等新变论者，也有裴子野这样的保守论者，二者之间的思想交锋相当激烈，而这种思想观念的交锋与对话客观上也促成了《文心雕龙》的诞生和知音论的审美生成；二是南朝"文笔之辨"和"声律之辨"虽只涉及文学的声韵问题，却是对文学形式之美的独立价值的认识与承认，关乎文学的本质与独立，并直接启发了中古文学的自觉意识，也催生了知音赏评的主体自觉意识；三是较之两晋文学的雅化，南朝民间文学的繁盛及文人对民间文学的爱好及其创作的世俗化，强化了南朝文学精神的俗化风貌，则进一步拓宽了知音论的赏评主体范畴；四是刘勰《文心雕龙》、钟嵘《诗品》两部专书的出现是南朝文论乃至中国文学批评史上的重大成就，这些文论建树都直接促成了知音论的审美生成。

一、保守论与新变论的交锋

梁代裴子野是南朝保守论的重要人物，其保守文章观见于所著《雕虫论》。南北朝时期文学领域受玄学影响很深，文章追求华丽，散文骈俪化，多有繁缛堆砌毛病，而裴作则"不尚丽靡之词，其制作多法古，与今文体异"，清新秀美、质朴无华，极具复古笔法。其《雕虫论》称：

> 古者四始六艺，总而为诗，既形四方之风，且彰君子之志，劝美惩恶，王化本焉。后之作者，思存枝叶，繁华蕴藻，用以自通。若悱恻芬芳，楚骚为之祖；靡漫容与，相如扣其音。由是虽声逐影之俦，弃指归而无执，赋诗歌颂，百帙五车，蔡邕等之俳优，扬雄悔为童子，圣人不作，雅郑谁分？其五言为家，则苏、李自出；曹、刘伟其风力，潘、陆固其枝叶。爰及江左，称彼颜、谢，箴绣鞶帨，无取庙堂。宋初迄于元嘉，多为经史，大明之代，实好斯文。高才逸韵，颇谢前哲，波流

相尚，滋有笃焉。自是闾阎年少，贵游总角，罔不摈落六艺，吟咏情性，学者以博依为急务，章句为专鲁，淫文破典，斐尔为功。无被于管弦，非止乎礼义。深心主卉木，远致极风云，其兴浮，其志弱。巧而不要，隐而不深。讨其宗途，亦有宋之遗风也。若季子聆音，则非兴国；鲤也趋室，必有不敢。荀卿有言："乱代之徵，文章匿而采。"斯岂近之乎！①

文章从对《诗经》雅颂的推崇开始，盛赞文艺教化作用，以之为王化之本；接着批评其后作者悖弃这一原则，使文学背离圣人经义；并称，经过两汉蔡邕扬雄、三国三曹七子、西晋陆机潘岳等人的推波助澜，自己所处时代已经是风雅不归、文风浮靡了。为此，他明确提出要反对"摈落六艺""非止乎礼义"的文风，对当时"深心主卉木，远致极风云""巧而不要，隐而不深"的颓废文风进行批评。客观地说，这些批评未必不切中要害，但他主张要回归诗教老路，则明显落后了。与裴子野保守论相对的是持新变论的萧子良、萧纲、萧绎，即"三萧"。萧子显在《南齐书·文学传论》中提出"文章者，盖情性之风标，神明之律吕也"的观点，以为文学创作是作者性情和个人嗜好的产物，无关教化；他十分重视文章写作过程中的主观性，称"有来斯应，每不能已也"，并认为自曹丕至陆机的文论均以个人爱嗜识见而非风教观念来臧否文章、品鉴文人。萧纲则在《诫当阳公大心书》中明确标举"立身之道与文章异，立身先须谨慎，文章且须放荡"，可谓魏晋以来文学独立意识的表现；在《答张瓒谢示集书》中他进一步谈及文学功用及创作体会，以为文章非小道，创作乃因物生情、寓目写心而起，绝非因政教而起，其主张既冲决了儒家礼法、伸张了文学独立性与抒情性，也直接促成宫体诗的兴盛和《玉台新咏》的编纂；萧纲并未完全抹杀教化，他在《与湘东王书》中对当时文人滥用事典的不满和批评只是因为他认为风骚传统须尊重文学独特表现

---

① （梁）裴子野：《雕虫论》，见严可均编纂：《全上古三代秦汉三国六朝文：全梁文》，中华书局1956年版，第575—576页。

手段才能实现。萧绎在《内典碑铭集林序》中提出"菁华"的文学审美规范，在《金楼子·立言篇》中称"其美者足以叙情志，敦风俗；其弊者只以烦简牍，疲后生"，并不否认教化原则，却更重视文学自身规律，认为只有突出抒情性与形式美的"情灵摇荡""吟咏性情"之作才能实现教化功能。这些思想观点的碰撞与对抗推动文学向前独立发展，启发了对文学自身审美特性的关注，也启发了知音论的主体自觉和客体自觉。

二、"文笔之辨""声律之辨"及俗化倾向

"文笔之辨"，是南朝关于文学特性的论辩，源自文体辨析，主要是讨论文与笔的区别以阐发对文学本质的认识。南朝文论家中对"文笔之辨"的系统论述集中于颜延之、刘勰、范晔、萧绎等人的著述中。刘宋颜延之最早在南朝论及文笔区别，他以为"笔之为体，言之文也，经典则言而非笔，传记则笔而非言"①，将传记列入"笔"的范围，将"笔"分为言、笔两类，并强调笔也应讲究文采，并据此将经典摒除于文笔之外，这是南朝重视形式之美的表现。齐梁刘勰则从宗经、征圣观出发，以为经典亦属文的范围，颇显牵强，但他并未否定文笔之分，在《文心雕龙·总论》中采纳了以韵之有无分辨文笔之说，称："今之常言，有文有笔，以为无韵者笔也，有韵者文也。"可见他还是接受了当时的某些观点。刘宋范晔认为文的音韵不仅指押韵脚，而且还包括宫商清浊，在音律上更严格，他在《狱中与诸甥侄书》中称己撰《后汉书》中无韵之序论为笔、有韵之赞为文，自诩"性别宫商，识清浊"，无论文笔皆擅长。梁元帝萧绎在《金楼子·立言》中首先述及文士与儒士之别，然后区分了"学""笔"与"文"的差异；他认为文不单有韵，还要将丽词瑞藻、顿挫音律与动人情感相和，笔则须讲构思巧妙以区别直言之言、论难之语，其"文"几近于今人纯文学的标准。他所阐发的文笔之说超越了颜刘范萧以音律为尺度之论，代表了齐梁

---

① 范文澜：《文心雕龙注》，人民文学出版社1978年版，第655页。

重视文学形式之美的观点，体现了南朝最高理论成就。总之，"文笔之辨"在南朝文论家的论述中经历了不断发展完善的过程，标志着人们对文学性质和特点的认识越来越深，从最初注重韵律美到要求韵律美、词采美与情感的自然抒发融为一体，体现了魏晋南朝文论家把形式美与文学抒情性特质密切联系的美学观念。

"声律之辨"，是南朝关于声律论的讨论，它是南朝文人追求文学形式之美和汉赋声律之说发展的必然要求，与魏晋以来音韵学的发展密切相关。南朝文论家对此的系统论述集中于以沈约为代表的"永明声律说"和"四声八病"为内容的声律理论。中国古诗原来依附于音乐，一贯注重声律美，当诗歌吟咏独立于音乐之外时，其声律美由曲调节奏转向舒缓急昂、抑扬顿挫的音律，内化为诗歌的形式美要素，但这还只是一种非自觉的举动。其后，魏文帝曹丕在《典论·论文》中意识到声韵之美对作品的重要性，西晋陆机则在《文赋》中论及"暨音声之迭代"的声律问题，也已认识到声律华美对诗文创作的重要意义。几乎与此同时，魏李登《声类》、孙炎《尔雅音义》、晋吕静仿《声类》编《韵集》相继问世，音韵学的迅猛发展使得魏晋时人对文学形式之美和声律之美的追求加强。及至南朝，刘宋范晔以为古人不擅音律，钟嵘《诗品序》载王融"尝欲进《知音论》，未就"，与王融同期的周颙撰《四声切韵》、王斌撰《四声论》，沈约以为古人创作中粗通音律、注重自然音律、不谙音律变化而未能自觉制定人为音律，并于永明间撰《四声谱》，声律之道遂因转相祖述而大行其道，并直接催生了"永明声律说"。这些都表明南朝文人已开始自觉要求掌握音律之美以从事诗歌创作，而自觉追求诗歌的声律美也已成为南朝文坛的风尚。据沈约《答陆厥书》《答甄公书》可知，"永明声律说"所涵括的声律论分为四"声"、八"病"两部分。四声为平上去入的同声相应、异音相从；八病为平头、上尾、蜂腰、鹤膝、大韵、小韵、旁纽、正纽，前四病均属声调方面。总之，语言的声韵美是构成文学形式之美的重要组成部分。萧子显、萧统、萧绎均提及文采、声律、用典乃文章创作华美的要素，沈约的"永明声律说"正是对此种心理的迎合和对当时音韵学成果与佛经传诵经验的汲取，对诗歌音律形式美贡献很大，刘勰《文心雕龙·声律》篇专门论述声律问题，持论与沈约相同。可以说，"永明声律说"既是当时文人追求文学形式之美的结果，也是对知音论文本媒介理论的丰富与拓展。

以宫体诗的兴盛为表征，南朝文学精神走向世俗化。这与当时的社会和时代密切相关。首先是主体精神世俗化的先导作用。晋末开始，门阀士族地位衰落，大批寒人崛起，成为南朝的当权阶层。这批悄然兴起的寒人武夫集团，成为南朝文学精神世俗化的主体，他们以其追求感官刺激、穷奢极欲的市井化趣味促成了南朝文学精神的全面俗化。其次是商业文化氛围的世俗化影响。南朝商业繁盛，随着城市、商人与市民的兴起，市民文化繁盛，"歌谣文理，与世推移"，世俗化的文学氛围经由世俗化的文学主体的倡导，更强化了南朝文学精神的世俗化趋向。这种趋向对中国古代传统人文精神的消解力量不容忽视，这一个重要背景更突显了知音论在当时经刘勰梳理、总结而最终实现审美生成的重要意义。

三、钟嵘《诗品》对知音批评品格的滋养

刘勰《文心雕龙》于知音论审美生成的贡献自不待言，与刘勰差不多同期的钟嵘《诗品》对知音论审美生成的贡献则集中体现在几个方面：

第一，《诗品》论诗善于概括作者们的独特艺术风格，如基于比兴寄托而言阮籍诗"言在耳目之内、情寄八荒之表"、说左思诗"得讽喻之致"、议张华诗"兴托不奇"，又如就风骨、词采而赞曹植诗"骨气奇高，词采华茂"、称刘桢诗"真骨凌霜，高风跨俗"、谓张协诗"词采葱倩，音韵铿锵"等等。这种对诗人风格的概括，本身即是"知音"赏评的典范。

第二，《诗品》虽明言"直寻"、"滋味"等批评理念，但由"赏究天人"一语即看出，钟嵘的批评理念也是沿着知人——知志——知音的道路的，蕴含着极其鲜明的批评主体自觉意识。《诗品序》云："当今皇帝资生知之上才，体沉郁之幽思，文丽日月，赏究天人，昔在贵游，已为称首。"此语中"赏究天人"之"赏"字，历来名家多认为乃"学"字之误，今已

有学者基于六朝时"赏"这一美学范畴的确立而认为"赏"字不误。①"欲取鸣琴弹，恨无知音赏""知音如不赏，归卧故山秋"，唐人将"知音"与"赏"的紧紧相连，说明"赏"这一美学范畴当由"知音论"而来：一是"赏"的主体须投入饱含个性追求与人生信仰的真挚情感；二是无论假借何物何人，"赏"的主客体必须有情感的互动交流；三是"赏"是主客体的偶然而非预先设定的遇合。这样，"赏"中的主体、中介、客体三者便与知音论中读者、作品、作者三者之间一一对应起来，并从中显出知音论的理论轮廓来。而"赏"所涵盖的特征无一不是知音赏鉴批评过程的至佳表述，其中所体现和包蕴的知音赏鉴批评的诸要素亦表明知音论在南朝最终实现审美生成存在着基本的语境依托和审美基础。可见，知音论在南朝彻底实现审美生成是由当时此起彼伏、浩浩汤汤的人文思潮泽溉而生出的理论与智慧之花。

第三，钟嵘《诗品》所言之"滋味"，是指作家、作品在静静等待知音者的玩味、阐发，知音者则调动所有体验积淀来联想感受个中真味，相激相荡、相和相应、相生相感，这是一种纯美学的路径，这是知音论最终在南朝实现审美生成所依托的深厚理论积淀。从知音赏鉴批评的读者层面来看，"滋味"说将重点集中在作为读者、赏鉴者和批评者的钟嵘对123位作者的创作文本逐一进行品味赏读和审美批判的实践操作上，既重文本自身特色所呈现之"味"，亦重读者、鉴赏者、批评者对创作客体意图的主体介入。于是《诗品》之"味"被赋予隶属客主的双重意味：一味指向客体，即待阅读、待介入、待体验、待赏鉴、待分析、待批评的作品和渴求知音遇赏的创作者；一味则指向主体，即被吸引、被激发、被感召、被感动、被印证、被洗礼的读者和力求赏心见异的鉴赏者与批评者。钟嵘在《诗品》中或写物以穷情之味，或直寻以探自然之味，或发清声以尽哀怨之味，或润丹采以干风力之味。其写物、直寻、发清声、润丹采均指向渴

---

① 参见赵树功：《钟嵘〈诗品序〉"赏究天人"、"学究天人"辨析——兼论六朝之际"赏"这一美学范畴的确立》，《山东大学学报》2005年第6期。

求知音遇赏的创作客体，成为作品进入知音赏鉴批评视野的标准；而穷情、自然、哀怨、风力均指向力求赏心见异的鉴赏者与批评者，是读者实践知音赏鉴批评行为的路径。第四，钟嵘提出"吟咏性情"，其"情性"即剔除了社会性而纯粹个体性的体验、感觉、思绪、心理、才情、性灵、心灵，此亦为南朝文论对创作、赏评、接受开始自觉的重要表征。他一方面视创作主体的情感为作品出"味"的第一要素，以为能触动创作者创作出有余"味"的文本作品的激情，才是吸引激发读者介入赏鉴玩味批评并获得心灵滋养的关键因素；另一方面则是读者、赏鉴者、批评者一方调动自己长期积累的全部体验通过介入文本去感悟体验际会那些曾令创作者动心的情性，实现主客间的知音赏心遇合。从某种程度上说，当作品作为被赏鉴和批评时，便不再是孤立静止的艺术客体和赏鉴与批评的焦点，其客体身份为将性情蕴藉其中的创作主体所替代，形成主客体借由文本之味而展开的面对面的心灵沟通与交流，而赏鉴批评的焦点也转向创作主体在文本中所释放的激发起赏鉴批评者情思与共鸣的主体性体验。于是，赏心或欣赏成为读者与作者主客体在心灵交流与沟通过程中的交互认同，当读者彻底敞开心扉直通作者借由作品的艺术感染力表达的内心思想世界时，主客双方的自我意识便在相互体认中得到增强与强化，当主客双方的情性遭遇于作品而感会于心时，体验情感之味就上升为蕴含着唤醒人的自觉与促发文的自觉的艺术过程，这也是滋味说对知音论中所揭示的作品对读者的主体心灵洗礼涤荡意义的直接启发。钟嵘将自己视为期待言之有物、言之有情的优秀作品并期待通过作品介入创作者内心世界以体验其思想的读者、赏鉴者，不料却遭遇了既无情性表露、亦乏足令读者激起共鸣、赏评依据的作品，在交流受滞、倍感遗憾之时言明"心理期待"，知音之想溢于言表。第五，钟嵘《诗品》崇尚"自然"，其中蕴涵着读者赏评的双重内涵：一为人化的客观自然；一为性情抒写的流畅自如。一方面，他主张将人之不得不发之性情化入"三才""万有""四时"等自然世界之中，以之唤起文思化为诗吟；另一方面，他更重视性情抒写的流畅自如，认为创作者当以"自然英旨"为范，于作品中力求自然之真美；而读者亦当循着流畅自如的书写去体验品味赏鉴评判，发见作者切于自然本真的性情旨趣。在此基础上，他更提出"直寻"妙法以获取自然英旨之美，要求读者不以识才而以心灵直达诗"味"之真美。于是，"味"便在创作者和赏鉴批评者之间交流生发，正是在赏鉴批评主体对作者性情、趣味、心气自然之美的这种反复涵泳中，赏鉴批评者得以感知作者、读者自身以及作品所蕴藉的人文精神价值。第六，钟嵘将先秦以降知音母题中所蕴含的君臣遇合、游人思妇、友人相离、亲人永诀等人间悲情合于一处，继承司马迁发愤著书之说，在《诗品序》高扬以悲为美、以怨赋诗的诗学观。"怨"情最能形成作品悲剧基调的郁结风格，激起古往今来的文人墨客对世情人意的纷繁变化、莫测高深的共通的恐慌心态，引发当时或后世的赏鉴批评者的心灵震荡与情感共鸣。独钟"怨"情，可谓钟嵘作为高超的文论家的精到洞见和睿智之选。钟嵘《诗品》中对"怨"情于诗文中体现的品评，实际已上升为一种审美赏鉴活动，即：使作者、读者双方均与作品所言内容保持适度的心理距离，以保全读者的审美幻想的张力，实现对"怨"情悲剧美的欣赏与对作者的心灵际会。这里既暗含着钟嵘对中国古代一脉相传的人文精神在文论领域的批判性继承，又赋予了"怨"情超出文学作品创作发生论层面的主客间情感互动、心灵交流、思想对话、交互认同的读者赏鉴批评意义，是对知音论的直接建构。第七，钟嵘《诗品》在品显作家优劣、品评作品之"味"时明确要求为文须风力与丹采并举，即"干之以风力""润之以丹采"，这是对诗作在抒写创作主体精神时的文学呈现形式之美提出的更高要求。具体而言，"干之以风力"则诗文"骨气奇高"，"润之以丹采"则诗文"辞采华茂"，二者兼备则诗文能既富冲击力又言语华丽，如此，则期待知音赏会之诗文即可"文质彬彬、尽善尽美"，起到更佳的传情达意的效果，迅速博得更多的赏心之会。其出发点和落脚点均在读者赏鉴批评方便之上。在他看来，风骨乏力固然无从激发读者共鸣之赏亦无诗味诗美可言，但气盛逼人亦令赏鉴批评者与作品之间失去了赏心之会的心理空间。因此，期待知音赏鉴批评的文学作品必须内蕴风骨、外修文采，方能激发读者借由想象力的发挥来超越文字的束缚，实现与作者的心灵对话与思想交流，获得审美享受，进而使作家有机会通过作品得遇知音赏心之会。第八，钟嵘《诗品》之"品第"，论者多视其为批评方法而对其褒贬不一。① 笔者认为，"品第"作为《诗品》的独有特色，是钟嵘在诗歌领域的批评理想，应被视为钟嵘作《诗品》的目的而非手段②，实现这一目的的方法至少应包括其行文中为"定品第、显优劣"而采取的诸如溯流别、比较、知人论世、摘句、比喻等手法，这些手法都是对知音赏评方法的直接建构。"比较"是《诗品》重要的品第方法，其比较分析的思维逻辑方法深处蕴藉的正是"见异惟知音"的赏鉴批评标准；"知人论世"是《诗品》的又一重要方法，由于在品评诗人之前先了解诗人，主动地结合诗人各自的特殊个性或特殊经历去考察诗人诗作的特色，使得品第诗人诗作的过程中增加了一层寻求共鸣的知音意识，于是这一源出孟子而为后世广泛重视的先秦批评方法，经过中古人文思潮的洗礼，由政治话语的"知人"转而变成文艺话语的"知文"，成为一种说诗方法，成为知音赏评的重要方法之一；作为《诗品》中最显文采、最能体现审美创造性的品第方法，比喻"较能充分地体现批评家意识和作家意识相遇、相认、相融合时的初始经验。

---

① 刘纲纪先生曾言："划分'品第'是钟嵘著作的一大特点。"（李泽厚、刘纲纪：《中国美学史》第二卷，中国社会科学出版社 1987 年版，第 774 页）或如蒲振元先生一样，认为"品第"法"包括置品级与显优劣两个方面的要求，而在显优劣的同时，还可兼有溯源流，分文体，明风格，别高下等多项功能。"（蒲振元：《中国意识意境论》，北京大学出版社 1995 年版，第 221 页）或如罗宗强先生一样，认为《诗品》"论高下其实并无一些可操作的硬性标准，而只是对诗作的一种鉴赏印象"，"品列高下带有某种随意性"，进而指出"品第高低，在文学批评中究具何种之意义，似未为研究者所注意。当从文学的史的发展角度，指出某某胜于某某，或者某某第一的时候，这种评论显然反映着评论者的价值判断，这种判断受到评论者个人素质、个人审美倾向和时代好尚的影响，一般说，它并不具备普遍的意义。而且在多数情况下，它也不具备价值。理论研究的意义在于指出特征、规律、经验与此种特征、规律、经验之价值，并不在于论其品第之高下。从这个意义上悦，三品评诗，并不是《诗品》的精华之所在"。（罗宗强：《魏晋南北朝文学思想史》，中华书局 1996 年版，第 396、397 页）

② 《诗品序》云："近彭城刘士章，俊赏之士，疾其淆乱，欲为当世诗品，口陈标榜。其文未遂，感而作焉。"（吕德申：《钟嵘诗品校注》，北京大学出版社 2000 年版，第 22 页）可见，钟嵘是受九品论人之风触动加之刘士章的影响而作《诗品》以品第高下的。

同时也容易诱发读者的想象，对作品的韵味产生创造性的理解"①。可见，钟嵘将刘宋以来诗文评论中使用的比喻方法发展升华为一种自觉地、有意识地构筑批评家理想状态的审美意境的重要途径。《诗品》品第诗人诗作时的比喻，早已超出简单工具辅助说理的从属地位，成为钟嵘自觉地审美意境追求的途径，通过比喻，借助喻体，钟嵘所认同的风格得以形象地呈现在读者眼前，彻底扫清了读者与作者之间的心灵交流与沟通障碍，这已完全接近了知音论所追求的至高境界了。

---

① 赖力行：《中国古代文学批评学》，华中师范大学出版社 1991 年版，第 95 页。

第三章　古代知音批评的潜在理论体系

在本书第一章中，我们已经对知音的内涵及其所受古代人文思潮的浸染有了一个大致的了解，通过第二章的分析，我们对知音论导出的思潮背景也有了清晰的轮廓。那么，究竟何谓知音论呢？知音论当涵括哪些内容呢？笔者以为，当有三个层面的内涵：一是刘勰《文心雕龙·知音》篇中的知音论；二是刘勰在《文心雕龙》中所营构的知音论体系；三是古代知音体系论。本章将对知音论各个层面的内涵分别作一简要概述。

第一节　知音批评的理论雏形

中国古代文学理论，是古人对作家、作品赏评的结晶，其中关于赏评本身的理论成果，可称为鉴赏批评论，其本质可谓之知音论。知音作为一种审美赏评的行为，其可能性首先表现在审美赏评已经成为了需要上。先秦是赏评意识的孕育期，此时文学观念还不具备完全独立的品格，文学赏评观念也处于孕育之中。但随着文学的发展，《诗三百》和《楚辞》两大系统的文学创作，辉映南北；有文学作品就有文学赏评，就不能不刺激着赏评意识的萌生。自周代以来，随着《诗三百》的流传，"赋诗言志"也在外交场合上频频运用，从受众的角度，就成了听诗而"观志"。这虽然与审美赏评无关，但仍可被视为是诗歌接受史上的最早一环。有些听诗观志，虽然其目的在政教得失，外交酬对，但听诗的过程往往也呈现出审美赏评的萌芽。如《左传·襄公二十九年》记载吴公子札在鲁国听诗观风时，听到《邶》《鄘》《卫》风，就赞道："美哉，渊乎！"听到《齐》风，就赞道："美哉，泱泱乎！"听到《魏》风，就赞道："美哉，沨沨乎！"听到《大雅》，就赞道："广哉，熙熙乎！"可以看出，在这一过程中，除了政治、社会的判断之外，还明显地伴随着感性的审美特征。《尚书·虞书》称"诗言志，歌永言，声依永，律和声"，既讲作诗又讲赏诗，不仅体现了赏评的互动，还提出了简明的审美标准，说它已经吻合我们所要探讨的知音的两大质素（即双向互动、水乳交融）也不为过。孔子是一个很有艺术修养的人，听了韶乐之后"三月不知肉味"，韶乐固然高雅，但能达到"三月不知肉味"的地步，只能说他对韶乐大起知音之感，赏会极深。孔子主要从政教的角度来解诗、用诗，但不能否认在某些地方，同样具有审美赏评的因素。《论语·阳货》记载孔子曰：

小子何莫学夫诗！诗可以兴，可以观，可以群，可以怨。①

刘若愚认为这一段话是基于读者的立场，"孔子的出发点是读者，而并非诗人。"比如解释"怨"："孔子的意思可能是：诵诗贴切，可以抒发心中怨愤。"② 可以将其视为社会学、心理学赏评的肇始。特别是关于"兴"，绝不可能仅是指文学作品，而不关乎读者的赏评。作者因"兴"而写出作品，读者因对作品的欣赏而起"兴"，或"兴"起，这是不言而喻的事情。再到《论语·雍也》中提出的"知者乐水，仁者乐山"的命题，甚至已经涉及审美主体的问题，对知音的"见仁见智"这一原则和态度起到了重要的影响。

《孟子》一书中有许多论及《诗经》的言论，但大多都是在引用诗来做譬喻，以服务于他的政治思想的阐述，用意并不在诗上，算不上是文学赏评，更无法达到知音的目的。真正对我们研究知音论有意义的，在于孟子提出了"知人论世""以意逆志"这两种赏评的方法。

《孟子·万章下》曰：

颂（诵）其诗，读其书，不知其人，可乎？是以论其世也，是尚友也。

吟诵古人的诗歌，阅读他们的文章，不了解他们的为人，行吗？要了解其为人，当然要探讨其时代，与古人交朋友，即"上与古人为友"。③ 这样做，自然也有助于对作品的理解。孟子这里将作家、作品与时代联系起来，对文学接受方面的意义很大，为知音指明一条切实可行的途径。《孟子·万章上》载孟子如何"说诗"曰：

故说诗者，不以文害辞，不以辞害志；以意逆志，是为得之。

---

① 程树德：《论语集释》，中华书局 1988 年版，第 1212 页。
② 刘若愚：《中国的文学理论》，中州古籍出版社 1986 年版，第 116、118 页。
③ 郭绍虞：《中国历代文论选》（第一册），上海古籍出版社 1979 年版，第 33 页。

其后，又用《诗·小雅·北山》和《诗·大雅·云汉》两个例子来说明"以意逆志"的主张。如《云汉》中有"周余黎民，靡有孑遗"，从字面上看，是说"周朝留下的百姓，已经一个不剩了"，其实这是一种夸张的修辞手法。这是以作品之意逆作者之志，还有一种解释是以读者之意逆作者之志，如赵岐注曰："人情不远，以己之意逆诗人之志，是为得其实矣。"如何正确地理解言中之意，还有个知言的问题，所以《孟子·公孙丑上》还提出知言说："何谓知言？曰：'诐辞知其所蔽，淫辞知其所陷，邪辞知其所离，遁辞知其所穷。'"通过对文辞的分析来判断作者的思想等主观上的状态。孟子这些提法虽然不是文学审美意义上的评价，但在后世产生了很大的影响，在文论史上有很高的引用率，因此转化为文学赏评的重要方法。对于本文所要论述的问题来说，孟子的这些论说涉及了知音的方法论意义上的几个层面。

两汉时期，文学的独立性更加彰显，赏评的意识也更为丰富，如司马迁《史记·屈原贾生列传》评屈原《离骚》说："其文约，其辞微，其志洁，其行廉，故死而不容自疏。"就是能透过文学作品象征、比喻、寄托的层面而见到作者的本旨。王逸又进一步强调了《离骚》比兴和象征的特征，他在《离骚经序》中说："《离骚》之文，依诗取兴，引类譬喻。故善鸟香草，以配忠贞；恶禽臭物，以比谗佞；灵修美人，以媲于君；宓妃佚女，以譬贤臣；虬龙鸾凤，以托君子；飘风云霓，以为小人。"[1] 这种香草美人的象征手法对后世影响很大，成为文学创作和赏评的重要传统和思维定势。以论赋而言，司马相如论赋迹和赋心，扬雄论诗人之赋和辞人之赋，虽不是从赏评角度立论，但于赏评也颇有启发。王充等人则侧重对东汉文坛厚古薄今的风气进行批判。如《论衡·案书》说："夫俗好珍古不贵今，谓今之文不如古书。夫古今一也，才有高下，言有是非，不论善恶而徒贵古，是谓古人贤今人也。……盖才有浅深，无有古今；文有真伪，无有故新。"[2] 厚古薄今，"贱所见，贵所闻"，乃是读者在赏评中一种普遍的心理现象，也是造成知音难

---

① 郭绍虞：《中国历代文论选》（第一册），上海古籍出版社 1979 年版，第 122 页。

② 郭绍虞：《中国历代文论选》（第一册），上海古籍出版社 1979 年版，第 155 页。

的重要原因之一。王充的论述，较早、较深入地触及了这一问题，下启了魏晋人对这类问题的进一步阐发。

先秦两汉时的一些相关典籍中的论述虽并不尽是针对文学赏评，但其中有很多内容契合知音的一些因素，当为知音论事实上的肇起。到了魏晋时期，随着文学的自觉，具有独立价值的文学赏评意识得到了相应的发展。陶渊明的"好读书，不求甚解"说标志着"贵悟不贵解"的审美思维方式以及艺术化的读书思维方式的萌生。《世说新语》中所举的不少赏诗的例子，都突出了主体勃郁的情感想象和对艺术形象的审美把握。从陆机《文赋》论"味"，到宗炳的"澄怀味像"以及葛洪的"大羹之味"，"味"被引入赏评领域；谢灵运在山水美学的浸润中提出了"废词寻意，去饰取素"和"言不尽意，托之有赏"的命题，都说明了审美赏评达到了一个较高的层次。随后，古代文学赏评理论至齐梁时期成熟，知音论在刘勰《文心雕龙·知音》中初步生成，基本确立。

知音论到此时被明确提出，既是时代外部因革使然，也是文学自身规律的必然。第一，赏评的发展紧跟着文学的发展，研究创作自然要研究赏评，到魏晋六朝时所产生的大量文学作品呼唤着新的赏评理论的建立。从文学创作方面来看，六朝时期的建安文学、正始文学、太康文学、元嘉文学、永明文学等都盛极一时，社会上充斥着大量的作品，自然面临着赏评的问题。刘勰的《文心雕龙》对各种文体进行了综合研讨，并对他之前的文论作了继承和总结。齐梁间赏评理论的发展，可以说是作品丰富后的必然。第二，文学理论方面，长期的赏评实践的积累，使得总结赏评规律成为了必要与可能。一千多年的创作史之下，赏评史也短不了多少。秦汉文学受经学局限阻滞了文学美学的成熟，其间有成功的经验，也有许多失误和偏差。魏晋六朝时期吸取了前期的经验教训，一方面占有了之前时期的赏评理论方面的合理内容，并将其总结概括了出来；另一方面，文道论、文气论、文德论、文笔论、文质论、文体论、声律论、文采论、缘情论等丰富多彩，向深广之方向发展，批评鉴赏建立专论的时机成熟了。齐梁间知音论的成熟与确立，正是在这种水到渠成的情况下实现的，绝非偶然。第三，文的自觉演进催生知音赏评理论的审美总结。文学价值由功利向非功利的转向，触及文学的本质属性，使得知音审美赏评成为可能；读者个体审美意识的自觉促成知音赏评主体的能动作用得以发掘。至此，知音论才得以建构起自己的主客体理论框架：一方面视文学作品为审美对象，另一方面对审美主体进行探讨研究。第四，人的觉醒促成知音赏评理论的系统周延。汉魏三教合流、九品中正制和清谈风气，使得人物品评蔚然成风，人的自觉成为普遍现象。流风所及，艺术界也纷然仿效，引申为品物、品文、品诗、品画、品书、品棋、品乐（评诗有钟嵘的《诗品》，评画有谢赫的《古画品录》与顾恺之的《论画》，品书有庾肩吾的《书品》，评棋有沈约的《棋品》，品乐有阮籍的《乐论》、顾长康的《筝赋》及嵇康的《广陵散》《琴赋》《声无哀乐论》等），在这样的文论环境下，知音论应运而生，就是很自然的了。

如前所述，正是在先秦哲学思潮的启蒙下，在汉末人文思潮所开启的中古人文思潮的泽溉下，知音逐步进入文学鉴赏和批评领域，成为鉴赏批评的术语，与此同时，经历了由汉末直至南朝的演变，知音论这一古代文论的奇葩也得以在体大思精的《文心雕龙》中顺利导出、成型。其间，既经历了知气、知象、知言、知人、知情、知意、知文直至知音的范畴界定的外显过程，亦包含了由气而象、由形而神、由志而情、由言而意、由意而文、由赏而评直至赏评归一的厘清本体的内敛脉络；既经历了由清议而清谈、由品人到品山水、由品自然到品诗文、由识文到达意、由赏心到见异的读者赏评媒介演变的转换历程，亦伴随着由人的觉醒到文的自觉到文论自觉的人文精神发展的内在理路。

综观古代文论，知音论始终伴随着文人交往、文学创作、文学鉴赏与文学批评等全部文学活动的整个过程，并在历代文人及文论家们的创作、鉴赏、批评等文学活动的实践中，不断发展、成熟，泽被后世，几乎波及文学、书法、绘画、戏曲、小说等文学艺术的各个领域。

第二节　《文心雕龙·知音》篇的批评观

为分析之便利，可以从文本的角度把《知音》篇拆分为两部分。前一部分从篇首至"所谓'东向而望，不见西墙'也"，先道出知音难的事实，然后分别从鉴赏批评的主客观两个方面分析音实难知、知实难逢的知音难之所以难的原因，而主观层面又从鉴赏批评界整体和鉴赏批评主体个体角度论述；后一部分从"凡操千曲而后晓声，观千剑而后识器"至篇末，针对前一部分所述的情况，从鉴赏批评主体的素质、鉴赏批评过程、知音内涵、成为知音的方法等方面加以梳理，论证音和文情难知而非不可知，并将成为作品作者的知音视为鉴赏批评主体的使命，从而正面建构起知音理论。

一、"音实难知""知实难逢"：知音批评之难

《文心雕龙·知音》篇一开始就充满感慨地说："知音其难哉！音实难知，知实难逢。逢其知音，千载其一乎！"这使我们联想起《梁书·刘勰传》中记载的刘勰本人的一个经历：

> 初，勰撰《文心雕龙》五十篇，论古今文体，引而次之。……既成，未为时流所称。勰自重其文，欲取定于沈约。约时贵盛，无由自达，乃负其书，候约出，干之于车前，状若货鬻者。约便命取读，大重之，谓深得文理，常陈诸几案。

他积数年之功写成《文心雕龙》后，一时无人赏识，他不得不扮为小贩，拦住文坛宗主沈约之车，献上《文心雕龙》。求得知音的心情是何等地迫切。"逢其知音，千载其一乎！"这正是刘勰自己亲身感受过的一种心境。知音难觅，不惟刘勰深有感触，它所表现出来的焦虑与困惑，是中国知识分子普遍的文化情结。孔子说："莫我知也夫！""知我者其天乎？"（《论语·宪问》）老子说："知我者希！"（《老子》七十章）庄子说："万世之后而一遇大圣，知其解者，是旦暮遇之也。"（《庄子·齐物论》）这是先秦哲人们的心声。晋朝葛洪自信自己文章有"白雪之音""连城之价"，但不能取悦当世，只得"冀知音之在后也"（《抱朴子·应嘲》）。刘勰之后，文学家慨叹"知音难得"更是世

代不绝。"百年歌自苦，未见有知音。"（杜甫）"当得谁相假？知音世所稀。"
（孟浩然）"二句三年得，一吟双泪流。知音如不赏，归卧故山丘。"（贾岛）
"世上岂无千里马，人中难得九方皋。"（黄庭坚）"满纸荒唐言，一把辛酸泪，
都云作者痴，谁解其中味？"（曹雪芹）由此可见，刘勰《知音》篇开头的一
段，真可算是千古同此一叹！文章首先从客观上寻找原因，"文情难鉴"、"音
实难知"：

> 夫麒凤与麏雉悬绝，珠玉与砾石超殊，白日垂其照，青眸写其形；
> 然鲁臣以麟为麏，楚人以雉为凤，魏氏以夜光为怪右，宋客以燕砾为宝
> 珠。形器易征，谬乃若是；文情难鉴，谁曰易分？

麒麟与山獐、凤凰与野鸡、珠玉与砾石等差别很大，人们还时常弄错，抽象
的文情当然更不易鉴别了，这是人们认识客观世界能力的原因。然后从人的
主观上找原因。首先列举了鉴赏批评界整体上常见的三种不良习气。

一是贵古贱今，崇远卑近。《文心雕龙·知音》曰："夫古来知音，多贱
同而思古，所谓日进前而不御，遥闻声而相思也。"一般说来，经过时间检
验，能够流传下来的东西，人们易产生信赖之感；当代的东西因未经过时间
检验，故而人们往往不予重视，这是人之常情，也是有一定道理的。但若一
味迷信古代，凡今皆贱，唯古是尊，这就是认识上的一种宥蔽了。汉代陆
贾、桓谭、王充都曾对这种浅俗的文化心理进行过抨击。魏晋以来曹丕《典
论·论文》，葛洪《抱朴子》之《博喻》篇、《广譬》篇，江淹《杂体诗序》
等也都揭示过这种现象。《知音》篇一开始就郑重地提出了这一问题，并引
用历史上不少事例加以说明，有廓清迷误、正本清源之功。

二是文人相轻，崇己抑人。曹丕《典论·论文》说："文人相轻，自古
而然。……夫人善于自见，而文非一体，鲜能备善，是以各以所长，相轻所
短。俚语曰：'家有敝帚，享之千金。'斯不自见之患也。"以曹丕这样的身
份，这些论述对于破除文人相轻的毛病，推进建安文坛健康爽朗的批评鉴赏
风气是有所助益的。刘勰对曹丕之说深有同感："至于班固傅毅，文在伯仲，

而固嗤毅云'下笔不能自休。'……故魏文称'文人相轻'，非虚谈也。"这种情况，钟嵘《诗品》也有揭发。他评齐人袁嘏说："嘏诗平平耳，多自谓能。尝语徐太尉云'我诗有生气，须人捉看；不尔，便飞去。'"又评齐朝请吴迈远中载："汤休谓远云：'我诗可为汝诗父。'以访谢光禄，云：'不然尔，汤可为庶兄。'"可见他们都自视甚高。至于吴迈远，《南史》卷七十二《文学·檀超传》中载："迈远好自夸，而蚩鄙他人，每作诗，得称意语，辄掷地呼曰'曹子建何足数哉！'"可为刘勰上说作一印证。敝帚自珍，只见他人之短，不见他人之长；或以自己之长，攻他人之短，等等，皆为文坛弊端，对文坛良好氛围的形成和文学的发展是十分有害的。

三是信伪迷真，深废浅售。在谈到这一点时，刘勰指出，之所以出现信伪迷真的情况，一方面是由于这些人缺乏实事求是的态度，另一方面也是因为他们识照浅薄，学养不高。《文心雕龙·知音》篇说：

> 岂成篇之足深？患识照之自浅耳。夫志在山水，琴表其情，况形之笔端，理将焉匿？故心之照理，譬目之照形，目瞭则形无不分，心敏则理无不达。然而俗监之迷者，深废浅售，此庄周所以笑《折杨》，宋玉所以伤《白雪》也。昔屈平有言："文质疏内，众不知余之异采。"见异，唯知音耳。

人们喜欢听浅俗易懂的歌，这是"浅售"，冷落了高雅的《阳春白雪》，这是"深废"。究其原因，皆是由于鉴赏批评者识见浅薄而造成的。特别是好作品都有某些独特乏处，只有真正的知音，才能够"见异"，也只有能"见异"，才能算是真正的知音。① 当然，像《折杨》这样的民歌，只要情调健康，广大群众接受它也未必就为"浅售"，这又牵涉到刘勰对民歌的态度了。但不管他举的这个例子是否确切，欣赏文学作品必须要有一定的识见学养，这一

---

① 徐中玉：《〈文心雕龙〉"见异，唯知音耳"说》，《古代文学理论研究》第十一辑丛刊，上海古籍出版社 1986 年版。

点无疑是正确的。

接着，作者又从作品与读者的主客观矛盾角度谈文情难分、音实难知的问题，即向声背实、以人取诗。在文学批评和鉴赏中还有一个盲点，即评赏者以人取诗，以一个人的声名取代对文学本身的价值判断。《文心雕龙·程器》篇云："将相以位隆特达，文士以职卑多诮。"本来，文学鉴赏应看作品说话，但有那么一些人，将世俗势利之心带到文学评赏之中，位尊者自有人捧场，寒士穷儒的文章再好也无人问津。在《文心雕龙·才略》篇中，刘勰还指出了另一种现象：曹丕和曹植，俱有文才，但"俗情抑扬，雷同一响，遂令文帝以位尊减才，思王以势窘益价，未为笃论也"。丕、植兄弟二人在继承王位方面很有一番较量，结果丕获胜，得登大宝之位。而曹植倍遭压抑，终生不得志。人们出于同情弱者的心理，在文才方面损抑曹丕，对曹植则予以更多的赞美之辞。以这种心理来评价丕、植，也不是公正客观的态度。向声背实、以人取诗的现象在六朝还是很严重的，下面再举一例，以证勰说。《南史·张率传》载："率字士简，性宽雅，十二能属文，常限日为诗一篇，或数日不作，则追补之……至年十六，向作二千余首。有虞讷者见而诋之。率乃一旦焚毁，更为诗示焉，托云沈约。纳句句嗟称，无字不善。率云：'此吾作也。'纳惭而退。"虞讷先诋后赞，都没有从诗本身的价值来考虑。先诋者，因为其诗之作者乃是十岁的童子；后赞者，因为其诗之作者乃是鼎鼎大名的沈约，结果闹了个大笑话。这对那些只重声名、不看实际的读者真是一个绝妙的讽刺，同时也印证了刘勰的观点。

是为前一部分关于原因的分析，下一段分析后一部分，论述《知音》的可知性及其可知之途径。

二、"博观""六观"：知音批评之径

鉴赏批评作品需要比较高的学养，这一点，古今中外的学者于此皆有共识。曹植《与杨德祖书》曰："盖有南威之容，乃可以论于淑媛；有龙渊之利，乃可以议于断割。"西方不少论家也持相类似的观点。如马克思说："如果你

想得到艺术的享受，那你就必须是一个有艺术修养的人。"① 克罗齐说："要判断但丁，我们就须把自己提升到但丁的水平。"② 刘勰在《文心雕龙·知音》篇中不仅充分肯定了这一点，而且还指出了具体的方法和途径：

> 凡操千曲而后晓声，观千剑而后识器。故圆照之象，务先博观。阅乔岳以形培堘，酌沧波以喻畎浍；无私于轻重，不偏于憎爱；然后能平理若衡，照辞如镜矣。

提高学识，首在博观。看得多，听得多，有比较才能有鉴别，在丰富的实践基础上形成较高的识鉴批评能力。《文心雕龙·通变》篇也指出："是以规略文统，宜宏大体。先博览以精阅，总纲纪而摄契。"以博览作为参伍因革、弘扬大体的先决条件。

此外，应选择优秀作品作为观摹对象。游览过大山、观赏过大海，那些小丘、沟渠就不在话下了。评赏者不仅要"操千曲"，而且还要操《阳春白雪》之曲；不仅要"观千剑"，而且要观龙渊名剑。这样才能长大见识，增大智慧。所谓取法乎上，对于形成自己高雅的鉴赏趣味和批评识见，无疑是十分必要的。鉴赏批评者在多看多听、取法乎上的艺术训练中，就会自然地去掉个人的无知和偏见，逐渐达到"平理若衡，照辞如镜"的境界，这也是刘勰倍加推崇的"圆照之象"。

需要特别说明的是，知音赏鉴批评起步于"披文""沿波"，作为赏鉴批评主体的知音读者务必直面作品，生成"圆照之象"。那么，对"圆照之象"中"圆照"一词的理解和把握就十分关键。③ 在这里，"圆照"当指鉴赏批

---

① 《马克思恩格斯文集》第 1 卷，人民出版社 2009 年版，第 247 页。

② ［意］克罗齐，朱光潜译：《美学原理》，上海人民出版社 2007 年版。

③ "圆照"一词是对佛教名词的借用，本义深奥。大致讲来，圆指周遍、圆澈、无所不包、"圆满无缺"，可说是从一切角度，不仅是三维、四维，乃至一切"维"，换句话，类似于无"坐标"，由之超越一切局限性达到整体、全体，这即为"圆"。虽无坐标点，但又非无具体性，这即"照"，照指真实、如实、清晰、明确地、原原本本地显现之意。"圆照"是对人本有的、最深层的心智及其能力的形容。

评主体应尽最大可能以自己最本原最深层最纯粹的澄明之心去全面、客观、如实、透彻、周圆无漏地体悟对象之意。不妨借由"凡操千曲而后晓声，观千剑而后识器"①来加深对"圆照之象"的理解和把握。通常我们容易忽略"凡操千曲而后晓声，观千剑而后识器"的另一层面的含义而将对其理解限制于"博观"层面。实际上，此言确为古今学人的真知灼见，饱含着真切体验与经验，故纪晓岚目其为"知音之本"。刘勰在此引用此言，显然是为了给知音理论的总述张目，它既是对下文正面概述批评与鉴赏理论的总结，又是对"圆照"的最佳注解。具体而言，此言中之"千曲""千剑"，即为"圆照之象"之"圆"、"识器"之"识"、"晓声"之"晓"，而"操""观"则是"圆照之象"之"照"。可见，博观显然只是"圆照"的开始而非圆照本身。只有获得了"圆照之象"的"象"时，才算是完成了"知音"的过程。

前文已述，博观只是"圆照"的开始而非圆照本身。只有获得了"圆照之象"的"象"时，才算是完成了"知音"的过程。于是，刘勰在后半部分的内容中展开了对"圆"和"照"的进一步论述，其中讲"圆"的角度多样，或如由"博观"而"六观"的比较，从"披文""沿波"发展到能"入情""见心"，使"圆照之象"之"圆"的内涵由广而深；而讲"照"的亦不少，或如"照辞如镜""患识照之自浅""心之照理"，终至"深识鉴奥""欢然内择"的"圆照之象"，即"晓声""识器"的知音层次。

换句话讲，后一部分中《知音》篇提出鉴赏批评主体自身也应"博观"。前引"操千曲""观千剑"两句被赋予双重意义，除规律的总述之意义外，它也具有鉴赏批评主体在方法论意义上的初始的"博观"之意。其中，"观千剑"表现作品赏析识见能力和"广博圆该"知识积累的"博观"，"操千曲"则表现为赏鉴批评主体本身应有创作实践的体验层面的"博观"。《总术》篇

---

① 此语源出桓谭《新论·道赋》："杨子云工于赋，王君大习兵器，余欲从二子学，子云曰'能读千赋则善赋'，君大曰'能观千剑则晓剑'，伏习象神，巧者不过习者之门。"纪昀点评："扼要之论，探出知音之本"，又引其《琴道篇》："成少伯工吹竽，见安昌侯张子夏鼓琴，谓曰'音不通千曲上，不足为知音'"。（参见范文澜：《文心雕龙注》，中华书局1978年版，第153页）

中载："昔陆氏《文赋》，号为曲尽，然泛论纤悉，而实体未该。"即为对陆
平原因不懂创作致其理论"实体未该"的批评。而《知音》篇后一部分中"阅
乔岳以形培塿，酌沧波以喻畎浍"一句则表明，博观还应有大量的比较鉴别
训练之意，以期"无私于轻重，不偏于憎爱，然后能平理若衡，照辞如镜
矣"。使鉴赏批评主体能将客体对象客观、真实、完整地置于己心之中体悟，
此即"圆照之象"之"照"的第一层含义。

于是，刘勰在《知音》篇中更进一步地提出了足以显示出其文学批评系
统性、严密性特征的"六观"之说：

> 是以将阅文情，先标六观：一观位体，二观置辞，三观通变，四观
> 奇正，五观事义，六观宫商。斯术既形，则优劣见矣。

这"六观"就是从六个方面考察作品写得如何。

一观位体。即根据作者表情达意的需要来决定、安排文章的体制和体
势。在《熔裁》篇中提出作文须先标三准，三准中首先就是"设情以位体"。
根据情感的表达选择适合的文体，而且，"因情立体，即体成势"，还要考虑
相一致的风格。这也就是陆机《文赋》所说的"选义按部"。

二观置辞。考察作品如何运用文辞将内容精当又而富于美感地表现出
来。文辞对于作品是十分重要的："辞者理之纬"（《情采》），"辞采为肌肤"
（《附会》）。虽有好的立意，但文辞枯槁的作品也不会打动人心。《文心雕龙》
主要从这几方面衡量置辞：（一）文质相称："文不灭质，博不溺心。"（《情
采》）（二）繁略得当："句有可削，足见其疏；字不得减，可见其密。……善
删者字去而意留，善敷者辞殊而意显。"（《熔裁》）（三）避免病累："是以缀
字属篇，必须练拣择：一避诡异，二省联边，三权重出，四调单复。"（《练
字》）（四）明理昭晰："是以联辞结采，将欲明理。采滥辞诡，则心理愈翳。"
（《情采》）在这方面做得比较好的是建安诗风："造怀指事，不求纤密之巧；
驱辞逐貌，唯取昭晰之能。"（《明诗》）

三观通变。考察文学与社会历史、文学的继承与发展的关系。刘勰在

《通变》篇中认为，文学是反映时代和社会生活的，应当在作品中表现出这方面的内容。文学的发展，离不开对前人的继承，做到"体必资于故实"，"参古定法"，以经典作品为学习对象；另一方面，文学又要随时代而前进，因风气而变革。是谓"变则可久，通则不乏"。在文学创作中，要能"望今制奇"，"酌于新声"，具有创新的精神和特色。

四观奇正。即观察文学作品如何处理奇与正两种不同的表现方法。这一原则，在《辨骚》《定势》及《诸子》等篇中应用最为明显。刘勰认为，作文应以儒家经典为正则，同时汲取《楚辞》等作品的奇文异采。正与奇在文学作品中的表现要恰到好处，不能畸轻畸重，各趋极端。因为执着于正而流于板滞，偏嗜于奇而导致险怪，是不可取的。所以在奇正关系上，应该"执正以驭奇"，而不能"逐奇以失正"，做到酌奇而不失其真，玩华而不坠其实。

五观事义。即考察作品征言用典的情况。《事类》篇说："据事以类义，援古以证今者也。"用典就是在作品中引用历史故实，征言就是引用名言隽语。通过征言用典，可以增加文章的说服力，所以又说"明理引乎成辞，征义举乎人事，乃至贤之鸿谟，经籍之通矩也"。

六观宫商。考察作品声调韵律是否和谐协调。中国古代诗乐舞合一，上古诗歌莫不可以合乐歌唱。后来诗乐分家，但诗歌自具内在的音乐性，即节奏、声韵等。音律不仅有自身的音乐美，同时也有助于深化、加强诗歌的情感性，体现出作品的神韵和滋味。《声律》篇说："是以声画妍蚩，寄在吟咏；吟咏滋味，流于字句。"其具体要求是：（一）合于人声之自然："夫音律所始，本于人声者也。"亦即钟嵘《诗品》"清浊通流，口吻调利"之意。（二）讲求和韵："异音相从谓之和，同声相应谓之韵。"（三）使用正音，即吐音雅正，勿杂用方音。（四）避免诡异："夫吃文为患，生于好诡，逐新趣异，故喉唇纠纷。"宫商之说，对后世文论影响甚巨。

对于刘勰"将阅文情，先标六观"，还要做进一步的分析。从这两句话首字"将"与"先"来看，十分明确地规定了"阅文情"与"标六观"之间的先后次序：即先从六个方面考察作品，然后再欣赏体会作品的思想感情，这样的次序体现了批评的倾向和价值观。尽管如此，我们仍认为，"阅文情"

类似于《知音》篇中所说的"披文入情"，表现出较强的情感体验性。而"六观"则应属于理智的、分析的方法。可知，《知音》篇中的知音活动，包含了文学鉴赏批评的两个方面的内涵：一是以全身心去拥抱作品，体会其思想感情并自由地发挥自己的想象力，获得丰富的、完整的审美感知，以"阅文情"，是为鉴赏论；二是在体悟赏鉴的基础上，进行必要的分析和归纳，以"标六观"，是为批评论。可见，知音论当是鉴赏论与批评论合而为一的知音赏评活动，是为知音论之要义。

如上所述，创作主体在创作文本时有"执术驭篇"的操作方法，而鉴赏批评主体也有自己在博观中把握客体对象的方法，即上述位体、置辞、通变、奇正、事义、宫商等"六观"，每一观都可以在《文心雕龙》创作论中找到相对应的范畴。或如《附会》，或如《体性》，或如《通变》，或如《情采》，或如《声律》，或如《事类》，等等，本均为创作论专章，但在这里，却被刘勰本着批评的角度归为"六观"。《知音》篇中"缀文者情动而辞发""观文者披文以入情"，一讲创作，一讲评论，讲出了创作论与赏鉴批评论间的同异，于是，赏鉴批评主体便得以从"六观"入手，"披文""沿波"以"阅文情"了。

三、"入情""见心"：知音批评之旨

《知音》篇说"披文"以"入情"，"沿波"以"讨源"，顾名思义，"披文""沿波"与"入情""讨源"俨然分离两端，是为《知音》篇所昭示的知音论之两个层次。而具体到《知音》篇则可知，从赏鉴批评主体一方言之，博观是为开阔眼界心胸、累积创作实践、增强体悟感知能力的赏鉴批评之大前提，六观是赏鉴批评的基础、着眼点和方法，二者均属"披文""沿波"一类，那么，"入情""见心""晓声""识器"，就成为知音赏鉴批评对赏鉴批评主体更高层次的要求，即识照要深到能借由客体对象实现与作者的心灵际会与思想沟通，此即《知音》篇所言之知音层次。这里，"入情"为阶段，"见心"为结果。若以中国古代哲学范畴中的道器、体用为喻，则"入情"为器、

用，而"见心"为道、体。

　　至此，《知音》篇中的知音论的主要脉络清晰地显现出来：一是"难"，知音难哉，知音难逢，音实难知，文情难鉴；二是"情"，情动辞发，披文入情，沿波讨源，文情可鉴；三是"知"，阅文情，标六观，博观务偏，见异知音。这些论述均为文学赏评提供了知音的规律、方法、原则等方面的指导，为知音论在刘勰《文心雕龙》中的最终成型奠定了坚实的理论基础。自此，知音论在六朝齐梁间刘勰的《文心雕龙·知音》篇中得以确立，并成为刘勰关于文学赏评的主要观点。当然，赏鉴批评主体并非圣贤，其"识照"智力必然有限，知识的"圆该"也只能是相对的；赏鉴批评主体都无可避免地会受到诸多因素的局限，故赏评的客观总是相对而言的。如前所述，知音是一种心灵交流与思想对话，与人沟通尚且困难，何况须借由客体与人心交流，其难度之大可想而知。即便是精通儒释道、通晓经典古籍、知识与"识照"非比寻常，如刘勰本人者，也不能做到时时处处得知音之感。尽管如此，在刘勰《文心雕龙·知音》篇中实现审美生成的知音论仍可视为中国古代文论中极富特色的理论与方法。

第三节　刘勰知音批评的潜体系

　　《文心雕龙·知音》篇一开以知音论命名文学赏评理论的先河，可谓魏晋六朝乃至中国古代文学批评中集中阐发文学赏评问题的专论。刘勰知音论在古代文论中的重要意义，首先在于其紧扣文学赏评的本质与旨归，明确地以"知音"界定文学赏评主体与对象客体间的关系；其次在于其以"难字为一篇之骨"，借由赏评主体的态度剖析和对象客体规律的揭橥，建构起一整套涵括原则、标准、方法的知音赏评理论体系，搭起了一座由"知音难哉""音实难知"通向知音可寻、音终可知的文学赏评津梁。

　　然而刘勰《文心雕龙》中所关涉的知音论，却并非《知音》篇所独擅。通观整部论著则不难发现，刘勰实际上是把他心目中的知音论的重要思想放置于全书各篇之中来展开论述的，其知音论的体系正建构于各篇要旨的相互勾连、协同统一之中。试以刘勰对知音本体论的论证为例。

刘勰认为，知音即知道、知心。此心非彼心，实为基于道统的本原的天地之心，乃包蕴着天人合一的人文精神之源。这一思想灌注《文心雕龙》全文，无论是谋篇布局，还是细部论述，均以天地之道为纲，以人伦之德为领。首先表现在《文心雕龙》之编目上，以《原道》始，统领《徵圣》《宗经》《正纬》等篇。其次表现在论述中，或如《原道》篇曾载：

> 文之为德也大矣，与天地并生者何哉？夫玄黄色杂，方圆体分，日月叠璧，以垂丽天之象；山川焕绮，以铺理地之形：此盖道之文也。仰观吐曜，俯察含章，高卑定位，故两仪既生矣。惟人参之，性灵所锺，是谓三才。为五行之秀，实天地之心，心生而言立，言立而文明，自然之道也。

或如《序志》篇载：

> 详观近代之论文者多矣：至如魏文述典，陈思序书，应玚文论，陆机《文赋》，仲治《流别》，弘范《翰林》，各照隅隙，鲜观衢路，或臧否当时之才，或铨品前修之文，或泛举雅俗之旨，或撮题篇章之意。魏典密而不周，陈书辩而无当，应论华而疏略，陆赋巧而碎乱，《流别》精而少功，《翰林》浅而寡要。又君山、公干之徒，吉甫、士龙之辈，泛议文意，往往间出，并未能振叶以寻根，观澜而索源。不述先哲之诰，无益后生之虑。
>
> 盖《文心》之作也，本乎道，师乎圣，体乎经，酌乎纬，变乎骚：文之枢纽，亦云极矣。

对诸如魏文、陈思、应玚、陆机等不能如他一般"本乎道，师乎圣，体乎经，酌乎纬，变乎《骚》"，紧扣"文之枢纽"来架构文论者，痛加批驳，明确指出惟其如斯方可"振叶寻根,观澜索源",由"咀嚼文义"而体悟出"文果有心"。可见,知音之"音",不特直指文情,亦指文心,更兼及人心、道心。或如《宗经》篇亦载:

> 三极彝训,其书曰经。经也者,恒久之至道,不刊之鸿教也。故象天地,效鬼神,参物序,制人纪,洞性灵之奥区,极文章之骨髓者也。皇世《三坟》,帝代《五典》,重以《八索》,申以《九丘》。岁历绵暧,条流纷糅,自夫子删述,而大宝咸耀。于是《易》张《十翼》,《书》标七观,《诗》列四始,《礼》正五经,《春秋》五例。义既埏乎性情,辞亦匠于文理,故能开学养正,昭明有融。然而道心惟微,圣谟卓绝,墙宇重峻,而吐纳自深。譬万钧之洪钟,无铮铮之细响矣。

其中"道心惟微"之语与《知音》篇中"洪钟万均"几无二致,将知音论之深层内蕴直指天道归一的道统思想。

作者在创作中以作品为其"志气"的载体[1],视技巧为传情方法,目意象为达意介质,其旨归在情在心,刘勰以之为"缀文者情动而辞发";而"博观"与"六观"则成为赏鉴批评主体"披文以入情""规文辄见其心"的不二法门,即反观创作者的传情方法与达意介质,"入"其"情"而"见"其"心",是为知音之本义。

谢榛在《四溟诗话》中言"以我之心置于尔心……虽两而一矣",[2] 所为何来?即情、即心。因此,我们说知音即知心,既知文心,亦知人心,更应知创作者的人文精神境界。从这种意义上讲,知音就不再仅仅只是对作品的偏赏,更应是与创作者的知音际会与心灵遇合。也正是在这种意义上,伯牙子期高山流水遇知音的故事才会千古传唱,而秦皇汉武无论如何也算不得可与赏心相交的最佳读者。知音当是既能予人以客观评价,更能深解绝世佳作

---

① 范文澜:《文心雕龙注》,中华书局 1978 年版,第 513、516 页。
② (明)谢榛《四溟诗话》载:"尔心非我心,焉知我心之有得,以我之心置于尔心,惮其得我之得,虽两而一矣。"(参见丁福葆:《历代诗话续编》,中华书局 1983 年版,第 1219 页)

之雅人深致。无论是杨雄寓意高深哲理的《太玄》，还是清雅品味的《白雪》，还是身怀高洁志向的屈原等，均可入情见心。

　　换句话说，知音其实是一种赏评主客体双方的心灵交感与共鸣。赏鉴批评主体"目隙""心敏"之深刻识照是"见异""见奥"而实现知音赏会的重要保障，即能识人所不能识、见人所不能见，发现创作者最内隐深奥而不为常人识见的内心世界，即主客双方能否两心交感而致共鸣并于知音际会、心灵遇合之中获得审美享受，此亦为是否知音的标准。《知音》篇中所言："夫惟深识鉴奥，必欢然内择，譬春台之熙众人，乐饵之止过客"，即为对此要点的形象描画，而句中之"鉴"则正体现了"圆照"之照的第二层含义。这种知音感觉换句话说，即赏鉴批评主体与创作者心意相通而交感共鸣，亦即所谓"内泽"，或说是内心深处的共振互感；类同《华严经》中所言之"互入互摄"。在刘勰那里，这种知音之感更被按照古典五行物我相类之说比喻为沁人心脾、摇荡春心之春日胜景。按照这种五行无我相类之说，《物色》篇曾有直以季节应人之情志的记载，[①] 主要是讲"春台之熙众"之义，指春季的生发之气包孕在含人在内的万事万物的生命之中，并受春季氛围的感召而显现出来。在这里，刘勰以此比喻知音之内在感应。一个道理，悠扬的音乐，美味的佳肴，同样也能打动人心、令人驻足。一如陆机所谓"感物兴情"，亦如钟嵘所言借物"摇荡性情"，喻指知音就是赏鉴批评主体与创作者之间借由客体作品为介质至于两心交感共鸣、共振相融，进而引发赏鉴批评主体由内至外、从情志到身心的气血激荡的身心俱泰之感，亦即刘勰所谓之"欢然内择"。此论诚不欺也。

---

① 《文心雕龙·物色》曾言："春秋代序，阴阳惨舒，物色之动，心亦摇焉。盖阳气萌而玄驹步，阴律凝而丹鸟羞，微虫犹或入感，四时之动物深矣。若夫珪璋挺其惠心，英华秀其清气，物色相召，人谁获安？是以献岁发春，悦豫之情畅；滔滔孟夏，郁陶之心凝。天高气清，阴沉之志远；霰雪无垠，矜肃之虑深。岁有其物，物有其容；情以物迁，辞以情发。一叶且或迎意，虫声有足引心。况清风与明月同夜，白日与春林共朝哉！"《黄帝内经》讲"春三月，此谓发陈，天地俱生万物以荣。"王冰注："春阳上升，气潜发散，生育庶物"，"天气温，地气发，温发相合故万物滋荣。"（参见范文澜：《文心雕龙注》，中华书局 1978 年版，第 693—697 页）

　　中国古典传统文化历来以道本为至高境界之一，因此，深层思维多现于文艺家的创作、欣赏、评论中。这类思维很像佛家的唯识理论。《神思》篇曾论及此种"意翻空而易奇，言征实而难巧也"的思维，《序志》篇亦有论及。刘勰在谈及自己创作的感受时以"曲意密源，似近而远，辞所不载"来描绘这种"言不尽意"的情状。这其中关涉到前文曾论及的魏晋玄学中的言意之辨、形神之辨，亦与陆机在《文赋》中曾关注到的灵感问题息息相关。言不尽意带来的表现难度及理解障碍始终困扰着包括刘勰在内的中国历代文学创作者和文学鉴赏批评家。于是，刘勰援佛入道，以玄学思想融合儒道以实现方法论上的创新，最终以新的方法弥补了言辞传情达意的缺憾。然而，常人无法可解而仍旧依常情常理来望文生义，就势必造成出现深废浅售的理解偏差，从而导致歧义甚远、无从达意。加之国人思维与表述惯用类比，更使得一知音难、成一知音亦难。为解决这一问题，打通赏鉴批评主体与创作者之间心灵沟通、思想共鸣的通道，刘勰在《文心雕龙·知音》篇中尤其强调识照之功，认为"岂成篇之足深，患识照之自浅耳"，以为识照深刻是成为知音的要务，只要赏鉴批评主体能具备"鉴奥"的"深识"，掌握深层思维与体悟思维之法，就可以超越客体中的模糊意象，绕过文字的达意障碍，直达创作者的真实心意，如此，则"知音君子，其意垂焉"。身为文学赏鉴批评家的刘勰也自称《文心雕龙》是寄心于文的，所谓"文果载心，余心有寄"。但"生也有涯，无涯惟智"，此处之"智"和"寄"，即指赏鉴批评主体经由文意而直通文心、获得知音赏心之会的两大要件：一为主观的思维能力，一为品味的具体方法。从另一个角度看，知音不仅是一种心灵交流与思想对话，更是一种更高程度的智力比赛。

　　在笔者看来，后世禅家顿悟，类似于知音体验的获得；而禅家顿悟后的欣然状貌亦类似于刘勰所言之"欢然内怿"，是人的独特心理机能所致。一方面，冰冻三尺非一日之寒，知音的深透而豁然的感受的真正获得，必须经由一个深化的过程。只有经过漫长的"服媚""玩绎"，才能领悟"国香""国华"的妙处，才能获得知音的赏心之会。《知音》篇所言"规文"之"规"，有细细体察之义，其中蕴涵的完整的审美赏鉴批评过程。文字鉴赏批评虽无须如此深静的境界，但也必须静心、细心、深识地品味、咀嚼，以心神去"会心"。可见，知音欲"见心"必"以心""印心"，心心相印方得遇两心交感的赏心之际会。同样道理，禅宗所言之顿悟，需要以渐悟为基础。另一方面，刘勰所言知音赏会之后的"欢然内怿"，是在际会之赏的瞬间，先"会心""内怿"，进而"见异""鉴奥"，实为一种醍醐灌顶的豁然开朗，一种拨开云雾见光明的敞亮，一种空山新雨身心俱泰的澄明，更伴随着莫可名状的审美愉悦感。此处之"欢然"绝非仅指时空层面上突然，亦指外在情状及内在心态；此处之"内怿"则是两心交感刹那间迸发出的灵动激起的赏鉴批评主体内心震撼、思想共鸣的感动与审美愉悦。这里，刘勰将孟子"以意逆志"中的"意"化为"见心""见奥"之深层思维、体悟思维即"深识"。禅宗亦充分注意到《黄帝内经·上古天真论》王冰注文中"体合于心，心合于气，气合于神，神合于无"的言论，重视人的深层思维能力的开掘。这也启发了南宋姜夔对这种"深识"的进一步认识和发展，并用"以心会心"①之"心"来喻指。

　　除了在论述知音本体论中所布局调动的篇幅外，《文心雕龙》中关涉知音论体系的相关篇章还有许多。比如，《夸饰》篇称："是以言峻则嵩高极天，论狭则河不容舠，说多则子孙千亿，称少则民靡孑遗；襄陵举滔天之目，倒戈立漂杵之论；辞虽已甚，其义无害也。"这是对知音论中知音之"不可为"的原因所做的又一注脚，其意义类似于《知音》篇中"夫篇章杂沓，质文交加，知多偏好，人莫圆该。慷慨者逆声而击节，蕴藉者见密而高蹈，浮慧者观绮而跃心，爱奇者闻诡而惊听"，"所谓'东向而望，不见西墙'也"的表述。再如，《奏启》篇称："然函人欲全，矢人欲伤，术在纠恶，势必深峭。《诗》刺谗人，投畀豺虎；《礼》疾无礼，方之鹦猩；墨翟非儒，目以豕彘；孟轲讥墨，比诸禽兽。《诗》《礼》儒墨，既其如兹，奏劾严文，孰云能免。是以世人为文，竞于诋呵，吹毛求瑕，次骨为戾，复似善骂，多失折衷。"《定势》篇称："桓谭称：文家各有所慕，或好浮华而不知实核，或美众多而不见要

---

①　何文焕：《历代诗话》，中华书局 1981 年版，第 681 页。

约。"《宗经》篇称:"故文能宗经,体有六义:一则情深而不诡,二则风清而不杂,三则事信而不诞,四则义直而不回,五则体约而不芜,六则文丽而不淫。"这三段论述分别从观主旨忌苛求、综合考察忌偏好、尚中和平正等角度论及知音赏评的原则。再如,《序志》篇也曾论及有关知音赏评的辩证观,称:"夫铨序一文为易,弥纶群言为难,虽复轻采毛发,深极骨髓;或有曲意密源,似近而远,辞所不载,亦不胜数矣。及其品列成文,有同乎旧谈者,非雷同也,势自不可异也;有异乎前论者,非苟异也,理自不可同也。同之与异,不屑古今,擘肌分理,唯务折衷。"主张弥纶群言、唯务折衷,等等。这些例证都足以说明,刘勰论知音非《知音》篇所独专,其主要观点集中体现于刘勰《文心雕龙·知音》篇中,但其体系架构包括却不限于刘勰《文心雕龙·知音》篇,覆盖了《文心雕龙》全书各个篇章。

需要特别指出的是,本书所说的知音论,并不完全等同于刘勰《文心雕龙》体系中的知音论,而是吸收了包括《知音》篇中的知音与《文心雕龙》体系中的知音理论在内的整个中古人文思潮中的更高层面的知音理论体系。

第四节　古代知音论批评体系

六朝如梦,知音不空。经过六朝五百年人文思潮的发展,知音论也逐渐从一个普通的名词演变为具有着丰富的理论内涵、完善的理论体系、经典的人文价值,并且结合了数百年大量的作者及其文学作品的知音论体系。本书第二章,已经从汉末魏晋知音论的初步发展,一直梳理到《文心雕龙》里堪称集大成的知音论的高度成就,这些鲜活的历史告诉我们,知音论不仅仅是中国古典文艺理论中的重要组成部分,其本身也是可以独树一帜、以古鉴今的理论体系。那么,这种体系包含了那些基本要素?不同要素之间又是如何相互联系、相互影响的?知音论体系对后世有着怎样的影响?这正是本节所要回答的问题。

首先,我们先给知音论体系下一个定义:知音论是中国古典文艺理论中最重要的理论建树之一，它发轫于汉末魏晋时期，以古代人文思潮为基础，以对文学创作的鉴赏与批评为本体论，以沟通作者与读者之间的人文交流、激发时代的人文精神为价值论，并格外强调读者之作用的理论体系。下文我们将分别从知音论体系的方法本体论、读者中心论和人文价值论三者来进行阐发，并在总结小节中，解析知音论体系的三个分论之间如何建立相互依存的理论关系。

一、方法本体论：鉴赏·批评

统观《文心雕龙》全篇，《知音》篇一般被纳入"鉴赏论"或"批评论"①，当然，有的学者如牟世金还在《刘勰论文学欣赏》专门提出了调和"批评论"和"鉴赏论"的观点，也命名为"知音论"。②但不论是哪一种说法，都是在《文心雕龙》的框架下来谈知音论的，毕竟《知音》篇作为《文心雕龙》第48篇，无论如何都不能算是全书中最为核心的篇章，这就决定了对"知音论"的看法无法独立于整个古典文学理论之中。笔者以为，牟世金先生调和"批评论"和"鉴赏论"的看法最为全面，因为"批评论"和"鉴赏论"分别从不同的角度阐明了知音论体系的本体特征，即从鉴赏入手，又超越一般的品鉴欣赏，升华为对作品、作者以及时代人文精神的批评。但牟世金先生仍然在《文心雕龙》的框架下谈这两个方面的调和，目的是服务于《文心雕龙》体系的完整，而没有从中古人文精神的时代大背景来谈，这就不免有些局促了。

---

① 这两种说法含义不同，20世纪80年代在《文心雕龙》研究领域曾引起争议。如缪俊杰所著《文心雕龙美学》和蔡仲翔、黄保真、成复旺等合著的《中国文学理论史》，强调"知音篇"主要属于"批评论"，但包含鉴赏思想，如缪俊杰先生在其《文心十论》中说："《知音》……整部《文心雕龙》都贯穿着刘勰对文学批评和鉴赏的见解。"（缪俊杰：《文心十论》春风文艺出版社1986年版，第208页）有的学者主张"知音篇"属于"鉴赏论"，如民国学者吴熙1942年版《刘勰研究》及周振甫先生都将"知音篇"看作"鉴赏论"，明确说："《知音》是鉴赏论。"（周振甫：《文心雕龙注释》，人民文学出版社1981年版，第521页）

② 牟世金：《〈文心雕龙〉研究》，人民文学出版社1995年版，第450页。

所以，只有独立且自成体系的知音论，只有依靠人文精神的纽带，才能包含、容纳这两个层面，而不是简单地调和。总之，知音论本质上是一种方法论，所以鉴赏和批评都是其本体论的组成部分，当然，鉴赏和批评虽然都是主观对象对文学作品作出的精神活动，但是有着不同的内涵。具体来说：

鉴赏，源于中古时期对人物的品鉴和欣赏，如《晋书·王戎传》说："族弟敦有高名，戎恶之。敦每候戎，辄托疾不见。敦后果为逆乱。其鉴赏先见如此。"唐代大文豪李翱的《答韩侍郎书》也说："其鉴赏称颂人物，初未甚信，其后卒享盛名为贤士者，故陆歙州、常简州皆是也。"所以，鉴赏的这种来源，就决定了在文学鉴赏活动中，主要是对文学创作以一种更为感性、直接、以情入文的方式来进入，是读者在阅读作品过程中对作者创造的审美对象的感知、体味、判断等的精神活动，归根到底，鉴赏是一种审美过程。鉴赏者要有审美能力，而鉴赏对象也要能够符合各种审美标准，鉴赏活动就是鉴赏者作出一定审美判断的活动，因此允许鉴赏者根据自己的喜好、兴趣、感觉等直觉感性的方面，对作品的某一方面或整体美感作出判断，从而满足自己的审美需求，获得审美享受。从这一个层面上来，"知音论"显然是能够包含容纳的。

而批评，尤其是文学批评则不然，在明清小说中，"批评"特指对小说的评点，在《四库全书》分类法中，"诗文评"又特指各种诗话、词话、曲话等文学批评作品。而在"知音论"体系中，"批评"则是"鉴赏"的理性升华和超越，是指按照一定的标准对作家作品和文学现象（包括文学运动、文学思潮和文学流派等）所做的研究、分析、认识和评价。换言之，文学批评包括了对作品优劣的品评、对内涵深浅的阐释、对价值高低的判断、对文学经验的总结、对文学规律的探讨。既包括对某个作家创作的看法，也可以对某个时期文学发展演变的阐述，还可能是一种文学主张的证明与反驳。文学批评以文学鉴赏为基础，但是超越了感性而上升为理性了。从这个层面上说，"知音论"体系同样可以容纳。

其实，在中古时期，学者已经注意到鉴赏和批评之间的异同了。这里我们仍然需要请出刘勰来，他在《文心雕龙·序志》中早已经指出：

夫铨序一文为易，弥纶群言为难，虽复轻采毛发，深极骨髓；或有曲意密源，似近而远，辞所不载，亦不胜数矣。及其品列成文，有同乎旧谈者，非雷同也，势自不可异也；有异乎前论者，非苟异也，理自不可同也。同之与异，不屑古今，擘肌分理，唯务折衷。

这里面提到有的"轻采毛发"，有的"深及骨髓"；有的远，有的近；有的貌似雷同实则不同；有的看似立异实则折中。种种活动，已经有了将鉴赏和批评沟通的旨趣了。

所以，总的来说，"知音论"体系的核心，正是这样一种将鉴赏与批评同时结合在一起的行为，可以看作是知音论体系的本体论。知音论这一本体行为的过程是：读者对作者的创作进行感受、理解和评判的思维活动和过程。读者首先进入鉴赏中的思维活动和感情活动，而这一般都是从艺术形象的具体感受出发的，继而实现由感性阶段到理性阶段的认识飞跃，形成独立于他人的批评活动。这一过程既受到文学作品的语言文字、修辞风格以及内容的制约，又受到自己的思想感情、生活经验、艺术观点和艺术兴趣的修正。同时，因为受到中古人文思潮的影响，"知音论"体系又格外具有人文个性，其鉴赏颇与当时的人物评鉴类似，而其批评又多与《文心雕龙》《诗品》等博大精深的理论著作的理性论述有关。总之，知音论体系正是一种与人文精神相结合的，沟通了鉴赏和批评行为的本体论。这是"知音论"体系的根本特征，也是沟通读者与作者之间的理论桥梁，也是本书结论中最为核心的部分。但是，知音论体系的关键，还在于这种本体论是淫浸了古代人文精神的。那么，如何来实现这种本体论？

笔者以为，"知音论"体系之本体论的实现，主要有两大方面：一是具体的鉴赏和批评方法，也就是"知音"活动的展开；二是这些方法对古代人文思潮的体现。而这两个方面又相互沟通，难以割裂。下文将结合古代人文思潮，细致的分析"知音论"体系之本体论的方法实现。

中国的古典文学理论史，最初其实无非只有儒家、道家这两种理论，其余各种不同的说法，如《庄子》的"虚静"，《论语》的"兴、观、群、怨"，实则都只是批评方法。降至六朝，各种批评方法层出不穷，而理论框架也逐渐从儒家、道家扩展到佛家、玄学、文学等越来越多的理论框架，而批评方法也呈现出蔚为大观之势。就拿《文心雕龙·知音》篇来说，刘勰就已经提出了知音必备的"六观"，即"是以将阅文情，先标六观：一观位体，二观置辞，三观通变，四观奇正，五观事义，六观宫商"。所以，如果要考察知音论体系中的鉴赏批评方法，就要将在此之前的各种鉴赏批评方法都考虑进来，才能全面。而在古代人文思潮的影响下，知音论体系又纳入了几种独特的鉴赏批评方法。

第一，是在古代人物鉴赏视野中的"知人论世"法。

"知人论世"，原本是先秦最为重要的批评方法之一，其历史语境是儒家思想，出自《孟子·万章下》：

> 孟子谓万章曰："一乡之善士，斯友一乡之善士；一国之善士，斯友一国之善士；斯友天下之善士。以友天下之善士为未足，又尚论古之人。公布其诗，读其书，不知其人，可乎？是以论其世也。是尚友也。"①

这就是孟子的"知人论世"说。孟子的原意，当然不能用现代文艺理论的眼光去随意剪裁，通观《孟子》一书便知道这里的"知人论世"有着深刻的政治含义。为此，东汉的赵岐就注释说："颂其诗，诗歌颂之，故曰颂；读其书，犹恐未知古人高下，故论其世以别之也。在三皇之世为上，在五帝之世为次，在三王之世为下。"②赵岐的话无疑更贴近孟子原意，也就是说，孟子所说的"知人论世"，人，主要是古代的圣人；世，主要是圣人所处的时代。时代不同，圣人的位格也不同。而"知人论世"则意味着战国时期的诸侯，应当向圣人学习，以达到圣人所处的时代为标准。

---

① 赵岐注《孟子》，（清）阮元校勘：《十三经注疏》，（台北）艺文印书馆1981年版，卷十下，第188页。

② 赵岐注《孟子》，（清）阮元校勘：《十三经注疏》，（台北）艺文印书馆1981年版，卷十下，第188页。

但是，经过中古人文思潮的洗礼后，这种政治话语中的"知人论世"也就被纳入了文艺话语。当然，这种洗礼是渐变的。它最初从政治语境转移到了汉末人物的品鉴上，如刘劭《人物志·自序》：

> 夫圣贤之所美，莫美乎聪明。聪明之所贵，莫贵乎知人。知人诚智，则众材得其序，而庶绩之业兴矣。是以圣人著爻象，则立君子小人之辞；叙诗志，则别风俗雅正之业；制礼乐，则考六艺祗庸之德；躬南面，则援俊逸辅相之材，皆所以达众善，而成天功也。①

从这一段文字可以看出，在人文思潮萌芽后，"知人"的人，就不仅是圣人，而是贤人，是对君子小人在道德上的区分，也是对"俊逸辅相"在才能上的取舍；而"论世"的世，则成了"风俗雅正"的社会风气的淳朴与和谐。这样，"知人论世"就从"圣人和盛世"这种纯粹的政治话语，一变而成了"贤人和治世"，包含了人物品评的语境。再经过中古人文思潮的不断冲击，经过如刘勰、钟嵘等人的不断开掘，"知人论世"在一定意义上，就成了对文学作品鉴赏的重要方法。"知人论世"也就意味着，读者在阅读文学文本的时候，要了解作家的性格和生平经历，对其所处的时代和社会环境要有所关注，只有这样才能准确地理解作品，以免导致郢书燕说。这是一种以社会历史环境为中心和以作家为中心的鉴赏方法，也是知音论体系中，鉴赏批评最为基础的方法。显然，从"知人论世"内涵的演变来看，正是因为古代人文思潮，这一方法才从政治话语转变为文学批评话语的，由此当然可以看出古代人文思潮对"知音论"体系形成所起到的作用了。

第二，"知音论"体系的鉴赏批评法是"博观约取"。

所谓"博观约取"，就是指文学创作的鉴赏不能单凭个体的感悟和激情，而是要多听、多看、多学习，广泛地了解参会审美对象，经常性地进行审美鉴赏活动，以达到"博观"的程度。换言之，这是指对审美经验的

---

① （宋）刘劭：《人物志》，中华书局 2014 年版，第 1 页。

积累。在中古时期，审美成为重要的一环，与此同时，审美不仅需要个体的参悟，也需要审美经验、审美知识的积累，才可厚积薄发、举重若轻地进行品题评价。"博观约取"这一名词，固然取自宋代苏轼《送张琥》："呜呼，吾子其去此而务学也哉！博观而约取，厚积而薄发，吾告子止于此矣"一语，但其渊源却与知音论甚为深远，司马迁《史记·五帝本纪赞》记载：

> 太史公曰：学者多称五帝，尚矣。然《尚书》独载尧以来；而百家言黄帝，其文不雅驯，荐绅先生难言之。孔子所传《宰予问五帝德》及《帝系姓》，儒者或不传。余尝西至空桐，北过涿鹿，东渐于海，南浮江淮矣，至长老皆各往往称黄帝、尧、舜之处，风教固殊焉，总之不离古文者近是。予观《春秋》《国语》，其发明《五帝德》，《帝系姓》章矣，顾弟弗深考，其所表见皆不虚。《书》缺有间矣，其轶乃时时见于他说。非好学深思，心知其意，固难为浅见寡闻道也。余并论次，择其言尤雅者，故著为本纪书首。

如果说，作为一个有政治抱负的史学家司马迁的记录，也同样有着深刻的政治意图，那么也不能不承认，司马迁对经验积累之论述的重要性。东汉以降，经学的今文学开始衰败，古文经学开始兴起，古文经学的一大特征，即是对文字、训诂等的爱好，而不是过多用谶纬与政治相互勾连。一向排斥谶纬的东汉学者桓谭在其《道赋》第 12 篇记载中已经明确地提到，能作赋必然需要"读千赋"。[①] 当然，对桓谭来说，这句话或许只是一个比喻，是一种修辞，那么在《琴道》第 16 篇中，则强调了"知音论"与"博观约取"的相互联系了：

---

① 东汉桓谭《道赋》第 12 篇曾言："扬子云工于赋，王君大习兵器，余欲从二子学。子云曰：'能读千赋，则善赋。'君大曰：'能观千剑，则晓剑。'谚曰：'伏习象神，巧者不过习者之门。'"（《艺文类聚》五六引，转引自范文澜：《文心雕龙注》，人民文学出版社 1978 年版，第 153 页）

成少伯工吹竽，见安昌侯张子夏鼓瑟，谓曰："音不通千曲以上，不足以为知音。"

如何才能称为知音？必须懂音乐"千曲"以上，才足以称为知音。进入六朝之后，强调对鉴赏评价对象的"博观"的说法也越来越多。所以，归纳知音论体系中最为重要的方法论，"博观约取"早已经称为最为重要的方法之一了。长期大量的学习参会，能够积累起大量的批评鉴赏方面的知识和经验，而且参会的作品多了，可比较的对象也就多了，对提高批评鉴赏水平有利且进行鉴赏批评的实践也就能驾轻就熟了。

第三，当对作者及其时代进行了"知人论世"的了解，对所要评价的作品有了"博观约取"的准备，接下来必然进入的是对作品的文本细读。

说起来，"细读"这个说法在现代文艺理论语境中有着特殊含义，它是西方文学理论"新批评"流派中提出的观点，被称作 close reading，意思是强调作品字里行间的意义，具有深刻的现代语言学背景。但是，在中古人文思潮语境下的"文本细读"，则是极具中国古典特色的文本阅读方式，与"新批评"里的细读截然不同。这一点，以《文心雕龙·知音》篇中的"六观"说最为典型。"六观"之说，我们已经在前面的章节进行了详细的论述，这里不再赘述。总之，"六观"之说，已经对文本细读有了精深的见解，涉及了文章的"气""势"、文体的风格、语言的声律、作品的继承和创新、行文的奇正等诸多方面。刘勰为什么在《知音》篇中提出"六观"的方法？显然表明"六观"所代表的中国古典文艺理论的细读方法，具有特殊性。不仅在具体内容上不同于"新批评"的文本细读，而且其背后的思想也截然不同。

第四，在对文本进行细读之后，知音论就要求鉴赏和批评从文本提升到情感，而这恰恰是古代人文思潮中，对知音论影响最为深刻的地方。也就是通过"以意逆志"，才能"披文入情"。

"以意逆志"也是先秦儒家思想中的重要说法，出自《孟子·万章上》：

咸丘蒙曰："舜之不臣尧，则吾既得闻命矣。诗云：'普天之下，莫

非王土；率土之滨，莫非王臣。'而舜既为天子矣，敢问瞽瞍之非臣，
如何？"曰："是诗也，非是之谓也；劳于王事而不得养父母也。"曰："此
莫非王事，我独贤劳也。故说诗者，不以文害辞，不以辞害志；以意逆
志，是为得之。如以辞而已矣，《云汉》之诗曰：'周余黎民，靡有孑遗。'
信斯言也，是周无遗民也。"

这就是孟子的"以意逆志"说。孟子用《诗·小雅·北山》和《诗大雅·云汉》
两个例子来说明何谓"以意逆志"。《云汉》中"周余黎民，靡有孑遗"从字
面上看，是说周朝剩余的黎民百姓，几乎没有剩下的人了，但显然这是一种
夸张的说法，是用作品之意逆作者之志。当然，正如上文"知人论世"之说
相似，孟子在这里所说的"以意逆志"，同样是服务于政治意图的，目的还
是希望战国的诸侯能够行圣王的政治。但是，"以意逆志"在中古经过人文
思潮的洗礼后，同样有了新的内涵，随着中古文学创作的自觉，和"情"的
发现，"以意逆志"的意思逐渐被解读为"披文入情"，其文则出自刘勰《文
心雕龙·知音》：

> 夫缀文者情动而辞发，观文者披文以入情，沿波讨源，虽幽必显。
> 世远莫见其面，觇文辄见其心。岂成篇之足深，患识照之自浅耳。夫志
> 在山水，琴表其情，况形之笔端，理将焉匿。故心之照理，譬目之照
> 形，目瞭则形无不分，心敏则理无不达。

如果一定要明确古代人文思潮中对知音论审美生成产生最大影响的要素是什
么，那人文情感的发现就是最佳答案。作者用人文情感来创作文学，以此表
现作者内心情志；而作品则成为作者内心世界的展露，和作者的情感内外统
一起来；最终，鉴赏批评则使作者与读者的心灵世界得到交流，读者的鉴赏
得到了情感上的满足，批评则得到了情感上的升华。文学作品的价值也得到
实现。在"披文入情"的方法中，鉴赏和批评也实现了高低交替，发于情而
出于情，始于鉴赏而终于批评。这正是古代人文思潮的体现，也是对纯粹儒

家理论的超越。

　　总之，从上文对知音论方法论的分析来看，这几种前后相继、由浅入深的从鉴赏而达批评的方式共同组成了"鉴赏论"和"批评论"的统一，从而也相应构成了知音论体系的核心。将"鉴赏论"和"批评论"揉捏在一起的，就是古代人文思潮的影响。知音论作为一种文学理论体系，其本质上仍然是一种方法论，所以其本体论也正是这种"鉴赏"和"批评"统一的方法论。

二、读者中心论：追寻"最好读者"

　　知音论体系中，最有特色的就是对读者的重视。当然，这里的重视并不是说读者的意见对作者和作品有着怎样的影响和作用；而是说知音能否成为现实，端在读者是否具备成为知音的资格，而且在中国古典文艺理论的表述中，读者能否成为知音的标准异常苛刻。这就决定了知音论体系中，读者中心论作为鉴赏批评行为的主体，其具有非同寻常的重要性。同时，当代学者在研究知音论的读者中心论时，又常常喜欢拿读者论和西方接受美学来做对比，甚至用接受美学的观点来解读知音论的读者中心论。笔者以为，这是不正确的一种观点。本小节将试图还原基于知音论体系、并在中国古典文艺理论语境中发挥作用的读者中心论。

　　我们先需要厘清的是知音论体系中对读者重要性的论述。从高山流水遇知音的故事，到东汉桓谭的"通前曲始知音"，再到《文心雕龙·知音》篇里开门见山的"知音其难哉"，知音论中始终都强调遇到知音的难度。在中古时期，随着人文思潮的影响，知音论体系的读者中心论不仅指出了读者对于鉴赏批评的重要性，而且进一步主张读者与作者之间通过文学作品进行人文沟通，哪怕这位读者和作者之间隔着千山万水，抑或千载之外，都有可能建立这种人文交流。显然，正是由于处在中古，才使得这种沟通和交流成为可能。具体来说，我们可以从三个方面来分析知音论体系中读者中心论的展开：

　　第一，作为读者的知音极重要。鉴赏批评活动与其说是主观对客观的鉴赏批评，不如说是主客观的交融统一。所以，这就要求读者的水平要高，一个高水平的读者，必然会有着超出常人的精准的眼光。无论是中古时期那些用一两句话来品评人物或作品的行为，还是千载之下单靠一部小说评点就足以不朽的批评家，他们都最终与作者的创作融合在一起，不可分割。就创作者而言，审美主体具有慧眼，是能达成知音赏会目的的决定性因素。所以，这一点才被认为极为难得。司马迁在《报任少卿书》中认为：

> 谚曰："谁为为之？孰会听之？"盖钟子期死，伯牙终身不复鼓琴。何则？士为知己用，女为说己容。若仆大质已亏气，虽材怀随和，行若由夷，终不可以为荣，适足以发笑而自点耳。

在司马迁看来，为自己的作品寻觅知音，如同为自己的人生寻找知己。知音如此难得，如果失去或者在活着的时候根本没有找到，是无论怎样都无法弥补的。就算是勉强凑合上一个，也只能算是削足适履，不伦不类。所以，司马迁宁愿自己的《史记》"藏诸名山，留诸后世"，以待来者。把知音的获得寄希望于千载之下的某一位读者。譬如鲁迅，一句"史家之绝唱，无韵之离骚"，就足以当得起司马迁的知己了。所以，那些堪称珠联璧合的知音之间的相互欣赏，当然值得用一生来回报。

宋代欧阳修的《与梅圣俞》中写道：

> 承惠答苏轼书，甚佳。今却纳上，农具诗不曾见，恐是忘却将来，今再令去取。读轼书，不觉汗出，快哉，快哉！老夫当避路，放他一头地也。可喜，可喜！

这段话说明，一部好的作品要遇上好的读者方能彰显其价值，而具有慧眼的审美主体，遇到合意的赏会对象，那种幸福感也是发自内心的。知音既是如此珍贵，若是希望彼此相通赏会，既需要彼此之间有所措意，有所期待；又需得加上巧合，所谓"妙手偶得之"，最后方能实现。

就如宋代魏庆之在其《诗人玉屑》卷十《遗珠》篇里记载过一个故事：

> 晏元献公赴杭州，道过维扬，憩大明寺，瞑目徐行，使侍史诵壁间
> 诗板，戒其勿言爵里姓名，终篇者无几。又倅别诵一诗云："水调隋宫
> 曲，当年亦九成。哀音已亡国，废沼尚留名。仪凤终陈迹，鸣蛙只废
> 声。凄凉不可问，落日下芜城。"徐问之，江都尉王琪诗也。召至同饭，
> 又同步游池上。时春晚，已有落花，晏云：每得句书墙壁间，或弥年未
> 尝强对；且如"无可奈何花落去"，至今未能也。王应声曰："似曾相识
> 燕归来。"自此辟置，荐馆职，遂跻侍从。

对有的作者来说，寻觅知音是时刻存在心头上的。晏殊原本听侍从读诗而散
心，难得听到篇喜欢的，于是心中很高兴，就邀请作者来吃饭，又刻意考察
一番才罢休。看得出来，每一个能碰上知音的机会都是应当珍惜的。而在中
古时期，对文学创作的鉴赏批评同时也是和对人格的鉴赏相互融合，正因为
如此，才能看出中古人文思潮的影响何在。

第二，是知音难求。刘勰《文心雕龙·知音》开篇就在感叹：

> 知音其难哉！音实难知，知实难逢，逢其知音，千载其一乎！

由于在前面的章节，我们已经详细分析过了刘勰《知音篇》为何说"知音其
难"，这里就不再赘述，只是概括刘勰的几条理由，即一则重视古典，轻视
现代；二则文人相轻、崇己抑人；三则容易轻信、信伪迷真；四则知多偏少。
可见，在中古时期，文学创作本身就跟作者有关，而鉴赏者也自然而然会将
作者和作品结合起来评价。这当然是中古人文思潮的影响了。刘勰身处中
古，深知知音难求之况味。审美主体志趣与个性的差异，造成了鉴赏评价很
难达到高度的相通赏会，有些读者目光苛刻，言辞可憎，也阻碍了成为知音
的可能。这是知音难求的主观原因。而从主观上说，中古时人过于崇尚奢靡
繁复的文风，过于喜爱宫体艳词，也客观上造成了知音之难。

如南齐人萧长懋在《与湘东王书》中说：

> 故胸驰臆断之侣，好名忘实之类，方分肉于仁兽，逞却克于邯郸，入鲍忘臭，效尤致祸，决羽谢生，岂三千之可及；伏膺裴氏，惧两唐之不传。故玉徽金铣，反为拙目所嗤；《巴人下里》，更合郢中之听。《阳春》高而不和，妙声绝而不寻，竟不精讨锱铢，核量文质，有异巧心，终愧妍手。是以握瑜怀玉之士，瞻郑邦而知退；章甫翠履之人，望闽乡而叹息。诗既若此，笔又如之。徒以烟墨不言，受其驱染；纸札无情，任其摇襞。甚矣哉，文之横流，一至于此！

时人鉴赏批评水平的拙陋，导致了阳春白雪、黄钟大吕竟然落到曲高和寡的境地。这就说明，即使在人文思潮浸染到整个时代的中古，读者能够堪称知音的主客观条件也未必满足。这足以见出知音难得。作者最应该寻觅的知音，正应当具有这种的意义，应该都有共同的身心基础、共同的旨趣与价值的尺度。这才能构成读者与作者之间的共鸣的。而这些既需要以具体的文学作品来检验，又需要人文精神的烘托才行。

第三，知音难为。批评鉴赏者如果真心诚意地想成为知音，其实也不好做。有的读者知识积累和鉴赏经验有限，批评水平低下；有的读者不得要领，劳而无功；有的读者刚愎自用，自以为是，当然要出错了。正如前文所引《文心雕龙·知音》篇里评价的那样，读者对作品的态度，必须要根据自己的感同身受和亲身经历，或者以作品的语境来"设身处地"地体会作者的心态，才能进入知音的初步环节。倘若能够与作者有着相类似的一些文化素养，当然更是锦上添花，非常必要。只有如此，读者才能对作者所抒发的情感、所描摹的景与物、所叙述的事与人有着深切的感受。而"心有灵犀一点通"的情形才会出现。知音的鉴赏批评过程到了这一阶段，才能觉得进入到了作者的心灵，也就能对那些优秀的作品产生惺惺相惜之感了。此外，无形的文学作品比有形的器物更加复杂，后者尚且还会把赝品当作真迹，文学作品就更加难以分辨评价了。更何况，分辨出了，也未见得就会被认可为、承认为知音，这与时代的局限性有关。明代的宋濂在其《丹崖集序》里说道："卞和氏固知其为宝……使果燕石也。"卞和并没有误认宝玉，而是认得很正确，可是他的结论却没被楚王认可，因此韩非子在《韩非子·和氏》篇中也不禁感叹说："然犹两足斩而宝乃论，论宝若其难也。"可见，正确的鉴赏批评甚至是要付出很大代价的。一块宝玉，认错了就可能遭受刑戮之苦，那么在文字狱曾风行的时代，有些鉴赏批评活动也要冒着风险了。由此可见，作为审美主体，根本上当然应注重自身刻苦努力的学习，以提高赏鉴的水平；同时，也需要一个开放、平等、公平的鉴赏批评的公共环境。

论述了知音论体系中读者中心论的要点，就可以概括说：知音论体系中的读者中心论是指读者在作品的鉴赏批评中起到极其重要的作用，"读者论"隐含地认为必然存在着一位知音型的读者，他能全面、高度、人文化地将作者的原意解读出来，并能通过作品和作者建立一种人文交流。知音论体系中的作者，也必然只有寻找到这位读者，才能将其人文精神释放出来，其作品才能完整地被呈现。只有这位读者的存在，知音式的鉴赏批评才能实现，知音论体系才能建立起来。而知音般的读者又极其难得，受到其个人水平的限制和时代环境的制约。

由此可见，这种对唯一的、最高的知音的追求，这种对读者的超高要求只能是在古典社会中存在。因为古典社会是一个一元社会，这就决定了其上层建筑也包括文学理论都是一元化的。这就与现代社会强调公共、自由、敞开的多元化价值不同。但是，在近些年对知音论的研究中，不少学者都使用了"中国古代的接受美学"这一类的题目来概括说明知音论。用一种强调多元价值的现代理论套在支持一元价值的古典理论上，怎么能够说得通？对此，惟有对比古今，才能见出真相。

接受美学（receptive esthetics）是20世纪60年代末70年代初在联邦德国出现的美学思潮。最初是由联邦德国的文学史专家、文学美学家姚斯和伊泽尔提出，他们认为：美学研究应集中在读者对作品的接受、反应、阅读过程和读者的审美经验以及接受效果在文学的社会功能中的作用等方面，研究创作与接受和作者、作品、读者之间的动态交往过程，要求把文学史从实证主义的死胡同中引起来，把审美经验放在历史和社会的条件下去考察。所以，文学文本和文学作品之间有着读者这一鸿沟。接受美学最经典的表述就是：一个作品，即使已经印成书，在读者没有阅读之前也只是半成品。

接受美学理论是现代西方理论中较为重要的一个流派，也的确具有一定的道理和影响力。而中国古典文学理论中的知音恰恰强调了读者的重要性，所以很多中国的当代学者就用接受美学理论来解读知音。但是，这两者差别可谓大矣。其一，接受美学的诞生有其独特的历史背景，它是相对于西方另一个文学流派（即历史客观主义及其实证主义方法）而产生的。所以在西方，接受美学当然有其意义；但是在中国本来就没有什么历史客观主义，也没有什么理论化的实证主义的方法，中国只有经学主导下的诸子学等，盾之不存，矛有何用？其二，也是最根本的，即知音论体系中的读者中心论和接受美学根本不是一回事。具体来说，知音论中的读者中心论，强调的是一种精英主义的批评，知音是千载难逢的知己，不是随便哪个角落里的读者；而接受美学则重在以读者的观念来实现客观作品，读者是谁不重要，只要是个读者就可以了。接受美学实为一种典型的多元化、扁平化的现代观念；而知音论则不然，他是一种古典观念，读者的重要性不在于如何理解，而在于能否理解、多大程度上理解作者的深意，只有最大程度能够理解作者，并与作者进行人文沟通的读者才配称为知音。

在古人的观念世界里，鉴赏批评活动必然要受到作品的限定，所以就只能有较少发挥的余地，决不允许读者肆意解读，随意发挥。这是读者之间对作品产生共鸣的根本依据。当然，不同的读者在解读视角、感受方式以及情感活动甚至想象力方面也有差异，其解读方式也各有不同，深浅不一。但也不能允许读者具有任意解读作品的合法性，而且恰恰是因为不同读者的解读在深度上有差异，才更应该重视知音作为最好读者的作用。清人沈德潜在《唐诗别裁集·凡例》中说的好："读诗者心平气和，涵泳浸渍，则意味自出；不宜自立意见，勉强求合也。"意思就是说，读者只要心怀对作品的尊重，潜心阅读，真诚鉴赏，摈除杂念，自然就能逐渐达到对原作品的理解，实现情感上的共鸣。

而这种"知音其难"的看法，在现代西方文艺理论中已经被消解了，按照接受美学的看法，当我们认为"一千个读者就有一千个哈姆雷特"时，对作品的鉴赏批评无疑就没有了标准，鉴赏批评也自然而然被抹平了深度。何来"知音其难"？既然每一个读者都是知音，也就等于说任何作品都没有知音。所有的读者在合法性上都是一致的，最好的读者和最差的读者没有了差别，那么作者又如何与读者沟通？又何苦要"藏诸名山传之其人"？这样的观点和理论，怎么能说知音论也是一种古代的接受美学呢？显然是一种郢书燕说。

通过知音论体系的读者中心论和西方接受美学的对比，才能深刻地体会到作为中国古代文学理论的知音论的这种读者中心论，其实是一种对最佳读者的至高追求。而这才是"知音论"对中国古典文学理论的真正贡献。

三、人文价值论：以人文精神为鹄的

为什么要将知音论置于古代尤其是中古时期来考量？本书最初的命意，并非单纯考察古代人文思潮对知音论的种种影响，而是发现，知音论只有在中古尤其是六朝时期才能成熟、才能建立完整的体系。本书所要解决的问题，正是试图回答这个阶段为何发生在六朝。那么，在本小节中，作为体系的知音论就必须考虑其价值的指向在何方。而古代人文思潮所赋予知音论的，恰恰正是这样一种以人文精神为鹄的人文价值论。那么，如何理解这种人文价值论呢？

第一，从作者的角度看，作者对知音的期待是以人文精神为标准的。任何作者，只要用心创作，以情感构造文章，都会将自己的人文精神注入到作品中，有的是为情造文，有的是不由自主。所以，如果把知音论放大、并置于中古人文思潮中来看，知音论又不能不关注作者。换言之，任何创作都是有一种"期待批评"的敞开性，作者的作品或者是写给他人看，或者写给后人看，甚至那些标榜写给自己看的作品，一旦被书写下来，也就天然地具有了期待鉴赏的开放性。有多少作者尽管自称创作是为了自娱自乐，但一旦遇

上知音，也会引以为傲。比如，刘勰的《文心雕龙·才略》篇是一篇对历代作家评价的通论，刘勰在篇末的赞词中说："才难然乎！性各异禀。一朝综文，千年凝锦。余采徘徊，遗风籍甚。"以此感慨作者的不容易。作者与作者之间，性情各异、禀赋有差，但能够把他们统一起来的只有文章，一旦文章写出来，那就能够流芳百世，正所谓曹丕在《典论·论文》中所言："盖文章，经国之大业，不朽之盛事。"没有好的作者，如何期待好的知音呢？归根到底，决定作者是否能够写出好文章，其作品是否能够流传的要素，在于是否以人文精神为鹄的。

第二，从作品的角度看，只有符合人文精神的作品才是好作品。这就意味着，单纯的取悦政治或只是针对政治而发的作品有局限性；也意味着纯粹地服务于宫廷享乐或文字游戏的作品也有局限性。就政治性的作品来说，同样是奏疏，像贾谊的《过秦论》、晁错的《论贵粟疏》等就同样是上乘的文学作品，但如《盐铁论》就只能说是纯粹的政治作品了。同样是南朝萧纲周围的文士，同样的一个庾信，在渡江前写的宫体诗和渡江后写的诗歌就完全不同，那些宫体诗无论怎样符合"徐庾体"的美感的标准，无论怎样辞藻华丽，都比不上他后期寄居他国，愁绪难遣时候的作品。产生这些不同的原因，就是作品是否具备了人文精神。文学作品一旦被创作出来，从形式上看，它的文体风格、语言韵律乃至思想表达，无不体现着作者的身心韵律，同时也能够令读者在精神高度与作者有着深层的沟通，将自己在日常生活中被异化的生命，通过阅读作品的方式来修正、解放。刘勰在《知音》篇中论述"六观"，也是以"一观位体，二观置辞，三观通变，四观奇正，五观事义，六观宫商"这六种不同的角度来发掘作品概括了作品文本和"知音"之间的关系，换言之，体裁、语言、创新、风格、引用、音律等看似是形式上的问题，一旦被古代人文思潮影响，就会多少具有人文魅力。

第三，从读者的角度看，对读者的最高要求就是成为作者的知音，而要成为知音，非得通过作品和作者进行心灵上的沟通才行。而这种沟通又显然必须建立在人文精神的基础之上。文学创作，是一种关于人生和历史的富于感性化的表现形式。说到底，文学创作的过程也是一个情感的历程，是这种情感的感性化表现。作者将作品创作出来后，一方面将自己的情感平息或宣泄出去，而读者也通过阅读，也能得到一种替代性的满足，甚至能够反观自身的喜怒哀乐，消解人生历程中的起落沉浮。这种情绪的宣泄和情感的获得，当然应该具有人文精神才得以实现。凡是流传下来的中国古典文学的经典作品，几乎都是因为有着能够鉴赏批评的知音存在。而在中古尤其是六朝时期，文学批评的自觉性也随着文学自觉性的萌发而增长。譬如曹丕对建安七子中王粲等人作品的欣赏，如钟嵘的《诗品》将历代诗人作高低评价，如昭明太子对围绕在他身边的文士们的评价，等等，这些知音型的鉴赏批评者都是在中古才大量出现的。其原因正是中古人文思潮的勃兴，激发了人们希望成为知音的念头。而写下《知音》篇的刘勰本人，就是很多古代作家的知音。以《辨骚》篇中刘勰对屈原的评价来看，刘勰认为："自《风》《雅》寝声，莫或抽绪，奇文郁起，其《离骚》哉！固已轩翥诗人之后，奋飞辞家之前，岂去圣之未远，而楚人之多才乎！"这样的高度评价，屈原在千古之下，应当颔首而笑。此外，刘勰还从"征圣"和"宗经"的经学角度出发，分别指出屈原作品"同于风雅"和"异乎经典"的若干异同，客观地得出结论："故论其典浩则如彼，语其夸诞则如此。固知《楚辞》者，体宪于三代，而风杂于战国，乃《雅》《颂》之博徒，而词赋之英杰也。"这也克服了个体喜好的目光，全面给出评价。为当时以及后世的屈原研究者们立下了如何当"知音"的标准。

综上所述，从作者、作品和读者的角度来看知音论体系的人文精神，就能发现，人文精神是这一文学理论体系的价值鹄的，是重要的人文价值论。人文价值的追寻，才令知音论体系摆脱了技术性的体系构建，赋予其时代风貌和价值氛围。此即所谓知音论体系的人文价值论。

四、古代知音论批评体系

作为一种文学理论体系，知音论体系具有独特的结构。用文字来说，则可以如此概括：首先，知音论的"知"，强调了这一体系具有文学鉴赏和批

评的自觉性，也强调了读者的主动性地位；其次，知音论的"音"，强调了
这一体系的基础是文学文本。

在这两点的基础上，才生发出三个基本的分论，即以鉴赏批评论为核心
的方法本体论、以最好读者为目标的读者中心论和以人文精神为鹄的人文价
值论。至于作家的创作，文章的优劣等创作论等，在知音论体系中并不重
要，即使有些涉及，也都包含在了以上三种分论中。

在三个分论的背后，又分别有着相应的历史人文背景。方法本体论的背
后，是中国古典文学理论中的鉴赏批评论，这是与创作论、文体论等并列的
理论大框架，是从理论的共时性角度来看的；读者中心论的背后，是中国古
典文学理论发展史上，读者的鉴赏批评的自觉性的诞生与发展，这是从历史
发展的历时性角度来看的；人文价值论的背后，是古代人文思潮的诞生、发
展与勃兴，是与整个古代传统人文精神价值观相一致的。

所以，按照上面的文字表述，我们可以构建一个古代知音论体系图：

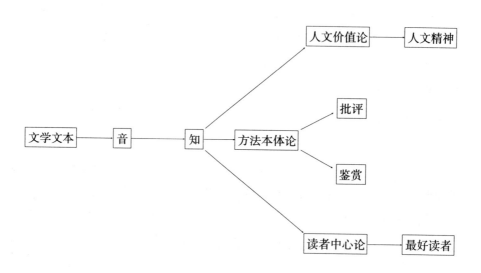

就这样，在古代人文思潮的催生下，知音终于从不起眼的名词变成了知
音论这样一个蔚为大观的文学理论体系。从此，知音论在文学领域的各个
方面都产生了巨大的影响，甚至超出文学理论，进入到史学、书法、绘画
等其他学术领域。在文学领域，比如在小说评点上就很典型。清人金圣叹

在《贯华堂第五才子书水浒传》第二十一回中写道："昔者伯牙有流水高山之曲，子期既死，终不复弹。后之人述其事，悲其心，孰不为之嗟叹弥日，自云：我独不得与之同时，设复相遇，当能知之。呜呼！言何容易乎？我谓声音之道，通乎至微，是事甚难，请举易者，而易莫易于文笔。乃文笔中有古人之辞章，其言雅驯，未便通晓，是事犹难，请更举其易之易者，而易之易莫若近代之稗官。今试开尔明月之目，运尔珠玉之心，展尔粲花之舌，为耐庵先生一解《水浒》，亦复何所见其闻弦赏音，便知雅曲者乎？"金圣叹其人可谓完美地实践了知音的最好读者的角色。而在其他领域亦然，论书法，比如唐代张怀瑾在《书断》下里写道："盖一味之嗜，五味不同，殊音之发，契物斯失。方类相袭，且或如彼，况书之臧否，情之爱恶，无偏乎？若毫厘较量，谁验准的，推其大率，可以言诠。"可知知音论可以行之于书法鉴赏；论音乐，比如宋代成玉的《琴论》说："琴中巧拙，非作家者则不知。大凡事至妙处，多不合俗，所谓调弥高，和弥寡。凡俗之人，辄望风轻重，人是亦是，人非亦非，此乃隔帘听琵琶，殆不可与较长量短。夫正音雅淡，非俗耳所知也。"如此等等，不胜枚举。因本文篇幅和主题所限，就不一一列举。总之，古代知音论体系在后世的批评展开，足以证明这一体系的重要性。

诗骚千古，知音一人。《古诗》曰："一弹再三叹，慷慨有余哀。不惜歌者苦，但伤知音稀。"信哉！善哉！

第四章　知音论与人文思潮的通变共生

　　文变染乎世情，兴废系于时序。古代人文思潮与知音论审美生成之间的关系是辩证的、通变共生的，分两个层面。第一个层面是，古代人文思潮是知音论审美生成的背景，通过本书前三章的分析可知，古代人文思潮是知音赏评的泛化对象，是知音赏评的原则标准，是知音赏评的价值依托。在此基础上，本章第一节将要结合对隋前哲学与传统文化精神发展的梳理，揭示出知音论的基本内核正是古代人文思潮中蕴涵的中国文化的根本精神、内在结构与核心价值观。可以说，知音论的审美生成是古代人文思潮涌动发展的必然结果，而隋前哲学与传统文化精神的发展正是促成知音论最终实现审美生成的根本原因。第二个层面则是，知音论是对古代人文思潮的审美梳理、选择、评价、提升。当知音论作为一种理论呈现于历代文人和文论家眼前时，其基于人的觉醒、文的自觉、文论自觉的前提下所生发出的人本主义的主体自觉，便在对作家作品的知音赏评过程中，以一种审美自觉的形式反作用于古代人文思潮，成为对古代人文思潮内涵的充实与梳理，也成为对隐藏于古代人文思潮中的传统人文精神的突显和提升，并表现为对人类的双重关怀：对生存现状的现实关怀和对精神心灵的终极关怀。

第一节　思潮涌动催生知音批评理论

考察知音论的审美生成过程可知，古代人文思潮不仅是知音论审美生成的背景，其中蕴涵的中国文化的根本精神、内在结构与核心价值观更构成了知音论的基本内核。

众所周知，传统的中国人有着强烈的远古崇拜意识，强调慎终追远、学有本源，中国古代哲学家非常注重对基本、核心的本根的探寻，他们通常把天地万物的本根归结为无形无象的与天地万物根本不同的东西，大体有三类：或根于"道"即道本，或根于"气"即气本，或根于"心"即心本。①而这三类"本根"最终都共同指向"和"即天人合一。这几种古代的哲学本根论，直接推衍出不同的文艺本根论，并交汇指向于天人合一的"和"，深刻地影响着包括知音论在内的古代文学批评的基本精神。知音论作为中国古代文学批评的一个重要组成部分，深受哲学本根论的规定与泽溉。它是一种以审美关系作为根本性核心与基元，关涉作为主体的人和作为客体的文学活动的各个方面，呈现为知道（道本价值观）、知气（气本价值观）、知心（心本价值观）这几种类型，在古代文人交往、文学价值探寻、文学创作实践、文学鉴赏与批评等文学活动中共同指向道和、气和、心和的最高境界，并统一于对天人合一的理想追求的学说。

一、儒道思潮嬗递奠基知音论道本价值观

"道"字不见于甲骨文，《金文编》共收录载有"道"字的青铜器 6 件，"道"字字形 11 例，其中出现年代最早的就是貉子卣，即不晚于西周立国近

---

① 参见蔡钟翔、袁济喜：《中国古代文艺学》，人民文学出版社 2011 年版，第 2—15 页。

300 年的周夷王时期（前 869—前 858 年）。① 许慎《说文解字》将"道"解释为道路："所修道也，一达谓之道。"② 这是道的本义。

先秦儒道分别从"道"的本义衍生出各自的哲学本根，或衍指"人道"，即人类行为之所依持；或衍指"天道"，即天体之运行有常。经过魏晋玄学的调和与导引，道本论进入文艺学及文论领域，奠定了道本知音论的基本内涵。首先，儒道两家的道本观念对文学活动的深远影响，儒家讲"道不远人"，"可离非道也"；道家讲"为天下母"，"在太极先"，"六极之下"，生久而长老，等等。这些观念或偏于"人道"，或偏于"天道"，或"天道"与"人道"相交合，都深刻地影响着历代文人，使其常将自己认定的根本性东西以"道"冠名，并由此导致知音论根本意义上两种不同的路径指向。其次，作为儒道两家均着力强调的本根性范畴，"道"具有足以充实和延展自体的巨大能力，它涵括了古人对天人问题的根本认识，代表着传统哲学思想一致认同的宇宙本原及其运动规律，无论是儒家之道还是道家之道，他们各自的道都成为文学批评主体与客体致力追寻和表现的本根，整个传统文学都以它为出发点，同时也以它为最终的归趣。再次，及至魏晋玄学昌盛，融合儒道，将各家各人之道直接引入文学领域，并统归于天人合一之"和"，道本知音论图式便在中古文学创作、文学鉴赏与批评活动中显现出来，至此，知音即知"道"而与道和的道本价值观得以成立。

（一）知音批评儒家道本价值观

先秦儒家所言之"道"，或取其基本义，如《论语·阳货》中"道听涂（途）说"即取此义。或将基本义延伸为一种学说的基本观点或核心精神，如《论语·里仁》中"夫子之道，忠恕而已矣"，《孟子·离娄上》中"孔子曰：道二，仁与不仁而已矣"。或将基本义延伸为"天道""人道"，如《论语·雍也》中曾载子产所言"天道远，人道迩"。对于"天道""人道"，儒家少论

---

① 参见陈榴：《"道"字初义与老子哲学思想的渊源》，《社会科学辑刊》2008 年第 6 期。

② （汉）许慎撰，（清）段玉裁注：《说文解字注》，中州古籍出版社 2006 年版，第 75 页。

前者而多重后者，注重着眼于人的修养论道，如《论语》尝言："夫子之言性与天道，不可得而闻也。"而《论语·雍也》亦曾载孔子语："谁能出不由户，何莫由斯道也。"在《论语·述而》中孔子更要求弟子应"志于道，据于德，依于仁，游于义"；《论语·公冶长》中，孔子夸赞子产"行己也恭""事上也敬""养民也惠""使民也义"，有"君子之道"。《论语·子罕》中又将君子之道规定为"知者不惑，仁者不忧，勇者不惧"。孔子后学本于孔子之说撰成《易传》。《易传》既蕴涵着宇宙生成论的天道思想，又将关注的重心转向了重"生"、重"变"、重"和"的人道思想，所谓"易与天地准，是故能弥纶天地之道"。荀子在《荀子·儒效》篇中明确指出："道者，非天之道，非地之道，人之所以道也"，"圣人也者，道之管也"。并在《荀子·正名》篇中进一步将"道"视为"治之经理"，要求"心合于道，说和于心，辞和于说"。这就在前贤的基础上将"人道"在儒家之道中的地位进一步强化。此后，先秦儒家以修身养性为着眼点注重"人道"的原则不断被强调，甚至在宋儒那里被发展成伦理道德的纲常规范乃至治国处事的准则方法，体现出儒家之道天人合一的趣向。

儒家言"道"之说，对历代文人的影响甚大。落实到包括鉴赏与批评在内的文学活动中，无论是董仲舒、司马迁、班固等两汉今古文学家，还是三曹七子、三张二陆、刘勰等魏晋六朝文学家和文论家，无论是韩柳欧苏等唐宋文章家，还是程朱等宋代理学家，直至明清近代，儒家之"道"统不断地被历代文人继承、演绎、申发，虽所言"文"之"道"俱为"人"之"道"，但都认为自己所持之说有"天道"印证，从根本上认同天人合一文道相融的儒家之"道"。可见，孔子关于道德修养方法即"人道"的论述，奠定了儒家诗教与批评鉴赏的重要原则与标准的基础，荀子的观点更直接启发了儒家诗教与批评鉴赏中"明道""征圣""宗经"的文道观的形成，成为历代文人力求在作品中体现的精神内涵，也成为历代文论家观文、识人、体道的重要线索。这些都构成儒家之道本知音论的根本内容。具体而言，刘勰在《文心雕龙·原道》中本儒家之教立论，明确提出了"道之文"的说法，以为文是"道"的外化，所谓"夫玄黄色杂，方圆体分，日月叠璧，以垂丽天之象；

山川焕绮，以铺理地之形，此盖道之文也"，视"道"为"文"必然产生的依据。唐宋以降，韩愈主"修辞明道"，柳宗元主"辅时及物为道"，李翱主"贯道说"，柳开、石介主"文道合一说"，王禹偁提"传道明心说"，欧阳修提"道胜文至说"，周敦颐主"文以载道说"，程颐主"作文害道说"，等等，无一不将尧舜禹汤文武周公孔子所传的"道"统视为文之本原。此处的"道"即儒家之道，其核心内容即儒家经典和儒家伦理道德规范，既有道德教化的成分，又具社会伦理的品格。正如刘勰在《文心雕龙·宗经》中所说，儒家经典"象天地，效鬼神，参物序，制人纪，洞性灵之奥区，极文章之骨髓"，儒家伦理道德规范则是"道"与"天"的最真切表现，而作为"道"之"文"的文学，自然要贴近它、反映它、表现它、符合它的运动方式。由此亦可见出原道或明道思想在历代文人心中的崇高地位。儒家之道本价值观正是在此基础上展开观文识人体道活动的，在文学鉴赏与批评活动中，只要能把握住上述这一点，文意便不难显现。

（二）知音批评道家道本价值观

先秦道家所言之"道"是指哲学意义上的宇宙万物的本原、本体，[1] 可见，道家言"道"的出发点是推究世界本原。《老子》二十五章中说："有物混成，先天地生，寂兮寥兮，独立不改，周行而不殆，可以为天下母。吾不知其名，字之曰道。"[2] 此处的"道"已远离其本义而具本根之义。在此基础上道家首先提出了哲学上的道本论。《老子》四章有言："道冲而用之或不盈，渊兮似万物之宗"，[3] 将"道"视为"万物之宗"，认为一切事物均由道产生。老子以为，"道"是先天地而生的万事万物的根源，它非有非无，亦有亦无，既无状无象，且无目的意志，但"常无为而无不为"，"莫之命而常自然"。在老子看来，"道"是充塞宇宙，孕育有与无、神与形、虚与实等范畴的形上本根，是凌驾于万物之上的抽象绝对。要想达"道"，就必须"涤除

① 参见辞海编辑委员会：《辞海》，上海辞书出版社 2010 年版，第 333—334 页。
② 楼宇烈：《老子道德经注校释》，中华书局 2008 年版，第 62—63 页。
③ 楼宇烈：《老子道德经注校释》，中华书局 2008 年版，第 10—11 页。

玄鉴"即洗去内心的尘垢，消解知、欲、巧、利、圣、智、仁、义对人天生的性善、仁爱、忠孝、信义的损毁。

《庄子》继承《老子》之说，认为"道"是"自本自根""生天生地"的万物本根和最高实体的，是超验的宇宙本原，如《庄子·大宗师》所言："夫道有情有信，无为无形；可传而不可受，可得而不可见；自本自根，未有天地，自古以固存；神鬼神帝，生天生地；在太极之先而不为高，在六极之下而不为深，先天地生而不为久，长于上古而不为老。"庄子之"道"是"自本自根"。在《庄子·天地》篇中，"道"更被庄子延伸为内在于万物中的普遍存在："夫道，覆载万物者也，洋洋乎大哉！君子不可以不刳心焉。无为为之之谓天，无为言之之谓德，爱人利物之谓仁，不同同之之谓大，行不崖异之谓宽，有万不同之谓富。"《庄子·齐物论》指出："夫道未始有封，言未始有常，为是而有畛也"，"故为是举莛与楹，厉与西施，恢恑憰怪，道通为一"，"凡物无成与毁，复通为一"。在庄子看来，"道"是一体浑成、通贯万物的，万物在"道"的层面上都是可以相互适应、沟通并在价值上齐一。如上所引，在《庄子·大宗师》中，庄子直言"道"虽"不可受"，但依旧"可传""可得"，而要体悟完整的道和天地之理，就必须破除"一偏之见"，因此他极力主张以"知天之所为""知人之所为"，随后，又在《庄子·天地》篇中进一步提出："技兼于事，事兼于义，义兼于德，德兼于道，道兼于天"，"故通于天地者，德也；行于万物者，道也"。只有把握"道枢""与道同体"，才能经由"心斋""坐忘"直通自由"无待"的"寥天一"的精神境界。可见，在庄子这里，"道"既是老子眼中凌驾于万物之上的抽象绝对，又转向一种与天地契和的普遍规律，蕴涵着自然、社会、人生的流变与不变、整体与过程的规律与法则。至此，"道"被赋予了本根的品格，成为道家哲学中的最高范畴。

管子及其后学在老庄"道"说的基础上继续掘进，有关道论的内容主要见于《管子》的《内业》《心术》等篇。管子论道，侧重于论述道的虚漠无形的状态和自然无为的性能，《管子·心术上》篇中明确提出"道在天地之间"的观点，认为"道""其大无外，其小无内"，并在此基础上进一步提出"静因之道"的虚静因循的处世方式，认为"无为之道也，因也。因业者，无益无损也。以其形，因为之名，此因之术也。名者，圣人之所以纪万物也"，这与庄子侧重发挥宇宙生成论思想不同。魏晋以降，玄风振起，哲学重心由宇宙生成论转向本根探究，玄学的实质在融合儒道，如王弼《论语疑释》《老子注》《老子指略》，以"无"释"道"，何晏《无名论》、郭象《庄子注》以"自然"释"道"，等等，都是对老庄道家之"道"的延伸和展开，实际上是以道家之道为本、为体，以儒家之道为末、为用。

借由玄学家们的融合推衍之功，道家体"道"之说对文学的影响更甚于儒家，深入到文学的本质。徐复观先生在《中国艺术精神》一书中，将老庄之"道"的目的定位在由"精神上与道为一体"的"体道"而至于安顿现实生活上，认为老子偏重于"道"的形而上的"宇宙落向人生"的理论系统，而庄子则偏重于通过技、艺等"工夫"在现实生活中"体认"，"发现""道"，并将此命意为"最高的艺术精神"。[①] 投射到包含文学鉴赏与批评在内的文学艺术领域，道家之"道"中尚自然和贵无的思想影响甚大。这些都构成道家之道本价值观的根本内容。具体来说，道家之道的本质首先是指向"自然"的，这直接引发自然之道本价值观的滥觞。先是《老子》将"道"与"自然"视为同一，明确标举"道法自然"；接着是《庄子·刻意》将"天地之道、圣人之德"的最高人格境界规定为一切任其自然，既超功利、无意识又能实现修身治国理想目的的自由无待的境界。南朝宋宗炳的《画山水序》是目前能看到的受道家之道影响的较早的文献，"道"在该文中一再出现，或言"圣人含道映物"，或言"以神法道"，或言"以形媚道"，或言"贤者澄怀味象"，《宋书·宗炳传》则有"澄怀观道"的说法。这里的"道"显然是指老庄本根之"道"。文中，宗炳将"道"作为观照对象，视山水之美为"道"的外化，以体道、悟道、观道、味道为最高境界。这可谓道家之道本价值观在画论领域的首次显现。余如顾恺之的《魏晋胜流画赞》中有"……不以自然"之语，亦为自然之道对画论的影响；卫恒的《四体书势》中"近而察之，有

---

① 参见徐复观：《中国艺术精神》，春风文艺出版社 1987 年版，第 42 页。

若自然"之语,则是自然之道对书论的影响。发展到南北朝,自然之道对文学批评的影响日盛,这直接促发了道家自然之道本价值观的生成。先有刘勰在《文心雕龙·原道》中一再强调"此盖道之文也","心生而言立,言立而文明,自然之道也","夫岂外饰?盖自然耳","莫非自然";范文澜《文心雕龙注》中指出,彦和"所谓道者,即自然之道,亦宗经篇所谓恒久之至道";纪昀亦评价说"齐梁文藻日竞雕华,标自然以为宗,是彦和吃紧为人处"。①尚自然贯穿《文心雕龙》全书,不仅如此,庄子"以天合天"的技艺描写及达道之途径、方法探索对刘勰创作论与批评论更大;后有钟嵘在《诗品》中标举"自然英旨",力主"即目""直寻"。此后,历代文论家均以自然为最高鉴赏批评标准,足见道家的自然之"道"对文人创作和文学鉴赏与批评的影响之深。其次,道家之道的本质还指向"无",即以无为本。在魏晋玄学"有无本末之辨"中,王弼《老子注》将"自然"的实质归结为"无","贵无"压倒了"崇有",浸润到文学领域中,便造成贵无之道本价值观的流播。先是三国曹子建提出"画形于无象,造响于无声"(《七启》),继有西晋陆机倡言"课虚无以责有,叩寂寞而求音"(《文赋》),将玄言辩难用于文学,王僧虔"情凭虚而测有,思沿想而图空"(《书赋》)与之相类。稍后有南朝宋王微在《叙画》中更触及形灵、目心、有无等问题,主张以"拟太虚之体"和"画寸眸之明"为目标,以有显无。此后诗论中的"空灵"、画论中的"留白"等等,都体现了贵无之道对文学理论的深远影响。可见,无论是"自然"还是"无",都契合了文学艺术的内在机理,是支配中国几千年传统文艺的基本精神,即前文引徐复观先生所概括的"最高艺术精神",也是历代文人、文论家在创作、鉴赏与批评时须着力把握、体悟的本根,因为道家的天人观往往也体现在他们对自己学说、作品的根本的道的认识上,所以,只要能理解到"道"即是存在于人们认识论范畴之外的一个更本真的真理,要把握和传达它,必须注意其中不能即刻明确闻见的部分和有无相生的道理,做到虚静守一。具体到道家之道本价值观,则是指,文论家应在鉴赏批评活动中充

---

① 范文澜:《文心雕龙注》,人民文学出版社 1978 年版,第 1—4 页。

分注意到作家在创作作品时的主体修养与思想境界，也要充分挖掘文学作品创作过程中的各种技艺的相互关系。道家的自然、贵无之道深刻揭示了主体安处无知无欲之状态，在心理层面上达到与道合一的高妙境界，给历代文论家研讨作家创作时进入状态实现超功利审美理想、展开知音赏评提供了很好的启示，这也是道家之道对知音论的价值观的一大理论贡献。

总之，无论是儒家之道还是道家之道，都是古代中国人在传统哲学与文化制约下，所产生的强烈使命感和认同意识，文学作为"道"之文即道的外化，创作与鉴赏批评活动都不能漠视这股精神力量的存在，因此，古代文论中在它的影响下，都自觉或不自觉地贯彻了这一精神，体现了这一思想。于是，"道"便成为知音论的人文价值观所要探求的核心内涵。而知音论从本质上讲，首先就应该是知"道"。诚如《管子·戒》所言："闻一言以贯万物，谓之知道。"所谓知道，是指通晓天地之道，深明人世之理。具体而言，就是既知儒家之道，又知道家之道，也能知玄学之道。唯其如此，在鉴赏与批评活动中，文论家方能持中不移，得出全面中肯客观的判断。这是知音论的道本价值观的本质内涵。

二、气论思潮衍变奠基知音批评气本价值观

（一）"气"的批评术语化

"气"字出现很早，殷周甲骨文和青铜铭文中已可见到，许慎《说文解字》释其为"云气也"，"气本云气，引申为凡气之称"，"象形"，"象云起之貌，三之者，列多不过三之意也，是类乎从三者也，故其次在是"。①《辞海》亦将其释为"通常指一种极细微的物质"，此为"气"的本义。

"气"在春秋战国时已被广泛使用。或是对自然事物的说明，如《国语·周语》中"天地之气"和《左传·昭公元年》中"天有六气""六气，曰阴、阳、风、雨、晦、明也"皆指此意；或是指社会现象，如《左传·昭

---

① （汉）许慎撰，（清）段玉裁注：《说文解字注》，中州古籍出版社 2006 年版，第 20 页。

公二十五年》中"气为五味","生于六气",用气来解释人的性情与情绪，这就促使"气"的哲学概念开始形成，并直接引出了"精气"之论，而孟子"养浩然之气"说和荀子"虚壹而静"说都受到这种学说的影响。老子既讲"精"也讲"气"，认为"精"既有自然意义又有人类学意义，前者如《老子》二十一章中说"窈兮冥兮，其中有精，其精甚真"，后者如《老子》五十五章中说"精之至也"；《老子》四十二章中说"万物负阴而抱阳，冲气以为和"，认为"气"是一切生命之源。《易传·系辞上》则"精"、"气"连用，讲"精气为物"，认为气是构成天地万物乃至人的形体和生命的原始物质。庄子也在《庄子·知北游》中持此论，认为"人之生，气之聚也，聚则为生，散则为死"，"通天下一气耳"。而所谓"精气"说，则是由管子学派在《管子》的《心术上》《心术下》《内业》诸篇（《内业》尤具代表性）中提出的一种"气一元论"学说。《内业》说："精，气之精也"，"灵气在心，一来一逝，其细无内，其大无外。"此处所谓"精""气"与"道"名不同而意相通。此说认为星辰、五谷、鬼神、圣人都是精气演化而成，并提出了一整套有关心性修养的理论，譬如：人心如精舍，只有接纳精气才能体"道"；心须平和虚静方能迎来精气获得智慧；心必须高度专一才能攒聚精气通神悟道；内心修养达到虚静专一、精气会聚创可以外显为身体充满生机和国家无为而治，等等。关于此说，《吕氏春秋》《淮南子》等也有相关论述。如《吕氏春秋·尽数》说"精气之集也，必有入也"，认为宇宙万物和人的精神智慧由精气集聚而生；《淮南子·天文训》也说"阴阳合和而万物生"，认为精气是推动和调控宇宙万物发生、发展、变化的动力。由此，"精气"说可谓气本论的先导。战国末期开始出现"元气"说，但直到东汉王充，气本论才得以最终确立。先是战国末期在"精气"说影响下，开始出现"元""气"连言的现象，如《易传》称"大哉乾元，万物资始"，《吕氏春秋》称"因天之威，与之同气"；随后，西汉大儒董仲舒在《春秋繁露·王道》中提出"元气和顺"说，东汉王充在《论衡·言毒》中直称"万物之生，皆禀元气"。在王充之前，元气只是一种原始物质，是道生万物的中间环节，还未发展到"元气本原论"，到了王充这里，元气才取代"道""太极"，被认为是哲学逻辑结构的最高范畴和宇宙本原。王符《潜夫论·本训》称："上古之世，太素之时，元气窈冥，未有形兆，万精合并，混而为一，莫制莫御，若斯之久，幡然自化，清浊分别，变成阴阳，阴阳有体，实生两仪，天地壹郁，万物化淳，和气生人，以统理之。"这就发展并完善了王充的元气一元论，打破了当时谶纬神学的独霸地位，消解了"天生""帝创"的神学目的论之说，高扬起人本旗帜。尽管到东汉王充、王符那里，气本论已然确立，但汉代以后，对气本论作出重大贡献的是宋代理学家张载和明代理学家王廷相，因其已超出本文研究的时间范围，不做赘述。

综观先秦至两汉典籍中关于"气""精气""元气"的论述，不难见出，中古以前关于"气"的言论中有两种很有影响的观念：一是以"气"为精神，一是以"气"为力。前者将"气"视为人的生命本原，指人充沛郁勃的精神，如"气，体之充""浩然之气"（《孟子·公孙丑上》），"阳之精气曰神"（《大戴礼·曾子无园》），"精神者何谓也？精者，静也，太阴施化之气也，象火之化德，生也。神者，恍惚，太阳之气也"（《白虎通·情性篇》），其"气"之意均与"气也者，神之盛也"（《礼记·祭义》）相同，指"精神"；汉儒郑玄注《礼记·聘义》时，直接把"气"与"精神"相连，称"精神，亦谓精气也"。后者将"气"视为冲荡的过程，指真力弥漫力量充沛的创化过程，如"流水不腐，户枢不蠹，动也，形气亦然"（《吕氏春秋·尽数》）即为此意；"人之精，乃气也，气乃力也"（《论衡·儒增》）中的"气"则将冲荡的创化之力移植到精神领域，以"气"为由人的精神造成的力量，"气，力也"（《吕氏春秋·审时注》）和铃木虎雄所言"气"指"精神底活力"（《中国古代文艺论史》）均指此意。进入中古时期，魏晋人物品藻既重"形"之仪容风采更重"神"之志气高妙，基于"气本论"的精神根本意义和关乎人的性情品质的特性，以及王充"气本论"以气之粗精厚薄决定天赋个性的论断，时人皆以神为"气"之精、风为"气"之动，径直将"气"引入了人生修养的探讨中，如刘劭《人物志》作为论述品人方法的专著，认为品鉴人物高下应取其神貌才性，主张以"气"论高下。"气本论"借由才性品藻的繁盛而大行其道，文学批评领域也被波及，知音论亦不例外。

（二）知音批评气本价值观

其实，早在秦汉时，人们就开始尝试用"气"谈艺论文，在这些论述中，伴随着"气"为精神、为力两种言论的传播，"气"在文学领域里几乎充塞了从创作心理到思维方式和文法构成各个方面，一方面指作者主体充沛的生命积养即"精神"，另一方面指作品生气弥漫的健旺征象即"力"。此后的文人对"气"的运用日臻细密，但大都仍依凭天地间不停流荡的元气的运动力度和方向获取厚薄刚柔之文"气"，一则指向唤起人心中对生气勃发的生命活力的向往，一则指向无所不在的与自然合一的生命律动和生生不息的坚韧力度。文学领域中这种对"气"的运用到六朝时更加娴熟，在文论领域首倡气本论的当属魏文帝曹丕。他在《典论·论文》中明确标举"文以气为主"的"文本乎气"的文学气本论核心观点，并进一步指出"气之清浊有体，不可力强而致"，以元气论的基本观点来辨文论人，强调天地之气有不同，作家禀气不同而才性不同，从而导致作品之气的不同，气在作品——作家——天地三者之间巡回流转，环环相扣，从而揭示了作家之气与文章质性的关系，开启了后世从主客体双向流通中把握作品特色乃至不同风格的法门。在曹丕这里，文与气借由声音连为一体，天地之气传于人，发为声，形成文；文记载声，声表现气，气出自天地而决定人的品性，这正是文学气本论的基本原理。

曹丕之后，"文以气为主"所昭示的文本乎气的文学气本论开始在文学领域生根发芽，对当时及以后的文学批评产生了深远的影响。略举一例以证之。南朝梁皇族兄弟萧统、萧绎二人对当时文人陆倕及作品的品鉴就深受气本论的浸染。如昭明太子萧统在《与晋安王纲令》中称陆倕"资忠履贞，冰清玉洁。文该四始，学遍九流。高情胜气，贞然直上"，[1] 认为陆倕其人之"体气"是决定其文高下的本根性因素；因此才有陆倕其文的"词峰飙竖，逸气云浮"（萧绎语），[2] 梁朝萧氏皇族兄弟对文人陆倕其人其文之品第，

---

[1] 《全梁文》卷十九。

[2] 《全梁文》卷十八。

显然已将文学气本论之精髓引向知音鉴赏批评的一个新的层面，即文气与体气共论，论文与论人合一。在他们看来，"气"的作用既然如此重要，那么，对养"气"的关注与论述就成为以他们为代表的文论家们必然思索的重要课题。为此，古人一再强调这一点。如刘勰在《文心雕龙》中专设《养气》一篇详加论证，并明确要求作家在提笔创作之前，务必清心、畅气、守气，以求得文章"气号凌云"的最佳效果。再如明清之际的王夫之在《读四书大全说》中曾言："言心言性，言天言理，俱必在气上说，若无气处则俱无也。"亦可窥见古人对"气"的重视。而至于如何养气，则是八仙过海各显神通，各家各派求"气"之道五花八门、不一而足，或承孔孟之道重德修，或辅之以苦读、交游、行历，等等。据此，我们知道养气虽有多种方式，但在文学气本论这种理论的导引下，文论家们必然以为只有他们认同的正确的养气方式才能导致雅正的文学风格的形成。为此，历代文人及文论家们循着"气"对人的才性品质所起的作用的轨迹，探讨"气"在文人创作过程中的本根性意义，并由此延及文学作品对"气"的贯彻与实现的方式与效果。于是，便发现不同的作家因着所引之"气"的不同，其"体气"也迥然相异，而其在文学作品中所展现出的风貌也各有不同，从而形成缤纷多彩的文学风格乃至流派。这种种有益实践和理论探索的展开，都加速了知音论在文学赏评中的气本价值观的形成和发展。

　　具体到知音论而言，从理论上讲，魏晋时人们提出知音这个问题，这本身就表明，他们渴望自己的作品能够为当时人和后世了解、赞赏，同时也就感到对于他人的作品要有正确的、充分地理解。然而，无论是为人激赏认同，还是激赏认同他人，都需要找到一个最佳的突破口或者媒介，气本论则为我们开拓了除道本论之外的寻求知音的另一条本根之途。换句话说，既然"文本乎气"，作品之气决定于作家之气，作家之气决定于天地之气，那么"气"便是我们把握作品、作家，探寻其本根价值的最佳津梁；只要能洞悉天地之气的渊源精髓，我们就能明了作家之气的精神内核，进而掌握作品之气的优劣高下，不仅如此，还可以推而广之，既知其然，亦知其所以然。这便是知音论气本价值观的基本内容，而其核心，一言以蔽之，知音即知"气"。

从实践上讲，曹丕之后涌现出大量的结合文学创作本身谈"气"的实例，刘勰更是借由在《文心雕龙》的《体性》《神思》等篇对"气"之于构思及创作的作用的分析，将知音论的此种气本价值观的理论阐发得淋漓尽致。如前所述，《管子·内业》以为"气"为道本，认为"气，道乃生，生乃思，思乃知，知乃止矣"。刘勰将这一精神引入了文学创作领域，并进一步展开了对文学创作中作家主体精神、创作触发机制及作品风格生成等方面的关窍的知音探求。在《文心雕龙·体性》篇中，刘勰先称"才力居中，肇自血气"，"才有庸俊，气有刚柔"，认为"气"是充斥于人体的生命本原，是主体才性的源泉和决定力量；接着，又称"气以实志，志以定言"，并在《文心雕龙·神思》篇中明确提出"神居胸臆，而志气统其关键"，将"气"提升到与"神""志"等喻指主体精神的高度，视"气"为作家被生命本原鼓荡而激发出的沸腾于胸的高亢的精神内驱力；随后，刘勰进一步分析认为，作品的"辉光乃新"及风骨的凛然振起，均源自作家主体精神之"气"的"刚健既实"，而主体"体气"充沛才是本根的源头。此正黄叔琳之所谓"气是风骨之本"①，亦即范文澜在总结《风骨》一篇时所言之"以风为名，而篇中多言气"，"盖气指其未动，风指其已动"②。用刘勰自己的话说，若是作家在创作构思时"思不还周，莫索乏气"，绝不能贸然下笔，否则只会导致"无风之验"，唯有"情与气谐""文明以健"时落笔方能使风骨跃然纸上、凛气迫人。这既是刘勰对文学创作本根性问题所做的精到剖析，也可视为气本知音论妙用于文学鉴赏批评的佳例之一。追随其后，唐宋以来，殷璠、范仲淹、王十朋、黄潜、王文禄、钱谦益等人，均在文学创作问题的探讨中或重申或发挥着知音论气本价值观的理路。值得一提的是，除了这类从文学创作中作家主体禀赋的体气角度论说之外，探讨作品之气即作品如何体现作家主体之气的，也大有人在。这在唐宋以后的论者中表现更为突出，却已超出了本书研究的选题所关注的时间范围，故不赘言。

---

① （清）黄叔琳：《文心雕龙辑注》，清刊本。

② 范文澜：《文心雕龙注》，人民文学出版社 1978 年版，第 516 页。

总之，"气"具有深刻而重要的根本意义，关涉创作的本质，不仅喻指作家主体生命力与创造力的本质，也是作品生命力的源泉。它首先被引入音乐理论，再沿用至诗文书画等各个艺术门类，对古人的艺术创作发生了重大的影响。因此，文学鉴赏与批评也往往由"气"入手，是为"观气"。历代文人因视天文、地文、人文为一体，所以认定文也又由"气"所生，所谓"夫文章，天地之元气也"，此即"气"之于文学创作的根本意义。据此可推，明了"气"指基于作家主体生命活力的气质个性及其在作品中的体现，则成为"气"之于文学鉴赏与批评的根本意义。于是，"气"便成为知音论在"道"之外所需探求的另一核心内涵。而从这一意义上说，知音论从根本上讲，就应该是知"气"。具体而言，文学鉴赏与批评中的知"气"，就是既要知作品之气，又要知作家之气，更应知天地之气。唯其如此，在鉴赏与批评活动中，文论家方能有迹可循、有所依持，对文学创作、作品、作家乃至文学鉴赏与批评本身的规律得出正确的判断。这是知音论气本价值观的本质内涵。

三、心论思潮演化奠基知音批评心本价值观

"心"，许慎《说文解字》释之为："人心，土臧也，在身之中。象形。博士说以为火臧"，"凡心之属皆从心"；又说："土臧者，古文尚书说。火臧者，今文家说。"[1]《辞海》则称"心亦称心脏，为五藏之一"，藏象学说、经络学说认为心的功能主要有二，一主血脉，如《素问·痿论》有"心主身之血脉"一说，二主神明，如《灵枢·本神》有"心藏脉，脉舍神"之说。可见，"心"除去生理意义上的器官之义外，主要指精神的东西。

在中国古代哲学领域，"心"指人的意识。《周易》《礼记》等相关经典著述中，不乏关于"心"的论说。如，《易经·系辞上》中称"圣人以此洗心"，

---

[1] （汉）许慎撰、（清）段玉裁注：《说文解字注》，中州古籍出版社 2006 年版，第 501—502 页。

《易经·系辞下》又称易"能说诸心，能研诸虑"，其中均涉及"心"的本义。《周易》分经、传，经含卦、爻，传含十翼。易经"坎、明夷、益、井、艮、旅"6 卦卦辞中"心"字出现 8 次（分别为：维心亨；获明夷之心；有孚惠心，立心勿恒；为我心恻；其心不快，历薰心；我心不快）；"悔、惕、恒、愁、惠、忧、思"等属于心部的汉字更在 64 卦中反复出现。《礼记·乐记》亦称"诗""歌""舞""三者本于心"，等等。

其实，早在先秦诸子那里，"心"就被反复提及，管子、孟子、庄子、荀子、韩非子等人都有关于"心"的言语。其中，首开"心学"之论的当是《管子》，《管子》四篇（即《心术上下》和《白心》《内业》诸篇）中有大量关于"心"的论述。其后，《庄子》《荀子》等均受其影响，展开对"心体"的研讨。禅宗更直以"治心""安心"之法和"心体"至"道"之说发展了"明心见性"的禅宗心学。《管子》力倡"静因之道"，剖析"人""心"关系，指出"心"为主导，所谓"心之在体，君之位也"，充分强调"心"的重要性，在一定程度上赋予了"心"以本根的意义；同时，还将"心体"上升到"道"的层面，《管子·内业》称："夫道者，卒乎乃在于心；不见其形，不闻其声，而序其成，谓之道。凡道无所，善心安爱。心静气理，道乃可止。修心静意，道乃可得。所以修心而正形也"，"能正能静，然后能定。定心在中，耳目聪明，四肢坚固，可以为精舍，凡心之形，过知失生"，意思是说，道是由心来体现的，道也是无所不在的，只有当心体湛然清明之时，才能心不缘乱，清明在躬，凝然专一。这样才能知"道"、得"道"、合"道"，因此，"修心""养心"是知"道"、得"道"、合"道"的最佳途径。管子关于"心""道"的探讨，印证了先秦以降的"心""道"实证的方法论，开启了古代心学理论，影响了后来的诸子百家和禅宗的智慧体系，如孟子心说的"尽心""知性""知天"及"善养浩然正气"，荀子心论的"虚壹而静""大清明"，禅宗心说的"明心见性""参破疑情真参实悟"。可以说，管子心学奠定了古代哲学"心"本论的基石。

《易经》曾言"原始反终"，即返回本心。孔子一生以"勿必、勿意、勿固、勿我"四绝要求自己，目的也是使心保持本来和自然的状态。《孟子》

则以不忍人之心说政，从尽心说天，直称"大人者，不失其赤子之心"，认为人须保持本心，切忌失去赤子之心即本然之心或本心。综观《孟子》七篇，几乎全在说"心"，孟子之学，亦尽在其心，孟子心说既详细阐发了心与志、气、言、理、物、道、天、命等的关系，又深入论及心之效应、本然、作用，建构起一整套理论框架，其主旨在不动说心，其出发点和基础在本心，并关涉心的各个层面，在孟子看来，"学问之道无他，求其放心而已矣"！此处的"放心"也就是上文所述之"不动心"，即是指无须起意，无须勉强，得其自然，得其大乐，保持心的自然状态。惟其明白此心，认识本心，保有无污染的赤子之心或自然之心，方能求其放心，由此实现精神的高度自由自在的境界。孟子四十不动心，孔子七十而从心所欲，都是在讲心所达到的高度和状态。不动心即是不为外物所干扰，保持心之实在的状态；从心所欲，即从心的本来状态出发。此本然之状态，操则得之，舍则失之。这可与荀子心论的"虚壹而静"和《礼记》所谓"心庄则体舒"相互发明。正是在这一基础上，孟子心说首先开启了古代哲学心性理论，为宋明理学中的心学出现埋下了伏笔。

　　按蔡钟翔的观点，把"心"提到本体（即本根）的高度，是佛学首倡。因此，严格地说，心本论始于佛学。我们知道，在佛教中，"心"被称为Citta 或 Hrdaya，与"色"相对，喻指一切精神现象，佛教以为主体精神即绝对存在，心体即性乃成佛之本，一切意识等精神领域的内容，都属于"心"的范围，这就首次明确地赋予了"心"以本根的意义，佛学也就因此成为"心本论"的始作俑者，并以禅宗心性合一的明心见性说影响最甚。从这个意义上讲，蔡先生此论可谓不虚。①

　　综上，古代哲学心本论的形成似在佛家禅宗六祖慧能时期（638—713年），即盛唐、中唐时期，已濒临知音论审美生成时间范围边界，然而，理论的形成总是有着一个发展的阶段过程的，心本论在被佛学首倡之前，其思想精髓就已经首先通过译著的形式传入中国。当佛教进入中国时，正逢魏晋

---

① 蔡钟翔、袁济喜：《中国古代文艺学》，人民文学出版社 2011 年版，第 11 页。

玄学的兴盛期。竹林七贤远离传统礼教的束缚，追求返璞归真，回到本来状态，正如后世禅宗祖师的狂态。而在达摩建立禅宗之前，有关禅宗的佛典已经陆续被译介到古代中国，并在士林、方外产生广泛影响。安士高、鸠摩罗什、佛陀跋陀罗等人在汉代即已向中国译介佛典。安士高最具声望，其禅学译籍多涉《安般守意经》《阿毗昙五法四谛》等小乘禅。而鸠摩罗什、佛陀跋陀罗译籍则以《禅秘要法经》《坐禅三昧经》等大乘禅为主。竺道生则依据鸠摩罗什传入的龙树学，演出顿悟成佛之论，融会空性与玄学，通过讲学弘法和与当时文士、儒僧交游、清谈，广为传播。这一新思潮、新思想势必影响到当时的文学领域，作为最具敏锐感知力的文论家们则更易于受此影响。此后，佛教尤其是禅宗凸显"心"的作用与地位，认为"一切法皆从心生"，主体心灵感受才是世界唯一的实在，从而导致包括文学在内的文艺鉴赏批评领域的心本论即知音论心本价值观的形成。受此影响，在画论中，出现张彦远所谓"外师造化，中得心源"、郭若虚所谓"本自心源，想成形迹"等说法；在文学领域，"心源"一词更是频繁出现于文学批评中，有人提出"洗涤心源"之说，而所谓"心源"，是指映照万物的主体心灵，明代李贽"童心"之说更是受禅宗"明心见性"说影响而生发出的文学批评领域的知音论心本价值观的重要例证。

由于佛学心性论的泽溉，宋明理学最终形成，开始将孟子开启的心性理论指向本根层面。尤其是发展到二程周朱的心性论那里，"心"被视为世界的本原，如二程《河南程氏遗书》中称"心是理，理是心""理与心一"，朱熹则在张载"心统性情"说基础上发展出了"性体情用"说，均是强调"心"的根本意义的心性理论，即哲学层面的"心本论"。降及南宋，陆九渊直言"心即理"，并在《象山全集·杂说》中提出"宇宙便是吾心，吾心即是宇宙"、"同此心同此理"，首创了理学"心本论"，视"心"为人人皆有之本心。到了明朝，王阳明则在《传习录》下中称"天下无心外之物"，构建了庞大的心学体系，将心本论推向了极致，进而促使文学鉴赏批评领域的心本论即知音论心本价值观的滥觞。

实际上，在历代文人和文论家看来，"心"之于文学的本原意义，是无须求证的。因为文学创作、鉴赏、批评本身即是一种高级的精神性创造活动，作为精神意识统摄的"心"自然是这些活动中最具决定意义的重要因素。古人很早就认识到"心"在文学艺术中这种作用，如《礼记·乐记》称"诗言其志也，歌咏其声也，舞动其容也，三者本于心，然后乐器从之"，提出了"乐本于心"之说；《毛诗序》亦称"诗者，志之所之也，在心为志，发言为诗"；西汉陆贾在《新语·慎微》中也说"故隐之则为道，布之则为诗，在心为志，出口为辞"。这些都充分体现了"心"之于文学作品的决定作用与根本意义。所以古人论文，往往都非常强调"心"本。如《文心雕龙·原道》中称"心生而言立，言立而文明，自然之道也"，实际上是一种"文本于心"之说，而《文心雕龙·序志》篇也一再提到"夫文心者，言为文之用心也"，"盖文心之作也，本乎道，师乎圣，体乎经，酌乎纬，变乎骚，文之枢纽，亦云极矣"，"文果有心，余心有寄"，将"文本于心"说用于鉴赏批评的实践与对知音的期许中。其后，论文、论书、论画者莫不以心为本：论文者，欧阳修称"诗原乎心者也"，王灼称"有心则有诗"，黄滔亦称"夫诗生于心，成于言者也"，王夫之说"诗者，象其心而已矣"，浦柳愚则说"诗生于心，而成于手"；论书者，有张怀瓘以为"从心者为上，从眼者为下"，黄庭坚以为书"写我心耳"；论画者，张琛以为"外师造化，中得心源"，朱景玄则称"万类由心"，石涛更称"夫画者从于心者也"。从这种意义上讲，知作家之"心"，知自然之"心"，便可知文章之"心"；同理反推，知文章之"心"，即可推知作者所寄之"心"，亦可推知作品所蕴含的自然之"心"。与此同时，古人在文学创作中也十分注重"心"的外化显在状态，或以"心"喻指创作时的特定心理状态，如王昌龄称"张之于意而思之于心"，方回明确提出"心境"之说；或强调"心"取物、造境的组织功能，喻指主体的精心构思，极其巧妙合理的结构安排；或将"心"与整体意趣境界相连，解决"心"在作品中外显的问题。由此可知，创作构思或鉴赏批评时采取一种直入其"心"的手法，循着人同此心、心同此理的思路，便可直接体验、体悟、把握到高度自由的自在精神状态，达到"心"和的境界。此时，知音即知"心"，这便是知音论心本价值观的基本内涵。

四、天人合一思潮发展奠基知音批评"和"品格

古代中国的传统文化有着三大繁盛的形态，即诸子哲学、魏晋玄学和宋明理学；它们共有一个根本主题，即究天人之际，这是全部古代哲学的核心观念。唐君毅先生认为，"这一观念直接支配着中国哲学的发展"[①]，钱穆先生也认为，"中国文化精神本重于此心天合一之人生共相"[②]。受此影响，传统文学的基本征象亦被这种观念深刻规定，作为古代文论之一的知音论的创设与运用也同样如此，莫能自外。因此，研究古代人文思潮与知音论审美生成的关系，考察知音论的发生学本根，就决计不能脱离"天人合一"这一核心观念的熏染。

（一）天人合一哲学观

先民在原始时期无不面临着与自然激烈冲突的对立，对未知世界的不安和恐惧时常占据他们的心灵，迫使他们神化自然力以求精神平衡，而中国人的务实与理性使得古人自周代始，就开始讲天人合一。天人合一之"天"，在冯友兰先生那里被解释为"物质之天""主宰之天""运命之天""自然之天""义理之天"。以今人视角区分，"天"可被分为自然之天、神灵之天、义理之天三类，如《论语·阳货》中"天何言哉"为自然之天，《论语·述而》中"天生德于予"为神灵之天，《论语·子罕》中"天之未丧斯文也"为义理之天。在《吕氏春秋·情欲》《管子·水地》《管子·五行》《礼记·礼运》《荀子·性恶》等先秦典籍中，更有许多关于这三类"天"的记载，他们或剥离"天"的神学意义，赋予其客观自然的本初意义，或高扬主体自由精神，赋予"天"人的意志和人事的义理，但都将"天"视为人的精神向度的最终旨归。

具体而言，古人对"天"的阐发更多地集中在儒、道两家所言的义理

---

① 唐君毅：《中西哲学思想之比较研究集》，正中书局 1997 年版，第 111 页。

② 钱穆：《中国史学论文选集》第二辑，幼狮文化事业公司 1985 年版，第 34 页。

之天和自然之天：儒家从义理出发讲天人合道，而道家从自然出发讲天人合一。儒家认为，"天"是道德本原，是目的，是至高原则。尽管儒家的"天人合一"命题到北宋张横渠才被首次明确提出，但此种思想早在《中庸》中即已存在，所谓"思知人，不可以不知天"①，《孟子·尽心上》中亦提出尽心知性知天、存心养性事天、修身立命等命题，称"君子所过者化，所存者神，上下与天地同流"，以人定天，以人道定天道，极力标举天人相合、天人合德。道家则以"天"为宇宙本原，为自然，为最高抽象。《老子》称"天道无亲""天地不仁""天法道，道法自然"，其所谓天人，旨归在"自然"；《庄子》则进一步称"有天道，有人道。……主者，天道也；臣者，人道也"（《庄子·在宥》），"无以人灭天"（《庄子·秋水》），主张去掉人为，复归自然本性，力求"人天无别"（《庄子·达生》），所谓"形全精复，与天为一"（《庄子·达生》）。"虚无恬淡，乃合天德"（《庄子·刻意》）。以人配天，以人道合于天道，极力标举"反身而诚""虚静"以求体道同天。可见，无论是儒家的自然人化，还是道家的人自然化，都赞同天人相合，都是天人合一的表现。

除此两家，《易经》所宗之天人关系尽管充斥着神秘主义的意味，但也对后世产生了深远影响，张岱年先生在《中国哲学史史料学》一书中认为儒道文化均源于《易经》，亦可见出《易经》之天人关系探讨成就之高。《易经》称"天地之大德曰生"，认为人是自然的产物；又称"天地之道，恒久而不已也，生人就语气道而天下化成"，视自然之道为社会法则的典范，主张"观象"，旨归在"法象"，即"法天"；随后，服膺于社会法则的人伦品格也必然以自然为法式，要求人尊重自然而不泯灭自我，强调人是天人关系中的能动主体，认为人事不仅法天，人心亦可通天。

总之，无论是孔孟老庄，还是《周易》经传，都在天人关系的探讨中蕴涵着整体和谐、对立统一、发展变化、以人为本的观念，他们的这些论说中也展现出天人合一、内外合用、诚明合德、知行合一的思想，这些思想和观

---

① 《中庸》二十二章，（清）阮元：《十三经注疏》，上海古籍出版社1997年版，第1629页。

念均植根于传统文化的大背景下，长成于传统文化的深厚根基之中，既合乎传统文化的哲学精神，又深契文学活动的内在机理，逐步成为历代中国人与自然、与社会全体创造活动的源泉和目标，深刻地影响了古人思维方法和智性观念的形成，体现出古代文人独特的思维方式和根本性的审美观念。在古代文人那里，天人合一其实是一种向内深涵而非向外超越的感悟与体验，经由不脱感性事象的体悟，直入同天之境，在天人交合之中达到身心的合一，是最高的本体境界和价值境界。

（二）天人合一文艺观

作为古代哲学的根本性观念和传统文化的命脉所系，这种"天人合一"的文化精神对文学的浸润十分深刻，表现为历代文人及文论家们通天尽人的人文追求。从某种意义上说，知音的核心，其实既是作家主体对这种追求的坚守，又是作品客体对这种追求的体现，更是论家对这种追求的体悟与把握。

文学领域的这种追求，首先表现在对儒家与《易传》天人合一思想观念及思维方式的学习继承上，一言以蔽之，就是自觉汲取观象、取类、会通之法，努力在"天人合一"的图式下建构新的理论框架。具体而言，在儒家，孔子称"天生德于予""知我者其天乎"，并不抹杀"天"的存在，却赋予其现实人事、道德伦理的内容，既有德与天齐的期许，又道破敬天之实质；孟子则以"诚"贯通天人，视"天"为人性本原。在《周易》经传，《易传》称"《易》者，象也"，"仰则观象于天"，"以类万物之情"，即以人的主观意念去取舍具象的意象，展开思维，是谓"观象"；《易经》又称"方以类聚，物以群分"，"各从其类也"，即主张以简驭繁、以显示幽、以常摄变，这是对管子、庄子、荀子等人同类相属思想的发展，也是归纳演绎之法的雏形，是谓"取类"；《易传》中还有"感而遂通"的观念，即由所观所感见天地之情，通天下之志，其中既有对孟子心性说的继承，亦有对规律、辩证观的体悟，是谓"会通"。在这种新的思维方式和观念的影响与指导下，古代文学创作与批评开始在整体结构上呈现出对天人合一文化精神的皈依。刘勰在《文心雕龙·原道》中论述文之起源，就明显受到儒家与《易传》这种天人合一哲学观念及思维方式的影响。文中，刘勰吸收道家观念，引《易》理论人文，认为人文的起源与天文、地文是一体的，与儒家在内在义理上相契合。由此展开文道、文质等问题的探讨。此后，后世儒家文论家继承和发扬了这种思想，热衷文道、文用、文质等问题，使得古代教化派文学批评声势日盛，都源自儒家与《易传》的天人合一哲学观。

文学领域的这种追求，在对老庄道家哲学的学习借鉴中表现得更加突出。老子崇尚"自然"，《老子》中将自然视为人可取法的典型，充分赏会和肯定自然天成对人的效仿意义。《庄子·知北游》则直称"原天地之美"，《庄子·大宗师》更进而提出"人法自然"的观点，其后，在《庄子·天道》中，庄子秉承《老子》关于"道"的表述，明确阐发出崇天、法天的思想，所谓"明白于天地之德者，此之谓大本大宗，与天和者也……谓之天乐"，并由此开掘出追求精神内蕴和自然美德的审美文学之路。此后，历代文人与文论家们沿着这一路径发展，开始加强对文学形象性、抒情性的研究，强化对含蓄美和自然美实现方法的关注，尤其是增强了对虚实相生意在言外的作品境界的探索与追求。可见，与儒家推崇刚健有为的精神相异，道家偏重对艺术创造的内在机理和对客观对象内在精神与意蕴彰显的深入探究，注重对文学鉴赏和批评审美思辨层面的整体性艺术化境的探讨，使其处处洋溢着天人之美。

如前所述，古代文人及文论家往往以人文与天文、地文同出一体，并认为文源于"道"，故古人论文十分重视寻求文学本根之道。诚然，此"道"既有儒家所强调的人道，即饱含伦理道德、圣人之情的自然之道，又有道家所强调的天道，即不取人为雕镂、自然妙造的自然之文。在文学领域中，儒道二者的影响统一于诚中形外的感物而动理论。由圣人"原天地之美而达万物之理"（《庄子·知北游》），"非爱其形也，爱使其所以形者也"（《庄子·德充符》），故睹物兴情、心物交接，诚中以明道，形外以贯道；其间主体精神的培养、心物关系的调适、情采情理的互动互应，等等，一应问题均浮出水面，所谓"山川无极，情理实劳"（《文心雕龙·辨骚》）。其实，古人心目中的"天人合一"实际上是指，只要如孟子所言"尽心""知性"而"知天"（《孟子·尽心上》)，或如庄子所言"忘己"而"入于天"（《庄子·天地》)，则人的内心就可以与天地沟通、与天合一。这里，无论儒道，古人都超越了认识论和反映论，采取的是一种心物两化的平衡的审美"感物"意识（类同"心观映道"的说法），其中，由物及心、心归于物的物本观念产生认识，由心及物、物归于心的心本观念催生情感，感物意识将心物合一而达道，消泯了主体与客体的区别，上升为"天人合一""心物合一""情景合一"的境界，此即历代文人及文论家们极力追求的至高境界。此处的天人，均是古人在大化生命的文艺精神中以人合天的生命价值的求索。天是主体化的客体，即寄予或渗透了主体情思的客体；人是对象化的主体，即被融入客体大化运演过程、成为其一环的主体。主体化的客体"天"成为对象化的主体"人"需要的价值对象，而对象化的主体"人"则成为主体化的客体"天"属性的价值确证。

可见，天人合一的文化精神，对于文学创作与批评的重要影响与意义，既在于它突出了主体在创作与鉴赏批评活动中的主观能动作用，使人成为道、气、心各类本根的追求者和实现者；又在于它紧扣生命这一主题，在自然与生命之间搭起一座桥梁，把对本根的求索蕴涵在对生生意趣的自然之美的发现和对生生不息的生命活动的体悟中，充满理性的光辉与静谧。由此可知，天人合一是由天人对待而主客交融、主客合一最后超越主客两端的一切创作的通则。正是基于这一点，古人论文自先秦以降就有热衷讲"和"的传统。虽然古人往往以"和"论事、论政、论道，但以"和"论文与论事、论政、论道过程中，天人合一的文化精神却一脉相承。天地之正为和，人法天地而尚和；制乐则"乐之务在于和心"（《吕氏春秋·侈乐》)，为文则由文溯及人事，进而溯及自然。天人合一的"和"的思想贯穿于文学本原、创作、风格、鉴赏批评等全部活动的各个方面。而这种天人合一的文化精神表现在知音论的审美发生学中，就是"和"，即道和、气和、心和。换句话说，就是知音论的审美生成，或根于道，或根于气，或根于心，但都指向和。也正是基于这一点，知音论的审美生成尽管看似隐约不明，但其生命力却始终遒劲有力。下面我们就来看看天人合一对知音论审美生成的影响的具体表现。

（三）道气心和的知音批评品格

先来说"和"，该字最早出现于三千多年前的甲骨文和金文，许慎《说文解字》释之为"和，相应也"，[①] 原指歌唱的音声相应。春秋典籍中"声依永，律和声"（《尚书·尧典》）、"乐从和""声应相保曰和"（《国语·周语》）之"和"均取此本义。《辞海》则称和为"中国传统思维的一个重要理念，认为对立面的和谐、统一，是事物存在发展的基础和最佳状态"。此为"和"的衍生义，指不同事物之间存在着的一致关系。西周末年史伯首先提出了"和实生物"的观点，认为"和"是指不同事物相互作用而达到的平衡，并称"以他平他谓之和，故能丰长而物归之；若以同裨同，尽乃弃矣"（《国语·郑语》），认为"和"是新事物产生的渊源。齐相晏婴则以"和"论政，从宇宙万物的和谐相生推演出社会人事的规律。此后，"和"在儒道两家那里的论述各有分殊。

儒家从社会伦理出发，重视道德领域之和，认为"和"源出于天而施于人并由天及人，重点在"人和"。先有孔子"君子和而不同"（《论语·子路》）之论，崇尚不同意见的调和，反对无原则地一味趋同，进一步强调其社会功能；继而有《中庸》称"发而皆中节，谓之和"之论，认为"和"是天下至本之道，唯中和则位育以成，主张由个人内心之和、当权者为政之和而达成天下之和，追求中节之和，并称"和也者，天下之达道也"，突出了"和"的普遍意义；再有荀况在《荀子·天论》中称"万物各得和以生"，《荀子·荣辱》也以儒家道德伦理观念界定"中节"（即"和"）的标准，认为若社会职司分明而人们各安其位，即可达成社会之和，所谓"群居和一之道也"；后有《易传》认为天地为一和谐体，从"太和"即自然界的和谐出发探求神人、天人及人际关系的和谐，称"圣人感人心而天下和平""和顺与道德而理于义""保合太和，乃利贞"。至于个人之和的达成方法，儒家以为要靠修养，既强调礼的作用，如《论语·学而》所言"礼之用，和为贵，先王之道，斯为美"，主张"礼别异"，西汉大儒董仲舒承此论，提出只要人"心穆""志平""气和""欲节""事易""行道"，则可"谓之仁"（《春秋繁露·必仁且智》），

---

① （汉）许慎撰、（清）段玉裁注：《说文解字注》，中州古籍出版社 2006 年版，第 57 页。

而"万物之美起"(《春秋繁露·天地阴阳》);也对和同之乐至为强调,《礼记》《荀子》中各有《乐记》《乐论》的论乐专篇,尤其是《礼记·乐记》篇,突出强调了乐在调和人心、人与社会关系时的重要功用,这是对所谓"乐和同"的"人和"思想的高度体认,这一思想其后在嵇康的《琴赋》和《声无哀乐论》及后世历代论者那里不断被从不同角度加以强调。

道家则从天地自然出发,重视精神领域之和,认为"和"源出于人而施于自然并由人及天,重点在"天和"。先有老子"和"即综合阴阳之"道"的观点,所谓"道……充气以为和"(《老子》四十二章),而按王弼《老子注》和帛书《老子》的说法,"和"即事物运动变化的规则,所谓"知和曰常,知常曰明",随后,老子进而明确指出"和"的征象乃是"含德之厚,比于赤子。……和之至也"(《老子》五十五章);继有庄子人与天和乃和之至境的观点,所谓"明白于天地之德者……与天和者也"(《庄子·天道》),要求人要澄静己心摒除外累,"合于天倪"(《庄子·田子方》),如此才能准确把握体现在万物中的天地之德与自然之道的和谐。可见,老庄因自然崇拜而力主人与天和,换句话说,就是要由人及天,要剔除一切外在物的束缚,使人的心境纯然虚静守一,使人的意态淡定祥和,从而达成禀气而和的自然状态。

古代关于"和"的理论,尤其是儒道两家关于"和"的思想,对古代文学的创作和鉴赏批评产生了深远的影响。历代文人、文论家们在论及个人怡和情志、群体统和谐调对创作的功用时,在论及作家主体的身心、作品客体的文质及其与自然社会的谐和等问题时,都与道、气、心等文学本根相结合,并将"天人合一"的"和"的原则和精神一以贯之,得出了诸多鞭辟入理的论断。

从儒家来看,首先,儒家求"和"落实到文学中,即是《论语·学而》所提出的"温柔敦厚"诗教观的确立与贯彻。[①]孔颖达解释"温柔敦厚"时称"诗依违讽谏,不指切事情",旨在不犯礼仪而能"别异",故以"和"的方式出

---

① 《论语·学而》言:"其为人也,温柔敦厚而不愚,则深于《诗》者也。"(清·阮元校刻:《十三经注疏》,中华书局1980年版,第1609页)

现；《毛诗序》称诗"发乎情止乎礼义"，季札观乐讲"直而不倨，曲而不屈"
（《左传·襄公二十九年》），孔子也以为诗可以有乐有哀，但须哀乐中节，所
谓"乐而不淫，哀而不伤"，即"言"《关雎》之"和"（《礼记·经解》）；刘
向更在《说苑·修文》中直称"感涤荡之气，而灭平和之德，是以君子贱之
也"。① 其次，从作家主体的身心和谐而言，儒家多讲情志、性情的安和不
躁，主张由"和"调性以求志平道和、性平气和、欲平心和，强调为文之先
必须妥善处理创作主体的一己之情，勿使偏离温柔敦厚的中和轨道。对此，
儒家以道德、性情之和衡人，认为只有靠修养锤炼方能得情性之和，规避堕
入以偏奇制胜歧途的风险。再次，从作品客体的文质谐和而言，儒家以"和"
论文，将道、气、心这三个文学本根和于一文之中，要求作品应"文质彬
彬"，质即在内容上合于道德伦理，文即形式上合于中庸温雅，这一点在刘
勰等历代文人和文论家那里不断地被继承和发展。譬如，刘勰论制乐时主要
以质考量作品之"和"，称汉初所制之乐"虽摹韶夏，而颇袭秦旧，中和之
响，阒其不还"，认为有违中和之道，而对三国杜夔为曹操制雅乐却称赏有
加，称其"言奏舒雅"（《文心雕龙·乐府》）；其论为文用韵时主要以文考量
作品之"和"，称"两韵辄易"则"声韵微躁"，"百句不迁"则"唇吻告劳"（《文
心雕龙·章句》），两句就转韵，略显急躁，两句用一韵，读来费劲。其后论
者如王骥德《曲律》、谭献《朱樱船诗序》、沈德潜《唐诗别裁集原序》等更
从声调之杀、辞气鄙俗声音噍杀、志微噍杀刘辟邪散之响等不合文质彬彬的
反面例证来反复强调作品之"和"的重要性。

从道家来看，道家重"和"而尚自然，将作家主体的创作、鉴赏、批评
活动与天相类，与物同化，强调作品客体各要件的统一平衡，主张以人文之
和确证天文、地文之和，以天文、地文之美构建人文的多元互动平衡统一的
和谐之美。其"虚静""心斋""坐忘""物化""自然"等哲学悟道观念，以
及由此导出的静心平气方式，剔除了道德因素，有助于克服作家主体的焦躁
之气，保持创作心志的安和，对文论家探讨为文之先创作主体在构思中身心

---

① （汉）刘向撰，向宗鲁校证：《说苑校证》，中华书局 1987 年版，第 504 页。

状态的调整、良好创作状态的养成等方面，起到了很好的启发作用。譬如，庄子在《庚桑楚》篇中关于"四六"的论说，① 就极大地启发了后世文人和文论家们对作家主体在创作时的心态调整方式的探讨与研究，导出了以澄明之心审己、向内求心气清和、向外谋情意相合之境的心态调整方法。刘勰据此在《文心雕龙·养气》篇中强调"和"在作家主体创作心态调整和作品客体准确表情达意彰显出神入化的理想境界中的决定作用，明确提出"率志委和""懫迫和气""清和其心"的观点，② 以"和道（志）""和气""和心"之论，道破了知音论植根于道、气、心而指向天人合一的"和"的审美本质。

总之，古人对道、气、心以及"天人合一"的"和"的追求与论述，既植根于古代哲学和文化传统，又涵盖了古代文学创作、鉴赏批评的实际，反映了文学创作、鉴赏批评中的核心问题，不断影响并浸润着古代文学理论中一系列文学观念的产生、形成和发展，正是在这种背景下，知音作为文学鉴赏批评的概念才得以逐步明晰，知音论作为文学批评理论才得以逐步建构。

通过上述对知音论审美发生学的简要考察，不难见出，古代人文思潮是知音和知音论得以生成的背景，古代人文思潮中一脉相承的中国文化根本精神、内在结构与核心价值观更构成了知音论的基本内核。一言以蔽之，知音论的审美生成是古代人文思潮涌动发展的必然结果。

第二节　知音批评理论彰显理性辉光

本书第二章和本章前一节的分析表明，知音论的审美生成是古代人文思

---

① 《庄子·庚桑楚》言："贵富显严名利六者，勃志也；容动色理气意六者，谬心也；恶欲喜怒哀乐六者，累德也；去就取与知能六者，塞道也。此四六者，不荡胸中则正，正则静，静则明，明则虚，虚则无为而无不为也。"

② 刘勰：《文心雕龙·养气》称："纷哉万象，劳矣千想。玄神宜宝，素气资养。水停以鉴，火静而朗。无扰文虑，郁此精爽"，"率志委和，则理融而情畅；钻砺过分，则神疲而气衰"。

潮涌动发展的必然结果。但这并不意味着知音论在思潮与理论二者关系中的从属地位。事实上，知音论作为一种对文艺作品进行美学审视的一种理论方法和评价体系，已经用于并可以继续用于对文艺作品开展解读、鉴评等多角度、全方位的审视。更进一步讲，知音论可以作为人们站在美学角度审视包含文艺在内的古代人文思潮全部内涵的一种参照依据、评价体系。而且，当古代知音论作为一种理论呈现于历代文人和文论家眼前时，其基于人的觉醒、文的自觉、文论自觉的前提下所生发出的人本主义的主体自觉，便在对作家作品的知音赏评过程中，以一种审美自觉的评价的形式反作用于古代人文思潮，既成为对古代人文思潮内涵总结性的充实与梳理，也成为对隐藏于古代人文思潮中的中国古代传统人文精神的选择性突显和提升，并表现为对人类的双重关怀：对生存现状的现实关怀和对精神心灵的终极关怀。从这种意义上讲，知音论之于古代人文思潮的价值，就自然涵括如下四个方面的内容：一是对文本理论的理性梳理；二是对人文精神的自主选择；三是对经典阐释的独立评价；四是对主体意识的审美提升。因此，知音论实际上就是历代文人对古代人文思潮的审美梳理、选择、评价、提升。

一、理性梳理文本理论

知音论关于知音赏评客体两个层次（即作家与作品）之间的相互关系的探讨，是建立在对古代人文思潮中关于创作理论的理性梳理基础之上的。

知音论通过理性梳理先秦至汉魏六朝，诸如文学创作的发生论、意境的营构论、作者之意在作品中准确表现的传达论等关于文本创作的种种思想观点和对作家、作品之间活动规律的探索，建构起自己的基本框架。通过本章上一节对知音论的审美发生学考察可知，知音论在古代人文思潮中孕育、成熟并得以确立，是建立在古代文人对道本、气本和心本的文学价值观的理性体认基础之上的。一方面，知音论梳理了古代人文思潮中关于触动文艺发生的原初动力的文学价值观点，总结出诸如肇自孔子的兴观群怨说、肇自《易传》的汉儒教化说、肇自王充的劝惩说、肇自《毛诗序》的汉儒美刺说、肇自刘勰的明道说、肇自"三不朽"的史迁垂名不朽说、肇自史迁发愤著书的宣泄说、肇自陶渊明的自娱说等功利或非功利的文学观，[①]建构起知音赏评活动的参照体系；另一方面，知音论梳理了古代人文思潮中关于文学创作的发生、营构、传达的学说，总结出人的自觉深深地影响了人的创作冲动或创作欲求的产生、文的自觉深刻地影响了人在创作之先对文学规律的认识与构思、文的自觉更影响到人在把营构出来的意象以言语文字等形式予以传达等一系列观点，得出由人的觉醒生发出的文的自觉和文论自觉是推进文学发展潜在动力的结论。知音论指导下的一系列高水平、高质量的赏评活动实践对文学心本、心源说、感物之说、兴之说、虚静之说及言意之说的发掘，更使得古代人文思潮中的文本创作理论获得了新生。

这既是知音论受古代人文思潮中文的自觉影响而最终于此期形成的重要证据，同时也是知音论基于赏评主体文论自觉基础之上对古代人文思潮中关涉人的觉醒与文的自觉的文本理论的理性梳理。

（一）创作发动论

所谓发生，指的是作品的产生，或称创作思维和创作冲动的引发。心感物而兴情的情感驱动论，当是秦汉六朝对创作发生理论成果的最简明概括。

知音论在自身的理论建构中对隋前感物之说的理论硕果做了系统的理性梳理。文学道本、气本、心本之说前文已经溯及，在隋朝以前的文学理论中还有两个与文学本体密切相关的概念，即"志""情"。这里有必要对志、言志、诗言志、情、情志等概念做一个历时性的耙梳和共时性比照，厘清它们各自演进的历程及相互的浸淫，以便我们更好地认识和理解创作发生之先的真相。

"诗言志"滥觞于《尚书·舜典》，成形于《毛诗序》，[②]自此"志"即成"礼义"之载体。毛诗序所强调的是诗歌的社会功能，其"诗言志"将诗"用

---

① 蔡钟翔、袁济喜：《中国古代文艺学》，人民文学出版社 2011 年版，第 16—50 页。
② 《毛诗序》有论："诗者，志之所之也，在心为志，发言为诗。"又言诗需"发乎情，止乎礼义。"是儒家功用诗论的代表性理论。（清·阮元校刻：《十三经注疏》，中华书局 1980年版，第 269—272 页）

之乡人""用之邦国",视为"风天下而正夫妇""经夫妇,成孝敬,厚人伦,美教化,移风俗"的工具。尽管在"发乎情""吟咏性情"等句中也提及"情"这一概念,但此处之"情"显然对人的个性自由与文学的独立属性丝毫未加理会,与"志"一样被贴上儒家诗教的标签,并主张在诗作中应坚决摒弃人的内心情感,试图遏制人文精神的自然表达。《毛诗序》的这种霸王诗学理论已显然不能适应汉末魏晋的人文精神发展形势。

其实,早在汉代,人们就看出了"情"与"志"之间是有差异的,认为"情"是人的本能和主观情感。① 随着人的个体意识在汉魏六朝逐渐觉醒,诗歌缘情之说逐渐兴盛。对个性自由的追求表现在文学领域,就有了汉末《古诗十九首》和民间乐府诗。建安时期,三曹七子以降的文人们受其时《人物志》才性观的影响更是十分重视人的才性情感,在文学创作中自由抒情,更显出向"缘情"发展的势头。然而,此期的"情""志"概念区分十分模糊,如"歌以言志""歌以咏志";"缘情"与"言志"并未能彻底决裂,其诗歌创作中儒家政教观更是如影随形,"情""志"统一、"言志"与"缘情"结合成为诗人的文学追求。直到西晋,玄风振起,主张"圣人有情",任情、纵欲流行。受这种社会风尚的直接影响,"情感"在此期文学创作和理论批评中受到重视。创作中已关涉及"情志""情义"等问题,挚虞也在其文学理论著作《文章流别论》中从情、志角度探讨文学,陆机《文赋》更适时地提出了"诗缘情而绮靡"的著名论断,认为表达人的主观情感是诗歌创作的应有之义。"诗缘情"的提出是对"诗言志"的否定,造成了"缘情"、"言志"的彻底对立。此期诗作中的"情"关注的是个人的命运和价值,是纯个人的情。这种对个体的人而非群体的人的认同与肯定,其实质是人的觉醒在文学创作和文学批评领域的表现,不啻为一种历史的进步。可以说,"诗缘情"一方面从文学本体角度弃"言志"而启"缘情",将文学回归到文学本身;另一方面也将高举着人的个体独立意识的大旗,促使中国古代人文精神在个体独

---

① 《说文解字》释"情"为"人之阴气,有欲者";《礼记·礼运》释为"喜、怒、哀、惧、爱、恶、欲七者,不学而能"。

立的文人的文学创作文本与批评文本中大放异彩。

本着"天人合一"的哲学观，古代文人好从自然物中窥探人的生命、情感及文学创作，并乐于将人的创作活动外化于自然物中，因此对"物"极为关注。在先秦哲人那里，"物"既指具体实有之物，如《庄子·达生》中有"有貌象声色者，皆物也"之论，公孙龙《名实论》中有"天地与其所产者，物也"之说；也指思维对象，如《老子》中有"道之为物，惟恍惟惚"之论。由此，在创作中如何理解和对待物，如何处理物与心的关系，成为历代论者关注的焦点。于是便有了感物之说。

感物之说，本源自战国《乐记》。①《乐记》表面上是讲述音乐生成的过程，实则探讨的是文艺创作动因的问题。内心活动因为感受到外界事物而作出相互应和的反应，呈现悦耳的声音。在此基础上，将"人心之感于物"视为创作发生的基本动力，而"心"成为主体，外"物"的感染成为诱因，促发了创作起始时的主体对客体的情感波动，并直接导致创作审美活动的启动。换句话说，心感物而动，则生"情"，"情动于中，故形于声：声成文，谓之音"，情感就成为触动创作冲动的动力。自此，"感物"说开始发轫并在后世论家的发明下逐步进化到情感驱动论。可以说，先秦"感物"说，既是对文艺产生的本源朴素思索，更是深具中国特色的艺术发生论。其后，心物情感驱动的观点很快从乐论延及文论。司马迁评"屈平之作《离骚》"，以为"盖自怨生"，并从屈原推及古代圣贤著述，提出"发愤著书"之说，揭示了情感的宣泄是创作的动因。单从这里即可发现，先秦时古人已将心、物视为互动的两端，使得知音论对客体对象应分为两个层面的认识在文学起源之初即得以确立，而古人对心、物间关系的讨论，也为知音论深入发掘知音赏评活动中客体对象的内在规律、准确把握和定位客体对象的基本要求，奠定了基本的框架。"感物"说的演进，被身兼文论

_____

① 《乐记》曾言："凡音之起，由人心生也。人心之动，物使之然也。感于物而动，故形于声。声相应，故生变，变成方，谓之音。比音而乐之，及干戚羽旄，谓之乐。"又言："乐者，音之所由生也；其本在人心之感于物也。"（清·阮元校刻：《十三经注疏》，中华书局1980年版，第2527页）

家与文学家的陆机敏锐地捕捉到了，并在其文学理论著作《文赋》中明确提出"遵四时以叹逝，瞻万物而思纷""应物斯感"，认为"感物"才是为文创作的最初原因，把创作基础明确建立于"感物"之上，又称"诗缘情""悲落叶于劲秋，喜柔条于芳春""赋体物而浏亮"，将感物与兴情并提，以"兴"之起情悖离腐儒之说，支撑并发展了"感物兴情"之说，充分肯定自然景物之美和多变对于创作者情感的感发作用，指出人心情感随四季景物而发，从而深化了启自《乐记》的"感物"之说的内涵。自此，创作发生论中的心本开始由物转向情本，而知音论中的心本价值观也开始发展演化，直到在刘勰等人那里彻底变为知音文学赏评活动中的情本理论。在刘勰那里，知音论总结了先秦物感之说、史迁宣泄之说、陆机感物兴情之说的理论成果，在《文心雕龙·物色》篇中明示"情以物迁，辞以情发"，在《文心雕龙·诠赋》篇中称"情以物兴"，在《文心雕龙·神思》篇中称"登山则情满于山，观海则意溢于海"，并在《文心雕龙·明诗》篇中明确提出"物以观情"之说，一再强调情感驱动是引发人的创作冲动、创作欲求的根本原因，此说的出现是对物感之说的进一步发展。所谓"物以观情"，是指作者既可应物生感，援物入文，使之成为作品中含蓄情思的特殊意象，亦即"物象"。它区别于"物色"的地方就在于，物色为自然之物，而物象则饱含观者之情，赋予本无感情的自然物以感情色彩，使之成为人化的自然，在异质同构的心灵与自然之间引发共鸣。知音论的这种物以情观的创作发生观真正实现了"心""物"互通，奠定了知音论客体对象间相互交融的基本特性。具体到个体的创作而言，作者通过向内探求而形成的心理与情感定式，就构成感物、缘情的基础，也就成为写物的动因。随后，钟嵘在《诗品序》中则既称"气之动物，物之感人，摇荡性情，形诸歌舞"、"感荡心灵，非陈诗何以展其义，非长歌何以骋其情"，又列举"楚臣去境，汉妾辞宫。或骨横朔野，魂逐飞蓬"，以为物是由气决定并对心构成影响；萧绎在其文论《金楼子·立言》中也提出"内外相感"之说，均以为《乐记》所言的感物之物当有客体自然之物与饱含人情之物两层含义。余如，梁代伏挺在《致徐勉书》中称"怀抱不可直置，情虑不可无托，时因吟咏，动辄盈篇"，指出自然之物既是出发和激化创作热情的导火索，又是寄托情感、完成情感外化美化的载体；昭明太子萧统亦在《答晋安王书》中称"睹物兴情，更向篇什"，在《答湘东王求文集及〈诗苑英华〉书》中称"或相思凄然，或雄心愤薄，是以沉吟短翰，补缀庸音，寓目写心，因事而作"；萧子显在《自序》中称"若乃登高目极，临水送归，风洞春朝，月明秋夜，早雁初莺，开花落叶，有来斯应，每不能已也"，这些都是感物缘情而萌生创作欲求的明证。这些例证也可表明知音论对隋前创作发生论的进化已为当时文论家们普遍认同。

知音论在自身的理论建构中对隋前兴之说的理论硕果作了系统的理性梳理。在文学创作中，由于作者面对"物色"，有观物、体物而写物，也有因情、缘情而托物，这就自然引出借物感发心志的问题。于是，知音论将兴视为连接心、物的津梁。这是知音论在总结古人对感物、缘情之于创作的作用时的根本认识。在知音论中，兴被锲入创作活动的内里，直指创作活动初始的那一刻。无论因物而感还是缘情而作，都需假兴而立。

在西晋陆机那里，借景抒情已成为纯熟的写作手法，情景交汇的境界也在文学作品中营造出来，为后世创作者和批评鉴赏者们架起一座直入诗文之境的创作、赏鉴、批评的津梁。陆机通过自身积极主动的体验体悟和探索性创作的实践检验，触物生感、感物生情、携物入诗、寓情于物、情景交融，将一己之情通过五彩缤纷的大千世界、林林总总的世间万物运用感物兴情之法，呈现得酣畅淋漓。而这种酣畅淋漓的背后，是心灵与自然物的贴近、交流、沟通、交融乃至一体化，也是人与自然在文学领域的一种平等对话，先秦哲人们所谓的"天人合一"也许正是自此才开始在文学领域里生根发芽了吧。而实现这种酣畅淋漓的前提，是魏晋文人首先把自然界与人分开，让它成为客体独立地存在，然后才会有主体与客体的交互应感。

一般而言，兴偏重于感物而动以起情，从汉儒"托事于物"的阐发开始，兴逐渐由客观的隐喻发展为动态的心的感发，被赋予一种强烈的主观意味，特指为由感物而引起的内在诗情的冲动，正如刘勰《文心雕龙·比兴》篇所谓"依微而拟议"。这里，"兴"被定位为由外物感发而引起的强烈的主观反映，被赋予心物交感主客合一的理论品性，与传统哲学和人文精神深相契合，集中体现了天人合一、主客交融的传统人文精神。《文心雕龙·物色》篇对兴得这一品格作了极其神妙的解释："山沓水匝，树杂云合。目既往还，心亦吐纳。春日迟迟，秋风飒飒，情往似赠，兴来如答。"尤其是"情往似赠，兴来如答"一语中的兴，既可为社会中的人事，又可为自然界的事物，更可指假想中的世界，前两者指主体观物，后者指客观呈现，具体到诗文创作中，则构成主客观的交合与统一，突出了兴的主客交合天然凑泊的特质。

知音论通过理性梳理，认为兴在知音赏评中也处于十分重要的位置。兴之说，隶属于儒家诗说。论诗以"兴"，自孔子始。孔子在《论语·阳货》中最早提出了"兴观群怨"，称"诗可以兴，可以观，可以群，可以怨"，首次将诗的社会作用归为培养"温柔敦厚"的人格，其实质是政治理想的落实。至汉代，《周礼》演为"六诗"，[①]《毛诗序》更为"六义"。郑玄则把"兴"明确规定为政教美刺。延及魏晋，随着人的个性觉醒和文的自觉，"兴"得以摒弃了汉儒所赋予的政教规定，在文学家们笔下（如夏侯湛《秋可哀赋》，陆云《谷风》），成为表达个人情感表达的利器。[②]何晏在《论语集解》引包咸注《论语·阳货》中"兴于诗，立于礼，成于乐"时，曰："兴，起也，言修身当先学诗"，认为孔子的这些论述虽然是感《诗》起兴，但与感物起兴在心理机制上为同一回事，兴的地位和作用应在观群怨数者及礼乐之上。可见他认为只有现有审美意义上的感动，才能谈及其他功能的实现。其后，西晋陆机在《文赋》中称"若夫应感之际，通塞之际，来不可遏，去不可止"，点出了兴不可力强而至的现象，并把《乐记》萌生的"感物"之说及始自孔丘的"兴"发展成为文学理论上的感物兴情之法，将当时的自然审美意识与

---

① 《周礼》曾言："大师……教六诗，曰风，曰赋，曰比，曰兴，曰雅，曰颂。"（清·阮元校刻：《十三经注疏》，中华书局 1980 年版，第 796 页）

② 夏侯湛《秋可哀赋》言："感时迈以兴思，情怆怆以含伤。"陆云《谷风》言："感物兴想，念我怀人。"

文学的个体自觉意识直接引回到文学创作中来，为后世文人的创作、批评乃至传统人文精神在文学领域内向纵深演进创造了一个范式。西晋挚虞也在《文章流别论》中强调了"兴"的有感而发。这为知音论正式在文学领域的进一步发展提供了良好的契机。六朝论者如刘勰、钟嵘等人均继承此说，以兴指有感于作品情旨而思，悠然兴会。颜之推也在《颜氏家训》中称"文章之体，标举兴会，发引性灵"。尤其值得一提的是，钟嵘在此基础上提出"赏""味"两词，更加强调知音赏评活动中兴的功用。后世论家也多以知音论之"兴"为喻，相继生发出"兴会""伫兴""僻兴""寓兴""兴寄""托兴"等词，以深入阐述作家内心之旨与外界事物之间的关系。

（二）创作营构论

所谓营构，是指创作构思，具体到诗学，即为意象的营构。古代文论家多是重视创作构思的，陆机《文赋》探讨文之"用心"及"意称物"的规律，即构思，刘勰《文心雕龙·神思》则是以神思论述营构的专篇。

《文赋》中"恒患意不称物、文不逮意"一句明确了陆机心目中"意""物""文"三者的理想关系，简言之即"意称物""文逮意"。《文赋》中提出的"意称物"即构思的规律是陆机认为"非知之难"的部分，指作家以自身的审美体悟，以创作需要为标准对外物加以选择，将人的审美情感投射进外在于人的客观事物、物情、物理中，化具象化的"物"为浸透作者创作意图的"意象化的物"，人心与外物情理契合。"意称物"在《文赋》中未展开论述，看似悬而未决，实际上，陆机在其文学创作中已充分证明了这一层面的重要性。首先他从王弼在"言""意"关系中引入"象"受到启发，在"物""文"关系中引入"意"这一主观因素，将作者的主观因素视为解决"意不称物"问题的关键。为文需动力，创作有动因，何为构思之始的内驱力呢？陆机认为主体萌发创作冲动即是。《文赋》将引起"慨投篇而援笔，聊宣之乎斯文"的动因具体归结为识、学、气素养：一是识养即阅历，观物是主体抒情动因；二是学养即才学，积学是主体创作动因；三是养气即才性，以古典文籍陶冶人格精神、滋养道德情操使主体获得文思萌生创作冲动。在此基础上，陆机将源自老庄的哲学认识论转移运用到文论中，把实现阅历、学识、性情修养的关键归于"伫中区以玄览"即主体的"虚静"状态，① 强调创作主体心理上必须具备物我两忘、精神专一、自由无待和无功利审美的良好状态。"课虚无以责有，叩寂寞而求音"，创作过程便成为无中求有。因此，"虚静"的状态不仅能帮助诱发主体萌生创作冲动，还能使主体在整个创作过程持续高度的感知力。于是想象和灵感便成为陆机心目中文学创作实现由物化意必不可少的两种不同路径。主体借由想象一途，在澄怀坐忘的状态下"收视反听，耽思旁讯"，使艺术想象"精骛八极，心游万初"，实现构思目标。构思的要点有二：一要清晰呈现出蕴涵在作家思维中的情感，使"情瞳昽而弥鲜"；二要寓情于物，使经过创作者选择的、渗透了情感的物象具象化，形成刘勰所言之"意象"，做到"物昭晰而互进"。关于灵感的论述也关涉"物"的"意"化，"方天机之峻利，夫何纷而不理"更呈现出文思通畅时"意象"纷至沓来的状况。

神思一词，早见于东汉韦昭《鼓吹曲》中"聪睿协神思"。《晋书·刘寔传》则有"吾与颍川兄弟语，使人神思清发"之语。此处的神思是指出神入化的思致。及至陆机《文赋》，则称"其始也，皆收视反听，耽思旁讯，精骛八级，心游万仞"，然后"观古今于须臾，抚四海于一瞬"，可谓是对神思的最佳注释。南朝宗炳《画山水序》中称"万趣融其神思"，表明创作必须借由特殊的思维方式，才能令万物皆备于我，皆为我用。其后，刘勰在《文心雕龙·神思》中以神思涵括创作中意象营构的思维方式，对其内涵、外延、意

---

① 对于此句之意，李善注曰："《汉书音义》：'张晏曰：伫，久埃待也。'中区，区中也。《字书》曰：'玄，幽远也'。《老子》曰：'涤除玄览'。河上公曰：'心居玄冥之处，览知万物，故谓之玄览。'《幽通赋》曰：'皓颐志而不倾。'《左氏传》：楚子曰：'左史倚相，能读《三坟》、《五典》。'"他把此句理解为道家"虚静"的境界。张少康先生也说："这是针对小序中提出的'意不称物，文不逮意'而来的。'伫中区以玄览'，即是强调创作前必须具有道家那种'虚静'的境界，不受外物和各种杂念的干扰，能够统观全局，烛照万物，思虑清明，心神专一，……李善引《老子》原文及河上公注来解释'玄览'是很正确的，也是很重要的。它表明了《文赋》论创作受道家思想影响之深。"（张少康：《文赋集释》，上海古籍出版社1984年版）

义和构成都详加说明，所谓"形在江海之上，心存魏阙之下，神思之谓也"，指出神思是一种由心掌控、突破时空的特殊思维活动，并鲜明地提出"神与物游"的命题。萧子显在《南齐书·文学传论》中称"属文之道，事出神思，感召万象，变化不穷"，与此意类同。

所谓"神与物游"，黄侃在《文心雕龙札记》中解释说："此言内心与外境结合也。"可见，神与物游实质上关涉两个对象，一为主体之神，即内心，一为客体之物，即外境。创作的构思要求二者交相融合，但"内心与外境，非能一往相符会"，所以"必令心境相得，见相交融，斯则成连所以移情，庖丁所以满志也"，主体内心与客体外境必须交相融合，而且这种融合必须是自由流动的"游"的状态，即纪昀所称《物色》篇中"随物宛转，与心徘徊八字，极尽流连之趣"的状态，只有达到这种状态，才能实现创作构思的圆满成功。正如《神思》篇中所言的"夫神思方运，万土竞萌，规矩虚位，刻镂无形。登山则情满于山，观海则意溢于海，我才知多少，而并驱矣"，"神居胸臆，志气统其关键；物沿耳目，而辞令管其枢机"。刘勰以为，要把握并处置好神与物的动态关系，就必须依赖才气和辞令，通过虚位和无形切入文学构思的虚实镜像之中，使二者之间呈现出一种交响作用、循环往复的态势。自此，知音论通过对古代人文思潮中关于创作发生理论的理性梳理建构起自身关于创作构思中主体与客体两者关系的理论。

知音论对创作构思中主客体关系的理论至少有两层内涵，一是从主体而言，神思由志气统摄，属于情的范畴，因此必须经由养气、虚静以求之；二是从客体而言，神思超越时空，必须依凭着物而存在，因此必须经由物象即实景、想象即虚景以求之。这就将知音赏评活动展开的路径拓展开来，直接指向先秦以降的养气、虚静的理论。知音论对古代人文思潮中的养气之说的理性梳理前文已述及，此处不再赘言。本小节主要谈一下知音论对隋前虚静论的理性梳理。

虚静最早是个古代哲学概念。关于哲学层面的虚静之说，《老子》曾言"致虚极，守静笃"（第十六章），又称"静为躁君"、"躁则失君"（第二十六章），可见，虚静是道家的重要思想，物化和坐忘与虚静论密切相关。道家贵无尚虚，本质上是主静的，静是躁即动的主宰。王弼《老子注》又称"安为动主"。庄子亦在《天道》中发挥了这一学说，庄子以水为喻，认为静与虚相连，虚静之所以能洞见天地之道，因为它是清明的境界。进而，庄子又称虚实、静动又是相对的、可以互相转化的辩证关系。受道家这种思想影响，儒家荀子在《解蔽》中继承并发展了老庄虚静之说，从认识论角度提出"虚壹而静"的观点，法家韩非子也在《解老》和《主道》中以虚实、动静之说论述君王统治之道。此后，虚静说在哲学史上影响深远。

在文学领域，西晋陆机曾在《文赋》中谈及"收视反听"的观点，意指不视不听或内视内听，实际上就是在讲虚静，其后，在论及想象时又称"耽思旁讯，精骛八级，心游万仞"，意指作者在想象构思时也必须保持主体虚静，言其实而未用其名。南朝齐梁画家谢赫在其画论《古画品录》中也曾记载过古代画家顾俊之与外界隔绝以求规避干扰静心作画的关于虚静论实用的故事。

刘勰则在文论领域中首次引入了哲学上的虚静之说，在《文心雕龙·神思》篇中明确提出了"虚静"概念，称"陶钧文思，贵在虚静，疏瀹五藏，澡雪精神"，即是指主体在意象营构阶段必须保持虚静心态。其实，这几句话源出《庄子·知北游》中"汝斋戒疏瀹而心，澡雪而精神"，意指首先要排除俗虑，洗涤俗肠，进入虚静的境界，然后才能接受道的奥义。可见，知音论通过对肇自古代先秦哲学层面老庄道家的虚静之说的理性梳理建构了自身关于创作在构思阶段的主体要求。而刘勰在知音论中建构起的创作意象营构的主体虚静说，其主要内涵在于，创作构思中的思维规律要求主体必须力排各种干扰，求得虚静的状态；对创作构思的干扰不仅来自外界，也来自主体内心，外界的干扰是浅层次的干扰，内心的干扰才是深层次的干扰，更具破坏性。因此，求虚静应向内求，首先排除主体来自内心的各种干扰，集中精力展开创作构思的意象营构。

正是从这种意义上讲，虚静和庄子哲学中的物化及坐忘都是相通的。物化一说，始见于《庄子·齐物论》，文中以庄周梦蝶的寓言喻指主客体之间关系的最高境界，即物我合一、主客合而为一的境界，亦即所谓"天地与我并生，而万物与我为一"。进而又在《庄子·达生》称"指以物化不以心稽"，认为物化是以内在自然合于外物自然的"以天合天"的境界，是技艺的最高境界。受其影响，古代文论中往往以物化论创作中意象营构思维运动的极致状态。坐忘一说，本为道家对体道悟道方式的一种，始见于《庄子·大宗师》，喻指超脱形体、绝圣弃智而与大道合的状态，随后，《庄子·天地》《庄子·天运》《庄子·达生》等各篇中不断突显忘的积极作用，指出要想体悟大道，就必须忘物、忘亲、忘天下、忘是非，直到从根本上忘己，即物我同一之无我状态。坐忘于古代文论的影响是毋庸置疑的。在创作与赏评中，忘掉主体、忘掉客体、忘掉创作对象、忘掉方法、忘掉媒介、忘掉工具，忘掉一切有形的、无形的事物，直奔本体之道，实现一种无意识、超功利的自由无待，反映到知音论中，则既是知音创作或赏评的主客两端的差异的消解，又是主客两端合体的完满实现，六祖慧能"本来无一物，何处染尘埃"的揭语的内涵亦与之相类。因此，在知音论中，物化和坐忘均被视为一种深层次的心物交融的知音状态。

由此可见，虚静是适宜于包括思维运行的一种心态，而这种思维显然应包括创作和赏评两个层面的含义。因此，知音论通过对古代哲学虚静说和隋前文人有关创作营构论述中的虚静的理性梳理，得出了知音赏评活动过程中对创作乃至赏评主体的虚静要求。知音论认为，无论是属文赋诗，还是赏鉴批评，主体的虚静至少应表现为：一是从容不迫，气定神闲，唯其如此，才算是进入创作或赏评最佳状态的表现，只有像庄子所言的那个"解衣般礴，裸"的画家那样的状态才算是真正进入了主体虚静的状态；[①] 二是凝神聚气，专心致志，心无旁骛，只有这样才能进入最佳的创作或赏评状态，此正庄子所谓"用志不分，乃凝于神"的方式；[②] 三是虚以待物，虚实相生，虚是为了实，主体只有学会忘记、不拘泥于陈见、甚至腾空心房，才能彻底排除来自外境与内心两方面的干扰，方能蓄满新的情思以致必须向外宣泄，进而形之于诗文，类似荀子所言"不以所已臧害将受"，也如陆机所言"课虚无以

---

① 参见《庄子·田子方》。

② 参见《庄子·达生》。

责有，叩寂寞而求音"；四是动中求静，动静互转，此即《庄子》所言"虚则实，实则伦关""静则动，动则得矣"的哲学辩证观在文论领域的运用。总而论之，知音论的主体虚静论实际上是一种可以洞见万物、容纳万境的境界，有了这种境界，不仅创作中能思接千载、精骛八极，而且赏评中的知音境界也必将无处不在。

（三）创作传达论

所谓传达，就是把营造出的意象通过包括言语文字在内的各种媒介以包括文学作品在内各种形式呈现出来，供人赏评。媒介呈现是手段，供人赏评是目的。既然要供人赏评，要人认可和接受，就必然与接受和赏评密切相关的，也就必须考虑受众，而不能一味自我言说。表现在文学创作的传达中，则是创作者为外物和内情所感而兴起，欣然有创作之意，借由神与物游的精微思虑和作者的精心结撰，而后为供人赏评的文学作品随即成形。知音论的知音赏评将借由此阶段的活动获得其直接客体对象——作品。知音论以为，对作品的知音赏评活动往往集中于两个方面：一为对作品结撰之法的考察，即创作论中的艺法论；二为对作者之才的考察，即创作论中的作家论。后者本书第一章已有论述，本小节主要解决前者。

言意冲突是文学创作的传达过程中无法回避的主要问题。这就涉及古代哲学中一个经典的命题——言意之辨。"言意之辨"早在《墨子·经说上》《庄子·天道篇》《周易·系辞上》等先秦著作中就已屡屡提到，或以"执所言而意得见，心之辩也"认为言可以得意，或以"语之所贵者意也，意有所随。意之所随者，不可以言传也"认为言难达意，或直接提出"书不尽言，言不尽意"问题。其中尤以《庄子》所揭示的言意关系最为深入。庄子在《秋水》篇中称"言之所不能论，意之所不能察致者，不期精粗焉"，在《天道》篇中称"意之所随者，不可以言传也"，又在《外物》篇中称"得意而忘言"，其义有三：一是道不可言论意致，只能靠直觉体悟；二是言意有别，言不尽意；三是意重于言，得意可忘言。其中所揭示的言意矛盾，直接影响到魏晋玄谈和六朝文论。关于这种影响，《世说新语》中《文学》

篇第 21 则曾记载：

> 旧云，王丞相过江左，止道《声无哀乐》《养生》《言尽意》，三理
> 而已，然宛转关生，无所不入。①

《世说新语》中《文学》篇第 75 则也记载：

> 庾子嵩作《意赋》成，从子文康见，问曰："若有意邪，非赋之所尽；
> 若无意邪，复何所赋？"答曰："正在有意无意之间。"②

这两则材料充分说明，自先秦以来的"言意之辨"问题不仅在六朝更甚，成为当时玄学的重要课题之一，而且"言意之辨"中所涉及的言与意、意与物乃至意与文的关系，都直接指向文学领域的赏鉴批评，并反映在《世说新语》的多则记载中。上引《文学》篇第 21 则中《言尽意》指玄学家欧阳建所作言尽意论的玄学著作，这里也指代"言意之辨"问题，丞相王导将其列为与"声无哀乐"和"养生"等量齐观的文人清谈的三大重要内容之一，从一个侧面说明其时"言意之辨"之盛。而上引《文学》篇第 75 则讲的是一个文学批评的例子，文康认为文辞难以将"意"彻底表达，本言不尽意论者，他以言意诘问其叔。庾子嵩可能并不同意其侄的言不尽意的观点，却没有直接从正面驳斥反对，而以有无之间作答，回答得相当精妙。这则材料在庾氏叔侄间将"言意之辨"的"言尽意""言不尽意"的讨论直接引入对文学作品的品赏中，直接运用于文学批评上，并接触到文、意关系，可见其时"言意之辨"问题已开始与文学批评产生直接联系，亦反映出魏晋文论的新变。

那么，作为魏晋玄学的重要论题，"言意之辨"的内涵究竟如何？它是

---

① 余嘉锡：《世说新语笺疏》，中华书局 1983 年版，第 249 页。
② 余嘉锡：《世说新语笺疏》，中华书局 1983 年版，第 303 页。

如何影响文学创作和文学批评的呢？它与知音论的形成又有着何种层面的关联呢？

时至魏晋，先秦言意矛盾的探究日渐流行，言意之辨成为时尚思潮，言能否尽意及言、意、象（物）三者关系也成为玄理的重要内容，先后形成了"言尽意"与"言不尽意"两派，而尤以后者为主导。《三国志·魏志·荀彧传》注引何劭《荀粲传》云：

> 粲兄俣难曰："《易》亦云圣人立象以尽意，系辞焉以尽言，则微言胡为不可得而闻见哉？"粲答曰："盖理之微者，非物象之所举也。今称立象以尽意，此非通于意外者也；系辞焉以尽言，此非言乎系表者也。斯则象外之意，系表之言，固蕴而不出。"

其中，"盖理之微者，非物象之所举也"是荀粲在融合《周易》与《庄子》说法后对言不尽意的认同。他将"精""粗"、"有形""无形"运用到《周易》"立象""设卦"以尽"意"、尽"情伪"中，提出意、象、系的内外表里之说，认为内里可言之，而外表则"蕴而不出"。王弼则在《周易略例·明象》中从原则上判明了言意名理的关系，他说：

> 夫象者，出意者也。言者，明象者也。尽意莫若象，尽象莫若言。言生于象，故可以寻言以观象；象生于意，故可寻象已观意。意以象尽，象以言著。故言者所以明象，得象而忘言；象者所以存意，得意而忘象……故立象以尽意，而象可忘也；重画已尽情，而画可忘也。

言意之辨自王弼始得"言不尽意"风行。在王弼看来，"意"是目的、是根本且不可全至，而"言"为得意的手段，"象"是传达工具，得意即可舍"言"弃"象"。此即所谓"得意忘言说"，其实质是对精神本体的体悟和把握。王弼固然认为得意须"忘言"、"忘象"，但他也认为"尽意莫若象，尽象莫若言"，强调"象"与"言"的重要性。如《世说新语》中《文学》篇第 8 则记载：

> 王辅嗣弱冠诣裴徽，徽问曰："夫无者，诚万物之所资，圣人莫肯致言，而老子申之无已，何邪？"弼曰："圣人体无，无又不可以训，故言必及有；老、庄未免于有，恒训其所不足。"①

材料中，王弼在应答裴徽时，主张以有训无、训不足，即强调"言""象"可以用作寻"意"悟"意"的手段、桥梁。王弼的这种得意忘言、尽意惟象、尽象惟言的思想及其辩证思维方式，继承和发展了先秦哲人关于言意矛盾的思想论述，对魏晋六朝的文论产生了深刻的影响。

西晋陆机将先秦哲人言意矛盾的探究和魏晋言意之辨的成果直接引入了文学领域，用于对文学创作中传达的规律探索。通观《文赋》②，解决"意不称物，文不逮意"问题是全篇的中心论题，力求将由"物"即外界刺激而起的写作冲动通过构思所形成的"意"即思想内容用"文"即恰当的语言文字完美表达出来。这里，陆机将玄学思辨中的言、意、象三者关系投射到对文学创作的探讨中，开拓性地点明文学创作中也存在一个创作客体"象"，即外物，从而展开对物、意、文三者关系的思索，并在这一框架下，从文学创作的角度出发，继续探讨了包括艺术构思、语言表现、文学修养、文体风格等在内一系列相关的问题，初步形成创作理论框架。知音论通过理性梳理，敏锐地直接吸收了其中关于文学创作中物、意、文的关系、由物化意的构思过程、文学修养重要性和文体论及作文"贵妍论"的论述，建构起自身关于赏评客体规律的理论。

陆机《文赋》所建构的文学创作理论框架中最为关键的概念无外乎"物""意""文"，其中"意"是统摄三者的关键。因此，对这三个概念加以本文界定十分必要。所谓"意"，许慎以为是可以通过言语表现的包涵意图、

---

① 余嘉锡：《世说新语笺疏》，中华书局 1983 年版，第 235 页。
② 此处所引《文赋》语据张少康《文赋集释》，上海古籍出版社 1984 年版。

意思、料想等心理内容的种种想法："意，志也，从心察言而知；意，从心从音。"①《文赋》中的"意"则是区别于"理""情""义""思"等创作者内部因素的、人脑中经由构思而形成的思想感情，统摄"物"、"文"，涵括二义：一是主体借由想象思维，以审美方式融会主观情感与客观物象，形成切合其内在神理的思想，其中关涉"意称物"的情物关系，可在南朝齐梁间刘勰《文心雕龙·神思》篇"物以貌求、心以理应"中找到注脚，②而"意称物"绝不仅仅指外物状貌的描摹，更是对深层次的外物之"理"的穷纠；二是应在构思活动当中形成"非知之难，能之难也"的谋篇缀章的具体安排。所谓"物"，一指自然和如"群言""六艺""百世之阙文""千载之遗韵"等能激发创作欲望的外部客体；二指人情世故等社会内容。所谓"文"，则并不是单指文字，还包括"体""貌""形""色""言""辞""音"等概念，用以表现构思内容的外部语言形式。

如前所述，《文赋》中"恒患意不称物、文不逮意"一句明确了陆机心目中意、物、文三者的理想关系，简言之即"意称物""文逮意"。前者上文已论及，这里详述后者。"文逮意"是由意成文的语言表现阶段，是陆机认为"能之难"的部分，是指作家运用精准的语言"放言遣辞"，组织、整合经由构思融合了人主观情志的"意象化之物"，使文辞与"物"和谐一致。如何将构思当中所形成的"意象"用文辞呈现出来？这是《文赋》全文所要解决的中心问题，陆机虽常感"良难以辞逮"，却始终认为言能尽意，并为此首次提出了谋篇缀章的完整理论。此论关涉意辞部署、音韵把握、风格、体裁及灵感构思关系等诸多内容。"选义按部，考辞就班""理扶质以立干，文垂条而结繁"是陆机对意辞部署的总括，即强调思想决定形式，构思深化统辖炼句炼意。具体来讲要实现由意到文：一要抓关键、抓要领，考选意辞以"至当"为标准，做到文质彬彬，同时，强调以"片言居要"的警句实现主题的突显，并以为文贵创新须从意、辞两

---

① （汉）许慎：《说文解字》，中华书局影印本，第217页。

② 陆机《文赋》重点在"文逮意"。刘勰《文心雕龙》提出"意象"概念，解决了情物统一问题，其理论渊源应是陆机所说的"意中之物"。

个方向努力，唯其如此方可使文思文辞绮合相会；二要克服文学创作的各种文病 ①，并由此提出了文学作品的审美理想；三要注重文体特征，既然"为物""多姿"、"为体""屡迁"，那么创作时就必须依作者不同的兴趣爱好和气质个性来选择不同体裁，遵循言意相和的文学基本规律并注重变通适用。

在上述"意""物""文"互化的两个过程中，"意"为核心。"物""意""文"三者的互化过程实则对应着文学创作的不同阶段，即观物、构思、表达。陆机以为文学创作是一个整体，其中包含三个内涵："物"即作为创作主体思维活动对象的创作客体——外界客观事物；"意"即形成于构思之中契合创作主体内心情感的思想内容；"文"即表达"意"的创作媒介——语言文字，三者的互相转化构成完整的创作过程。陆机在这一命题中突破了以往文论只谈文质、言情而不及"物"这一文学创作重要客体的局面，创造性地提出了创作客体这一内涵，明确了文学创作主客体及以语言为媒介的读者之间的基本关系，涵盖了文学批评的诸多理论范畴，使古代文论趋于成熟，形成完整的创作框架。知音论通过梳理陆机《文赋》关于文学创作理论架构，以理性自觉建构起自身的知音赏评理论框架。如果陆机的文学创作理论框架可以用如下简单图示描述的话：

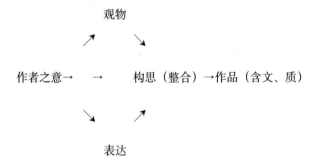

那么，作为与创作理论相对应的赏评理论的知音论的理论框架则反其道而行之：

---

① 转引自张少康《文赋集释》中黄侃所论，上海古籍出版社 1984 年版，第 186 页。

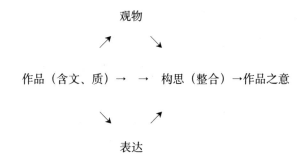

于是，知音论经由陆机《文赋》文学创作理论的框架搭建的反推，成功建构起自身理论的完整框架：文学赏评是一个整体，其中包含三个内涵，一是作为批评主体思维活动对象的批评客体——外界客观事物，二是呈现于文本这一批评客体中契合赏鉴批评主题内心情感的思想内容，三是以语言为媒介的赏鉴桥梁，三者的互相交流和转化构成完整的赏鉴批评过程。

知音论通过理性梳理发现，陆机的开拓直接影响到两晋文学赏评活动，加速了将言意之辨的哲学思想导入玄言清谈对话中的文学知音赏评的进程。《世说新语·文学》篇第83则载：

> 王敬仁年十三作《贤人论》，长史送示真长，真长答云："见敬仁所作论，便足参微言。"①

材料中"微言"实际上是指"言"外之"意"，意即经由《贤人论》的文本可了解作者文字之外的意图，这也是"言""象"是悟"意"的途径的明证。由此我们也可见出"言意之辨"在六朝时期已深入渗透到当时文人文学赏鉴品藻批评思想中，其理论核心"言、意、象"三者关系的辩难甚至直接影响到知音论的形成。不唯如此，此条材料中刘真长对王敬仁所作《贤人论》的"足参微言"的高度赞赏的评价，本身就是一种典型的知音赏鉴批评的过程，作为读者的刘真长，在见到赏鉴批评的文本《贤人论》后，虽未见其人，未

---

① 余嘉锡：《世说新语笺疏》，中华书局1983年版，第308页。

谋其面，却借由对文本的细读、品赏，以"言"化"象"，溯"象"而上沿波讨源，追寻并体悟到王敬仁"微言"之"意"。可见，两晋文论因直接与玄学"言意之辨"相联系，已露出玄学论文的端倪，并对知音论的审美生成产生了巨大影响。

然而，为什么"文逮意"会如此困难？言意矛盾能否彻底解决？对这一点，南朝齐梁间的刘勰比陆机理解得更为深刻。刘勰称"意翻空而易奇，言征实而难巧也"，认为言意矛盾的关键不在言，而在意，因为意具有"游"的动态属性，通过虚的内在语言即思维工具来营构，却要通过实的外在语言即交流媒介来固化。意虚而言实，意象结撰必然产生矛盾，引发困惑。从这一点出发即可知，言意不可能完全契合，而创作传达中的达意也不可能完全实现。

尽管言意矛盾无法在文学创作中完全解决，但六朝文人依然通过设象尽可能使言接近意。这就关涉到魏晋以来文论新变的又一表征，关于"形""神"问题的探讨。总的来看，由于受到时代的约束，六朝文人未能在创作时做到形神兼备，仅只能做到形似或神似，尤以形似为主。要形似就必须依托充分的言来明象并通过合适的象来出意。但是，并非一切言都足以明象，同样，也并非一切象都可出意。此处的合适与充足便直指象的选择标准与表达要求，而形象性就是形似的象的最佳状态。可见，象于言意互化之功极大。六朝文人对"象"的表现力的探索为知音论读者赏析开掘了多种路径，若将其置于因"言意之辨"而架构的知音赏鉴批评体系的范畴下审视，则获益更多。一是因具体物象兴起人物神明的实在的象。这里，"象"成为脱离比德、致用的载体性的诱发情感的实物呈现。例如，《世说新语·言语》篇第24、55、73则分别记载：

> 王武子、孙子荆各言其土地人物之美。王云："其地坦而平，其水淡而清，其人廉且贞。"孙云："其山崔巍以嵯峨，其水㳿㴸而扬波，其人磊砢而英多。"①

---

① 余嘉锡：《世说新语笺疏》，中华书局1983年版，第101页。

桓公北征经金城，见前为琅邪时种柳，皆已十围，慨然曰："木犹如此，人何以堪!"攀枝执条，泫然流泪。①

刘尹云："清风朗月，辄思玄度。"②

这三则材料均为由物象直接拨动心弦、触发情思：第 24 则由山水自然之美思及"物华天宝，地灵人杰"的人物才性之美；第 55 则因自然树木的生长而慨叹生命短暂、人生易逝；第 73 则由夜色及念友之情。材料中或以山水、或以树木、或以月夜等具象化的白描速写，直达或讴歌赞颂、或叹世伤怀、或感念怀人的蕴藉了人情的意，毫无理性安排，全无比附象征，缘情直感，直抒胸臆，整个创作和鉴赏过程都紧扣"意"而不脱"象"。此处之象全凭一己之美达意。二是与意水乳交融的对等状态下的象。这里，象本身已因其久远之前的某种特性而化成某种意的符号，是对前一层次的象的更高层次上的拓展与升华。例如《世说新语·赏誉》篇第 16 则记载：

王戎云："太尉神姿高彻，如瑶林琼树，自然是风尘外物。"③

又如《世说新语·容止》篇第 4、5、6、35、39 则中分别记载：

时人目夏侯太初"朗朗如日月之入怀"，李安国"颓唐如玉山之将崩"。④

嵇康身长七尺八寸，风姿特秀。见者叹曰："萧萧肃肃，爽朗清举。"或云："肃肃如松下风，高而徐引。"山公曰："嵇叔夜之为人也，岩岩若孤松之独立；其醉也，傀俄若玉山之将崩。"⑤

① 余嘉锡：《世说新语笺疏》，中华书局 1983 年版，第 135 页。
② 余嘉锡：《世说新语笺疏》，中华书局 1983 年版，第 159 页。
③ 余嘉锡：《世说新语笺疏》，中华书局 1983 年版，第 508 页。
④ 余嘉锡：《世说新语笺疏》，中华书局 1983 年版，第 716 页。
⑤ 余嘉锡：《世说新语笺疏》，中华书局 1983 年版，第 716 页。

裴令公目王安丰："眼烂烂如岩下电。"①

海西时，诸公每朝，朝堂犹暗；唯会稽王来，轩轩如朝霞举。②

有人叹王恭形茂者，云："濯濯如春月柳。"③

上述六例均为拿自然景物媲美人物品格的实例，呈现出简约玄淡的审美之感。具体来说，六则例子中分别以"瑶林琼树""日月""玉山""孤松""朝霞""岩下电""松下风""春月柳"自然之象，给赏鉴者带去自然感发的审美享受，这里，象已摆脱了达意工具的从属身份，作为接受者的赏鉴批评一方，只需如宗炳在《画山水序》中所言般"澄怀味象"，以空灵的山水心态与象契合，即可体验出言谈之中所寓之意。三是以品题和象喻之法将哲思浓缩进虚拟之象中以达意，即所谓"略其玄黄，取其俊逸"之象。这里的象已被升华为象外之象。《世说新语》中的人物品藻多用此象，且品题与象喻的几种方式交互使用，呈现无限与有限、抽象与具象完美结合、无迹可求、超脱精妙的象外世界，引人遐思。如《品藻》篇第 36 则记载：

抚军问孙兴公："刘真长何如？"曰："清蔚简令。""王仲祖何如？"曰："温润恬和。""桓温何如？"曰："高爽迈出。""谢仁祖何如？"曰："清易令达。""阮思旷何如？"曰："弘润通长。""袁羊何如？"曰："洮洮清便。""殷洪远何如？"曰："远有致思。""卿自谓何如？"曰："下官才能所经，悉不如诸贤；至于斟酌时宜，笼罩当世，亦多所不及。然以不才，时复托怀玄胜，远咏《老》《庄》，萧条高寄，不与时务经怀，自谓此心无所与让也。"④

材料中，孙绰对刘真长、王仲祖、桓温、谢仁祖、阮思旷、袁羊、殷洪远七位名士进行评价时，连用了"清蔚简令""温润恬和""高爽迈出""清易令

---

① 余嘉锡：《世说新语笺疏》，中华书局 1983 年版，第 716 页。
② 余嘉锡：《世说新语笺疏》，中华书局 1983 年版，第 737 页。
③ 余嘉锡：《世说新语笺疏》，中华书局 1983 年版，第 737 页。
④ 余嘉锡：《世说新语笺疏》，中华书局 1983 年版，第 617—618 页。

达""宏润通长""挑挑清便""远有致思"等七个朦胧抽象的简约概念，即为品题之法。其中出现的清、朗、雅、俊、逸等词更在后世文论中逐一发展成为审美领域的重要范畴，足见时人品题时对宇宙、人格和艺术的本体领悟之深刻、思辨意识之深厚。而前引《赏誉》篇第16则及《容止》篇第4、5、6、35、39则中则采用了象喻之法，以现实之象拟人物神明，直观可感。总之，了解象的诸种形态对于知音赏评中的读者至关重要，赏评状态下的读者若能通晓象的各种呈现形态，则必能通过象的把握，快速找到直通作者在艳丽文字书写中所寄予的深意高情。知音论敏锐地意识到这一点，并将之吸取到自己的理论体系中。

　　知音论在对古代人文思潮中的创作理论成果进行理性梳理时，还注意到对古代文论的尚意传统的梳理。这一传统肇始于南朝宋范晔，在其《狱中与诸甥侄书》中，范晔明确提出文"当以意为主，以文传意"，认为尚意则旨必见，传意则词不流。然而，如前所述，言意矛盾无法在文学创作中完全解决，为了以文传意见旨，中古文人和文论家们就开始探求穷形尽相之外的方式。这就是，利用言意矛盾，将意寄托在言外，寄言出意，留下想象的空间，让读者自己去体味文意。关于这种探求，最早的记载见于《晋书·文苑传》，文中载西晋张华赏评左思《三都赋》时称"读之者尽而有余"。这是从读者接受角度讲寄言出意。最早在理论上对此进行揭示的是刘勰、钟嵘。刘勰认为，隐是一种文学表现手法，在《文心雕龙·隐秀》篇中称隐为"文外之重旨者也""以复意为工"，指出除了字面之意还有文外、词外的深层内蕴。其效果即为有余味。钟嵘在《诗品序》中更提出"文已尽而意有余，兴也"的观点，喻指在创作中以模糊不确定给予读者想象空间。可见，文学创作中，寄言出意早已运用，但直到南朝齐梁间才被刘、钟总结出来。

　　知音论在建构知音赏评理论中主客体互动的关系时正借鉴了这一理论成果。这里，不妨将言意之辨中"言""意""象"三者关系与知音论中作品展现的文本本体、作家寄予的思想价值、读者接受的赏评媒介三者预设一个知音理论范畴的一一对应的表述："言"即本体，"意"即价值，"象"即媒介。

换言之，言意之辨中的"言""意""象"三者关系实际上即是知音理论范畴下文本本体、思想价值、赏评媒介三者的关系。在这两套可以重合的关联中，"象"是由"言"得"意"的中间环节，在得"意"过程中作用犹大。"象"即媒介的变化及内涵的丰富与发展，自然也昭示着整个理论内涵的丰富与发展。由此，知音论在对先秦以降言意之辨的理路梳理过程中练就了自我成长的机制。

综上可见，知音论通过对古代人文思潮中关于作品论、作家论、才性论的梳理，总结出诸如作品的风格、文体，作家乃至读者的人格、天赋、修养等方面的理论成果，使得读者与作家、作品之间的主客体关系的框架更加明晰，直接建构起知音赏评的客体理论、读者理论的基本脉络和核心价值。其形成过程本身，既是古代人文思潮中人文自觉对其直接影响的表现，也是对古代人文思潮的理性梳理的过程。

二、自主选择人文精神

综观本书第三章中对知音论内涵及其体系的揭橥，不难发现，知音论所涉及的是知音赏评主客体对象之间的关系范畴，所探讨的正是知音赏评主客体对象之间的种种关系。由于知音赏评活动作为一种特殊的文学鉴赏批评精神活动，既涉及作为赏评主体的读者，又涉及作为赏评客体的作家、作品。所以知音论中的赏评客体应区分为两个层次，一为作家，一为作品。这样看来，知音论所探讨的就是读者与作品的关系、读者与作家的关系、作品与作家的关系以及作家作品与读者三者的关系。由于知音本质上是在审美艺术层面对人文精神的选择性继承，从创作角度看，将人文精神的灌注文本藏之名山并期待传之当时或后世知音君子是作者创作作品的根本动因；从作者的角度看，作者对知音的期待是以人文精神为标准的；从作品的角度看，只有符合人文精神的作品才是好作品；从读者的角度看，读者的最高要求就是成为作者的知音，而要成为知音，非得通过作品和作者进行心灵上的沟通才行，而这种沟通又显然必须建立在人文精神的基础之上。可见，知音论的形成及发展过程实际上就是对古代人文思潮所赋予的以人文精神为鹄的价值指向的选择性继承。从这种意义上讲，知音论便是对古代人文思潮中人文精神的自主选择。

知音论以赏评主体的自觉对先秦迄至六朝各个时代的中国古代传统人文精神加以敏锐地甄别和自主选择：先秦时期，选择了老子的道、气、象、有、无、虚、实、味、妙、虚静、玄鉴、自然等观点，孔子的仁、美、善、文、质、兴、观、群、怨、大、和等观点，孟子的仁义礼智之善、大圣之美、人性、养气等观点，《易传》的象、立象以尽意、观物取象、阴阳刚柔、通变成文、知几其神、修辞立诚等观点，管子的气、虚、静、虚壹而静等观点，庄子的道、神、德、心斋、坐忘、心养、象罔、以天合天、道通为一等观点，荀子的心、知、虚壹而静、化性起伪等观点中所蕴含的古代人文精神的自然传统、现世传统、人品文品统一传统、自由求真传统、人格修养传统；秦汉时期，选择了《乐记》的礼、乐、性、情、礼别异、乐和同、礼乐相济等观点，司马谈的形、神观点，《淮南子》的元气自然、形神、心志神气、美、美感等观点，王充的元气自然、真善美、实诚、为世用、华实、知古通今等观点中所蕴含的古代人文精神中的济世救民传统、审美传统；六朝时期，选择了建安风骨、正始之音、太康诗风、左思风力、东晋玄谈、南朝文艺中所蕴含的古代人文精神的功业传统、气韵生动传统、审美追求传统、得意忘象传统、澄怀味象传统、声无哀乐传统。

知音论对古代人文思潮中人文精神的这种敏锐甄别和自主选择，是创作主体论与接受主体论的高度统一，既昭示了知音论的主体自觉，显示了人的自觉、文的觉醒和本体追寻之间的联系，又揭橥了深藏于古代人文思潮在繁芜纷乱的浮华表相内里的传统人文精神内蕴。

知音论所表现出的这种主体自觉，首先是人的觉醒，中古时期出现了人的自觉、自我意识的觉醒和张扬，当时的人们企求"不朽"，在感叹生命短促的同时，希望让生命以另一种形式永存，这是中古主体性张扬和个体生命意识释放的表征，是中古士人摆脱功利主义目的、全面追寻人生意义、企求精神层面需求满足和审美价值追求的表现；其次是文的自觉，《左传·襄公二十四年》曾有"三不朽"之说，以立德为最上，立功次之，立言又次之，到了六朝那里，葛洪则将著书立说置于"德行"之上，曹丕更以为服务于政教的文章著述即所谓"经国之大业"使人不朽，不仅如此，时人还以为即使一般抒情写景并无政教意义的诗赋之类，也可使人不朽，这是中古文学对个体内在生命的尊重和抒写，是中古文人在作品中对感性与审美的追求；再次是文论的自觉，文人们既然渴望通过自己的作品为当时人和后世了解、赞赏来实现不朽，同时也就感到对于他人的作品要有正确的、充分地理解，于是知音这个问题就被明确地提了出来，此期以《文心雕龙》《诗品》为代表的中古文论，以其对人的内心的小宇宙的探索呼应或体现着主体自觉，将对生命意义的探求与对文质彬彬之文的追求紧密结合起来，大胆鼓噪情性的表现，将情、性、人本价值、人文理想的旗帜高扬起来，让时至今日的我们也产生久久不绝的共鸣之感。

　　基于此，笔者认为，知音论对古代人文思潮中人文精神的这种敏锐甄别和自主选择，是通过感受、体验的方式，以审美激情和理性思考来实现的，其出发点在于文学本体，落脚点却在人生与艺术的审美指向，突破口在于人对自身目的、人生意义与价值的深沉思考，而主旨则在于强调通过对现实的反思实现对人生的超越，这就必然开启中古高扬人生价值与理想的审美境界，使之由现实存在升华到理想境界。而这种境界的开启，本身既是对人文精神和人本价值的一以贯之，更是对古代人文思潮的涤荡与提振。

三、独立评价经典阐释

　　知音论是对古代人文思潮中积淀下来的经典文本的个性化阐释和独立性评价。

　　关于经典阐释，刘若愚《经典、经典型和关于经典的论争》①、周光庆《中

---

① 刘若愚：《经典、经典型和关于经典的论争》，《中国比较文学》2006 年第 2 期。

国古典解释学导论》①、冯天瑜《中华元典精神》②、李凯《儒家元典与中国诗学》③ 等论文或专著均有详细论述和分析。笔者以为，经典区别于普通著述之处在于其权威性，对经典的阐释在我国古代表现为多种形式，如传、说、解、诂、训等，都十分注重忠实于原著，以原著为依据和出发点，进而在此基础上实现有限的突破。经典阐释作为中国传统学术的特殊形式，由于崇尚权威和因循传统，总体上是"我注六经"式的追求原意的客观阐释，极少"六经注我"式的主观阐发。

古代人文思潮中积淀下来了许多经典文本，承载了古代流传下来的种种思想学说和人文智慧。如何理解、认识这些经典文本是中国历代批评家都不可避免地需要面对的基本问题。而对这些经典文本的阐释和评价本身就是一种人生态度和哲学思考，代表着各种不同的价值取向。知音论作为一种知音赏评理论，自然也担负着对这些经典文本的鉴赏、批评的评价任务。

笔者以为，知音论的审美生成是建立在古代文人特立独行的个性与自由精神之上的，它主动摒弃了古代人文思潮中偏重实用的思想，积极追求其中指向玄远的自觉品格。因此，知音论对经典文本的阐释和评价无疑也是独具特色的个性化阐释和独立性评价。

正如贺昌群在《魏晋清谈思想论》中所言："文化思想之盛衰，盖有随时救弊之义焉。周末百家争鸣，至汉而整齐之，以名物训诂之实救其虚。实之弊必流于繁琐，魏晋六朝玄学以虚救之，虚之弊空疏，隋唐义疏乃以实救之，宋明理学复以虚救隋唐之实，清代朴学又以实救宋明之虚。"④ 根据"随时救弊"这一理论规律，我们就不难理解，在中古动荡时局所带来的思想失控与自由多元化的语境下，知音论饱含着个性精神和审美热情，

---

① 周光庆：《中国古典解释学导论》，中华书局 2002 年版。

② 冯天瑜：《中华元典精神》，上海人民出版社 1994 年版。

③ 李凯：《儒家元典与中国诗学》，中国社会科学出版社 2002 年版。

④ 贺昌群：《魏晋清谈思想初论》，载《魏晋思想甲编三种》，台北里仁书局 1995 年版，第1 页。

充满反思与批判精神，其对经典文本的阐释必然背离当时主流的世俗趋向或功利选择。

从某种意义上说，知音论作为一种赏评理论，一方面固然含有读者对作者在作品中原创性本意的阐释之意；另一方面也涵括了允许读者对作者在作品中原创性本意展开误读或偏见的阐发之意。这种误读或偏见的主观阐发，正是知音论的知音赏评主体自觉所赋予读者赏评的独立性评价的权利。而知音论所赋予读者的这种独立评价的权利，既让古代文人从汉儒经典文本的威权中解放出来，也使得古代文人获得了挑战经典权威的阐释观念与方法路径，对古代思想界和文学界的匡乱救弊起到了革命性推进作用，也是古代人文思潮发展的重要推动力量。

四、审美提升文艺风尚

华美的诗文、精到的字辞往往更容易引起读者、文论者在赏鉴、批评时的关注以致共鸣，从而也更易于由审美而生发出知音之感。反过来讲，知音论在其形成过程中，对古代人文思潮中的文学风尚的审美化起到了重要的提升作用，极大地推进了古代审美观的发展和成熟。可见，知音论的审美生成过程也是古代审美观不断提升的过程。伴随着知音论的审美生成，上古、中古的审美观则经历了从先秦功利到魏晋尚美，再到晋宋的赏的转向。

首先是知音论促使古代审美观由上古先秦功利向中古魏晋尚美的转向，主要体现在西晋陆机的诗文创作中，并直接影响到当时文人的诗文赏评活动。魏晋时代是文学觉醒的时代，对文学审美特质的发现和追求正是于此时产生的。从文学批评角度而言，魏文帝曹丕早在建安时期就在《典论·论文》提出了"诗赋欲丽"的主张，将"丽"视作纯文学诗赋区别于其他文体的特点。从文学创作角度而言，以曹子建为首的建安文人在锻字、炼句上的努力尝试，更在某种程度上体现了当时文人对文学自身审美特质的自觉追求。发展到西晋时期，追求文学作品的形式之美更成为社会风尚，身处其间的陆机则对此体悟至深，从文学创作角度而言，他在作诗赋文过程中特别注重文学的审美需求，并在自己的创作过程中自觉探寻文学自身的审美特质与创作规律；从文学批评角度而言，他根据自己的创作实践在《文赋》中明确提出诗"贵妍"、需"绮靡"①，要求辞藻华丽，有抑扬顿挫的声韵美，诗歌既需"应"②即"才高词赡"③，又需"雅""艳"④即"举体华美"。⑤换句话说，也就是要求诗要有美的形式。这是对文学提出的审美要求，是魏晋对文学的认识已从先秦的功利转向了审美的重要表现。这一论断的提出，既得益于当时这种因文学自觉而兴的崇美尚文社会风尚，更源自陆机苦思精酿的创作尝试与创作心理体验。

其次是知音论促使中古审美观在晋宋之际向"赏"转向。赏，本意为赏赐，以物质褒奖为主，时至晋宋，赏的内涵发生了变化，逐渐转化为饱含情感的审美赏会之意，成为审美的范畴。晋宋之际"赏"范畴的确立标志着中古审美观的成熟。"赏"其实是一种重要的感官体验，近似于中古时兴的"兴会"之说。文学领域中"赏"的引入，强化了非功利的审美品质，使之重个体感受而远离教化之重，呈现出"依希其旨"之美，于晋宋之际升格为美学范畴。而作为美学范畴之"赏"其时含义有二：或因喜好而味之，是为"赏"的发生即起点；或因品味而心畅，是为"赏"的结果即终点。二者均为基于心性的审美体验，构成"赏"的审美范畴的两端。成为了中古审美风尚的"赏"在其时各个领域迅速蔓延开来，而这种普及在词汇学层面的突出体现即是"赏心"或"心赏"词汇的出现与广泛应用。时人所言之赏心或心赏，已不特指人，亦兼指自然风物，然其旨归却直指由审美客体带给审美主体之心的赏适、欣悦。无论是言物，还是论人，"赏心"或"心赏"均为对已成

---

① 所谓"绮靡"，李善注曰："绮靡，精妙之音。"陈柱《讲陆士衡〈文赋〉自记》中解释为："绮言其文采，靡言其声音。"（转引自郭绍虞：《中国历代文论选》（第一册），上海古籍出1979年版，第179、181页）

② 张少康：《文赋集释》，上海古籍出版社1984年版。

③ 吕德申：《钟嵘诗品校释》，北京大学出版社2000年版，第42页。

④ 张少康：《文赋集释》，上海古籍出版社1984年版。

⑤ 吕德申：《钟嵘诗品校释》，北京大学出版社2000年版，第42页。

为审美范畴的"赏"的具象诠释，其字面所赋予"赏"与"心"之间存乎有无之间的距离，令其饱含了情感的张力，并充满了理性的特质。而"赏""心"之间津梁，即承载了自然风物与动人情感乃至人文精神的文中之物（以文学文本文字为其媒介），则以由心及物的价值评判和由物及心的情感回馈两种路径呈现出来，极大地丰富了"赏"的审美范畴理论的情感表现性与主观自觉性。

第五章 当代知音论文艺批评体系建构

第一节　古代知音论的当代价值

一、古代文论当代价值何以迄今仍成为问题

自晚清以降，质疑"古代文论"地位和价值的声音似乎从未间断。然而，过犹不及，此间必然有"度"的问题。笔者比较认同"建设重于论争"[①] 的观点。为此，有必要在为文之先，说说"语境"，以使对"古代文论的当代价值"的讨论建立在更加理性、更具建设性的基础之上。

坦白说，这实在不是一个很好的题目。百年前，它曾经是个沉重的话题。但在彼时，严格来讲，它并非学术意义上的文艺理论问题，而是社会发展、民族前途意义上的革命问题。学术让位于革命，时势使然，无可非议。20世纪90年代，它被学界重提，变成一个迫切的问题，成为争论的焦点，久盛不衰。论辩廓清理路，反诘助力前进，在世纪之交厘清古代文论的当代价值，指明古代文论作为学科的发展方向和研究路向，确有必要。然而，在思想解放、学术昌明、古代文论深入掘进且硕果累累的今天，它居然再次成为一个亟待讲清讲透的大问题。诚然，怀疑和反省是为学的必须。但当它一再成为问题时，无形中总令人有种莫名其妙的无奈。这本身就值得反思。它至少意味着两个问题：一是对民众的学术普及不够，二是部分学者的学术态度偏狭。

感性地讲，以此为题，对于已逾千年的古代文论史而言，实在是一件颇为尴尬的事儿。这份尴尬本不应由古人和古代文论本身来承担。与其说它是古人的尴尬，不如说它是当今某些文艺理论界学人乃至全体国人的尴尬；与其说它是古代文论的尴尬，不如说它是当代文艺理论乃至全部中国学术的尴尬。换句话说，是当代人的焦虑和当代文论的窘境促使"古代文论的当代价值"这一命题一再成为问题。这种现状委实令人遗憾。

---

① 　张节末笔谈：《在中国发现文论》，《浙江大学学报（人文社会科学版）》2006年第1期。

让我们回归理性，梳理古代文论的当代价值，破除时下常人眼中、口里的偏狭，还原古代文论在当代的价值本相。

二、内涵：客体界定与主体定位

探讨"古代文论的当代价值"，必须要弄清楚其目标——"价值"的概念。何谓"价值"？李德顺曾从哲学角度对此加以阐释："'价值'这个概念所肯定的内容，是指客体的存在、作用以及它们的变化对于一定主体需要及其发展的某种适合、接近或一致。"[①] 蔡锺翔则在分析文艺的价值时认为："'价值'不属于实体范畴，而是关系范畴，它表明主客体之间的关系，是指客体对于主体需要的满足或适合。"[②] 通常来讲，不同的客体，自会有不同的内涵和不同的特质，自然会导致不同的价值判断；不同的主体，自会有不同的需要和不同的视角，自然会对对象作出不同的价值判断。因此，要研究"价值"，就必须提前廓清两个问题，即客体的界定和主体的定位。欲探究古代文论的当代价值，自然也不能例外。

首先是客体的界定。根据哲学价值论的理解，古代文论的价值应是作为客体的古代文论作品或古代文论活动对古代文论创作主体或古代文论接受主体的需要的满足或适合。古代文论的当代价值则突出强调了"价值"的当代性，应是作为客体的古代文论作品或古代文论活动对作为古代文论接受主体的研究者和作为古代文论利用主体的当代文论建构者的需要的满足或适合。出于研究之便，我们不拟探讨某一件古代文论作品或某一次古代文论活动的当代价值，而希望探讨古代文论总体的当代价值。换句话说，我们将以古代文论总体作为研究的客体。

其次是主体的定位。如前所述，对古代文论的价值和对古代文论的当代价值的研究，均指向对主体需要的满足或适合。但前者将主体定位在三个方

---

① 李德顺：《价值论》，中国人民大学出版社1987年版，第13页。

② 蔡锺翔、袁济喜：《中国古代文艺学》，人民文学出版社2011年版，第16页。

面：一是古代文论的创作主体，即古代文论作品的创作者和古代文论活动的参与者；二是古代文论的古代接受主体，即古代文论作品的古代阅读者和古代文论活动的古代观察者；三是古代文论的古代利用主体，即古代文论的创作主体、古代文论的古代接受主体、既非古代文论的创作者也非古代文论的古代接受者却利用古代文论作为工具或手段以实现其需要的古代人或集团。而后者将主体定位在两个方面：一方面是古代文论的当代接受主体，即古代文论作品的当代阅读者和古代文论活动的当代观察者；另一方面古代文论的当代利用主体，即古代文论的当代接受者、非古代文论的当代接受者却利用古代文论作为工具或手段以实现其需要的当代人或集团。可见，两种研究对主体的定位有着貌似细微实则截然不同的差异，而这种差异的根源正在于有无对"价值"的当代界定上。因着前文对"价值"的当代界定，尽管古代文论创作主体和古代文论古代接受主体一般也同时是古代利用主体，而且当时也有些人或集团，既非古代文论的创作者，也非古代文论的古代接受者，却利用古代文论作为工具或手段以实现其需要。但他们都不在我们的研究主体范围之内，区分标准仅在是否当代。

综上，古代文论的当代价值研究在本节的质的规定性就是：作为客体的古代文论总体对作为古代文论当代接受主体的读者、研究者和作为古代文论当代利用主体的当代文论建构者的需要的满足或适合。

三、价值：以古为鉴、中西互补的当代述求

"笔墨当随时代。"当代文艺研究的要务，首在昭示人类文艺实践的精神创造形态，揭橥其独特的本体规律及其与他类实践的关联。当代文论的构建与发展无疑要顺应新的时代文艺实践对理论变革和理论创新的这一内在要求。然而，古代之于当代的价值，常被视为有益的参照，此之谓"以古为鉴、中西互补"。整体来看，古代文论之于当代文论亦可视为一个可以自足、且有待发掘和完善的参照系，为我们当代文论的学术自觉、研究视野、学科建设、理论框架、知识体系、研究方法、思维机制乃至发展趋向奠定坚实的基

础和有益的借镜。由是观之，从古代文论学科的角度去对文艺现象和文艺批评、文艺史和文艺批评史作整体性系统性的把握，从而深入研究作为一种社会历史现象和文化现象客观存在的人类文艺活动，具有前所未有的意义。具体而言，仅从当代文论建构的视角，我们就至少可以重新窥见古代文论在主创队伍涵养、核心观念生成、言说形态选择、思维特质内化、审美精神追求五个方面的当代价值。

（一）主创队伍涵养：当代文论建构的人才培育

当代中国文论建构虽不乏闹热景观与海量著述，但总给人以差强人意的感觉，尤其是在本土文论的理性建构与学术自觉方面，远非理想。之所以出现如此尴尬境况，与我们当代文论建构主创队伍的古典涵养不足甚至缺失不无关系。实际上，数千年古代文论为我们提供了丰厚的中华文艺传统和审美资源，譬如礼乐文化与基本构型、创世神话与伦理性、美文与情采自律、人格化旨趣与逸趣、正变史观等传统文艺母体中的典范思想，足以为当代文论建构提供合理合法、更为完整强大、且更富理性色彩的理论支撑，促成我们补足当代文论建构中人才培育的短板，造就植根于民族本土化文论传统的学理阵容。

（二）核心观念生成：当代文论奠基的原创根源

诚然，当代文论建构需要面对的文艺现实、审美现状乃至中西交融的复杂情势远超过往，加之西方文论起步较早、发展较快，而古代文论亦因有其具体的时空局限，其现代转型难免暂时出现"隔"的缺憾，导致一个时期以来，当代文论对西方文论的依傍过甚、对民族本土文论资源未能用足用好，以致出现缺少自己骨骼、缺乏民族原创面貌的窘况。凡斯种种，不能说与对古代文论重视不够无关。客观地讲，当代文论建构中核心观念的生成与原创的源头活水，无不源自华夏民族的古代文论在"言志""缘情""载道""文质相胜"等方面的奠基与开掘，其中，"言志"所导出的事功性文艺观念，"缘情"所导出的审美性文艺观念，"载道"所导出的文治性文艺观念，"文质相胜"所导出的为人生的文艺和文艺化人生，等等，均可为当代文论建构起足以与西方文论经典相匹、与时代审美风尚相接、与当代文艺实践和大众审美取向相合的理论阵势。

（三）言说形态选择：当代文论话语的新创方式

古代文论的言说形态具有鲜明的民族特性，简言之，突出表现在四个方面：一是审美的主体性，二是观照的整体性，三是论说的意会性，四是描述的简要性。这与它的哲学根基与体验特性息息相关，也与它生于斯、长于斯的农耕文明的社会历史环境紧密相连。当代文艺的门类、语言、创作方式、功能目标乃至实践环境都与古代有别，文艺创作取向与文艺理论趋向所关注的内涵发生了深刻的变革，当代文论还同时担负着对话西方的重任，亟待在言说形态上主动新创，与时俱进，以求对话的有效性。筑基于对古代文论精华的有效吸收与消化，当代文论话语的新创首先应整合散在于序、跋、书信、碑记、铭文、题款、游记、札记、笔记等文献中古典文论思想，重新梳理、甄别、阐释古典文论中散存的这些弥足珍贵的第一手资料，将之加以理性地提纯、抽象、升华和回溯式地体系化重构，改进语体、创新形态，并依凭当今最为先进的新媒介方式，增强与时代、与大众、与世界对话的有效性。

（四）思维特质内化：当代文论交流的民族基质

诚然，古代文论有其时代、文化背景和审美对象的特殊规定性，绝对无法涵盖、取代当代文论。古今有别，抱有这一企图无疑是荒唐的奢望。然而，时空的斗转星移无法扼杀古代文论的现实生命力。古代文论既植根于坚实且深厚的思想哲学历史的土壤之中，又富鲜明独特深刻的审美体验性质，更具高度的思辨抽象属性，在数千年的踵事增华中形成了"气韵""风骨""言意"等流变、开放的重要范畴以及"意境""形神""情景"等丰富延展的核心体系，古代文论中所潜藏的迥异于西方的"天人合一""诗性思维""言象意道"等重要哲思，承载了华夏国人的民族性格、文化心理、审美趣尚、自有其渊源有自的深远传统。总之，古代文论所涵括的深具华夏哲学基础与民族思维特质的范畴、命题、方法仍有其蓬勃生机与活力。因此，古代文论理应成为当代文论学理建构的有机部分；当代文论欲建构起独具中华民族特色的理论框架，必须从古代文论中汲取思想资源。

（五）审美精神追求：当代文论建构的终极价值

古代文论之于当代至为重要的价值，还在其于民族审美精神方面的不懈垦拓，这一追求也将是当代文论建构的终极价值所在。从这一角度来讲，古代文论所高扬的归本自然的意境追求、尚中致和的人文秩序、温柔敦厚的价值美、虚实相生的意境美等美学思想，在当代文论建构的语境中更具有强烈的理论与现实、审美与创作的多元价值。

总之，古代文论自其诞生便含蕴着时代性、包容性、开放性与持续性，迄今依然生生不息、具有旺盛的生命力。古代文论的核心价值集中体现在文化价值、文艺价值与精神价值三个层面。以文化价值论，古代文论凸显了刚柔并济、自强不息、冲淡平和、和而不同、立足本位的独特民族追求，展示了东方民族文化基因与内在品格之美，昭示着古老文明、诗性文化的成熟睿智；以文艺价值论，古代文论强调内省、注重神韵、心观坐忘、情采合一、诗意自足，主张以自由无待的省思体悟直达文艺本真，并以数千年优秀文艺独造傲视其他文艺理论体系；以精神价值论，古代文论源自三教合一的内敛深度、源出士大夫入世情怀与人文关怀的博大向度、源出智者乐天知命与达观自适的昂扬高度，皆为华夏民族深掘、广拓、提振了精神气度，标举着迥异于西方文论、陶铸了生命精神的东方神韵。

在当代中国，追问古代文论与当代文艺及时代审美意识的关系，探颐古代文论在当今中国文化建构、文艺创新、精神重构中的地位，以期厘清古代文论的当代价值、促动传统文论的复兴与发展，无疑是颇具建设性意义的正向学术思考。行文至此，还想重申本节开篇时明示的一个观点："建设重于论争"。一切争论最终都要归结到重构对话西方的当代中国文论这一建设性的共同指向上来，从丰富的古代文论遗存资源和华夏审美土壤中汲取当代文论的养分，生长出中国特色的当代文论标准系统和本土话语体系，不仅是对古代文论现代转型的延展与升华，更是今天建构足堪与西方文论对话、交流的当代文论开放系统的一条行之有效的本土途径。

第二节 当代文艺批评的使命与路向

文艺是时代前进的号角。当代中国，社会主义核心价值观旗帜高扬、成为时代主旋律，实现"两个一百年"奋斗目标、实现中华民族伟大复兴"中国梦"的宏伟蓝图渐次打开，举国上下一派奋力前行的勃勃生机。当此盛世，文艺的作用不可替代：既要创作深入生活、扎根人民的优秀文艺作品，更要借助立足作品、着眼当下、植根传统、服务人民的评论的力量，提升文化自觉、鉴定文化自信，汇聚同心共筑中国梦的强大精神动力，为服务大局、服务人民、推动文艺繁荣发展、建设社会主义现代化强国贡献力量。毋庸置疑，文艺创作肩负着创作文艺作品、繁荣文艺发展的重任。与此同时，文艺评论也是文艺事业的重要组成部分，是推动文艺繁荣发展的重要力量。站在实现中华民族伟大复兴中国梦的伟大历史节点，当代文艺评论如何深刻把握评论的本体与价值、认真做好自身的理论建构与主体重塑，已然成为摆在广大文艺家和文艺工作者，尤其是全体文艺评论工作者面前的一项亟待解决的重大历史课题。

一、洞察评论生态，明确使命导向

纵览 20 世纪 80 年代以来的当代文艺评论发展历程则不难发现，我国当代文艺评论新面貌纷至沓来、新气象层出不穷，经历了一个逐步走向成熟与自觉地过程，呈现出鲜明的嬗变轨迹与时代特征：评论日渐复归"本体"，倾向贯通古今、考镜源流的学理化分析；评论形式日益多元，学院式、草根式、先锋式、大众式、纸媒式、新媒体式等陆续登场、异彩纷呈；评论方法日趋自觉，心理学、社会学、语言学、人类学、形式与原型评论等，各擅胜场、多姿多彩，充溢着浓烈的时代感；评论"主体"日益凸显，重生活、重现实、重社情、重民意，着眼当下、入情入理，重源流、重民族、重史实、重审美，植根传统、渊源有自，与之相应，评论中对炒作概念、囿于翻译、食洋不化的追捧成为明日黄花。时至今日，当代文艺评论借由短短三十余载的不懈努力，已然迎来了生机勃勃、稳步迈进、成绩斐然、亮点纷呈的良好格局。长期以来，我党对文艺工作、文艺评论工作一直高度重视。2014 年10 月 15 日，习近平总书记主持文艺工作座谈会并发表重要讲话，堪称中国文艺界的一件大事。习总书记明确指出："要高度重视和切实加强文艺评论工作"，"把握好文艺批评的方向盘，运用历史的、人民的、艺术的、美学的观点评判和鉴赏作品"，"倡导说真话、讲道理，营造开展文艺批评的良好氛围"。[①] 为当代文艺评论立下了根本指针，在全党全国尤其是文艺评论界引起了热烈反响。紧随其后，文艺评论界掀起了座谈、研讨、学习、贯彻落实的热潮，再度达成了"以人民为中心""不做市场奴隶""说真话、讲道理""展现中华审美风范"等一系列重要共识，进一步明确了努力方向。同年，中国文艺评论家协会、中国文艺批评研究会等相继宣告成立，当代文艺评论组织化程度进一步提升；中宣部"全国文艺评论工作培训班"、文化部"全国文艺评论高级研修班"、中国文联"全国中青年文艺评论家高级研修班"、中国艺术研究院"青年文艺论坛"、中国剧协"全国青年戏剧评论家研修班""今日评论家"、中国舞协"舞蹈评论写作研讨会"等高层次、宽领域、复合型的中青年文艺评论人才培训大规模展开，文艺评论队伍不断壮大；建立科学的文艺评价体系的探索走向深入，第三方评价模式初现端倪；文艺理论研究持续推进，中华美学精神受到广泛关注；文艺评论阵地建设阔步前进，媒体融合视域下多点发声格局初步显现；文艺评论的时代感、当下性、协同性日渐增强。目前的当代文艺评论，在组织机构、人才队伍、理论研究、渠道阵地、论坛评奖、对外交流等诸多方面均可谓成绩有目共睹、总体态势良好。

---

① 　习近平：《在文艺工作座谈会上的讲话》，人民出版社 2015 年版，第 29、30 页。

可以预见，当代文艺评论对当代中国文艺的整体繁荣发展、中华传统文化创造性转化和创新性发展、实现中华民族伟大复兴中国梦，将发挥更加深邃、更加辽阔的深远影响。

诚然，当代文艺评论在短短三十余载所取得的成绩的确斐然，但并不意味着当代文艺评论已经完全满足时代和读者的需求而十分到位了。诚如习近平总书记在文艺工作座谈会上所言，当代文艺创作有"高原"无"高峰"，甚至出现以欲望代替希望、以快餐式消费为特点的文艺生产；与之相应，当代文艺评论也存在着诸多不容小觑的问题。如对评论当下性不够、滞后乃至缺位；友情评论、应景叫好现象频现，价值判断力缺失、评论批判力不够、影响力萎缩；评论独立性、自主性、自觉性缺失，甚至间杂观念模糊、文风不正、功利趋向等突出问题，丧失了评论应有的风骨与锋芒。这些评论界自身存在的问题直接导致当代文艺评论在整体向好的形式下至少涌动着三股不良的潜流：一是"小规模""精英化"的文艺评论主体所导致的评论"短缺"甚至"缺位"窘况；二是"圈子化""人情化"的文艺评论陋习所导致的评论风骨丧失、功能弱化窘境；三是"碎片化""割裂化"的文艺评论格局所导致的理论与创作脱节、理论建构乏力、标准体系滞后、当代精品缺失的窘状。这种暗流之涌动若不及时遏止，势必会造成因文艺评论缺位而致的精品力作难以凸显、因有评论无标准而致的时代标杆作品缺失、因未在历史和时代语境展开评论而致作品价值和时代精神付诸阙如等严重后果，甚至已经出现只求票房印数的"唯利是图"、粗制滥造、机械复制、"快餐消费"，乃至"去价值化""去历史化""去中国化""去主流化"等错误价值观念在一定范围内充斥的乱象。凡此种种严峻的现状，无一不急促当代文艺评论家们警醒反思与严阵以待。所幸，当代文艺评论界已充分意识到上述诸多积弊，并着手清理当下文艺评论中的种种乱象，营造良好的文艺评论生态以纠偏矫正、扭转颓势。值得注意的是，良好文艺评论生态的营造，既需有开放心态与国际视野，也需坚持民族立场和民族自尊，更要敢于抵制盲目媚外和一味泥古。可见，良好文艺评论生态的营造，并不仅在树立了"文化自觉"意识、具有家国情怀的文艺评论家，也需要全社会有志之士共同努力树立起全民族的"文化自信"。

二、立足作品本体，力促创作繁荣

如前所述，当代文艺评论生态并不十分令人满意。导致这一窘境的原因很多，但当代文艺评论前述的诸多问题显然难辞其咎。毕竟，没有认真的文艺评论，文艺创作就无法真正繁荣，文艺研究也就难以深入。为此，当代文艺评论极有必要主动为自身号脉问药。返躬自省，重回"立足作品本体、力促创作繁荣"的本位，无疑是首要的一剂良方。

作品是具有真实性、倾向性、艺术性三重属性的创作，更是连接创作与评论的本体与津梁。有关作品创作与评论的关系，历来有两个向度的考量。其一，评论须以创作为基础。这里有着"量"和"质"两层内涵：一是作品的量制约着评论的规模，没有创作的繁荣，自然难以出现评论的热潮；二是作品的创作水平会影响到评论的质量。其二，好的评论能促进创作的繁荣。敏锐深刻的创造性的评论，能够引导创作、提高创作的质量、推进创作的繁荣。这是已经证实的公论。因此，文艺家与文艺评论家之间似乎存在着天然的矛盾。细究之，则无外乎二者的使命之别：前者面对的是日新月异、不断发展变化的生活，能敏锐地预感、捕捉到生活前进的信息，并不断探索对新的生活、力量、人物和美的表现方法和形式；后者面对的则主要是作品，而对作品的评价的标准和原则却往往从归纳总结过去的创作经验中来，总不免有些保守性，加之时代的要求往往左右着评论家们，自然加重了这种矛盾。据此，对当代文艺作品创作的评论，应当注意三种关系：一是文艺作品与现实的关系；二是文艺作品与文艺家的关系；三是文艺家与现实的关系。这三种关系并非孑然孤立的，而是统一联系的，必须作为一个有机的整体加以评论。文艺作品的艺术价值高下，应该以生活现实、文艺家心灵与文艺作品这三者的结合是否和谐融洽及其和谐融洽程度如何而定。可见，真正的文艺评论，应当是一种关于艺术与生活、艺术与心灵、文艺作品中的生活与心灵的关系的评论，承担着分析阐明文艺作品的意义、衡量评定文艺作品的价值

（思想性与艺术性）、发掘和再创造文艺作品中所蕴含的美的使命。

　　具体而言，首先，文艺评论具有阐明文艺作品思想意义的使命。文艺家的创作总有他的意图，总是为着对社会、对生活的爱、憎、主张、匡正才提笔捉刀的。然而文艺家的想法、目的、意图往往又包蕴于生活形象之中、通过艺术手法呈现出来。这就酿就了文艺作品的含蓄性，使得一般读者或观众难以立刻抓住文艺家的主观意图和文艺作品的客观思想。实际上，阐明文艺作品的思想意义绝非易事，不仅对一般读者或观众如此，对文艺评论家也如此，甚至对于文艺家本人也是如此；它需要有深刻敏锐的思考力，细致的艺术感觉和审美感悟，以及融通二者的良好的综合力。因此，文艺评论家便有着承担文艺作品与读者或观众之间的桥梁的职责。其次，文艺评论具有衡量评定文艺作品的价值（思想性与艺术性）的使命。文艺是现实的反映，文艺家的作用是把生活现实经过文艺家心灵的折射和有意识的加工改造转化为文艺作品，进而影响现实、推动现实向前发展。一切文艺作品都反映着一定的社会现实。当然，这种反映既有形式之别，也有虚实之别，既有正误之别，也有深浅之别，种种差异均需一定的专业素养才能明辨。因此，文艺评论家便有着帮助读者或观众沟通文艺作品与生活、判断和检验文艺作品的力量和价值的使命。再次，文艺评论具有发掘和再创造文艺作品中所蕴含的美的使命。文艺作品是现实生活的艺术的美的反映，可以打动人的感情，予人以美、愉悦和力量的精神享受。文艺作品不仅具备认知的、教化的功效，还具备审美的功效，而且审美的功效往往能强化其认知的、教化的功效，使之更为真切有力。然而，对美的内涵的发现与体悟，更需具备一定的鉴赏力。因此，文艺评论家便有着为读者或观众发掘、揭橥乃至再创造出文艺作品的艺术的美的使命。

　　综上，文艺评论必须以文艺作品为中心，紧扣其真实性、倾向性、艺术性这三种属性展开，对文艺作品的真实性、倾向性和艺术性的评论不可偏废，尤其不可忽略读艺术性的评判。这就要求文艺评论家们应该具备较高的思想水平、深刻的洞察力与思考力、敏锐细致的艺术感受力、深沉炽烈的家国情怀，头脑与心灵共同参与、分析、发现、领略、升华出文艺家所创造的文艺作品的独特魅力。唯其如此，方能真正肩负起"立足作品本体、力促创作繁荣"的历史重任。

三、重塑评论主体，引领时代精神

如今的时代，人们的物质生活日益丰富，价值日趋多元，对精神生活的需求日渐增长，文艺作品所承载的精神功效与价值功能也随之日益扩张，深刻影响甚至可能左右着整个社会的发展。这就赋予当代文艺评论站在更高层面回应社会需求、传递价值观念、引领时代精神的历史使命。那么，当代文艺评论应当依据何种评论标准、传递何种价值观念、引领怎样的时代精神呢？这无疑是一个既宏大抽象而又具体而微的重要命题。在当代的语境下，文艺评论至少应当涵括如下两种内涵：一是弘扬优秀传统价值；二是及时回应时代需求。说它宏大抽象，是因为它所涉及的均为贯通整个当代的文艺评论界核心话题，即继承与创新的关系问题；为此，当代文艺评论家们应当具备激活优秀民族传统、引导当代文艺健康发展、力促健康正确文艺价值观重塑的理论自觉。说它具体而微，是因为它所涉及的抽象理论与宏大主题均需落实到对具体的、当下的文艺生态中的文艺作品这一本体的阐释与解读来实现；为此，当代文艺评论家们更当具备坚定不移的立场、直率有力的自信、扎实厚重的底蕴、理性批判的文风、理论首创的精神、敏锐高超的审美、关注当下的视界、端倪天下的豪情、胸怀家国的使命等照亮人心、开启思路、引领时代的基本素养。

具体而言，当代文艺评论家首先应树立理论建构的意识。关于当代文艺评论的理论建构，至少应当从国家视角、读者视角、标准意识三个角度破题。所谓"国家视角"，是为国家和政府到在实施文化发展战略、促进中国当代文艺繁荣提供积极的借鉴；所谓"读者视角"，是每篇评论的撰写均须密切关照读者对此文艺作品的价值需求和兴趣特点；所谓"标准意识"，则是通过对文艺作品的评论和研究，探讨中国当代文艺乃至整个中国文化繁荣发展的规律，以构建其赖以独立于世界文艺之林的民族本土文艺评论标准体系等。当代文艺评论家其次应树立主体重塑的意识。关于当代文艺评论的主体重塑，仅就文艺评论家群体自身而言，至少应当从"德、才、学、识"四个方面提升评论主体的整体素养，进而全面提升当代文艺评论的"力"道。"德"即人格品德，为评论主体修养之首，好的文艺评论往往植根于人文语境之中，蕴藉着"和而不同""道并行而不相悖"等深厚的人文精神内涵，文之美与德之神交相辉映，统一于对文艺作品本体的评论之中。"才"即才华、才气，关乎天赋，"才自内发"，是评论主体素养之本，涵括主体的内心澄明即虚静与养气、文辞感知能力、情感体悟能力。"学"为学力，关乎修习，"学以外成"，包括书本学问累积、生活阅历增长与创作经验丰富三层，多读书才可以对文艺作品作出恰当的判断；多积累生活阅历，才能深切领悟文艺作品的精微之处；多积累创作经验，才能深谙文艺家创作之艰辛，体悟其创作之神思与造境之高妙。"识"为见识，关乎取向，是指评论主体的识见，是提升才性、学养的重要因素，其中既含创作主体的识见，即审美判断力，又含鉴赏批评主体的识见，即眼光、见识和勇气。上述五者中，德为人品，关乎人伦；才为才华，关乎天赋；学为学力，关乎修习；识为见识，关乎取向；力为功效，关乎评论的审美性与批判力、导向性与洞察力、权威性与公信力、有效性与影响力。

参考文献

中文著作类

[1] 侯外庐：《中国思想通史（第 3 卷）》，人民文学出版社 1957 年版。

[2] [日] 柳田圣山：《禅与中国》，北京三联书店 1988 年版。

[3] 鲁迅：《鲁迅全集（第 3 卷）：魏晋风度及文章与药及酒之关系》，人民文学出版社 1981 年版。

[4] 鲁迅：《鲁迅全集（第 8 卷）》，人民文学出版社 1957 年版。

[5] 钱穆：《庄老通辨》，新亚出版社 1957 年版。

[6] 胡适：《胡适古典文学研究论集：文学进化观念与戏剧改良》，上海古籍出版社 1988 年版。

[7] 陈寅恪：《金明馆丛稿初、二编》，上海古籍出版社 1980 年版。

[8] 陈寅恪：《陈寅恪史学论文选集》，上海古籍出版社 1992 年版。

[9] 杨明照：《文心雕龙校注拾遗》，上海古籍出版社 1982 年版。

[10] 王元化：《文心雕龙创作论》，上海古籍出版社 1979 年版。

[11] 王利器：《文心雕龙校证》，上海古籍出版社 1980 年版。

[12] 王瑶：《中古文学史论集》，上海古籍出版社 1982 年版。

[13] 沈祖棻：《古诗考索》，上海古籍出版社 1984 年版。

[14] 石峻等：《中国佛教思想资料集（第 1、2 卷）》，中华书局 1981 年版。

[15] 石峻：《三论典籍研究：读慧达"肇论疏"所见》，台北：大乘文化出版社 1979 年版。

[16] 《六臣注文选》，中华书局 1987 年版。

[17] 吕澂：《中国佛学源流略讲》，中华书局 1979 年版。

[18] 钱钟书：《管锥编》，中华书局 1979 年版。

[19] 钱钟书：《谈艺录》，中华书局 1984 年版。

[20] 刘师培：《中国中古文学史》，人民文学出版社 1959 年版。

[21] 余冠英：《汉魏六朝诗论丛》，中华书局 1962 年版。

[22] 刘永济：《文心雕龙校释》，中华书局 1962 年版。

[23] 北京大学哲学系美学教研室：《中国美学史资料选编》，中华书局 1981 年版。

[24] 《中国人》林语堂、郝志东、沈益红译，中国人浙江人民出版社 1988 年版。

[25] 牟宗三：《佛性与般若》，学生书局 1977 年版。

[26] 牟宗三：《才性与玄理》，广西师大出版社 2006 年版。

[27] 任继愈：《中国哲学发展史（魏晋南北朝）》，人民出版社 1988 年版。

[28] 任继愈：《中国佛教史（第 2 册）》，中国杜会科学出版社 1985 年版。

[29] 黄克剑：《由命而道——先秦诸子十讲》，线装书局 2006 年版。

[30] 刘小枫：《诗化哲学》，山东文艺出版社 1986 年版。

[31] 邱紫华：《悲剧精神与民族意识》，华中师范大学出版社 2000 年版。

[32] 冯友兰：《三松堂全集（第 4、5、6、9 卷）》，河南人民出版社 2001 年版。

[33] 方立天：《中国佛教哲学要义》，中国人民大学出版社 2002 年版。

[34] 方立天：《魏晋南北朝佛教论丛》，中华书局 1982 年版。

[35] 方立天：《方立天文集（第 1、3、4 卷）》，中国人民大学出版社 2006 年版。

[36] 张岱年：《中国古典哲学概念范畴要论》，中国社会科学出版社 1987 年版。

[37] 刘建国：《中国哲学史史料学概要（上）》，吉林人民出版杜 1981 年版。

[38] 唐君毅：《中国哲学原论》，香港新亚书院研究所 1974 年版。

[39] 许理和：《佛教征服中国》，江苏人民出版社 1998 年版。

[40] 萧驰：《佛法与诗境》，中华书局 2005 年版。

[41] 钱穆：《庄老通辨》，生活·读书·新知三联书店 2005 年版。

[42] 涂光社：《庄子范畴心解》，中国社会科学出版社 2003 年版。

[43] 许抗生：《僧肇评传》，南京大学出版社 1998 年版。

[44] 汪涌豪：《范畴论》，复旦大学出版社 1999 年版。

[45] 周积寅：《中国画论辑要》，江苏美术出版社 1985 年版。

[46] 成复旺：《中国美学范畴辞典》，中国人民大学出版社 1995 年版。

[47] 叶朗：《中国美学史大纲》，上海人民出版社 1985 年版。

[48] 敏泽：《中国美学思想史》，齐鲁书社 1987 年版。

[49] 朱良志：《中国艺术的生命精神》，安徽教育出版社 1995 年版。

[50] 徐复观：《中国艺术精神》，春风文艺出版社 1987 年版。

[51] 朱光潜：《西方美学史》，人民文学出版社 1979 年版。

[52] 朱光潜：《悲剧心理学》，人民文学出版社 1983 年版。

[53] 张法：《中国文化与悲剧意识》，中国人民大学出版社 1989 年版。

[54] 程亚林：《悲剧意识》，吉林教育出版社 2001 年版。

[55] 朱良志：《中国美学十五讲》，北京大学出版社 2006 年版。

[56] 宗白华：《美学散步》，上海人民出版社 1981 年版。

[57] 宗白华：《艺境》，北京大学出版社 1987 年版。

[58] 蒲震元：《中国艺术意境论》，北京大学出版社 1995 年版。

[59] 李泽厚：《中国古代思想史论》，生活·读书·新知三联书店 2008 年版。

[60] 李泽厚、刘纲纪：《中国美学史（魏晋南北朝编）》，安徽文艺出版社 1999 年版。

[61] 李泽厚、刘纲纪：《中国美学史（第 1、2 卷）》，中国社会科学出版社 1987 年版。

[62] 陶礼天：《艺味说》，百花洲文艺出版社 2005 年版。

[63] 陈望衡：《中国美学史》，人民出版社 2005 年版。

[64] 张少康：《古典文艺美学论稿》，中国社会科学出版社 1988 年版。

[65] 汪涌豪：《中国古典美学风骨论》，中国人民大学出版社 1994 年版。

[66] 皮朝纲：《审美与生存》，巴蜀书社 1993 年版。

[67] 张海明：《经与纬的交结——中国古代文艺学范畴论要》，云南人民出版社 1994 年版。

[68] 李炳海：《周代文艺思想概观》，东北师范大学出版社 1993 年版。

[69] 成复旺：《中国古代的人学与美学》，中国人民大学出版社 1992 年版。

[70] 林庚：《中国文学简史》，上海文艺联合出版社 1954 年版。

[71] 章培恒、骆玉明：《中国文学史》，复旦大学出版社 1996 年版。

[72] 徐复观：《中国人性论史（先秦篇）》，生活·读书·新知三联书店 2001 年版。

[73] 胡经之、李健：《中国古典文艺学》，光明日报出版社 2006 年版。

[74] 路侃如：《中古文学系年》，人民文学出版社 1985 年版。

[75] 冷成金：《中国文学的历史与审美》，中国人民大学出版社 2003 年版。

[76] 敏泽：《中国文学思想史》，湖南教育出版社 2005 年版。

[77] 童庆炳：《中国古代文论的现代意义》，北京师范大学出版社 2003 年版。

[78] 罗根泽：《中国文学批评史》，上海书店出版社 2003 年版。

[79] 郭绍虞：《中国文学批评史》，百花文艺出版社 1999 年版。

[80] 刘永济：《十四朝文学要略》，黑龙江人民出版社 1984 年版。

[81] 徐复观：《两汉思想史（第 2 卷）》，华东师范大学出版社 2001 年版。

[82] 王仲荦：《魏晋南北朝史》，上海人民出版社 1980 年版。

[83] 罗宗强：《魏晋南北朝文学思想史》，中华书局 1996 年版。

[84] 葛晓音：《汉唐文学的嬗变》，北京大学出版社 1990 年版。

[85] 葛晓音：《八代诗史》，陕西人民出版社 1989 年版。

[86] 曹道衡：《中古文学史论文集》，中华书局 1986 年版。

[87] 曹道衡，沈玉成：《南北朝文学史》，人民文学出版社 1991 年版。

[88] 曹道衡：《汉魏六朝文精选》，江苏古籍出版社 1992 年版。

[89] 王钟陵：《中国中古诗歌史》，江苏教育出版社 1988 年版。

[90] 陈良运：《中国诗学体系论》，中国社会科学出版社 1992 年版。

[91] 叶嘉莹：《迦陵论诗丛稿》，河北教育出版社 1997 年版。

[92] 王国维：《王国维文集（第 1 卷）》，中国文史出版社 1999 年版。

[93] 袁行霈、孟二冬、丁放：《中国诗学通论》，安徽教育出版社 1994 年版。

[94] 朱光潜：《诗论》，上海古籍出版社 2001 年版。

[95] 朱自清：《诗言志辨》，广西师范大学出版社 2004 年版。

[96] 林庚：《林庚诗文集（第 7 卷）》，清华大学出版社 2006 年版。

[97] 萧萐父：《吹沙二集》，巴蜀书社 2007 年版。

[98] 杜维明：《杜维明文集（第 5 卷）》，武汉出版社 2002 年版。

[99] 王钟陵：《中国中古诗歌史》，人民出版社 2005 年版。

[100] 叶嘉莹：《汉魏六朝诗讲录》，河北教育出版社 1997 年版。

[101] 钱志熙：《魏晋诗歌艺术原论》，北京大学出版社 1993 年版。

[102] 傅刚：《魏晋南北朝诗歌史论》，吉林教育出版社 1995 年版。

[103] 詹福瑞：《南朝诗歌思潮》，河北大学出版社 2005 年版。

[104] 陈洪：《诗化人生——魏晋风度的魅力》，河北大学出版社 2001 年版。

[105] 钱志熙：《唐前生命观和文学生命主题》，东方出版社 1997 年版。

[106] 余英时：《士与中国文化》，上海人民出版社 1987 年版。

[107] 范子烨：《中古文人生活研究》，山东教育出版社 2001 年版。

[108] 袁济喜：《六朝美学》，北京大学出版社 1989 年版。

[109] 袁济喜：《人海孤舟——汉魏六朝士的孤独意识》，河南人民出版社 1995 年版。

[110] 袁济喜：《六朝美学（第 2 版）》，北京大学出版社 1999 年版。

[111] 袁济喜：《兴：艺术生命的激活》，百花洲文艺出版社 2001 年版。

[112] 袁济喜：《古代文论的人文追寻》，中华书局 2002 年版。

[113] 袁济喜：《魏晋南北朝思想对话与文艺批评》，中国人民大学出版社 2011 年版。

[114] 袁济喜：《中国古代文论精神》，山西教育出版社 2005 年版。

[115] 袁济喜：《新编中国文学批评发展史》，中国人民大学出版社 2006 年版。

[116] 袁济喜:《中古美学与人生讲演录》,广西师范大学出版社 2007 年版。

[117] 盛源、袁济喜:《六朝清音》,河南人民出版社 2000 年版。

[118] 张海明:《玄妙之境》,东北师范大学出版社 1997 年版。

[119] 陈明:《儒学的历史文化功能》,学林出版社 1997 年版。

[120] 王晓毅:《儒释道与魏晋玄学的形成》,中华书局 2003 年版。

[121] 刘大杰:《魏晋思想论》,上海古籍出版社 1998 年版。

[122] 徐公持:《魏晋文学史》,人民文学出版社 1999 年版。

[123] 汤用彤:《魏晋玄学论稿》,上海古籍出版社 2001 年版。

[124] 汤用彤:《汤用彤学术论文集》,中华书局 1983 年版。

[125] 汤用彤:《汤用彤全集(第 1 卷)》,河北人民出版社 2000 年版。

[126] 汤一介:《郭象与魏晋玄学(增订本)》,北京大学出版社 2000 年版。

[127] 周振甫:《文心雕龙今译》,中华书局 1986 年版。

[128] 余敦康:《魏晋玄学史》,北京大学出版社 2004 年版。

[129] 罗宗强:《玄学与魏晋士人心态》,南开大学出版社 2003 年版。

[130] 宁稼雨:《魏晋士人人格精神——"世说新语"的士人精神史研究》,南开大学出版社 2005 年版。

[131] 宁稼雨:《魏晋风度——中古文人生活的文化意蕴》,东方出版社 1992 年版。

[132] 马良怀:《崩溃与重建中的困惑——魏晋风度研究》,中国社会科学出版社 1993 年版。

[133] 章启群:《论魏晋自然观——中国艺术自觉的哲学考察》,北京大学出版社 2000 年版。

[134] 余敦康:《何晏王弼玄学新探》,齐鲁书社 1991 年版。

[135] 李昌舒:《意境的哲学基础——从王弼到慧能的美学考察》,社会科学文献出版社 2008 年版。

[136] 胡大雷:《玄言诗研究》,中华书局 2007 年版。

[137] 高晨阳:《阮籍评传》,南京大学出版社 1994 年版。

[138] 张节末:《嵇康美学》,浙江人民出版社 1994 年版。

[139] 万绳楠:《陈寅恪魏晋南北朝史讲演录》,黄山书社 1987 年版。

[140] 张少康:《中国文学理论批评发展史(上、下)》,北京大学出版社 1995 年版。

[141] 张少康:《文心雕龙研究》,湖北教育出版社 2002 年版。

[142] 张少康:《文心雕龙新探》,齐鲁书社 1987 年版。

[143] 詹福瑞:《中古文学理论范畴》,河北大学出版社 1997 年版。

[144] 王运熙、杨明:《隋唐五代文学批评史》,上海古籍出版社 1994 年版。

[145] 王运熙、杨明:《魏晋南北朝文学批评史》,上海古籍出版社 1997 年版。

[146] 王运熙:《文心雕龙探索》,上海古籍出版社 1986 年版。

[147] 中国文心雕龙学会:《文心雕龙研究论文集》,人民文学出版社 1990 年版。

[148] 林其锬、陈凤金:《敦煌遗书文心雕龙残卷集校》,上海书店出版社 1991 年版。

[149] 寇效信:《文心雕龙美学范畴研究》,陕西人民出版社 1997 年版。

[150] 黄侃撰:《文心雕龙札记》,上海古籍出版社 2002 年版。

[151] 涂光社:《原创在气》,百花洲文艺出版社 2001 年版。

[152] 涂光社:《文心十论》,春风文艺出版社 1986 年版。

[153] 甫之、涂光社:《文心雕龙研究论文选:1949—1982》,齐鲁书社 1988 年版。

[154] 周振甫:《文心雕龙注释》,人民文学出版社 1981 年版。

[155] 詹锳:《文心雕龙风格学》,人民文学出版社 1982 年版。

[156] 牟世金:《雕龙集》,中国社会科学出版社 1983 年版。

[157] 牟世金:《台湾文心雕龙研究鸟瞰》,山东大学出版社 1985 年版。

[158] 陆侃如,牟世金:《文心雕龙译注》,齐鲁书社 1981 年版。

[159] 王元化:《文心雕龙讲疏》,上海古籍出版社 1992 年版。

[160] 袁济喜:《人文玄境与当下悟对——中古美学嬗变的生命脉动》,叶朗:《意象(第二期)》北京大学出版社 2008 年版。

中文期刊类

[1] 袁济喜:《论"兴"的审美意义》,《文学遗产》2002 年第 2 期。

[2] 袁济喜:《论中国古代文论的精神特质》,《求是学刊》2004 年第 6 期。

[3] 袁济喜:《六朝文体论的人文蕴涵》,《江海学刊》2004 年第 5 期。

[4] 袁济喜:《两汉文学批评与心理体验》,《文学评论》2007 年第 2 期。

[5] 袁济喜:《道家的悲剧意识与六朝美学》,《天津社会科学》1987 年第 3 期。

[6] 袁济喜:《郭象与魏晋美学》,《宝鸡文理学院学报(哲学社会科学版)》2004 年第 4 期。

[7] 袁济喜:《汉魏六朝以悲为美》,《齐鲁学刊》1988 年第 3 期。

[8] 袁济喜:《论六朝佛学对中国文论精神的升华》,《学术月刊》2006 年第 9 期。

[9] 冯以宜:《从审美关系的构成观照"文心雕龙·知音"》,《广西社会科学学报》1997 年第 5 期。

[10] 刘晓文:《从"文心雕龙·知音"看刘勰对接受主体的重视》,《攀枝花大学学报》

1998 年第 3 期。

[11] 邹自振:《系统的文学鉴赏理论——"文心雕龙·知音"篇管窥》,《福州师专学报》1998 年第 3 期。

[12] 王瑾瑾:《"知音"心解——"文心雕龙·知音"新辨》,《西藏大学学报(汉文版)》1999 年第 21 期。

[13] 李映山:《"文心雕龙·知音"探赜》,《郴州师范高等专科学校学报》2001 年第 6 期。

[14] 高敏:《"文心雕龙·知音"指瑕》,《北京机械工业学院学报》2001 年第 2 期。

[15] 叶海英:《用自己的声音来说话从刘勰"文心雕龙·知音篇"谈起》,《语文学刊》2002 年第 5 期。

[16] 丁红:《新析"文心雕龙·知音"的文学批评观》,《文史杂志》2002 年第 4 期。

[17] 陈莉:《在理性分析与直观感悟之间——"文心雕龙·知音"篇中的文学批评模式研究》,《咸阳师范学院学报》2007 年第 3 期。

[18] 谭勇民:《论刘勰的文学批评论》,《桂林市教育学院学报(综合版)》1997 年第 3 期。

[19] 蔡欣:《刘勰批评论三说》,《陕西教育(理论版)》2006 年第 12 期。

[20] 杨柳、曹晓玲:《从"知音"篇看刘勰的文学批评观》,《中共郑州市委党校学报》2006 年第 3 期。

[21] 侯攀峰:《"文心雕龙"文评论新探》,《广播电视大学学报(哲学社会科学版)》2004 年第 4 期。

[22] 赵永纪:《中国古典诗学的"知音"论》,《南京师大学报(社会科学版)》2003 年第 1 期。

[23] 刘振伟:《论刘勰的文学批评意识》,《昌吉学院学报》2002 年第 4 期。

[24] 胡大雷:《论刘勰的批评观》,《西藏大学学报(汉文版)》2001 年第 4 期。

[25] 赖彧煌:《刘勰"知音〉的理论辨析》,《福建商业高等专科学校学报》2002 年第 1 期。

[26] 刘青弋:《试论刘勰的知音理论》,《北京舞蹈学院学报》2000 年第 2 期。

[27] 幸婉莹:《不惜歌者苦,但伤知音稀——从"文心雕龙·知音"看刘勰的文学批评方法论》,《安顺师范高等专科学校学报》2000 年第 1 期。

[28] 刘新文:《"文心雕龙〉的批评论及其得失》,《唐山师范学院学报》1999 年第 3 期。

[29] 王瑾瑾:《刘勰"文心雕龙·知音"的文学批评鉴赏理论新解》,《北京科技大学学报(社会科学版)》1999 年第 2 期。

[30] 胡大雷：《刘勰论文学批评的忌戒》，《广西师范大学学报（哲学社会科学版）》1995 年第 1 期。

[31] 拜宝轩：《从《文心雕龙·知音篇》谈刘勰的批评论和鉴赏论》，《河南大学学报（社会科学版）》1992 年第 5 期。

[32] 雷猛发：《知音新论》，《学术论坛》1986 年第 6 期。

[33] 王家政：《刘勰的文学批评方法论——读"文心雕龙·知音"》，《长江大学学报（社会科学版）》1986 年第 3 期。

[34] 贾立人：《刘勰论文学批评》，《语文教学与研究》1982 年第 6 期。

[35] 张长青、张会恩：《刘勰的文学批评论——"文心雕龙·知音"篇浅释》，《广西师范大学学报（哲学社会科学版）》1980 年第 4 期。

[36] 赵静、黄见营：《论刘勰"知音"的审美鉴赏论》，《思茅师范高等专科学校学报》2008 年第 5 期。

[37] 梁祖萍：《刘勰论文学鉴赏的途径和方法（上）》，《宁夏大学学报（人文社会科学版）》2007 年第 6 期。

[38] 许苗苗：《从"知音"现象看文学评鉴的发展》，《浙江教育学院学报》2007 年第 5 期。

[39] 梁祖萍：《知文之难甚于为文之难——刘勰"文心雕龙·知音"篇文学鉴赏论》，《宁夏大学学报（人文社会科学版）》2007 年第 3 期。

[40] 胡红梅：《论"知音"——从"文心雕龙·知音"看刘勰文学鉴赏理论》，《湘潭师范学院学报（社会科学版）》2004 年第 1 期。

[41] 朱志荣：《从"知音"看刘勰的文学鉴赏观》，《阜阳师范学院学报（社会科学版）》2002 年第 6 期。

[42] 曹章庆：《从《知音篇》看刘勰的鉴赏理论》，《广西师范大学学报（哲学社会科学版）》1996 年第 1 期。

[43] 姜晓华、晓芸：《"深识鉴奥"——鉴赏主体的心理定势》，《淮北煤炭师范学院学报（哲学社会科学版）》1993 年第 4 期。

[44] 刘兆吉：《刘勰论文艺鉴赏的心理学思想"文心雕龙"中的文艺心理学思想之二》，《心理学报》1986 年第 3 期。

[45] 蔡润田：《从"文心雕龙·知音篇"谈文学鉴赏问题》，《名作欣赏》1983 年第 5 期。

[46] 林妙君：《"文心雕龙·知音"与接受美学思想比较》，《广东广播电视大学学报》2007 年第 6 期。

[47] 丁淑梅：《中国古代的接受理论与文学鉴赏"知音"论》，《福建师范大学学报

（哲学社会科学版）》2006 年第 5 期。

[48] 云国霞：《简论中国古代"接受"理论和"知音"理论》，《北京化工大学学报（社会科学版）》2006 年第 1 期。

[49] 邓新华：《"知音"篇是中国古代的"文学接受论"》，《学术月刊》1999 年第 12 期。

[50] 焦泰平：《知音情结与知音之叹》，《兰州大学学报（社会科学版）》2005 年第 3 期。

[51] 黎平：《由"寻觅知音"探微古代文人文化心理》，《湖北社会科学》2003 年第 11 期。

[52] 闫爱华：《知音：穿越时空的心灵对话》，《广西青年干部学院学报》2003 年第 5 期。

[53] 焦泰平：《心灵向往与精神契合——评中国古代文学中的知音现象》，《长安大学学报（社会科学版）》2002 年第 3 期。

[54] 李永平：《中国古典文学的"知音"情结》，《西安石油学院学报（社会科学版）》1999 年第 4 期。

[55] 曹文彪：《中国古代文学批评中的知音现象》，《中共浙江省委党校学报》1998 年第 1 期。

[56] 张惠民：《论知己意识的历史文化内涵》，《汕头大学学报（人文科学版）》1994 年第 4 期。

[57] 吴进南：《试论古代文学中的知音之叹》，《韩山师范学院学报》1994 年第 2 期。

[58] 骆晓倩：《千载之下有知音——论中国古代诗歌阐释学中的同一性理想》，《社会科学研究》2007 年第 2 期。

[59] 孙丹虹：《〈文心雕龙·知音〉篇与中国古典阐释学的发展历程》，《福州大学学报（哲学社会科学版）》2004 年第 1 期。

[60] 岑亚霞：《从"文心雕龙·知音"篇看刘勰的文学创作论》，《井冈山学院学报（哲学社会科学）》2008 年第 3 期。

策划编辑：李之美

图书在版编目（CIP）数据

知音论文艺批评体系研究／杨明刚 著 . — 北京：人民出版社，2021.5
ISBN 978 - 7 - 01 - 023494 - 6

I.①知… II.①杨… III.①中国文学－古典文学研究 IV.① I206.2

中国版本图书馆 CIP 数据核字（2021）第 109707 号

知音论文艺批评体系研究
ZHIYINLUN WENYI PIPING TIXI YANJIU

杨明刚 著

人 民 出 版 社 出版发行
（100706 北京市东城区隆福寺街 99 号）

北京汇林印务有限公司印刷 新华书店经销

2021 年 5 月第 1 版 2021 年 5 月北京第 1 次印刷
开本：710 毫米 × 1000 毫米 1/16 印张：18
字数：265 千字

ISBN 978 - 7 - 01 - 023494 - 6 定价：58.00 元

邮购地址 100706 北京市东城区隆福寺街 99 号
人民东方图书销售中心 电话（010）65250042 65289539